한국음악저작권협회의 사용 승인(필)

"TRAVELIN' MAN" Word & Music by Jerry Fuller P.206
© 1960 by ACUFF-ROSE-OPRYLAND MUSIC INC.,
Nashville, Tenn., U.S.A.

"GOING TO A GO-GO" Word & Music by William Robinson, Warren Moore,
Marv Tarplin, Robert Rogers P.210
© 1965 & 1982 by JOBETE MUSIC CO., INC.

"SURFIN' U.S.A." Word by Brian Wilson, Music by Chuck Berry P.215
© 1958 and 1963 by ARC MUSIC CORP., New York. N.Y., U.S.A.

댄스 댄스 댄스 댄스

상

무라카미 하루키

장편소설 ✦ 유유정 옮김

문학사상

삶과 사랑의
현대적 의미를 찾아서

나의 소설『상실의 시대』(원제:『노르웨이의 숲』)에 이어『댄스 댄스 댄스』가 또다시 문학사상을 통해 한국어로 번역·출판된 것을 매우 기쁘게 생각합니다.

    이제까지 나는 소설을 쓰면서 격동하는 시대의 소용돌이 속에서 젊은이들의 삶과 사랑이 있어야 할 실체를 그리는 데 주안점을 두어 왔습니다. 60년대와 70년대를 거쳐 80년대에 이르러 이른바 '질풍노도'의 시대라고 하는 20세기 후반은 세계 어느 곳을 막론하고 사람들의 의식과 가치관 그리고 삶의 형태와 그 의미, 그 자체를 끊임없이 격변시키고 있습니다. 이 소설『댄스 댄스 댄스』는 그 제목과 같이 이러한 격동의 시대를 살아가는 젊은이들이 춤을 추며 돌아가듯 펼쳐 나가는 숨 가쁜 삶과 사랑과 성性 이야기를 엮어 낸 것입니다.

특히 나는 이 소설에서 현실적이면서 동시에 비현실적일
수 있으며, 비현실적이면서 동시에 현실적일 수 있는 특이한 세
계 속에서 심오한 삶과 사랑의 현대적 의미를 찾으려고 노력했습
니다.

　　지난번 『상실의 시대』의 서문에서도 간곡히 바랐지만, 한국
독자들이 이번에도 이 소설의 감상을 편지로 보내 주신다면 감사
하겠습니다. 나는 언제나 독자들로부터 나의 소설에 대한 공감
또는 의문을 제기하는 편지를 받는 것을 더없는 기쁨으로 여기고
있습니다. 특히 한국의 젊은 세대인 독자 여러분의 『댄스 댄스 댄
스』에 대한 느낌이나 생각이 어떤 것인가를 무척 알고 싶습니다.

1983년 3월

무라카미 하루키

차례

1983년 3월

1

자주 돌고래 호텔의 꿈을 꾼다.

꿈속에서 나는 그곳에 포함되어 있다. 말하자면, 일종의 계속적인 상황으로서 나는 그 호텔 안에 포함되어 있다. 꿈은 분명 그런 지속성을 제시하고 있다. 꿈속에서는 돌고래 호텔의 모습이 일그러져 있다. 아주 길쭉하다. 어찌나 길쭉한지 그것은 호텔이라기보다 지붕이 있는 긴 다리처럼 보인다. 그 다리는 태고로부터 우주의 종국에 이르기까지 가늘고 길게 뻗어 있다. 그리고 나는 그 일부가 되어 거기에 포함되어 있다. 거기에선 누군가가 눈물을 흘리고 있다. 나 때문에 눈물을 흘리고 있는 것이다.

호텔 그 자체가 나를 포함하고 있다. 나는 그 고동 소리나 온기를 또렷이 느낄 수가 있다. 나는, 꿈속에서는, 그 호텔의 일부가 되어 있다.

그런 꿈이다.

잠에서 깬다. 여기가 어디지? 하고 나는 생각한다. 생각만 하는 게 아니라 실제로 입 밖에 내어 나 자신에게 이렇게 묻는다. "여기가 어디지?"라고. 하지만 그건 무의미한 물음이다. 물을 것까지도 없이 대답은 처음부터 알고 있다. 여기는 나의 인생이다. 나의 생활. '나'라고 하는 현실 존재의 부속물. 특별히 인정한 기억이 없는데도 어느 틈엔가 나의 속성으로서 존재하게 된 몇 가지 사항·사물·상황. 곁에서 여자가 잠자고 있을 때도 있다. 하지만 대개는 나 혼자다. 방 바로 맞은편을 달리는 고속도로의 소음과 머리맡의 유리잔(바닥엔 오 밀리미터쯤 위스키가 남아 있다)과, 적의를 품은—아니, 그건 단지 무관심인지도 모르지만— 먼지투성이의 아침 햇살. 때론 비가 내리고 있다. 비가 내릴 때는 나는 그대로 침대 속에서 멍하니 누워 있다. 잔에 위스키가 남아 있으면, 그걸 마신다. 그리고 처마에서 떨어지는 빗줄기를 바라보면서 돌고래 호텔을 생각한다.

팔다리를 천천히 뻗어 본다. 그러곤 나 자신이 그저 자신일 뿐이며, 어디에도 포함되어 있지는 않은 것을 확인한다. 나는 어디에도 포함되어 있지는 않다. 하지만 꿈속의 감촉을 나는 아직도 기억하고 있다. 거기에선 내가 손을 뻗으려고 하면, 거기에 호응해서 나를 포함한 전체상이 움직인다.

물로 움직이는 정교한 기계장치처럼, 하나씩 하나씩 서서히 주의 깊게, 단계별로 아주 희미한 소리를 내면서, 그것은 차례차례 반응해 간다. 내가 귀를 기울이면, 그것이 진행해 가는 방향을 들을 수 있다.

　나는 귀를 기울인다. 그러곤 누군가의 나직한 흐느낌 소리를 듣는다. 아주 나직한 소리. 어둠 속 깊숙한 어딘가로부터 들려오는 흐느낌. 누군가가 나 때문에 울고 있는 것이다.

돌고래 호텔은 실제로 존재하는 호텔이다. 삿포로 거리의 그다지 눈에 띄지 않는 한쪽에 있다. 나는 몇 해 전이던가 거기서 일주일 정도 머문 적이 있다. 아니지, 분명히 기억해 내자. 명백히 해 두자. 그게 몇 해 전이더라? 사 년 전. 아니지, 정확히 말하면 사 년 반 전이다. 나는 그때 아직 이십 대였다. 나는 한 여자와 둘이서 그 호텔에 투숙했다. 그녀가 그 호텔을 선택했다. 그곳이 좋겠어, 라고 그녀는 말했던 것이다. 만일 그녀가 원하지 않았다면, 나는 돌고래 호텔 같은 데엔 아마 투숙하지 않았을 거라고 생각한다.

　그것은 작고 볼품없는 호텔로, 우리 말고 숙박하는 사람은 거의 눈에 띄지 않았다. 내가 일주일 동안 그 호텔에 묵으면서 로비에서 본 손님이라곤 둘 아니면 셋 정도였고, 그나마 숙박 손님인지 아닌지조차 불분명했다. 하지만 프런트 보드에 걸린 열쇠가 군데군데 비어 있었으니까, 우리 말고도 손님은 있었을 것이라고 생각한다. 그다지 많지는 않다 해도 조금쯤은. 아무리 뭐래도 대도시의 한편에 호텔 간판을 내걸고, 직업별 전화번호부에조차 버젓하게 번호가 올라 있으니, 전혀 손님이 오지 않는다는 건 상식적으로 생각해도 있을 수 없는 일이다. 하지만 우리 말고 손님이 있었다 해도, 그들은 무척 조용하고 낯을 가리는 사람들이었을 것이다. 우리는 그들의 모습을 거의 본 적이 없고, 아무 소리도 듣지 못했고, 기척도 느끼지 못했었다. 보드 위의 열쇠 배치만이 매일 조금씩 바뀌었다. 그들은 숨을 죽이고, 아마도 희미한 그림자처럼 벽을 기어서 복도를 오가곤 했나 보다. 가끔씩 덜컥덜컥 덜컥덜컥 하는 엘리베이터의 주행음이 조심스레 울려왔지만, 그 소리가 그치면 침묵은 전보다도 오히려 묵직해진 것처럼 느껴졌다.

어쨌든 이상한 호텔이었다.

그것은 나에게 생물 진화의 막다름 같은 것을 연상케 했다. 유전자적 후퇴. 잘못된 방향으로 나아간 채 돌이킬 수 없게 된 기형 생물. 진화의 힘이 소멸하고, 역사의 박명薄明 속에 정처 없이 우두커니 서버린 고아 같은 생물. 시간의 익곡溺谷. 그것은 누구의 탓도 아니다. 누가 나쁘달 수도 없는 노릇이고, 누가 그것을 구제할 수 있는 것도 아니다. 우선 첫째 그들은 그곳에 호텔을 만들지 말았어야 했다. 과오는 우선 거기서부터 시작되어 있었다. 첫걸음부터 모든 것이 잘못되어 있었다. 첫 단추가 잘못 채워져, 그에 따라 모든 것이 치명적으로 혼란스럽게 되어 버렸다. 혼란을 바로잡으려는 시도는, 새로운 세밀한—세련됐다고는 할 수 없다, 그저 세밀할 뿐이다— 혼란을 만들어 냈다. 그래서 그 결과, 모든 것이 다 조금씩 왜곡되어 보였다. 거기에 있는 무엇인가를 가만히 응시하려고 하면, 저절로 목이 몇 도쯤 기울어져 버리는 것이다. 그런 왜곡. 기울어진다지만 아주 작은 각도라 실제로 별다른 해악은 없고, 별로 부자연스러움을 느낄 정도도 아니며, 줄곧 거기에 있으면 그것에 익숙해져 버릴지도 모르지만, 역시 조금은 신경 쓰이는 왜곡이다.(게다가 그런 것에 익숙해져 버린다면 이번엔 제대로 된 세계를 볼 때조차도 목을 기울이게 될지 모른다.)

돌고래 호텔은 그런 호텔이었다. 그리고 그것이 제대로 된 곳이 아니라는 것은—그 호텔이 혼란에 혼란을 거듭한 끝에 포화점에 달해서, 결국 머지않은 장래에 시간의 크나큰 소용돌이에 몽땅 삼켜져 버리게 될 것이라는 건 — 누가 보든 명확했다. 애처로운 호텔이었다. 마치 12월의 비에 젖은, 다리가 셋밖에 없는 검은 개처럼 애처로워 보였다. 물론 애처로워 보이는 호텔은 세상엔 이곳 말고도 얼마든지 있겠지만, 돌고래 호텔은 그런 것과는 또 좀 다르다. 돌고래 호텔은 좀 더 개념적으로 애처로운 것이다. 그러니까 더욱더 애처롭다.

　말할 필요도 없지만, 그런 호텔을 택해서 일부러 숙박하려는 사람은, 아무것도 모르고 잘못 찾아든 손님 말고는 별로 없다.

　돌고래 호텔이 정식 명칭은 아니다. 정식으로는 '돌핀 호텔'이라고 하는데, 그 이름과 실체를 보고 느끼는 인상은 상당히 거리가 있기 때문에(돌핀 호텔이라는 이름은 나에게 에게해 주변의, 솜사탕처럼 새하얀 리조트 호텔을 연상시킨다), 내가 개인적으로 그렇게 부르고 있을 뿐이다.

　입구에는 '돌핀 호텔'이라 새겨진 동판이 걸려 있다. 만약 그런 간판이 걸려 있지 않다면, 그건 전혀 호텔로는 보이지 않을 것이다. 간판이 있는데도, 좀처럼 호텔로 보이지 않을 정도니까. 무엇으로 보이느냐 하면, 그것은 꼭 퇴락한 박물관처럼 보인다. 특수한 전시물을 보기 위해, 특수한 호기심을 품은 사람들이 살그머니 찾아올 듯한, 그런 특수한 박물관.

하지만 어떤 사람이 돌고래 호텔을 눈앞에 두고 그런 인상을 품었다 해도, 그것은 결코 빗나간 '상상의 비약'은 아니다. 사실 돌고래 호텔의 일부는 박물관을 겸하고 있는 것이다.

누가 그런 호텔에 묵겠는가? 그 일부가 영문 모를 박물관이 되어 있는 그런 호텔에? 어둑한 복도 안쪽에 양¥의 박제니, 먼지투성이의 모피니, 곰팡내 물씬 나는 자료니, 누렇게 바랜 낡은 사진 따위가 차곡차곡 쌓여 있는 그런 호텔에. 못다 한 상념이 마른 진흙처럼 구석구석 끈끈하게 달라붙어 있는 것 같은 그런 호텔에?

모든 가구는 색이 바래고, 모든 테이블은 삐걱거리고, 모든 열쇠는 제대로 잠기질 않았다. 복도는 닳았고, 전구는 어두웠다. 세면대의 마개는 일그러져서 물이 제대로 담기지 않았다. 뚱뚱한 여직원(그녀의 다리는 코끼리를 연상케 했다)은 복도를 걸으면서 콜록콜록 불길한 기침을 했다. 언제나 카운터에 있는 지배인은 애처로워 보이는 눈을 가진 중년 남자로, 손가락이 두 개 없었다. 이 사내는 얼핏 보기에도, 아무것도 잘하지 못할 그런 타입이었다. 그런 타입의 표본 같은 사내였다. 마치 옅은 청색 잉크 용액에 하루 동안 담가 두었다가 끄집어낸 것처럼, 그의 존재의 구석구석에까지 실패와 패배와 좌절의 그림자가 배어들어 있었다. 유리 상자에 넣어 학교 실험실에 놓아두고 싶은 그런 사내였다. '무엇을 하건 제대로 못하는 사내'라는 딱지를 붙여 가지고. 그를 보고 있기만 해도 대부분의 사람들은, 다소의 차이야 있겠지만 비참한 기분이 됐고, 화를 내는 경우도 적지 않았다. 어떤 사람들은 그런 타입의 비참한 인간을 보고 있기만 해도, 까닭 없이 무턱대고 화가 치밀어 오르는 것이다. 누가 그런 호텔에 묵겠는가?

하지만 우리는 묵었다. 우리는 이곳에 머물러야만 해, 라고 그녀는 말했다. 그리고 그런 뒤에 그녀는 사라져 버렸다. 나 혼자만 남겨 놓고 사라져 버린 것이다. 그녀가 가버렸다고 내게 알려 준 건 양 사나이였다. 그 여잔 가버렸어, 라고 양 사나이는 내게 알려 줬다. 양 사나이는 알고 있었던 것이다. 그녀가 가야만 했다는 것을. 나도 이제는 이해한다. 그녀의 목적은 나를 거기로 인도하는 데 있었기 때문이다. 그것은 운명과 같은 것이었다. 마치 몰다우강이 바다로 이어지듯이. 나는 처마의 빗줄기를 보면서 그것을 생각한다. 운명.

내가 돌고래 호텔의 꿈을 꾸게 됐을 때, 우선 떠올린 것은 그녀에 대해서였다. 그녀가 나를 다시 원하고 있구나, 하고 나는 문득 생각했다. 그렇지 않고서야 왜 이렇게 몇 번이고 같은 꿈을 꾸겠는가?

그녀, 그러고 보니 나는 그녀의 이름조차 모른다. 그녀와 함께 몇 달 동안을 살았는데도. 나는 그녀에 대해서 실질적으론 무엇 하나 알지 못하는 것이다. 내가 알고 있는 건 그녀가 어느 고급 콜걸 클럽에 속해 있다는 사실뿐이었다. 클럽은 회원제로, 신원이 확실한 고객밖엔 상대하지 않았다. 최고급 매춘부다.

그녀는 그 밖에도 몇 가지인가의 일을 갖고 있었다. 평소 낮에는 조그마한 출판사에서 아르바이트로 교정 일을 하고 있었고, 파트타임으로 귀 전문 모델도 하고 있었다. 요컨대 그녀는 매우 바쁜 생활을 하고 있었던 셈이다. 그녀에게 물론 이름이 없을 리 없었다. 사실을 말하자면, 그녀는 몇 개나 되는 이름을 갖고 있었다. 하지만 그와 동시에 그녀에겐 이름이 없었다. 그녀의 소지품—거의 없는 것이나 다름없었지만— 어디에도 이름은 들어 있지 않았다. 정기승차권도, 면허증도, 신용카드도 갖고 있지 않았다. 조그만 수첩이 하나 있었는데, 거기에는 알 수 없는 암호가 볼펜으로 너저분하게 적혀 있을 뿐이었다. 그녀의 존재에 실마리가 될 만한 것은 아무것도 없었다. 창녀들에게 이름은 있을지 모른다. 하지만 그녀들은 이름을 갖지 않는 세계에서 살고 있는 것이다.

어쨌든 나는 그녀에 대해선 거의 아무것도 모른다. 어디서 태어났는지도, 나이가 실제 몇 살인지도. 생일조차 알지 못한다. 학력도 알지 못한다. 가족이 있는지 어떤지조차 알지 못한다. 아무것도 알지 못한다. 그녀는 비처럼 어디선가 와서는, 어디론가 사라지고 만 것이다. 다만 기억만을 남겨 놓고.

하지만 지금 나는 내 주변에서 그녀의 기억이 다시 어떤 종류의 현실성을 띠기 시작하고 있는 것을 느낀다. 나는 이렇게 느끼고 있는 것이다. 그녀는 돌고래 호텔이라는 상황을 통해서 나를 부르고 있다고. 그렇다, 그녀는 이제 또다시 나를 원하고 있는 것이다. 그리고 나는 돌고래 호텔에 다시 한번 포함되어야만, 그녀와 다시 해후할 수 있다. 그리고 아마 그녀는 거기서 나 때문에 눈물을 흘리고 있는 것이다.

나는 낙숫물을 바라보며 무엇인가에 나 자신이 포함된다는 일에 대해서 생각해 본다. 그리고 누군가가 나 때문에 울고 있는 일에 대해서 생각해 본다. 그것은 아주아주 먼 세계의 일인 것처럼 느껴진다. 마치 달인지 무엇인지 하는 그런 곳에서의 사건처럼 느껴진다. 결국 그건 꿈인 것이다. 제아무리 팔을 길게 뻗어도, 제아무리 빨리 달려도, 나는 거기에 당도할 수 없을 것 같은 느낌이 든다.

어째서 누군가가 나 때문에 눈물을 흘리는가?

아니지, 그래도, 그녀는 나를 원하고 있는 것이다. 저 돌고래 호텔의 어딘가에서. 그리고 나 역시 마음의 어느 구석에선가 그것을 바라고 있는 것이다. 그 장소에 포함될 것을. 그 기묘하고도 치명적인 장소에 포함될 것을.

하지만 돌고래 호텔로 돌아가는 건 간단한 일이 아니다. 전화로 방을 예약하고, 비행기를 타고 삿포로에 가는 걸로 끝날 일이 아니다. 그것은 호텔인 동시에 하나의 상황이다. 그것은 호텔이라는 형태를 취한 상황인 것이다. 돌고래 호텔로 돌아가는 것은, 과거의 그림자와 다시 한번 대면해야 함을 의미하는 것이다. 그것을 생각하면 나는 견딜 수 없이 우울한 기분에 사로잡혔다. 그렇다, 나는 이 근래 사 년 동안, 그 냉랭하고 어두운 그림자를 떨어내 버리는 일에 전력을 기울이고 있었다. 그래서 돌고래 호텔로 돌아간다는 것은 내가 사 년 동안 조용히, 부지런히 모아 온 모든 것을 송두리째 포기하고 없애 버리는 것이다. 물론 내가 그렇게 대단한 것을 손에 넣었던 건 아니다. 그 대부분은 아무리 생각해 봐도 잠정적이고 편의적인 잡동사니였다. 하지만 나는 나름대로 최선을 다했으며, 그 같은 잡동사니를 그럴싸하게 짜 맞추어 현실과 자신을 연결하고, 내 나름의 조그마한 가치관에 기초한 새로운 생활을 구축해 왔다. 다시 한번 본래의 텅 빈 자리로 되돌아가라는 것인가? 창문을 열고 무엇이든 내동댕이치라는 것인가?

하지만 결국 모든 것은 거기서부터 시작되는 것이다. 나는 그것을 알고 있었다. 거기서부터 시작될 수밖에 없다.

나는 침대에 드러누워 천장을 바라보면서 깊은 한숨을 내쉬었다. 단념하자, 하고 나는 생각했다. 단념하자, 무슨 생각을 하건 소용없다. 그것은 너의 능력 밖의 일이다. 네가 무슨 생각을 하건, 거기서부터 시작될 수밖에 없다. 그렇게 정해져 있다, 확실히.

나에 대해 이야기하자.

자기소개.

옛날, 학교에서 자주 했었다. 반이 새로 편성됐을 때, 순서대로 교실 앞쪽에 나가서 여러 사람 앞에서 자신에 관해 이것저것 지껄인다. 나는 그것이 정말 싫었다. 아니, 싫기만 한 것이 아니다. 나는 그런 행위 속에서 아무 의미도 찾을 수가 없었다. 내가 나 자신에 대해 도대체 무엇을 알고 있을까? 내가 의식을 통해서 파악하고 있는 나는 진정한 의미의 나일까? 녹음된 목소리가 자기 목소리로 들리지 않는 것처럼, 내가 파악하는 자아의 상像은 왜곡된 채 인식되어 모양 좋게 바뀌어 만들어진 것은 아닐까? ……나는 언제나 그런 식으로 생각하고 있었다. 자기소개를 할 때마다, 남들 앞에서 자신에 대해 이야기하지 않으면 안 될 때마다, 나는 마치 성적표를 멋대로 고쳐 쓰고 있는 것 같은 기분이 들었다. 언제나 불안해서 견딜 수 없었다. 그래서 그럴 때, 나는 되도록 해석이나 의미를 부여할 필요가 없는 객관적인 사실만 이야기하려고 신경을 썼지만(나는 개를 기르고 있습니다. 수영을 좋아합니다. 싫어하는 음식은 치즈입니다 등등), 그래도 어쩐지 가공의 인간에 대한, 가공의 사실을 이야기하는 것만 같은 기분이 들곤 했었다. 그리고 그런 기분으로 다른 사람들의 이야기를 듣고 있노라면, 그들도 역시 그들 자신이 아닌 다른 누군가의 이야기를 하는 것처럼 느껴졌다. 우리는 모두가 가공의 세계에서 가공의 공기를 마시며 살고 있었다.

하지만 아무튼, 무엇인가 지껄이기로 하자. 자신에 관해 무엇인가 지껄이는 데서부터 모든 것이 시작된다. 그것이 우선 첫걸음이다. 바른지 그른지는 나중에 다시 판단하면 된다. 나 자신이 판단해도 되고 다른 누군가가 판단해도 된다. 어쨌든 간에, 지금은 이야기해야 할 때다. 그리하여 나도 해야 할 말을 고심하지 않으면 안 된다.

나는 지금은 치즈를 좋아한다. 언제부터인지는 모르겠으나, 어느샌가 자연히 좋아하게 됐다. 기르던 개는 내가 중학교에 들어간 해에 비를 맞고 폐렴으로 죽었다. 그 후로 개는 한 마리도 기르지 않는다. 수영은 지금도 좋아한다.

끝.

하지만 세상사는 그렇게 간단하게 끝나지 않는다. 사람이 인생에서 무엇인가를 추구할 때(추구하지 않는 인간이 있을까?), 인생은 좀 더 많은 데이터를 그에게 요구한다. 명확한 도형을 그리기 위한, 더 많은 정보가 요구된다. 그렇게 하지 않고선, 아무런 회답도 돌아오지 않는다.

데이터 부족으로 회답 불가능. 취소키를 눌러 주세요.

취소키를 누른다. 화면이 하얘진다. 교실 안의 사람들이 나에게 물건을 집어 던지기 시작한다. 좀 더 말해라. 좀 더 자기 이야기를 해라, 하고. 교사는 눈썹을 찌푸리고 있다. 나는 할 말을 잃고, 교단 위에 우두커니 서 있다.

　지껄이자. 그러지 않고선, 아무것도 시작되지 않는다. 그것도 되도록 길게. 바른지 그른지는 나중에 다시 생각하면 된다.

✦

이따금 여자가 내 방으로 자러 왔다. 그리고 아침 식사를 함께 하고는 회사로 출근했다. 그녀에게도 역시 이름은 없다. 하지만 그녀에게 이름이 없는 건, 단지 그녀가 이 이야기의 주요 인물이 아니기 때문이다. 그녀의 존재는 곧 지워지고 만다. 그러므로 혼란을 피하기 위해 나는 그녀에게 이름을 달아 주지 않는다. 그러나 그렇다고 해서, 내가 그녀의 존재를 가볍게 여긴다고 생각하고 싶지 않다. 나는 그녀를 몹시 좋아했으며, 그녀가 없는 지금도 그 마음은 변하지 않았다.

　나와 그녀는 이를테면 친구였다. 적어도 그녀는, 내가 유일하게 친구라고 부를 수 있는 가능성을 가졌던 사람이다. 그녀에겐 나 말고 제대로 된 연인이 있다. 그녀는 전화국에 근무하고 있으며, 컴퓨터로 전화요금을 계산하는 일을 한다. 직장에 대한 자세한 이야기는 나도 묻지 않았고, 그녀도 특별히 이야기하지 않았지만, 대충 그런 느낌의 일이었다고 생각한다. 개인의 전화번호별로 요금을 집계해서 청구서를 만든다든지 하는 그런 종류의 일이다. 그래서 매달 우편함 속에 전화요금 청구서가 들어 있는 걸 볼 때마다, 나는 꼭 사적인 편지를 받은 것 같은 기분이 들곤 했다.

　　그녀는 그런 일과는 관계없이, 나와 잤다. 한 달에 두 번, 아니면 세 번인가, 그 정도. 그녀는 나를 달나라 사람인가 무엇인가쯤으로 생각하고 있었다. "이봐, 당신 아직도 달로 돌아가지 않았어?"라고 그녀는 쿡쿡 웃으면서 말한다. 침대 속에서 알몸으로, 서로의 몸을 밀착시켜 가면서. 그녀는 가슴을 내 옆구리에 밀어붙이고 있다. 우리는 새벽녘에 곧잘 그런 자세로 이야기를 나누곤 했다. 고속도로의 소음이 끊일 새 없이 계속되고 있다. 라디오에서 단조로운 휴먼 리그The Human League의 노래가 들려온다. **휴먼 리그**. 바보 같은 이름이다. 어째서 이런 무의미한 이름을 붙이는 것일까? 옛날 사람들은 밴드에 좀 더 진지하고 그럴싸한 이름을 붙였다. 임페리얼스The Imperials, 슈프림즈Suprems, 플라밍고스The Flamingos, 팔콘스The Falcons, 임프레션스The Impressions, 도어스The Doors, 포 시즌스The Four Seasons, 비치 보이스The Beach Boys.

　　내가 그런 얘길 하면 그녀는 웃는다. 그리고 나더러 특이한 사람이라고 한다. 나의 어디가 특이한지 나는 모른다. 나는 나 자신이 매우 성실한 생각을 하는 매우 성실한 인간이라고 생각하고 있다. **휴먼 리그**.

　　"당신과 있는 게 좋아"라고 그녀는 말한다. "가끔가끔 말이야, 엄청나게 당신이 보고 싶을 때가 있어. 회사에서 일하고 있을 때라든지 그럴 때 말이야."

"응" 하고 나는 말한다.

"가끔가끔" 하고 그녀는 단어를 강조해서 말한다. 그러곤 삼십 초 정도의 틈을 둔다. 휴먼 리그의 노래가 끝나고, 알지 못하는 밴드 곡으로 바뀐다. "그게 문제점이야, 당신의"라고 그녀는 말을 잇는다. "난 당신과 둘이서 이렇게 있는 게 아주 좋지만, 매일 아침부터 밤까지 줄곧 함께 있고 싶진 않아. 웬일인지."

"응" 하고 나는 말한다.

"당신과 있으면 답답하다든가 그런 건 아니야. 그저 함께 있으면 말이야, 가끔가끔 공기가 쓱 엷어지는 것 같은 느낌이 드는 거야. 마치 달에 있는 것처럼."

"이것은 극히 작은 한 예지만―."

"저기, 이거 농담 아니야" 하고 그녀는 몸을 일으켜 내 얼굴을 물끄러미 들여다본다. "나, 당신을 위해서 말하고 있는 거야. 누구 당신을 위해서 무엇인가 말해 주는 사람, 달리 또 있어? 어때? 그런 말 해주는 사람, 달리 또 있어?"

"없지"라고 나는 솔직하게 말한다. 한 사람도 없다.

그녀는 다시 옆으로 누워, 가슴을 부드럽게 내 옆구리에 밀착시킨다. 나는 손바닥으로 그녀의 등을 가만히 어루만진다.

"아무튼 가끔가끔 달에 있는 것처럼 공기가 엷어진단 말이야, 당신과 함께 있으면."

"달의 공기는 엷지 않아" 하고 나는 지적한다. "달 표면엔 공기가 전혀 존재하지 않아. 그러니까―."

"엷은 거야"라고 그녀는 작은 소리로 말한다. 그녀가 내 발언을 무시한 건지, 또는 전혀 귀담아듣지 않은 건지 나로선 알수 없다. 하지만 그녀의 목소리가 작다는 것이 나를 긴장하게 한다. 왠지 모르지만, 거기엔 나를 긴장하게 하는 무엇인가가 담겨 있다. "가끔가끔 쓱 엷어진단 말이야. 그리고 나와는 전혀 다른 공기를 당신이 마시고 있다는 생각이 드는 거야. 그렇게 인식된다고."

　"데이터가 부족한 거야"라고 나는 말한다.

　"내가 당신에 대해서 아무것도 알지 못한다는 거야, 그럼?"

　"나도 나 자신에 대해 잘 모르고 있어"라고 나는 말한다. "정말 그래. 특별히 철학적인 의미로 말하는 게 아니야. 실질적인 의미로 말하는 거야. 전체적으로 데이터 부족이야."

　"하지만 당신 벌써 서른셋이지?"라고 그녀는 말한다. 그녀는 스물여섯이다.

　"서른넷" 하고 나는 정정한다. "서른네 살하고도 이 개월."

　그녀는 고개를 가로젓는다. 그러곤 침대에서 나와 창 쪽으로 가서, 커튼을 젖힌다. 창밖으로 고속도로가 보인다. 도로 위에는 뼈처럼 하얀, 아침 여섯 시의 달이 떠 있다. 그녀는 내 파자마를 입고 있다.

　"달로 돌아가, 당신" 하고 그녀는 달을 가리키면서 말한다.

　"춥지?"라고 나는 말한다.

　"춥다니, 달 말이야?"

"아니, 지금 당신 말이야"라고 나는 말한다. 지금은 2월인 것이다. 그녀는 창가에 서서 하얀 숨을 토해 내고 있다. 내 말을 듣고 나서, 그녀는 그제야 추위를 깨달은 것 같다.

그녀는 서둘러 침대로 돌아온다. 나는 그녀를 끌어안는다. 파자마는 지독히 차다. 그녀는 코끝을 내 목에 밀어붙인다. 코끝도 차다. "당신이 좋아"라고 그녀는 말한다.

나는 무엇인가를 말하려고 하지만, 말이 잘 나오지 않는다. 나는 그녀에게 호의를 갖고 있다. 이렇게 둘이서 침대 속에 있으면 아주 즐겁게 시간을 보낼 수 있다.

나는 그녀의 몸을 녹여 주거나 머리카락을 조용히 어루만지거나 하는 게 좋은 것이다. 그녀가 잠결에 내는 작은 숨소리를 듣거나, 아침이 되어 그녀를 회사로 보내거나, 그녀가 계산한—그렇다고 내가 믿고 있는— 전화요금 청구서를 받아 들거나, 커다란 내 파자마를 그녀가 입고 있는 걸 보거나 하는 것이 좋은 것이다. 하지만 그런 것은 막상 말하려고 들면 한마디로 잘 표현되지 않는다. 사랑하고 있는 건 물론 아니고, 좋아하는 것도 아니다.

어떻게 말하면 좋을까?

결국 나는 아무 말도 할 수 없다. 말이라는 게 전혀 떠오르지 않는다. 그리고 내가 아무 말도 하지 않는 것에 그녀가 상심하고 있다는 걸 느낄 수 있다. 그녀는 그걸 내가 느끼지 못하도록 하고 있지만, 그래도 나는 느낄 수 있다. 부드러운 피부 위로 그녀의 등뼈의 형상을 더듬으면서 나는 그걸 느낀다. 아주 분명하게. 우리는 한동안 아무 말도 없이 서로 껴안은 채, 제목도 알지 못하는 노래를 듣고 있다. 그녀는 내 아랫배에다 살며시 손바닥을 갖다 댄다.

"달나라 여자와 결혼해서 훌륭한 달나라 아이를 만들어"라고 그녀는 상냥하게 말한다. "그게 제일이야."

열어젖혀진 창문 밖으로 달이 보였다. 나는 그녀를 껴안은 채, 그 어깨 너머로 물끄러미 달을 보고 있었다. 가끔씩 무엇인지 몹시 무거운 물건을 실은 장거리 트럭이, 붕괴하기 시작한 빙산처럼 불길한 소리를 내며 고속도로를 질주해 갔다. 도대체 무엇을 운반하고 있는 것일까, 하고 나는 생각했다.

"아침 식사, 뭐가 있지?"라고 그녀는 내게 묻는다.

"특별히 색다른 건 없어. 언제나 거의 똑같아. 햄과 달걀과 토스트와 어제 낮에 만든 포테이토샐러드, 그리고 커피. 당신을 위해 우유를 데워서 카페오레를 만들지"라고 나는 말한다.

"훌륭해"라고 그녀는 미소 짓는다. "햄에그를 만들고, 커피를 끓이고, 토스트를 구워 줄래?"

"물론이지. 기꺼이"라고 나는 말한다.

"내가 제일 좋아하는 게 뭔지 알아?"

"솔직히 말해서 짐작이 안 가."

"내가 제일 좋아하는 게 뭐냐 하면 말이야" 하고 그녀는 내 눈을 보면서 말한다. "추운 겨울 아침에, 싫어라, 일어나고 싶지 않아, 하고 생각하면서, 커피 향기와 햄에그를 굽는 지글거리는 냄새와 토스터 작동이 멈추며 나는 탁탁 하는 소리에 그만 참을 수 없어서, 과감하게 침대를 박차고 나오는 일이야."

"좋아. 해보자고" 하고 나는 웃으면서 말한다.

✦

나는 결코 특이한 인간은 아니다.

정말 그렇게 생각한다.

나는 평균적인 인간이라고 할 수 없을지는 모르나, 그렇다고 특이한 인간도 아니다. 나는 나 나름대로 지극히 성실한 인간이다. 매우 직선적이다. 화살처럼 직선적이다. 나는 나로서 지극히 필연적으로, 지극히 자연스럽게 존재하고 있다. 그것은 이제 자명한 사실이어서, 타인이 나라는 존재를 어떻게 파악했다 하더라도 나는 그다지 신경을 쓰지 않는다. 다른 사람들이 나를 어떻게 보든, 그것은 나와 전혀 상관없는 문제다. 그것은 나의 문제라기보다는 차라리 그들의 문제인 것이다.

어떤 종류의 인간은 내가 실제 이상으로 우둔하다고 생각하며, 어떤 종류의 인간은 내가 실제 이상으로 계산이 빠르다고 생각한다. 하지만 아무러면 어떤가. 게다가 '실제 이상으로'라는 표현은, 내가 파악한 나 자신의 상像에 비해서 그렇다는 것에 불과하다. 그들에게 나는 어쩌면 현실적으로 우둔하며, 어쩌면 계산이 빠르다. 그것은 뭐 어느 쪽이건 상관없다. 대수로운 문제가 아니다. 세상에 오해라는 것은 없다. 사고방식의 차이가 있을 뿐이다. 그것이 내 생각이다.

그러나 그것과는 별개로, 한편에서, 내 안의 성실함에 끌리는 인간이 있다. 아주 적기는 하지만, 그래도 확실히 존재한다. 그들/그녀들과 나는 마치 우주의 어두운 공간에 뜨는 두 개의 유성처럼 극히 자연스레 이끌리고, 그리고 떨어져 간다. 그들은 내게로 와서 나와 관련을 맺고, 그리고 어느 날 가버린다. 그들은 내 친구가 되고, 연인이 되고, 아내도 된다. 어떤 경우엔 대립하는 존재가 되기도 한다. 하지만 어떻든 간에, 다들 내 곁을 떠나간다. 그들은 체념하고, 혹은 절망하고, 혹은 침묵하고(뱀의 주둥이를 비틀어도 이젠 아무것도 나오지 않는다), 그리고 사라져 간다. 내 방에는 두 개의 문이 달려 있는데 하나는 입구고 하나는 출구다. 서로 바뀔 수는 없다. 입구로는 나갈 수 없고, 출구로는 들어올 수 없다. 그건 뻔한 일이다. 사람들은 입구로 들어와 출구로 나간다. 들어오는 방법은 여러 가지가 있으며 나가는 방법도 여러 가지가 있다. 그러나 어쨌든 모두 나간다. 어느 누구는 새로운 가능성을 시도하기 위해 나갔으며, 어느 누구는 시간을 절약하기 위해 나갔다. 어느 누구는 죽었다. 남은 인간은 한 사람도 없다. 방 안에는 아무도 없다. 내가 있을 뿐이다. 그리고 나는 그들의 부재不在를 항상 인식하고 있다. 사라져 간 사람들을. 그들이 입에 담은 말들과 그들의 숨소리, 그들이 읊조린 노래가 방의 이 구석 저 구석에 먼지처럼 떠돌고 있는 게 보인다.

그들이 본 나의 상像은 아마도 꽤 정확한 것이 아니었나 싶다. 그렇기 때문에 그들은 모두 내가 있는 데로 곧장 찾아와서는, 그러곤 얼마 후 사라져 갔던 것이다. 그들은 내 안의 성실함을 인정하고, 내가 그 성실함을 유지해 가려고 하는 나 나름의 성실성—이외의 표현을 생각해 낼 수 없다—을 인정했다. 그들은 나에게 무슨 말을 하려고도 했으며, 마음을 열려고도 했다. 그들 대부분은 마음 착한 사람들이었다. 하지만 나는 그들에게 무엇인가를 줄 수 없었다. 가령 줄 수 있었다 하더라도, 그것만으로는 부족했다. 나는 언제나 그들에게 가능한 한 많은 것을 주려고 노력했다. 가능한 것은 전부 했다. 그리고 나도 그들에게 무엇인가를 요구하려고 했다. 하지만 결국은 잘되지 않았다. 그래서 그들은 사라져 갔다.

그것은 물론 괴로운 일이었다.

하지만 더욱 괴로운 일은, 그들이 들어왔을 때보다 훨씬 더 서글프게 방을 나가는 일이었다. 그들이 몸 안의 무엇인가를 한 단계 마멸시키고 나가는 일이었다. 나는 그것을 깨달았다. 이상한 이야기지만, 나보다는 그들 쪽이 더 많이 마멸된 것처럼 보였다. 어째서 그럴까? 어째서 언제나 내가 남게 되는 것인가? 그리고 어째서 언제나 내 손 안엔 마멸된 누군가의 그림자가 남아 있는 것인가? 어째서 그럴까? 알 수 없다.

데이터가 부족하다.

그래서 언제나 회답이 오지 않는다.

무엇인가 결여되어 있는 것이다.

어느 날 일을 마치고 돌아와 보니, 우편함에 그림엽서가 들어 있었다. 우주 비행사가 우주복을 입고 달 표면을 걷고 있는 사진의 그림엽서였다. 보낸 사람의 이름은 쓰여 있지 않았지만, 그것이 누구로부터 온 엽서인지 한눈에 알 수 있었다.

"우리 이젠 더 만나지 않는 게 좋을 것 같아"라고 그녀는 적어 놓았다. "나는 아마 가까운 장래에 지구인과 결혼하게 될 것 같으니까."

문이 닫히는 소리가 들린다.

데이터 부족으로 회답 불가능. 취소키를 눌러 주세요.

화면이 하얘진다.

언제까지 이런 일이 계속될까? 하고 나는 생각한다. 나는 이제 서른네 살이다. 언제까지 이런 일이 계속될 것인가?

나는 서글프지는 않았다. 하지만 그것은 분명 나의 책임이다. 그녀가 내 곁을 떠나가는 것은 당연한 일이며, 그렇게 될 줄 처음부터 알고 있었던 것이다. 그녀도 알고 있었고, 나도 알고 있었다. 하지만 우리는 조그마한 기적을 찾고 있었다. 하찮은 무언가를 계기로 근본적인 전환이 찾아올지도 모른다는 그런 것을. 그러나 물론 그런 일은 찾아오지 않았다. 그래서 그녀는 가버렸다. 그녀가 없어서 나는 쓸쓸한 느낌이 들었지만, 그것은 전에도 경험한 적이 있는 쓸쓸함이었다. 그리고 나 자신이 그 쓸쓸함을 제법 잘 견뎌 낼 수 있다는 것도 알고 있었다.

　나는 익숙해지고 있는 것이다.

　그렇게 생각하니 어쩐지 혐오감이 들었다. 내장에서 검은 액체가 목구멍까지 치밀어 오르는 것만 같았다. 나는 세면대 거울 앞에 서서, 이게 나 자신이다, 하고 생각했다. 이게 너다. 네가 네 자신을 마멸시켜 온 것이다. 네가 생각하는 것보다 훨씬 더 많이 너는 마멸된 것이다, 하고. 내 얼굴은 여느 때보다 훨씬 더 지저분하고, 훨씬 더 나이 들어 보였다. 나는 비누로 정성들여 얼굴을 씻고, 로션을 피부에 바르고, 그다음에 다시 천천히 손을 씻고, 새 타월로 손과 얼굴을 말끔히 닦았다. 그리고 부엌으로 가서 캔 맥주를 마시면서 냉장고를 정리했다. 시든 토마토를 버리고, 맥주 병들을 가지런히 정돈하고, 용기들의 위치를 바꾸어 놓고, 구입할 물건의 리스트를 작성했다.

　새벽녘에 나는 혼자서 멍하니 달을 바라보면서, 이런 일이 언제까지 계속될 것인가, 하고 생각했다. 나는 곧 또 어디선가 다른 여자와 만나게 될 것이다. 우리는 유성처럼 자연스레 이끌린다. 그리고 다시 헛되이 기적을 기대하며, 시간을 갉아먹으며, 마음을 마멸시키며, 헤어져 가는 것이다.

　그것은 언제까지 계속될 것인가?

2

그녀에게서 달 표면의 그림엽서를 받고 일주일 뒤에, 나는 일 때문에 하코다테로 가게 됐다. 여느 때처럼 별로 매력적이랄 수는 없는 일이었지만, 나는 일의 좋고 싫음을 가릴 만한 처지는 아니었다. 게다가 도대체가 나에게 맡겨지는 일은 그게 무엇이든 좋고 싫고를 가릴 만한 차이가 없었다. 다행인지 불행인지 일반적으로 세상사란 것은 끝으로 가면 갈수록, 그 질의 차이가 확연하게 드러나지 않는 법이다. 주파수와 마찬가지다. 어느 한계점을 넘어 버리면, 인접하는 두 음향 중 어느 쪽이 높은가 하는 것 따위는 거의 분간해 낼 수 없으며, 이윽고 분간은커녕 아무것도 들리지 않게 된다.

그 일은 어느 여성지를 위해 하코다테의 맛있는 음식점을 소개하는 기획이었다. 나와 카메라맨 둘이서 몇몇 가게를 돌며, 내가 기사를 쓰고, 카메라맨이 그 사진을 찍는다. 모두 다섯 페이지. 여성지란 것이 그런 기사를 요구하고 있으니, 누군가는 그런 기

사를 써야 한다. 쓰레기 치우기나 눈 치우기와 같은 일이다. 누군
가는 해야 하는 것이다. 좋고 싫고와 관계없이.

나는 삼 년 반 동안, 이러한 식의 문화적 뒤치다꺼리를 계속
하고 있었다. 문화적 눈 치우기다.

어떤 사정으로 그때까지 친구와 둘이서 경영하고 있던 사무
실을 그만둔 다음, 나는 반년 동안 거의 아무것도 하지 않은 채 그
저 멍하니 살고 있었다. 무엇을 해야겠다는 생각조차 일지 않았
다. 그 전해 가을에서 겨울에 걸쳐 실로 여러 가지 일이 있었다.
이혼을 했다. 친구가 죽었다. 불가사의한 죽음이었다. 여자가 아
무 말 없이 사라졌다. 기묘한 사람들을 만났고, 기묘한 사건에 휩
쓸렸다. 그리고 모든 것이 끝났을 때, 나는 그때까지 경험한 적이
없었던 깊은 정적에 파묻혀 있었다. 무시무시할 만큼의 농밀한
부재감이 나의 방 안에 감돌고 있었다. 나는 그 방 안에 반년 동안
꼼짝 않고 틀어박혀 있었다. 생존에 필요한 최소한의 물건을 사
는 것을 제외하면, 낮 동안 거의 밖으로 나가지 않았다. 인기척이
없는 새벽녘에 나는 정처 없이 산책을 했다. 사람들이 거리에 모
습을 보이기 시작할 즈음이 되면 방으로 돌아와서 잠들곤 했다.

그리고 저녁이 되기 전에 잠에서 깨어 간단한 식사를 만들어
서 먹고, 고양이에게도 먹이를 줬다. 식사가 끝나면 방바닥에 앉
아서 내 신상에 일어난 일을 몇 번이고 되풀이해서 생각하고 정
리해 봤다. 사건의 순서를 바꾸어 보기도 하고, 가능했을 법한 여
러 선택지를 리스트업해 보기도 하고, 내 행동의 정당성 여부에

대해 이모저모 생각해 보기도 했다. 그 일을 새벽녘까지 계속했다. 그리고 다시 밖으로 나가 정처 없이 아무도 없는 거리를 헤매고 다녔다.

나는 반년 동안 그 짓을 날마다 계속했다. 1979년 1월부터 6월까지. 나는 단 한 권의 책도 읽지 않았다. 신문조차 펼치지 않았다. 음악도 듣지 않았다. 텔레비전도 보지 않았으며, 라디오도 듣지 않았다. 아무와도 만나지 않았으며, 아무와도 이야기를 하지 않았다. 술도 거의 마시지 않았다. 술을 마시고 싶다는 생각조차 들지 않았다. 세상에서 무슨 일이 일어나고 있는지, 누가 유명해졌으며 누가 죽었는지, 나는 무엇 하나 알지 못했다. 일체의 정보를 완강하게 거부하고 있었던 것은 아니다. 다만 특별히 알고 싶다는 생각을 하지 않았을 따름이다. 세계가 움직이고 있다는 것은 나도 느낄 수 있었다. 방 안에 꼼짝 않고 있어도, 나는 그 움직임을 피부로 느낄 수는 있었다. 하지만 거기에 대해 아무 흥미도 가질 수 없었다. 모든 것은 소리 없는 미풍처럼 내 주변을 스쳐 지나갔다.

나는 그저 방바닥에 앉아서 머릿속으로 과거를 재현해 대고만 있었다. 이상한 이야기지만 반년 동안 그 짓을 날마다 계속해도 나는 권태나 따분함이라는 것을 통 느끼지 않았다. 왜냐하면 내가 체험한 그 사건은 너무나도 거대하고, 너무나도 많은 단면을 갖고 있었기 때문이다. 거대하고 사실적이었다. 손으로 만질 수 있을 정도로. 그것은 마치 밤의 어둠 속에 솟아오른 거대한 기넘비 같았다. 그리고 그 기념비는 나 한 사람을 위해 솟아올라 있었다.

나는 모든 것을 빠짐없이 검증했다. 그 사건을 겪으면서 나는 물론 그 나름의 피해를 입었다. 적지 않은 피해였다. 많은 피가 소리도 없이 흘러내렸다. 얼마간의 아픔은 시간이 지나면서 사라졌지만, 얼마간의 아픔은 나중에 다시 찾아왔다. 그러나 내가 반년 동안 꼼짝 않고 그 방 안에 계속 틀어박혀 있었던 까닭은 그 상처 때문만은 아니었다. 나는 다만 시간이 필요했다. 그 사건에 관한 모든 것을 구체적으로—실제적으로— 정리하고 검증하는 데 반년이라는 시간이 필요했던 것이다. 나는 결코 자폐적이 되거나, 외부 세계를 완강하게 거부하거나 했던 것은 아니다. 단지 그것은 시간적인 문제였다. 다시 한번 자신을 제대로 회복하고, 재정비하기 위한 순수하게 물리적인 시간이 나에겐 필요했던 것이다.

자신을 재정비한다는 의미와 그다음의 방향성에 대해서까지는 생각하지 않기로 했다. 그것은 또 다른 문제다, 하고 나는 생각했다. 거기에 대해선 다시 다음에 생각하면 된다. 우선 평형감각을 회복하는 일이 먼저다.

나는 고양이와도 이야기를 하지 않았다.

몇 번인가 전화가 걸려 왔지만, 나는 수화기를 들지 않았다.

누군가가 때때로 문을 두드렸지만, 나는 응답하지 않았다.

편지도 몇 통인가 왔다. 예전의 동업자가 나를 걱정하는 내용의 편지였다. 어디에서 무엇을 하고 있는지 알 수 없다. 우선 급한 대로 이 주소로 편지를 보낸다. 무엇인가 도울 수 있는 일이 있다면 말해 달라. 이쪽 일은 지금 현재로선 순조로운 편이다. 그렇게 쓰여 있었다. 서로 알고 지내는 다른 친구들의 소식에 관해서도 적혀 있었다. 나는 몇 번인가 그것을 되읽어 보고, 내용을 파악하고 나서(파악하기까지는 네 번 또는 다섯 번 되읽지 않으면 안 됐다) 책상 서랍에 넣어 두었다.

헤어진 아내도 편지를 보내왔다. 편지에는 몇몇 현실적인 용무가 쓰여 있었다. 매우 사무적인 어투의 편지였다. 그러나 끝머리에, 자기는 재혼하게 됐다, 재혼 상대는 당신이 알지 못하는 사람이다, 그렇게 쓰여 있었다. 앞으로 알게 될 일도 없을 거다, 하는 듯한 쌀쌀맞은 어투였다. 그 뜻은 나와 이혼했을 당시 사귀고 있던 상대와는 헤어졌다는 것이었다. 아마 그럴 테지, 하고 나는 생각했다. 나는 그 남자에 대해 잘 알고 있었지만, 그리 대단한 남자는 아니었기 때문이다. 재즈 기타를 쳤는데 특별히 놀랄 만한 재능을 갖고 있는 것도 아니었다. 특별히 재미난 인물도 아니었다. 그녀가 어째서 그런 남자에게 끌렸는지 나로선 전혀 짐작이 가지 않았다. 하지만 글쎄, 그건 타인과 타인 사이의 문제다. 당신에 대해선 아무 걱정도 않겠다, 라고 그녀는 썼다. 당신은 무엇을 하든 간에 제대로 해나가는 사람이니까. 내가 걱정하고 있는 건 앞으로 당신과 관계를 맺게 될 사람들이야. 나는 요즈음 그런 일이 어쩐지 몹시 걱정돼, 하고.

나는 그 편지도 몇 번인가 다시 읽고, 그리고 역시 책상 서랍에 쑤셔 넣었다.

이런 식으로 시간이 흘러가고 있었다.

금전 면에서 문제는 없었다. 그런대로 한 반년 살아갈 수 있을 만큼 비축해 둔 돈은 있었고, 그다음은 그때 가서 생각하면 될 일이었다. 겨울이 가고, 봄이 왔다. 봄은 내 방을 따스하고 평화로운 빛으로 가득 채웠다. 창문으로 들어오는 빛이 그리는 광선을 매일 가만히 바라보고 있으면, 태양의 각도가 조금씩 변해 가는 것을 알 수 있었다. 봄은 또 내 마음을 갖가지 옛 추억으로 채웠다. 떠나간 사람들, 죽어 버린 사람들. 나는 쌍둥이를 떠올렸다. 나는 그녀들과 셋이서 얼마 동안 함께 살았다. 1973년의 일이었다, 분명. 그 무렵 나는 골프장 옆에 살고 있었다. 날이 저물면, 우리는 철망을 타고 넘어 골프장 안으로 들어가, 정처 없이 거닐고, 골퍼들이 잃어버린 볼들을 줍곤 했다. 봄날의 해 질 녘은 나에게 그런 정경을 회상하게 했다. 모두 어디로 가버린 것인가?

입구와 출구.

죽어 버린 친구와 둘이서 다니던 조그마한 바도 생각났다. 우리는 거기서 하염없이 시간을 보냈다. 하지만 지금에 와서 보니, 그것이 이제껏 인생에서 가장 실체가 있는 시간이었던 것처럼 느껴진다. 묘한 일이다. 거기서 들었던 옛 음악도 생각났다. 우리는 대학생이었다. 우리는 거기서 맥주를 마시고, 담배를 피웠다. 우리한테는 그런 장소가 필요했다. 거기서 여러 가지 이야기를 했다. 하지만 어떤 이야기였는지는 잘 생각나지 않는다. 그저 여러 가지 이야기를 했다는 것밖엔 생각나지 않는다.

그는 이젠 죽어 버렸다.

온갖 것을 끌어안고 그는 죽어 갔다.

입구와 출구.

봄은 점점 깊어만 갔다. 바람의 냄새가 달라져 갔다. 밤의 어둠의 색깔도 바뀌었다. 소리도 다른 울림을 띠고 있는 듯했다. 그리고 계절은 초여름으로 바뀌었다.

5월의 끝 무렵에 고양이가 죽었다. 갑작스런 죽음이었다. 아무런 조짐도 없었다. 어느 날 아침, 일어나 보니 고양이가 부엌 한 구석에서 몸을 동그랗게 웅크린 채 죽어 있었다. 아마 제 자신도 영문을 모른 채 죽어 버렸을 것이다. 시체는 식어 버린 로스트 치킨처럼 빳빳해지고, 털 뭉치는 살았을 때보다 한층 지저분해 보였다. '정어리'라는 이름의 고양이. 그 녀석의 삶은 결코 행복한 것은 아니었다. 특별히 누군가로부터 깊이 사랑을 받은 것도 아니고, 특별히 무엇인가를 깊이 사랑한 것도 아니었다. 그 녀석은 언제나 불안한 듯한 시선으로 사람의 얼굴을 봤다. 나는 지금부터 무엇을 잃게 될 것인가, 하는 그런 눈으로. 그런 눈빛을 할 수 있는 고양이란 좀처럼 없다. 하지만 어쨌든 죽어 버렸다. 한 번 죽어 버리면, 그 이상 잃어버릴 것은 아무것도 없다. 그것이 죽음의 훌륭한 점이다.

나는 고양이 시체를 슈퍼마켓의 종이봉투에 넣어서 자동

차 뒷좌석에 놓고, 근처 철물점에서 삽을 샀다. 그리고 실로 오랜만에 라디오를 켜고, 록 뮤직을 들으면서 서쪽으로 향했다. 대개는 시시한 음악이었다. 플리트우드 맥Fleetwood Mac, 아바Abba, 멜리사 맨체스터Melissa Manchester, 비지스Bee Gees, 케이시 앤드 더 선샤인 밴드KC & The Sunshine Band, 도나 서머Donna Summer, 이글스Eagles, 보스턴Boston, 코모도스Commodores, 존 덴버John Denver, 시카고Chicago, 케니 로긴스Kenny Loggins……. 그런 음악들이 거품처럼 부풀어 올랐다가 꺼져 갔다. 시시하군, 하고 나는 생각했다. 틴에이저로부터 푼돈을 빼앗아 내기 위한 쓰레기 같은 대량 소비 음악.

하지만 나는 곧 서글픈 기분이 들었다.

시대가 바뀐 것이다. 그뿐이다.

나는 핸들을 잡으면서, 우리가 틴에이저였던 시절 라디오에서 흘러나오던 시시한 음악을 몇 가지인가 생각해 내려고 했다. 낸시 시나트라Nancy Sinatra. 음, 그건 별 볼일 없었지, 하고 나는 생각했다. 몽키스Monkees도 지독했다. 엘비스Elvis Presley 역시 아주 형편없는 곡을 잔뜩 부르고 있었다. 트리니 로페스Trini Lopez도 있었지, 팻 분Pat Boone의 곡은 대체로 나에게 세숫비누를 떠올리게 했다. 파비안Fabian, 바비 라이델Bobby Rydell, 아네트Annett, 그리고 허먼즈 허미츠Herman's Hermits 역시 재앙이었다. 차례차례 등장한 무의미한 영국인 밴드. 머리카락이 길고, 기묘하며 바보 같은 양복을 걸치고 있었다. 얼마나 생각해 낼 수 있을까? 허니콤즈The Honeycombs, 데이브 클라크 파이브The Dave Clark Five, 게리 앤드 페이스메이커스

Gerry & The Pacemakers, 프레디 앤드 드리머즈Freddie & The Dreamers……
끝이 없다. 사후경직 된 사체를 떠올리게 하는 제퍼슨 에어플레
인Jefferson Airplane, 톰 존스Tom Jones ─ 이름을 듣기만 해도 몸이 굳어
진다. 그 톰 존스의 추악한 복제물인 잉글버트 험퍼딩크Engelbert
Humperdinck. 무엇을 들어도 광고 음악으로 들리는 허브 알퍼트 앤
드 티후아나 브래스Herb Alpert & The Tijuana Brass. 저 위선적인 사이먼 앤
드 가펑클Simon & Garfunkel. 신경질적인 잭슨 파이브The Jackson Five.

모두 고만고만했다.

아무것도 달라지진 않았다. 언제든 언제든 언제든, 사물의
존재양식은 같다. 다만 연호年號가 바뀌고, 사람이 교체된 정도일
뿐이다. 이러한 의미 없는 일회용 음악은 어느 시대에나 존재했
고, 앞으로도 어김없이 존재할 것이다. 달이 차고 이지러지는 것
처럼.

나는 멍하니 그런 생각을 하면서 꽤 긴 시간 동안 차를 몰았
다. 도중에 롤링 스톤스Rolling Stones의 「브라운 슈거Brown Sugar」가 나
왔다. 나는 무심코 미소를 지었다. 멋진 곡이었다. 제법인데, 하고
나는 생각했다. 「브라운 슈거」가 유행했던 게 1971년이었던가.
한동안 생각해 봤지만, 정확하게는 생각나지 않았다. 하지만 뭐
아무래도 상관없는 일이었다. 1971년이건 1972년이건, 이제 와선
어느 쪽이든 상관없는 일인 것이다. 왜 그런 일을 일일이 진지하
게 생각하는 것일까?

적당히 깊어진 산속에서 나는 고속도로를 벗어나, 적당한 나

무숲을 찾아서 거기에 고양이를 묻었다. 숲 안쪽에 삽으로 일 미터 정도 깊이의 구덩이를 파고, 슈퍼마켓의 종이봉지로 뚤뚤 감싼 '정어리'를 던져 넣고, 그 위에 흙을 덮었다. 미안하지만 우리에겐 이게 어울리는 거야, 라고 나는 마지막으로 '정어리'에게 말을 걸었다. 내가 구덩이를 덮는 동안, 어디선가 작은 새가 계속 울어 대고 있었다. 플루트의 고음부 같은 음색으로 우는 새였다.

구덩이를 깡그리 메워 버리고, 나는 삽을 차의 트렁크에 넣고, 고속도로로 되돌아갔다. 그리고 다시 음악을 들으면서 도쿄를 향해 차를 몰았다.

아무것도 생각하지 않았다. 나는 그저 음악에 귀를 기울이고 있을 뿐이었다.

로드 스튜어트Rod Stewart와 제이 가일즈 밴드J. Geils Band가 나왔다. 그다음에 아나운서가 "여기서 올디즈를 한 곡" 하고 말했다. 레이 찰스Ray Charles의「본 투 루즈Born to Lose」였다. 그건 구슬픈 곡이었다. '난 태어나고부터 줄곧 잃어버리기만 했어'라고 레이 찰스가 노래하고 있었다. '그리고 난 지금 그대를 잃어버리려고 해.' 그 노래를 듣고 있자니까, 나는 정말 슬퍼졌다. 정말 눈물이 나올 것만 같았다. 이따금 그럴 때가 있다. 무엇인가 하찮은 일이 내 마음의 가장 연약한 부분을 건드리는 것이다. 나는 도중에 라디오를 끄고, 휴게소에 차를 멈추고, 레스토랑에 들어가 샌드위치와 커피를 주문했다. 세면실에 들어가 손에 묻은 흙을 깨끗이 씻고, 샌드위치를 한 조각 먹고, 커피를 두 잔 마셨다.

고양이는 지금 어떻게 됐을까, 하고 나는 생각했다. 그곳은 캄캄하겠지, 하고 나는 생각했다. 종이봉투에 흙이 닿으며 내던 소리를 떠올렸다. 하지만 그게 걸맞은 거야. 네게나 내게나.

나는 한 시간 동안 그 레스토랑에서 샌드위치가 담긴 접시를 멍하니 바라보고 있었다. 꼭 한 시간 뒤에 제비꽃 빛깔의 제복을 입은 웨이트리스가 다가와서, 접시를 치워도 괜찮겠냐고 조심스레 물었다. 나는 고개를 끄덕였다.

자, 하고 나는 생각했다.

사회로 되돌아가야 할 때였다.

3

이 거대한 개미집 같은 고도자본주의 사회에서 일을 찾는 것은 그다지 곤란한 작업이 아니다. 물론 그 일의 종류며 내용에 대해서 군소리만 않는다면 말이다.

　내가 사무실을 가지고 있었을 무렵, 나는 편집과 관련된 일을 자주 했으며, 그 과정에서 자잘한 글도 내 손으로 직접 쓰곤 했었다. 그 업계의 관계자 몇몇도 알고 있었다. 그래서 자유 기고가로서 나 한 사람 몫의 생활비를 벌어들이는 것쯤은 뭐 간단한 일이었다. 원래 나는 그다지 생활비가 들지 않는 인간이기도 하다.

　나는 옛날 수첩을 꺼내어 몇 사람에게 전화를 걸어 봤다. 그리고 솔직하게, 내가 할 만한 일거리가 없겠느냐고 물어봤다. 사정상 얼마 동안 빈둥거리고 있었는데, 가능하면 다시 일을 하고 싶어서 그렇다고 했다. 그들은 이내 몇 가지 일을 내게 줬다. 대단한 일은 아니었다. 대개는 정보지나 기업 팸플릿의 공백을 메우기 위한 기사를 쓰는 일이었다. 아주 겸손하게 말하면, 내가 쓰는 원고의 절반은 전혀 무의미해서, 누구에게도 도움이 되지 못할 그런 것이었다. 종이와 잉크 낭비. 하지만 나는 아무 생각도 않고, 거의 기계적으로 착착 일을 처리해 나갔다. 처음 얼마간은 업무량이 그다지 많지 않았다. 하루 두 시간가량 일을 하고, 나머지는 산책도 하고, 영화도 보고 했다. 꽤 많은 영화를 봤다. 삼 개월 정도 그런 식으로 나는 느긋하게 해나갔다. 일이야 어떻든, 얼마간은 사회와 관련을 맺고 지낸다 싶어서 나는 안도감을 가질 수 있었다.

내 주위의 상황이 변화를 보이기 시작한 것은, 가을로 접어든 지 얼마 안 되어서였다. 업무 의뢰가 갑자기 크게 늘어났던 것이다. 내 방 전화벨은 끊일 새 없이 울리고, 우편물의 양도 늘었다. 나는 업무 협의를 위해 숱한 사람과 만나고, 함께 식사를 했다. 그들은 나에게 친절을 베풀어 줬으며, 앞으로도 계속 일거리를 주겠노라고 했다.

이유는 간단했다. 나는 일감의 좋고 나쁘고를 가리지 않았고, 들어오는 일감은 닥치는 대로 떠맡았다. 마감 날짜를 어긴 적이 없었고, 무슨 일이 있어도 군소리를 하지 않았으며, 글씨도 깨끗했다. 일솜씨도 꼼꼼했다. 다른 사람이라면 적당히 할 일도 성실하게 했고, 대가가 낮아도 싫은 기색 한번 내비치지 않았다.

오전 두 시 반쯤에 전화가 걸려 와서 어떻게든 여섯 시까지 사백 자 원고지 스무 장을 써달라(아날로그식 시계의 장점에 대하여, 또는 마흔세 살 여성의 매력에 대하여, 또는 헬싱키의 거리—물론 가본 적은 없다—의 아름다움에 대하여)는 그런 주문을 받으면, 틀림없이 다섯 시 반에는 해냈다. 다시 쓰라고 하면 여섯 시까지는 다시 썼다. 평판이 좋아지는 건 당연했다.

눈을 치우는 작업과 같았다.

눈이 내리면 나는 그것을 효율적으로 길가로 치웠다.

한 조각의 야심도 없었고, 한 조각의 희망도 없었다. 오는 일거리를 닥치는 대로 거침없이 체계적으로 처리해 나갈 따름이었다. 솔직히 말해서 이건 인생의 낭비가 아닐까 하고 생각한 적이 없는 것도 아니었다. 하지만 종이와 잉크가 이만큼 낭비되고 있으니, 내 인생이 낭비됐다 해도 군소리할 것은 아니지 않느냐, 하는 것이 내가 도달한 결론이었다. 우리는 고도자본주의 사회에서 살고 있다. 거기에선 낭비가 최대의 미덕이다. 정치가는 그것을 내수內需의 세련화라고 부른다. 나는 그것을 무의미한 낭비라고 부른다. 사고방식의 차이다. 하지만 비록 사고방식의 차이가 있다 해도, 어쨌든 그것이 우리가 살고 있는 사회다. 그것이 마음에 들지 않는다면, 방글라데시나 수단으로 가는 수밖에 없다.

나는 방글라데시에도 수단에도 별다른 흥미를 가질 수 없었다.

그래서 묵묵히 일을 계속했다.

그러는 동안 홍보 일뿐 아니라, 일반 잡지 관련 의뢰도 들어오게 됐다. 웬일인지 여성지의 일이 많았다. 인터뷰 일이며, 사소한 취재 기사도 직접 쓰게 됐다. 하지만 그런 일이 정보지에 비교해 특별히 재미있는 건 아니었다. 내가 인터뷰하는 상대는 잡지의 성격상, 대부분 연예인이었다. 누구에게 무엇을 물어봐도 판에 박은 듯 똑같은 대답밖에 돌아오지 않았다. 그들이 어떻게 대답할지는 질문하기 전부터 예상할 수 있었다. 심할 때엔 먼저 매니저가 나를 불러 놓고는, 어떤 질문을 할 것인가, 미리 알려 달라고 했다. 그렇기 때문에 내가 할 질문의 대답은 처음부터 미리 척척 준비되어 있었다. 내가 그 열일곱 살짜리 여자 가수에 대해 정해진 것 이외의 질문을 하면, 옆에 있는 매니저가 "그렇게 느닷없는 질문을 하면 대답하기가 곤란하다"고 참견을 했다. 어이쿠, 이 여자아이는 매니저 없이는 10월 다음은 몇 월인지도 모르겠구나, 하고 나는 때때로 진지하게 걱정하곤 했다. 그런 건 물론 인터뷰랄 수도 없다. 하지만 나는 최선을 다했다. 인터뷰를 하기 전에는 되도록 면밀하게 조사했고, 남이 좀처럼 하지 않을 그런 질문을 생각했다. 구성에도 세밀하게 신경을 썼다. 그렇게 일을 한댔자 특별히 평가받는 것도 아니고, 누구한테서 따스한 말 한마디 들을 것도 아니다. 그럼에도 내가 그런 식으로 열심히 한 것은, 그렇게 하는 것이 나로선 가장 편했기 때문이다. 자기 훈련. 얼마 동안 일을 시키지 않았던 손가락과 머리에 실제적인—그리고 되도록이면 무의미한— 일을 시키며 혹사하는 것.

사회 복귀.

나는 그때까지 경험한 적이 없을 정도로 바쁜 나날을 보내게 됐다. 정기적인 일거리를 몇 가지 맡기로 한 데다 급히 맡겨지는 일거리도 많았다. 아무도 맡으려 하지 않는 일거리는 반드시 내게로 돌아왔다. 문제점을 지닌 꽤 까다로운 일거리도 반드시 내게로 돌아왔다. 나는 그 사회 속에서는 도시 변두리의 폐차장 같은 자리를 차지하고 있었다. 어떤 것의 상태가 나빠지면 모두 내게로 그것을 버리러 왔다. 모두 잠들어 버린 으슥한 한밤에.

덕분에 나의 통장 속 숫자는 내가 그때까지 본 적도 없는 액수로 부풀어 올랐으며, 너무나 바빠서 그것을 사용할 틈도 없었다. 나는 지금껏 문제가 많았던 자동차를 처분하고 아는 사람에게서 스바루 레오네를 싸게 양도받았다. 한물간 모델이었지만 주행거리도 그다지 많지 않았고, 카스테레오와 에어컨까지 달려 있었다. 그런 것이 있는 차를 타는 건 난생처음이었다. 지금까지 살던 아파트는 도심에서 너무 떨어져 있었기 때문에, 시부야 근처로 이사를 했다. 창문 바로 앞이 고속도로라 다소 시끄럽기는 했지만, 그것만 신경 쓰지 않는다면 어지간히 쓸 만한 아파트였다.

일 관계로 알게 된 몇몇 여자와 잤다.

사회 복귀.

나는 내가 어떤 여자와 자면 좋은가를 알고 있었다. 그리고 누구와 잘 수 있으며 누구와 잘 수 없는가도 알고 있었다. 누구와 자면 안 되는지도. 나이가 들면 그런 것을 자연히 알게 되는 법이다. 그리고 언제가 끝낼 때인지도 알고 있었다. 그런 것은 아주 자연스럽고 쉬운 일이었다. 아무도 상처받게 하지 않았고, 내 쪽도 상처받지 않았다. 그 조이는 듯한 가슴의 떨림이 없을 뿐이었다.

내가 가장 깊이 관계한 사람은, 예의 전화국에 근무하는 여자였다. 그녀와는 어느 송년 파티에서 알게 됐다. 둘 다 술에 취해 농담을 주고받다 의기투합해서, 내 아파트에 가서 잤다. 그녀는 머리가 좋고 다리가 아주 예쁜 여자였다. 우리는 중고 스바루를 타고, 이곳저곳 드라이브도 했다. 그녀는 마음이 내킬 때면 나에게 전화를 걸어, 자러 가도 좋으냐고 물었다. 그처럼 한 걸음 내디딘 관계로까지 발전한 상대는 그녀뿐이었다. 물론 그런 관계가 어디에도 도달하지 못한다는 것은 나도 그녀도 알고 있었다. 하지만 인생의 어떤 종류의 유예기간 비슷한 것을, 우리는 둘이서 조용히 공유했다. 그것은 나에게도 오랜만에 마음 편한 나날이었다. 우리는 부드럽게 서로 껴안고, 작은 소리로 이야기를 했다. 나는 그녀를 위해 요리를 만들고, 생일에는 선물을 교환했다. 우리는 재즈클럽에 가서 칵테일을 마셨다. 우리는 말다툼 한번 하지 않았다. 우리는 서로가 무엇을 요구하고 있는지를 마음속으로 알고 있었다. 하지만 그것도 결국은 끝나 버렸다. 그것은 어느 날 갑자기 필름이 뚝 끊어져 버리듯 끝나고 말았던 것이다.

그녀가 떠나가 버린 것은, 내 안에 예상 이상의 상실감을 가져왔다. 얼마 동안은, 나 자신이 견딜 수 없이 공허하게 느껴졌다. 나는 결국 어디에도 가지 않는다. 모두 하나둘씩 떠나가 버리고, 나만이 연장된 유예기간 속에 언제까지나 머물러 있었다. 현실이면서도 현실이 아닌 인생.

하지만 그것이 내가 공허함을 느낀 가장 큰 이유는 아니었다.

　가장 큰 문제는, 내가 마음 밑바닥으로부터 그녀를 원하고 있지 않았다는 점이었다. 나는 그녀를 좋아했다. 그녀와 함께 있는 것이 좋았다. 그녀와 둘이 있으면, 마음 편히 시간을 보낼 수 있었다. 평온한 기분도 들었다. 하지만 결국 나는 그녀를 원하지 않았다. 그녀가 사라지고 난 불과 사흘 뒤, 나는 그 사실을 분명히 인식했다. 그렇다, 결국은 그녀 옆에 있으면서 나는 달 위에 있었던 것이다. 옆구리로 그녀의 가슴의 감촉을 느끼면서도 내가 진심으로 찾고 있었던 것은 다른 그 무엇이었다.

　나는 사 년이 걸려 어떻게든 스스로의 존재의 평형성을 되찾았다. 나는 주어진 일을 하나하나 착착 처리해 왔고, 사람들은 나에게 신뢰를 가져 줬다. 그렇게 많지는 않다 해도, 몇몇 사람은 내게 호의 비슷한 것을 보이기도 했다. 하지만 두말할 필요도 없겠지만 그것만 가지고선 모자랐다. 전혀 충분하지 않았다. 요컨대 나는 시간을 들여서 겨우 출발점에 되돌아와 섰을 뿐이다.

　서른넷이 되어 나는 다시금 출발점에 되돌아온 셈이다. 그런데 이제부터 어떻게 하면 좋을까? 먼저 무엇을 하면 좋은가?

　생각할 것까지도 없었다. 무엇을 하면 좋은지는 처음부터 알고 있었다. 결론은 훨씬 전부터 짙은 구름처럼 내 머리 위에 빠끔하게 떠 있었다. 나는 다만 그것을 실행에 옮길 결심을 할 수 없어서, 하루 또 하루 미루고 있었을 뿐이다. 돌고래 호텔로 가는 것이다. 그것이 출발점이다.

그리고 나는 거기서 그녀를 만나지 않으면 안 된다. 나를 돌고래 호텔로 이끈, 그 고급 매춘부 일을 하던 여자를. 왜냐하면 키키는 지금 내게 그것을 요구하고 있기 때문이다. (독자는 그녀의 이름을 필요로 하고 있다. 비록 그것이 임시변통의 이름이라 해도 그렇다. 그녀의 이름은 키키라고 한다. 나는 그 이름을 뒤에 가서야 알게 된다. 그 사정은 뒤에 가서 자세히 쓰겠지만, 나는 이 단계에서 그녀에게 이 이름을 부여하기로 한다. 그녀는 키키다. 적어도, 어떤 기묘한 좁은 세계 속에서 그녀는 그런 이름으로 불리고 있었다.)

그리고 키키가 출발점의 열쇠를 쥐고 있다. 나는 그녀를 다시 한번 이 방으로 불러들이지 않으면 안 된다. 한번 나가 버린 자는 다시는 되돌아오지 않는 이 방으로. 그런 일이 가능한지 어떤지 나로서는 알 수 없다. 하지만 어쨌든 해보는 수밖엔 없다. 거기서부터 새로운 사이클이 시작되는 것이다.

나는 짐을 정리하고, 우선 급한 대로 마감이 임박한 일들을 급하게 서둘러서 처리해 버렸다. 그리고 예정표에 써 있던 다음 달 일들을 전부 취소했다. 모두에게 전화를 걸어, 집안 사정으로 한 달간 도쿄를 떠나게 됐다고 말했다. 몇몇 편집자는 투덜투덜 불평을 했지만, 내가 그런 짓을 하는 건 이번이 처음이었고, 따로 일정이 빡빡한 일도 없었으므로, 그들로서도 지금부터라면 어떻게든 손을 쓸 방법은 있었다. 그래서 결국은 다들 양해해 줬다. 한 달 후엔 어김없이 돌아와 다시 일을 할 테니까, 라고 나는 말했다. 그리고 나는 비행기를 타고 홋카이도로 향했다. 1983년 3월 초의 일이었다.

하지만 나의 그 전장 이탈戰場離脫은 한 달로는 끝나지 않았다.

4

나는 이틀 동안 택시를 빌려 카메라맨과 둘이서 눈이 쌓인 하코다테의 음식점들을 샅샅이 돌아다녔다.

나의 취재는 체계적이고 효율적이었다. 이런 종류의 취재에서 제일 중요한 것은 밑조사와 면밀한 스케줄의 설정이다. 그것이 전부라고 해도 좋다. 나는 취재하기 전에 철저하게 자료를 수집한다. 나 같은 작업을 하는 사람을 위해 갖가지 조사를 해주는 조직이 있다. 회원이 되어 연회비를 내면 대개의 일은 조사해 준다. 예컨대 하코다테의 음식점에 관한 자료를 보고 싶다고 하면, 상당한 양을 수집해 준다. 대형 컴퓨터를 사용해서 정보의 미궁 속에서 효과적으로 필요한 것들을 끌어모아 주는 것이다. 그러곤 복사를 하고, 착착 파일로 만들어서 가져다준다. 물론 그에 상응하는 돈은 줘야 하지만, 시간과 노고를 돈으로 산다고 생각하면 결코 비싼 금액은 아니다.

그것과는 별도로, 나는 나 자신의 발을 사용해서 돌아다니며

독자적인 정보도 모은다. 여행 관련 자료를 모아 놓은 전문 도서관도 있고, 지방신문, 출판물을 모아 놓은 도서관도 있다. 그런 자료를 전부 모으면 상당한 양이 된다. 그 가운데서 써먹을 수 있을 만한 음식점을 선정한다. 그 각각의 음식점에 미리 전화를 걸어 놓고 영업시간과 정기 휴일을 체크한다. 이만큼만 해두면 현지에 가서부터의 시간이 상당히 절약된다. 노트에 선을 그어서 하루의 예정표를 짠다. 지도를 보고, 움직일 루트를 써놓는다. 불확정 요소는 최소한으로 제한한다.

현지에 도착하면 카메라맨과 둘이서 음식점을 차례로 돌아다닌다. 전부 약 서른 곳. 물론 아주 조금만 먹고 나머지는 주저 없이 남긴다. 맛만 볼 뿐이다. 소비의 세련화. 이 단계에선 우리는 취재라는 걸 숨긴다. 사진도 찍지 않는다. 음식점을 나온 다음, 카메라맨과 나는 맛에 대해 토의하고, 십 점 만점으로 평가한다. 좋으면 남겨 놓고, 나쁘면 제외시킨다. 대충 절반 이상을 제외시킬 요량으로 한다. 그리고 그와 병행해서, 그 지방의 정보지와 접촉해서 리스트에서 빠진 음식점을 다섯 곳쯤 추천을 받아 돌아보고 선택한다. 그리고 최종적인 선택이 끝나면 각 가게에 전화를 걸어 잡지의 이름을 말하고는, 취재와 사진 촬영을 요청한다. 이틀 동안에 여기까지 끝낸다. 그리고 밤사이에 나는 호텔 방에서 대강의 원고를 써낸다.

다음 날은 카메라맨이 요리 사진을 재빨리 찍고, 그러는 동안에 내가 가게 주인에게서 이야기를 듣는다. 짤막하게. 모든 것은 사흘이면 처리된다. 물론 더 빨리 끝내 버리는 동종업자도 있다. 하지만 그들은 아무것도 조사하지 않는다. 적당히 유명한 음식점을 골라서 돌 뿐이다. 개중엔 아무것도 먹지 않고 원고를 쓰는 치들도 있다. 쓰려고 마음먹으면 쓸 수 있단 얘기다. 솔직히 말해서, 이런 종류의 취재를 나처럼 꼼꼼하게 하는 작가는 그다지 많지 않을 것이다. 제대로 하자면 참으로 힘든 일이고, 대충하려고 생각하면 얼마든지 적당히 할 수 있는 일이다. 그리고 제대로 하건, 수고를 덜 하려 하건, 기사로서의 완성도에는 거의 차이가 나지 않는다. 표면적으로는 비슷해 보인다. 하지만 자세히 보면 조금 다르다.

나는 특별히 자랑을 하고 싶어서 이런 설명을 하고 있는 건 아니다.

다만 나는 내가 하고 있는 일의 개요 같은 것을 이해해 주기를 바랄 뿐이다. 나와 관련된 소모消耗가 어떤 종류의 소모인가 하는 이해를.

그 카메라맨과 나는 전에도 몇 번인가 함께 일을 한 적이 있었다. 우리는 비교적 죽이 잘 맞았다. 우리는 프로다. 청결한 흰 장갑을 끼고, 커다란 마스크를 쓰고, 얼룩 한 점 없는 테니스 슈즈를 신은 시체 처리 담당처럼. 우리는 이 일 저 일을 척척 간결하게 처리한다. 쓸데없는 말은 하지 않으며, 각자 하는 일을 서로 존중한다. 이게 생활을 위해 하고 있는 시답지 않은 일이라는 건 어느 쪽이나 알고 있다. 하지만 그것이 무엇이든 간에 이왕 하게 된 바에야 제대로 해낸다. 그런 의미에서 우리는 프로다. 사흘째 되던 날 밤에 나는 원고를 완성했다.

나흘째는 예비로 비워 놓은 날이었다. 일도 끝났겠다 특별히 할 일도 없고 해서, 우리는 차를 빌려 변두리로 나가 하루 종일 크로스컨트리 스키를 탔다. 그리고 밤에는 둘이서 냄비를 휘저어 가면서, 천천히 술을 마셨다. 한가하게 보낸 하루였다. 나는 원고를 그에게 맡겼다. 이러면 내가 없어도 다른 사람이 뒷일을 인계해서 해주기로 되어 있었다. 자기 전에 나는 삿포로의 전화 안내원에게 전화를 걸어, 돌핀 호텔의 전화번호를 물어봤다. 번호는 곧 알게 됐다. 나는 침대 위에서 자세를 고쳐 앉고 후유 한숨을 내쉬었다. 이제 이걸로 아직 돌고래 호텔이 망하지 않았다는 사실만은 알았다. 일단 안심해도 좋은 셈이다. 언제 망해도 이상할 것이 없는 호텔인 것이다. 나는 심호흡을 한 번 하고 나서 그 번호로 전화를 걸었다. 곧 누군가가 받았다. 마치 기다리고 있었다는 듯이 금방이었다. 그래서 나는 약간 혼란을 느꼈다. 어쩐지 일이 너무 잘 진행된다 싶어서였다.

전화를 받은 상대는 젊은 여자였다. 젊은 여자? 이상한데, 하고 나는 생각했다. 돌고래 호텔은 카운터에 젊은 여자를 두는 그런 호텔은 아닌 것이다.

"돌핀 호텔입니다"라고 그녀는 말했다.

나는 좀 어리둥절하여 혹시나 해서 주소를 확인해 봤다. 주소는 틀림없이 옛날 그대로의 주소였다. 아마 새로 젊은 여자를 고용한 모양이다. 생각해 보면 특별히 신경을 쓸 만한 일도 아니다. 예약을 하고 싶다고 나는 말했다.

"감사합니다. 잠깐만 기다려 주세요. 지금 곧 예약 담당으로 돌려 드리겠습니다" 하고 그녀는 또렷또렷한 밝은 목소리로 나에게 말했다.

예약 담당? 나는 다시 혼란을 느꼈다. 이쯤 되고 보면 달리 해석할 방도가 없다. 도대체 그 돌고래 호텔에 무슨 일이 일어난 것인가?

"기다리게 해드려서 죄송합니다. 예약 담당입니다" 하고 역시 젊은 듯한 남자의 목소리가 들렸다. 활발하고 붙임성 있는 목소리였다. 아무리 생각해도 프로 호텔맨의 목소리다.

나는 아무튼 사흘간 싱글 룸을 예약했다. 이름과 도쿄의 전화번호를 알려 줬다.

"알겠습니다. 내일부터 사흘간 싱글 룸을 준비해 놓겠습니다"라고 남자가 확인했다.

그 이상 더는 할 말도 생각나지 않았으므로, 나는 고맙다는 인사를 하고 혼란스런 상태로 전화를 끊었다. 전화를 끊고 나니 쓸데없이 혼란의 정도가 심해졌다. 그렇게 한동안 전화기를 물끄러미 바라보고 있었다. 누군가가 전화를 걸어 와, 거기에 관해서 무엇인가를 설명해 주지나 않을까 하는 느낌으로. 하지만 설명은 없었다. 그래 좋아, 될 대로 되라지, 하고 나는 단념했다. 실제로 가보면 모든 것이 분명해진다. 가보는 수밖에 없다. 어쨌든 그곳으로 가지 않을 수 없는 것이다. 달리 특별히 이렇다 할 방도가 있는 것도 아니다.

　나는 호텔 프런트에 전화해서, 삿포로행 열차의 출발 시각을 알아봐 달라고 했다. 마침 오전 중의 좋은 시간에 특급열차가 하나 있었다. 그런 다음 나는 룸서비스 담당에게 전화를 걸어 위스키 반 병과 얼음을 가져오게 한 후, 그것을 마시면서 텔레비전의 심야 영화를 봤다. 클린트 이스트우드Clint Eastwood가 등장하는 서부극이었다.

　클린트 이스트우드는 단 한 번도 웃지 않았다. 미소조차 짓지 않았다. 쓴웃음조차 없었다. 내가 몇 번인가 웃음을 던져 봐도, 그는 꿈쩍도 하지 않았다. 영화가 끝나고, 위스키도 대충 마셔 버리고 나서, 나는 불을 끄고 아침까지 푹 잠이 들었다. 꿈 한 번 꾸지 않았다.

✦

특급열차의 차창 밖으로는 흰 눈밖에 보이지 않았다. 맑게 갠 날이어서, 한참 바깥을 보고 있자니까 눈이 따끔따끔 아파왔다. 나말고 바깥을 보고 있는 승객은 한 사람도 없었다. 다들 알고 있는 것이다. 차창 밖을 내다본들 흰 눈밖에 볼 수 없다는 것을.

　나는 아침 식사를 걸렀기에 열두 시가 되기 전에 식당차로 가서 점심 식사를 했다. 맥주를 마시고 오믈렛을 먹었다. 내 맞은편에는 넥타이를 점잖게 매고 양복을 입은 쉰 살 안팎의 남자가 역시 맥주와 함께 햄샌드위치를 먹고 있었다. 그는 어딘지 모르게 기계공처럼 보였는데, 실제로 기계공이었다. 그는 나에게 말을 걸며, 자기는 자위대自衛隊의 항공기 정비 일을 하고 있다고 했다. 그리고 러시아의 폭격기며 전투기의 영공 침범에 관해 이 것저것 소상하게 나에게 이야기해 줬다. 하지만 그는 러시아기의 영공 침범의 위법성에 관해서는 별로 마음에 두지 않는 것 같았다. 그가 신경 쓰고 있는 것은 F-4 팬텀의 경제성에 관한 것이었다. 그것이 한 번의 스크램블로 얼마만큼의 연료를 소모하는지 나에게 알려 줬다. 연료의 지독한 낭비입니다, 라고 그는 말했다. "일본의 항공기 회사에 만들게 하면, 훨씬 더 싸게 할 수 있어요. 성능 면에서 F-4에 뒤지지 않는, 훨씬 더 저렴한 제트 전투기 같은 것쯤 만들려고 마음만 먹으면 만들 수 있습니다. 당장이라도."

그래서 나는 낭비라는 건, 고도자본주의 사회에서는 최대 미덕이라고 그에게 가르쳐 줬다. 일본이 미국으로부터 팬텀 제트기를 사들여 스크램블로 쓸데없이 연료를 소비함으로써, 세계의 경제가 그 몫만큼 더 순환되고, 그 순환에 의해 자본주의는 한층 더 고도화되어 가는 것이다. 만일 모두가 낭비라는 것을 일절 하지 않는다면, 대공황이 일어나서 세계의 경제는 엉망진창이 되고 말 것이다. 낭비라는 것은 모순을 일으키는 연료며, 모순이 경제를 활성화하고, 활성화가 다시 낭비를 만들어 내는 것이다, 라고.

그럴지도 모르지요, 라고 그는 잠시 생각하고 나서 말했다.

하지만 자신은 극심한 물자 부족의 상황이었던 전쟁 중에 유년 시절을 보낸 탓인지, 그런 사회구조가 실감 나게 받아들여지지 않는다고 말했다.

"우리는 당신들 젊은이들과는 달리, 그런 복잡한 것엔 아무래도 제대로 익숙해질 수가 없어요"라고 그는 쓴웃음을 지으면서 말했다.

나도 결코 익숙해져 있는 것은 아니었지만, 이야기가 더 이상 길어지는 것도 곤란하기에 별로 반론을 하지 않았다. 익숙해져 있는 것은 아니다. 파악, 인식하고 있을 따름이다. 그 양자 사이에는 결정적인 차이가 있다. 하지만 아무튼 나는 오믈렛을 다 먹어 치우고, 그에게 인사를 하고 자리를 떴다.

삿포로행 열차 속에서 나는 삼십 분가량 자고, 하코다테역 근처 서점에서 산 잭 런던Jack London의 전기를 읽었다. 잭 런던의 파란만장한 생애에 비하면, 내 인생 같은 건 떡갈나무 꼭대기에 난 홈에서 호두를 베개 삼아 꾸벅꾸벅 졸면서 봄을 기다리는 다람쥐처럼 평온한 것으로 보였다.

적어도 일시적으로는 그런 기분이 들었다. 전기傳記란 것은 그런 것이다. 도대체 어느 누가 평화로이 무사안일하게 살다가 죽어 간 가와자키 시립 도서관원의 전기 따위를 읽겠는가? 요컨대 우리는 대상행위代償行爲를 찾고 있는 것이다.

나는 삿포로역에 당도하자 어영부영 돌고래 호텔까지 걸어가 보기로 했다. 바람 한 점 없는 평온한 오후였으며, 짐이라곤 숄더백 하나뿐이었다. 거리의 이쪽저쪽에 지저분한 눈덩이가 덩그렇게 쌓아 올려 있었다. 대기는 팽팽하게 긴장되어 있었고 사람들은 발부리를 조심하면서 보폭을 줄여 걸음을 옮기고 있었다. 여고생들은 다들 뺨을 발갛게 물들인 채로, 기운 좋게 하얀 입김을 공중에 뿜어내고 있었다. 그 위에다가 글씨를 쓸 수 있을 만큼 또렷한 하얀 입김이었다. 나는 그런 거리의 풍경을 바라보면서 한가하게 걸었다. 삿포로에 온 것은 사 년 반 만인데도, 그것은 퍽 오랜만에 보는 풍경처럼 느껴졌다.

　　나는 도중에 커피하우스에 들어가 담배를 한 모금 피우고, 브랜디를 넣은 뜨겁고 진한 커피를 마셨다. 내 주변에선 도시 사람들의 지극히 일상적인 생활이 계속되고 있었다. 연인들끼리 작은 소리로 이야기를 하고, 비즈니스맨 둘이서 서류를 펼쳐 놓은 채 숫자를 검토하고, 대학생들이 몇몇 모여서 스키 여행이나 폴리스The Police의 새 음반 등에 대해 이야기하고 있었다. 그것은 일본의 어느 도시에서나 일상적으로 펼쳐지는 광경이었다. 이 가게의 내부를 그냥 그대로 요코하마나 후쿠오카 같은 데로 옮겨 놓아도 전혀 위화감이 없을 듯했다. 하지만 그런데도, 아니 그것이 외면적으로는 거의 같다는 바로 그 점 때문에, 나는 그 가게 안에 앉아 커피를 마시면서, 격렬하게 불타오르는 것 같은 고독을 느끼게 됐다. 나 한 사람만이 완전한 국외자라는 느낌이 들었다. 이 거리에도, 이들의 일상생활에도, 나는 전혀 속해 있지 않은 것이다.

　물론 도쿄의 커피하우스 어딘가에 내가 속해 있냐 하면, 그런 곳 어디에도 속해 있지 않다. 하지만 나는 도쿄의 커피하우스에서는 그런 격렬한 고독을 느낀 적은 없다. 나는 커피를 마시고, 책을 읽고, 극히 평범하게 시간을 보낸다. 왜냐하면 그것은 특별하게 깊이 생각할 것까지도 없는 일상생활의 일부이기 때문이다.

　그러나 이 삿포로라는 거리에서, 나는 꼭 극지極地의 섬에 홀로 남겨져 있는 듯한 격렬한 고독감을 느꼈다. 정경은 언제나와 마찬가지다. 어디에나 있는 정경이다. 하지만 그 가면을 벗겨 버리면, 이 지면地面은 내가 알고 있는 어느 장소로도 이어져 있지 않다. 나는 그렇게 생각했다. 닮았다— 하지만 다르다. 마치 다른 행성과도 같다. 언어도 복장도 표정도 모두 같지만, 무엇인가 결정적으로 다른 별개의 행성. 어떤 종류의 기능이 통용되지 않는 별개의 행성— 하지만 어떤 기능이 통용되고 어떤 기능이 통용되지 않는가는 하나하나 확인해 보는 수밖에 없다. 그리고 무엇인가 잘못이라도 한번 저지르면, 내가 다른 행성의 인간이라는 것을 모두에게 들키고 만다. 모두 일어나서 나를 손가락질하며 규탄할 것이다.

　너는 다르다, 라고. **너는 다르다 너는 다르다 너는 다르다**.

　나는 커피를 마시면서 멍하니 그런 걸 생각하고 있었다. 망상이다.

　하지만 내가 고독하다는 것— 이것은 진실이었다. 나는 누구와도 결부되어 있지 않다. 그것이 나의 문제다. 나는 나를 되찾고 있는 중이다. 하지만 나는 누구와도 결부되어 있지 않다.

누군가를 진정으로 사랑했던 것은 언제 적 일이었을까?

아주 옛날이다. 언젠가의 빙하기와 언젠가의 빙하기 사이. 어쨌든 아주 옛날이다. 역사적 과거. 쥐라기라든가, 그런 종류의 과거다. 그리고 모두 다 사라지고 말았다. 공룡도 매머드도 검치호랑이도. 미야시타 공원에 던져진 가스탄도. 그리고 고도자본주의 사회가 찾아온 것이다. 그런 사회에 나는 외톨이로 남겨져 있었다.

나는 계산을 하고 밖으로 나왔다. 그리고 아무 생각도 않고 돌고래 호텔까지 곧장 걸었다.

돌고래 호텔의 위치를 나는 정확히는 기억하고 있지 않아서, 이내 찾을 수 있을지 어떨지 조금 걱정스러웠지만, 걱정할 필요 같은 건 전혀 없었다. 호텔은 금방 찾을 수 있었다. 그것은 이십육 층짜리 거대한 빌딩으로 바뀌어 있었다. 바우하우스풍의 현대적인 곡선, 휘황찬란한 대형 유리와 스테인리스 기둥, 주차장에 줄지어 세워진 깃대와 거기서 펄럭이는 각국의 깃발, 단정한 제복을 입고 택시를 손짓해 부르고 있는 배차원, 최상층 레스토랑까지 직행하는 유리 엘리베이터……. 그런 것들을 누가 보지 않고 지나칠 것인가? 입구의 대리석 기둥에는 돌고래가 부조浮彫되어 있고, 그 밑에는 이렇게 쓰여 있었다.

'돌핀 호텔'

나는 이십 초가량 그곳에 우두커니 서서, 입을 반쯤 벌리고 는, 그 호텔을 그저 물끄러미 쳐다보고 있었다. 그리고 거기에서 곧바로 뻗어 가면 달에까지라도 닿을 만큼 길고 깊은 한숨을 내 쉬었다. 나는 굉장히 놀랐던 것이다— 지극히 절제된 표현으로.

5

언제까지나 호텔 앞에 멍하니 서 있을 수는 없는 노릇이라, 어쨌든 안으로 들어가 보기로 했다. 주소도 맞고 호텔 이름도 맞다. 예약도 해놓았다. 들어갈 수밖에 없다.

나는 완만하게 경사진 주차장 길을 걸어 올라가, 반짝반짝하게 닦아 놓은 회전문을 통해 안으로 들어섰다. 로비는 체육관처럼 넓고, 천장은 휑하니 뚫려 있었다. 훨씬 위쪽까지 유리벽이 이어지고, 거기서 햇빛이 찬란하게 내리쬐고 있었다. 현관 한편에는 커다란 사이즈의, 사뭇 값비싸 보이는 소파가 줄지어 있고, 그 사이에 관엽식물 화분이 기분 좋게 죽 배열되어 있었다. 로비의 안쪽에는 호화로운 커피숍이 있었다. 이런 데서 샌드위치를 주문하면, 명함 크기의 고상한 햄샌드위치가 커다란 은 접시에 네 쪽 담겨져 나온다. 포테이토칩과 피클은 또 얼마나 예술적으로 배치되어 있는지. 그리고 그것에 커피를 곁들이면, 웬만한 4인 가족의 점심 식대에 가까운 가격이 되는 것이다. 벽에는 홋카이도 어딘가의 습지를 그린 듯한 약 육 제곱미터 크기의 유화가 걸려 있었다. 특별히 예술적이랄 수는 없으나, 어쨌든 볼 만한 값어치는 있는 커다란 그림인 것만은 확실했다. 무슨 모임이라도 있는 듯 로비는 제법 붐비고 있었다. 차림새가 좋은 중년 남자 일행이 소파에 앉아서, 고개를 끄덕이기도 하고 점잖게 웃기도 하고 있었다. 모두 비슷하게 턱을 쑥 내밀고, 비슷하게 다리를 포개고 있었다. 의사나 대학교수 단체가 아닐까, 하고 나는 생각했다. 그것과는 별개로—아니, 같은 모임일까?— 옷을 잘 차려입은 젊은 여성 그룹도 있었다. 절반은 전통 복장 차림이고, 절반은 원피스를 입고 있었다. 외국인도 몇몇 있었다. 비즈니스용 정장으로 몸을 감싸고, 튀지 않는 넥타이를 매고, 서류가방을 끼고, 누군가와 만나기 위해 기다리고 있는 듯한 비즈니스맨의 모습도 보였다.

한마디로 새 돌고래 호텔은 번창하고 있는 호텔이었다.

확실히 자본을 투자하고, 확실히 그것을 회수하고 있는 호텔인 것이다. 이러한 호텔이 어떤 식으로 만들어지는지 나는 알고 있었다. 언젠가 어떤 호텔 체인의 사보 일을 한 적이 있었다. 이런 호텔을 만들기에 앞서서, 사람들은 미리 하나부터 열까지 전부 확실하게 계산하는 법이다. 프로가 모여 컴퓨터로 온갖 정보를 투입하고, 철저하게 계산을 한다. 화장실 휴지의 매입 가격과 그 사용량까지도 시산試算한다. 아르바이트 학생을 고용해서 삿포로 거리 각 통로의 통행인 숫자도 조사한다. 결혼식 수효를 산정하기 위해 삿포로의 결혼 적령기 남녀의 숫자도 조사해 낸다. 아무튼 하나에서 열까지 무엇이든 다 조사한다. 그리하여 영업상의 리스크를 자꾸자꾸 줄여 간다. 그들은 긴 시간을 들여서 면밀한 계획을 짜고, 프로젝트 팀을 만들고 토지를 매입한다. 인재를 모아 요란한 선전을 한다. 돈으로 해결되는 일이라면—그리고 그 돈이 언젠가 되돌아온다는 확신이 있으면— 그들은 거기에 얼마든지 돈을 쏟아붓는다. 그런 종류의 빅 비즈니스다.

그런 빅 비즈니스를 다룰 수 있는 것은 갖가지 종류의 기업을 산하에 둔 대형 복합 기업뿐이다. 왜냐하면 아무리 리스크를 줄여 나간다 하더라도 거기에는 계산할 수 없는 잠재적 위험이 남게 되며, 그런 위험을 흡수할 수 있는 것은 그런 종류의 복합체뿐이기 때문이다.

새 돌고래 호텔은 솔직히 말해서 내 취향의 호텔이랄 수는 없었다.

적어도 보통의 경우라면 나는 내 돈을 내고 이런 호텔엔 숙박하지 않는다. 요금이 비싸고 쓸데없는 게 너무 많다. 하지만 별수 없다. 어쨌든 간에 이게 변모를 거친 새로운 돌고래 호텔인 것이다.

나는 프런트에 가서 이름을 밝혔다. 라이트 블루의 블레이저 코트를 걸친 여직원들이 치약 선전처럼 방긋 웃으면서 나를 반겨줬다. 이런 미소 짓는 법 교육도 자본투자의 일부다.

여직원들은 다들 처녀설處女雪처럼 새하얀 블라우스를 입었고, 단정하게 정돈된 머리를 하고 있었다. 여직원은 셋이었는데,

내게로 온 직원만 안경을 끼고 있었다. 안경이 잘 어울리는 인상이 좋은 여자애였다. 그녀가 와줬다는 데서 나는 약간 안도했다. 세 명 중에선 그녀가 제일 예뻤으며, 첫눈에 마음에 들었기 때문이다. 그녀의 웃는 얼굴은 뭐랄까 마음을 끌어당기는 힘이 있었다. 마치 호텔에 있어야 할 모습을 구체화한 호텔의 요정 같다고 나는 느꼈다. 손에 조그마한 금지팡이를 들고 쓱 흔들면, 디즈니 영화처럼 마법의 가루가 흩날리고, 룸 키가 나오는 것이다.

하지만 그녀는 금지팡이 대신 컴퓨터를 사용했다. 키보드로 내 이름과 신용카드의 번호를 솜씨 좋게 입력하고, 화면을 확인하고 나서 다시 방긋 웃고는 카드키를 줬다. 1523이 내 방 번호였다. 나는 그녀에게 부탁해서 호텔의 팸플릿 하나를 얻었다. 그리고 이 호텔은 언제부터 영업을 했느냐고 물어봤다. 지난해 10월입니다, 하고 그녀는 반사적으로 대답했다. 아직 오 개월밖에 되지 않은 것이다.

"저, 좀 물어보고 싶은 게 있는데"라고 나는 말했다. 나도 의례적인 우아한 미소를 얼굴 가득 띄워 보냈다. 나 역시 그런 것을 갖고 있다. "예전에 여기 이 장소에 같은 이름의 '돌핀 호텔'이라는 작은 호텔이 있었죠? 그게 어떻게 됐는지 아세요?"

그녀의 웃는 얼굴이 약간 흔들렸다. 고상하고 잔잔한 샘물에 맥주병 뚜껑을 집어 던진 것처럼 가벼운 파문이 그녀의 얼굴에 퍼지는가 싶더니 이내 진정됐다. 그러나 웃는 얼굴은 이전의 그것보다는 다소 후퇴한 듯 보였다. 나는 그런 변화를 감탄하면서

관찰하고 있었다. 샘의 요정이 나타나서, 당신이 지금 집어 던진 건 금 뚜껑인가요, 아니면 은 뚜껑인가요, 라고 질문하는 게 아닐까 하는 느낌이 들었을 정도였다. 하지만 물론 그런 질문은 나오지 않았다.

"글쎄요, 잘 모르겠는데요." 그녀는 그렇게 말하고는, 집게손가락으로 안경테를 가볍게 만지작거렸다. "아무래도 개업 전의 일이라서, 저희는 그런 일은……."

그녀는 거기서 말을 끊었다. 나는 그 뒷말을 기다렸으나, 뒷말은 없었다.

"죄송합니다"라고 그녀는 말했다.

나는 시간이 지날수록 더욱더 그녀에게 호감을 갖기 시작했다. 나도 집게손가락으로 안경을 만지작거리고 싶었으나, 유감스럽게도 나는 안경을 끼고 있지 않았다. "그럼, 누구에게 물으면 알까요, 그런 경위를?"

그녀는 잠시 동안 숨을 멈추고 생각에 잠겨 있었다. 웃음은 이젠 사라져 있었다. 웃으면서 숨을 멈추기란 굉장히 어려운 것이다. 해보면 알 수 있다.

"죄송합니다. 잠시만 기다려 주세요"라고 그녀는 말하고, 안쪽으로 들어가 버렸다. 한 삼십 초 후에 그녀는 마흔 살 안팎의 검은 양복을 입은 남자와 함께 돌아왔다. 얼핏 보아도 프로 호텔 비즈니스맨의 분위기를 풍기는 남자였다. 이러한 인물과는 전에도 몇 번인가 일 관계로 만난 적이 있다. 그들은 기묘한 사람들이다.

그들은 대체로 늘 웃음을 띠고 있는데, 상황에 맞춰 웃는 얼굴을 스물다섯 종류가량 사용할 수 있다. 정중한 냉소에서 적당하게 억제된 만족의 웃음까지. 그 웃는 얼굴의 단계별 변화에는 번호가 매겨져 있다. 넘버 1에서 넘버 25까지. 그런 것들을 그들은 상황에 맞춰 골프 클럽을 골라잡듯 분간해 사용한다. 그런 타입의 남자였다.

"어서 오십시오"라고 말하며, 그는 보통의 웃는 얼굴로 나를 향해 정중히 고개를 숙였다. 그리고 나의 복장이 그에게 그다지 좋은 인상을 주지 못했는지 웃는 얼굴이 3단계쯤 하강했다. 나는 안에 모피가 달린 따뜻한 헌팅용 하프코트(가슴에는 키스 헤링Keith Haring 의 배지를 달고 있다)에, 털실 모자(오스트리아 육군의 알프스 부대가 쓰는 것)를 쓰고, 주머니가 잔뜩 달린 터프한 바지를 입고, 눈길을 걷기 위한 튼튼한 워크부츠를 신고 있었다. 어느 것이나 규격에 맞고 훌륭한, 그리고 현실적으로 필요한 물품이었으나, 그 호텔 로비에는 좀 어울리지 않아 보이는 것들이었다. 하지만 그건 내 탓은 아니다. 그런 건 생활 방식의 차이며 사고방식의 차이인 것이다.

"무슨 말씀인지 저희 호텔에 관해 질문하실 것이 있다고 하셨다는데요" 하고 그는 아주 정중한 어조로 말했다.

나는 카운터에 양손을 얹고 아까 그 여직원에게 한 것과 똑같은 질문을 했다.

남자는 고양이의 삔 앞발을 바라보는 수의사 같은 눈으로 내가 차고 있는 디즈니 시계를 힐끗 봤다.

"실례입니다만" 하고 그는 잠시 뜸을 들인 후 말했다. "무슨 까닭으로 이전의 호텔에 관한 것을 알고 싶어 하시는지요? 괜찮으시다면, 그 이유를 말씀해 주셨으면 합니다만."

나는 간단하게 설명했다. 몇 해 전에 이전의 돌핀 호텔에 묵고, 거기 주인과 친해졌었다. 이번에 오래간만에 찾아와 보니, 이처럼 싹 바뀌어 버리지 않았는가. 그래서 그가 어떻게 됐는지 알고 싶다. 어쨌든 간에 지극히 개인적인 일이다, 하고 나는 말했다.

그는 몇 번인가 고개를 끄덕였다.

"실은 저도 자세한 사정까진 잘 알지 못합니다"라고 남자는 조심스레 말을 가려 가며 말했다. "다만 간단하게 설명해 드리자면, 예전 돌핀 호텔이 소유했던 토지를 저희가 사들여 그 자리에 새로 호텔을 지었습니다. 분명 이름은 같습니다만, 경영적인 면에서는 전혀 별개의 호텔이므로, 구체적인 관계 같은 건 일절 없습니다."

"어째서 이름이 같을까요?"라고 나는 물었다.

"죄송합니다만, 그런 사정까지는 좀……" 하고 그는 말했다.

"이전의 주인이 어디로 갔는지도 모르겠군요?"

"죄송합니다"라고 그는 웃는 얼굴을 넘버 16으로 바꿔가지고 대답했다.

"누구한테 물으면 알 수 있을까요, 그런 일들을?"

"글쎄요." 그는 약간 고개를 갸우뚱했다. "저희는 현장에서 일하는 사람들이라, 개업 이전의 사정 같은 건 전혀 모릅니다.

누구한테 물어야 하냐는 질문도 저로서는 갑작스러운 일이라 좀…….”

　　그의 말에도 분명 일리는 있었으나 뭔가 걸리는 게 있었다. 그 남자의 반응에도, 여직원의 반응에도, 어딘지 작위적인 냄새가 풍기는 것이다. 어디가 잘못됐다는 것도 아니다. 하지만 섣사리 받아들일 수 없다. 인터뷰를 하고 있노라면 자연히 이런 직업적인 육감이 생기게 마련이다. 무엇인가를 숨기고 있을 때의 말투, 거짓말을 하고 있을 때의 표정. 근거는 아무것도 없다. 다만 문득 느낄 따름이다. 여기엔 뭔가 언외言外에 숨겨진 것이 있다고.

　　하지만 이 이상 여기서 그들을 추궁해 봐도 아무것도 나오지 않을 것이 분명했다. 나는 그 남자에게 고맙다는 말을 했다. 그는 가볍게 고개를 숙이고는 안쪽으로 들어가 버렸다. 검은 양복의 남자가 사라진 다음, 나는 여직원에게 식사와 룸서비스에 대해 물었다. 그녀는 공손하게 알려 줬다. 그녀가 말하는 동안, 나는 물끄러미 그 눈을 들여다보고 있었다. 아주 깨끗한 눈이었다. 가만히 들여다보고 있으면 무엇인가 보일 것만 같았다. 나와 시선이 마주치자 그녀는 낯을 붉혔다. 나는 그래서 그녀가 더욱 마음에 들었다. 어째서 그럴까? 그녀가 호텔의 요정처럼 보이기 때문일까? 아무튼 나는 고맙다는 말을 하고 카운터를 떠나 엘리베이터를 타고 내 방으로 올라갔다.

1523호실은 제법 근사한 방이었다. 싱글룸치고는 침대도 욕실도 널찍했다. 냉장고에는 갖가지 먹거리들이 가득 들어차 있었다. 편지지도 봉투도 잔뜩 있었다. 글 쓰는 책상도 훌륭했다. 욕실에는 샴푸에서 린스, 애프터쉐이브 로션, 목욕 가운까지 모두 갖춰져 있었다. 옷장도 넓었다. 카펫은 새것인 듯 푹신푹신했다. 나는 코트와 부츠를 벗고 소파에 앉아 호텔의 팸플릿을 읽어 봤다. 팸플릿도 아주 근사했다. 나도 이런 것을 만든 적이 있어서 잘 안다. 어디 한군데도 손이 안 간 데가 없다.

이 돌핀 호텔은 아주 새로운 타입의 고급 도시 호텔이다. 그렇게 팸플릿에 쓰여 있었다. 현대식 설비를 고루 갖추고, 이십사 시간 끊임없는 만전의 서비스를 제공한다. 그리고 각 방은 모두 넉넉하게 여유를 갖고 만들어져 있다. 선택된 집기, 조용함, 따스함이 있는 거주성居住性. '인간적인 공간'이라고 팸플릿에는 쓰여 있었다. 요컨대 돈을 들였다는 것이고, 요금이 비싸다는 것이다.

팸플릿을 자세히 읽어 보니, 확실히 온갖 것이 참으로 잘 갖춰진 호텔이었다. 지하에는 거대한 쇼핑센터가 있었다. 실내 수영장이 있는가 하면, 사우나도 있고, 일광욕실도 있었다. 실내 테니스장이 있고, 운동기구를 들여 놓고 트레이너도 갖춘 헬스클럽이 있고, 동시통역이 가능한 회의실이 있고, 레스토랑이 다섯 개, 바도 세 개 있었다. 야간 영업을 하는 카페테리아도 있었다. 리무진 서비스까지 있었다. 온갖 종류의 문방구, 사무용품을 완비한 학습공간이 있어서 누구든 그곳을 이용할 수 있었다. 고안해 낼 수 있는 것은 모두 있었다. 옥상에는 헬리포트까지 있었다.

없는 것이 없었다.

최신 설비. 호화로운 내장.

하지만 도대체 어느 기업이 이 호텔을 소유해 경영하는 것일까? 나는 팸플릿이며 기타 자료가 될 만한 것들을 구석구석까지 읽어 봤다. 하지만 경영 모체에 관해서는 어디에도 쓰여 있는 것이 없었다. 아무리 생각해도 이상했다. 이만한 슈퍼 A급의 호화 호텔을 세우고 경영한다는 것은 호텔 체인을 가진 프로 기업에서만 가능한 일이며, 그런 기업이라면 반드시 회사명을 넣어서 자사의 다른 호텔의 선전도 할 것이기 때문이다. 가령 프린스 호텔에 숙박하면, 그 팸플릿에는 분명 전국의 프린스 호텔의 주소와 전화번호가 인쇄되어 있다. 그런 것이다.

게다가 이런 훌륭한 호텔이 왜 '돌핀 호텔' 같은 구닥다리 호텔 이름을 일부러 이어받는단 말인가?

아무리 생각해도 해답의 부스러기조차 떠오르질 않았다.

나는 팸플릿을 테이블 위에 팽개치고, 푹신한 소파에 기대어 다리를 내던지듯 뻗고, 십오 층의 창밖에 펼쳐진 하늘을 바라봤다. 창밖에는 새파란 하늘밖에 보이지 않았다. 가만히 하늘을 바라보고 있으니, 솔개가 된 것만 같은 기분이 들었다.

어쨌든 나는 예전의 돌고래 호텔이 그리워졌다. 그곳의 창문으로는 여러 가지 것이 다 보였었다.

6

저녁때까지 나는 호텔 안을 구경하면서 시간을 보냈다. 레스토랑이며 바를 점검하고 수영장과 사우나, 헬스클럽, 테니스 코트를 기웃거리기도 하고 쇼핑센터에서 책을 사기도 했다. 로비를 서성거리고, 오락실에서 팩맨을 몇 게임인가 했다. 그런 것을 하고 있는 사이에 어느 틈엔가 저녁이 되고 말았다. 마치 유원지 같구나, 하고 나는 생각했다. 세상에는 이런 식으로 시간을 때우는 방법도 있는 것이다.

그러고 나서 나는 호텔에서 나와, 저녁의 거리를 서성거려 봤다. 걷는 동안 차츰 그 부근의 지리에 관한 기억이 되살아났다. 예전의 돌고래 호텔에 머물고 있었을 때 진저리가 날 만큼 매일 거리를 돌아다녔다. 어느 골목길로 들어가면 무엇이 있는지도 대강은 기억하고 있었다. 돌고래 호텔엔 식당이 없었기 때문에—가령 있었다 하더라도 거기서 무엇인가 먹을 생각은 아마 하지 않았겠지만— 나와 그녀(키키)는 언제나 둘이서 근처 식당에 들어가서 식사를 했다. 나는 예전에 살던 집 근처를 어쩌다가 지나치게 된 그런 기분으로, 한 시간가량 정처 없이 눈에 익은 이 거리 저 거리를 걸어 다녔다. 날이 저물자 냉기가 피부에 뚜렷이 느껴졌다. 길바닥에 달라붙듯 남아 있던 눈이 발밑에서 서걱서걱 소리를 냈다. 하지만 바람 한 점 없었고, 거리를 걷는 건 즐거웠다. 공기는 청량하게 맑았고, 거리 곳곳에 개미집처럼 쌓인, 배기가 스 때문에 잿빛으로 얼룩진 눈도 밤거리의 빛 아래에서는 청결하 고 환상적으로까지 보였다.

예전에 비하면, 돌고래 호텔이 있는 지역은 뚜렷한 변화를 보이고 있었다. 하기야 예전이라고 해도 고작 사 년 남짓 전의 일 이니까, 우리가 예전에 봤거나 들락거리거나 한 가게의 대부분은 그냥 그대로 남아 있었다. 거리의 분위기도 기본적으로는 예전 그대로였다. 그러나 그래도 이 근방에서 무엇인가 진행되고 있 다는 것은 한눈에 알 수 있었다. 몇몇 가게는 문을 닫아걸었고, 그 곳에 '건축 예정'이라는 팻말을 내걸고 있었다. 실제로 건축 중인 커다란 빌딩도 있었다. 드라이브스루의 햄버거 가게며, 디자이너 의 브랜드 부티크며, 유럽 차의 쇼룸이며, 가운데 사라수沙羅樹를 심은 참신한 인테리어의 찻집이며, 온통 유리로 뒤덮인 말끔한 사무실이 운집된 빌딩 등 이전엔 없었던 새로운 타입의 가게나 건물들이, 고색창연한 삼 층짜리 옛 건물이나 포렴이 걸린 대중 식당, 언제나 난로 앞에서 고양이가 낮잠을 자고 있는 과자가게 등을 밀어젖히는 형국으로 차례차례 들어서 있었다. 마치 어린

아이의 이가 새로 돋아나듯이, 거리는 일시적으로 과거와 현재가 기묘하게 공존하는 것처럼 느껴졌다. 은행도 새로이 점포를 열고 있었다. 그것은 어쩌면 새로운 돌핀 호텔의 파급 효과일지도 몰랐다. 그 정도의 큰 호텔이 아무것도 없는 지극히 평범한—어지간히 시대에 뒤떨어진 느낌조차 드는— 거리의 한 모퉁이에 돌연 솟아나듯이 출현했으니, 거리의 균형이 크게 바뀌는 것이 당연하다. 사람의 흐름이 바뀌고, 활기가 솟게 된다. 땅값도 오른다.

어쩌면 그 변화는 좀 더 종합적인 것인지도 모른다. 즉 돌핀 호텔의 출현이 거리에 변화를 가져오게 한 것이 아니라, 돌핀 호텔의 출현이 그 거리에서 일어나는 변화의 한 과정인지도 모른다. 예컨대 장기적으로 계획된 도시의 재개발처럼.

나는 예전에 한 번 간 적이 있는 술집에 들어가서 술을 좀 마시고 간단한 식사를 했다. 지저분하고, 시끌시끌하고, 값이 싸고, 맛이 좋은 가게였다. 나는 혼자 밖에서 식사를 할 때는 언제나 될 수 있는 대로 시끌벅적한 음식점을 선택한다. 그러는 편이 마음이 편했다. 쓸쓸하지 않으며, 혼잣말을 해도 아무에게도 들리지 않는다.

식사를 끝냈는데도 어쩐지 만족스럽지 않아 나는 술을 조금 더 주문했다. 그러곤 따끈한 청주를 위 속으로 서서히 흘려 넣으면서 난 도대체 이런 데서 무엇을 하고 있는 것인가, 하고 생각했다. 돌고래 호텔은 이제 존재하지 않는다. 내가 거기에서 무엇을 찾고 있든지 간에 돌고래 호텔은 깨끗이 사라지고 만 것이다. 이제 존재하지 않는다. 그 자리에는 「스타워즈」의 비밀 기지 같은 저 우스꽝스러운 하이테크 호텔이 서 있다. 모든 것은 그저 때늦은 꿈이었다. 나는 헐려 소멸해 버린 돌고래 호텔의 꿈을 꾸고, 출구로 나가 사라져 버린 키키의 꿈을 꾸고 있었을 뿐이다. 분명 거기에선 누군가가 나 때문에 울고 있었는지도 모른다. 하지만 이젠 그것도 끝장나고 말았다. 이미 이 장소에는 아무것도 남아 있지 않다. 앞으로 여기에서 너는 무엇을 찾으려는 것인가?

그렇군, 하고 나는 생각했다. 어쩌면 입 밖으로 소리 내어 혼잣말을 했는지도 모른다. 확실히 그렇다. 여기엔 이제 아무것도 남아 있지 않다. 여기엔 내가 찾을 것이 아무것도 없다.

나는 입술을 굳게 다물고 한동안 카운터 위에 놓인 간장병 주둥이를 물끄러미 바라보고 있었다.

오랫동안 혼자서 생활하다 보면, 별의별 것을 다 물끄러미 바라보게 된다. 때때로 혼잣말을 하게 되기도 한다. 북적거리는 음식점에서 식사를 하게 되기도 한다. 중고 스바루 차에 친밀한 애정을 품게 된다. 그리고 조금씩 시대에 뒤떨어져 간다.

나는 가게를 나와 호텔로 되돌아왔다. 퍽 멀리까지 나가 있었지만, 호텔로 돌아오는 길을 찾기란 간단했다. 머리를 위로 치켜들면 거리 어디에서나 돌핀 호텔이 보이기 때문이다. 동방박사 세 사람이 밤하늘의 별을 보고 간단하게 예루살렘인가 베들레헴인가에 도달했던 것처럼 나도 간단하게 돌핀 호텔로 돌아왔다.

방에 돌아와 목욕을 하고, 머리카락을 말리면서 창밖에 펼쳐진 삿포로 거리를 바라봤다. 그러고 보니 예전의 돌고래 호텔에 숙박했을 때는, 창밖에 작은 회사가 보였었지, 하고 나는 생각했다. 무슨 회사인지는 전혀 알 수 없었지만, 그러나 아무튼 회사였다. 사람들이 바쁜 듯이 일하고 있었다. 나는 방의 창문으로 하루 종일 그런 풍경을 바라보곤 했다. 그 회사는 어떻게 됐을까? 예쁜 여자가 한 명 있었다. 그 여자는 어떻게 됐을까? 아니, 그건 도대체 무엇을 하는 회사였을까?

할 일도 없고 해서, 나는 얼마 동안 방 안을 별생각 없이 어슬렁어슬렁 돌아다녔다. 그러곤 의자에 앉아서 텔레비전을 봤다. 엉터리 같은 방송밖엔 하고 있지 않았다. 여러 가지 저작물著作物의 구토물을 보여 주고 있는 느낌이었다. 저작물이라서 별로 더럽지는 않지만 물끄러미 보고 있으면 진짜 구토물처럼 보인다. 나는 텔레비전을 끄고 옷을 입고 이십육 층에 있는 바에 갔다. 그리고 카운터에 앉아 탄산수를 더하고 레몬즙을 짜 넣은 보드카를 마셨다. 바의 벽은 전부 유리창으로 되어 있고, 거기를 통해 삿포로의 야경이 보였다. 여기에 있는 이것저것이 나에게 「스타워즈」의 우주 도시를 상기시켰다. 하지만 그걸 제쳐 두면 느낌이 좋은 조용한 바였다. 술 만드는 법도 제대로다. 유리잔도 고급스러운 것이었다. 유리잔이 맞부딪치면 아주 좋은 소리가 났다. 손님은 나 말고는 셋밖에 없었다. 중년 남자 둘이 안쪽 테이블에서 위스키를 마시면서 소곤소곤 나지막한 소리로 이야기를 하고 있었다. 무슨 내용인지는 알 수 없었지만 겉보기에는 굉장히 중요한 이야기인 것 같았다. 어쩌면 우주 최고의 악당 다스베이더의 암살 계획을 짜고 있는지도 모른다.

나의 바로 오른쪽 테이블에는 열두 세 살쯤 되는 여자아이가 워크맨 헤드폰으로 귀를 덮고 빨대로 음료를 마시고 있었다. 예쁜 아이였다. 긴 머리카락이 부자연스러울 만큼 곧게 뻗었는데, 그것이 매끄럽고 부드럽게 테이블 위로 늘어져 있었으며, 속눈썹이 길고 눈동자는 어딘지 애처로운 투명함을 풍기고 있었다. 그녀는 손가락으로 테이블을 똑똑 두드리며 리듬을 타고 있었는데, 그 가녀린 손가락 끝만이 다른 데서 받는 인상에 비해 묘하게 어려 보였다. 그렇다고 그녀가 어른스러웠다는 말은 아니다. 하지만 그 여자아이에게는 뭐랄까 모든 것을 위에서 내려다보는 듯한 느낌이 있었다. 악의가 있는 것도 아니고 공격적인 것도 아니다. 다만 뭐라고 할까, 중립적으로 내려다보고 있는 것이다. 창문으로 야경을 내려다보는 것처럼.

하지만 실제로는 그녀는 아무것도 보고 있지 않았다. 주위의 사물은 전혀 눈에 들어오지 않는 것 같았다. 그녀는 블루진에 흰 캔버스 스니커즈를 신고 'Genesis'라는 레터링이 들어간 맨투맨 티셔츠를 입고 있었다. 티셔츠는 팔꿈치 언저리까지 걷어붙이고 있었다. 그녀는 톡톡 테이블을 두드리면서 워크맨 테이프에 의식을 집중하고 있었다. 때때로 조그만 입술이 희미한 언어의 단편을 만들어 냈다.

"레몬주습니다, 저건" 하고 변명하듯 바텐더가 내 앞에 와서 말했다. "저 애는 저기서 어머니가 돌아오기를 기다리고 있지요."

"음" 하고 나는 애매하게 대꾸했다. 생각해 보면 확실히 열두 세 살짜리 여자아이가 밤 열 시에 호텔 바에서 혼자 워크맨을 들으면서 음료수를 마신다는 건 이상한 광경이었다. 하지만 바텐더에게서 그런 말을 듣기 전까지, 나로선 그것이 특별히 부자연스럽다는 식으로는 느껴지지 않았다. 나는 지극히 당연한 것을 보듯이 그녀를 보고 있었던 것이다.

나는 보드카를 한 잔 더 시키고 바텐더와 세상 돌아가는 이야기를 했다. 날씨라든가 경기라든가, 그런 두서없는 이야기였다. 그러고 나서 나는 별생각 없이, 주변도 바뀌었군, 하고 말해 봤다. 바텐더는 난처한 듯이 미소를 짓고, 실은 이 호텔에 오기 전엔 도쿄의 호텔에서 일했기 때문에 삿포로에 대해선 거의 아무것도 모른다고 했다. 그때 새 손님이 들어와서 그 대화도 결국 흐지부지 끝나고 말았다.

나는 탄산수를 탄 보드카를 전부 네 잔 마셨다. 얼마든지 마실 수 있을 것 같았으나 끝이 없을 것 같기에 네 잔에서 끝내고 계산서에 사인을 했다. 내가 일어서서 카운터를 벗어날 때도 그 여자아이는 아직 테이블 의자에서 워크맨을 계속 듣고 있었다. 어머니는 아직 나타나지 않았고 레몬주스의 얼음은 깡그리 녹아 버렸건만, 그녀는 그런 것쯤은 전혀 신경 쓰이지 않는 기색이었다. 내가 일어서자, 그녀는 문득 눈길을 들어 나를 봤다. 그리고 이 초나 삼 초 동안 내 얼굴을 보고 나서 아주 가볍게 방긋 웃었다. 어쩌면 그것은 그저 그런 입술의 미미한 떨림이었는지도 모른다. 하지만 나에겐 그녀가 나를 향해 웃어 보인 것처럼 느껴졌다. 그래서—참으로 이상한 이야기지만— 한순간 가슴이 떨렸다. 어쩐지 내가 그녀의 선택을 받았다는 느낌이 들었던 까닭이다. 그것은 여태까지 한 번도 경험한 적 없는 기묘한 가슴의 떨림이었다. 마치 내 몸이 오 센티미터나 육 센티미터 허공에 떠 있는 것 같은 느낌이 들었다.

나는 혼란에 빠진 채 엘리베이터를 타고 십오 층까지 내려와 내 방으로 돌아왔다. 어째서 그렇게 어리둥절해하는가? 하고 나는 생각했다. 열둘인가 고만한 여자아이의 웃는 얼굴을 봤다 해서. 아가씨라고 해도 이상할 것이 없는 나이야, 하고 나는 생각했다.

제네시스— 이건 또 싱겁기 짝이 없는 이름의 밴드다.

하지만 그 여자아이가 그 이름이 붙은 셔츠를 입고 있으니, 그건 아주 상징적인 어휘인 것처럼 느껴졌다. **기원**起源.

하지만, 하고 나는 생각했다. 어째서 고작 록 밴드에 그런 거창한 이름을 붙여야만 하는가?

나는 부츠를 신은 채로 침대에 누워서 눈을 감고 그 여자아이에 대해 생각해 봤다. 워크맨. 테이블을 똑똑 두드리는 하얀 손가락. 제네시스. 녹아 버린 얼음.

기원.

눈을 감고 가만히 있으려니, 몸 안에 알코올 기운이 서서히 돌아가는 것을 느낄 수 있었다. 나는 부츠 끈을 풀고, 옷을 벗고, 침대 속으로 기어들었다. 나는 스스로 느끼고 있던 것보다도 훨씬 더 피곤하고 훨씬 더 술에 취해 있는 것만 같았다. 나는 옆에 있는 여자가 "저기, 너무 과음한 것 같아"라고 말해 주기를 기다렸다. 하지만 아무도 말해 주지 않았다. 나는 혼자인 것이다.

기원.

나는 손을 뻗어서 전등 스위치를 껐다. 돌고래 호텔의 꿈을 꾸게 될까, 하고 나는 어둠 속에서 문득 생각했다. 하지만 결국 꿈 같은 건 아무것도 꾸지 않았다. 아침에 눈을 떴을 때, 나는 내가 어찌할 수 없이 텅 비어 있는 것처럼 느꼈다. 제로야, 하고 나는 생각했다. 꿈도 없고 호텔도 없다. 얼토당토않은 곳에서, 얼토당토않은 짓을 하고 있다.

침대 발치에는 부츠가 길바닥에 쓰러진 두 마리의 강아지 같은 꼴로 동그마니 고꾸라져 있었다.

창밖에는 검은 구름이 나직이 드리워져 있었다. 금방이라도 눈이 내릴 것만 같은 냉랭한 하늘이었다. 그런 하늘을 보고 있으니 아무것도 하고 싶은 생각이 들지 않았다. 시곗바늘은 일곱 시 오 분을 가리키고 있었다. 나는 리모컨으로 텔레비전을 켜고 침대에 누운 채 잠시 동안 아침 뉴스를 보고 있었다. 아나운서가 다가올 선거에 관해 이야기하고 있었다. 그것을 십오 분가량 보고 나서 단념하고 침대에서 나와 욕실로 가서 세수를 하고 수염을 깎았다. 기운을 내기 위해 「피가로의 결혼」 서곡을 허밍해 봤다.

그러다 문득 그것이 「마술 피리」 서곡인 듯한 느낌이 들었다. 생각하면 할수록 그 차이를 알 수 없게 됐다. 어느 쪽이 어느 쪽이었지? 무엇을 하건 제대로 될 것 같지 않은 날이었다. 수염을 깎다가 턱을 베고, 셔츠를 입으려다가 소매 단추가 떨어졌다.

아침 식사 자리에서 나는 어제 바에서 만났던 여자아이를 또 만났다. 그 아이는 어머니인 듯싶은 여자와 함께였다. 오늘 아침엔 워크맨을 갖고 있지는 않았다. 그리고 어젯밤과 같은 제네시스의 맨투맨 티셔츠를 입고 따분하다는 듯 홍차를 마시고 있다. 그녀는 빵에도, 스크램블드에그에도 거의 손을 대지 않고 있었다. 그 아이의 어머니—이겠지, 아마—는 사십 대 초반으로 보이는 작달막한 여성이었다. 머리를 뒤로 꼭 묶고, 흰 블라우스 위에 갈색 캐시미어 스웨터를 입고 있었다. 눈썹 모양이 딸과 똑같았다. 코의 생김새가 날렵하고 품위가 느껴졌으며, 귀찮은 듯 토스트에 버터를 바르는 동작에는 어딘지 사람의 마음을 끌어당기는 데가 있었다. 타인의 주목을 받는 데 익숙한 여성만이 터득할 수 있는 그런 종류의 몸놀림이었다.

내가 그 테이블 옆을 지나칠 때, 소녀가 문득 눈을 들어 내 얼굴을 봤다. 그러곤 방긋 웃어 보였다. 이번의 미소는 어젯밤의 것보다는 훨씬 제대로 된 미소였다. 잘못 봤다곤 할 수 없는 그런 미소였다.

나는 혼자 아침 식사를 하면서 뭔가 생각하려 했으나, 그 소녀의 미소를 보고 난 뒤부터 아무것도 생각할 수 없었다. 무엇을 생각하건 머릿속에서 똑같은 말이 똑같은 데를 빙글빙글 맴돌 뿐이었다. 그래서 나는 멍하니 후춧가루 병을 바라보면서 아무 생각 없이 아침 식사를 했다.

7

아무것도 할 일이 없었다. 해야 할 일도 없거니와, 하고 싶은 일도
없었다. 나는 돌고래 호텔에 숙박하기 위해 일부러 여기까지 찾
아왔다. 그 근본 명제인 돌고래 호텔이 없어져 버린 셈이니, 어찌
할 수도 없었다. 속수무책이었다.

어쨌든 로비로 내려가 그곳의 근사한 소파에 앉아서 오늘 하
루의 계획을 세워 보기로 했다. 하지만 계획 같은 건 떠오르지 않
았다. 동네를 구경하고 싶은 것도 아니고, 어딘가 가고 싶은 곳이
있는 것도 아니었다. 영화를 보면서 시간을 보내려고도 생각했으
나 보고 싶은 영화도 없는 데다, 도대체가 삿포로까지 와서 영화
관에서 시간을 보낸다는 것도 멍청한 일이었다. 그럼 무엇을 하
면 좋지?

아무것도 할 일이 없었다.

그렇지, 이발소에나 가자, 하고 나는 문득 생각했다. 생각해
보면 도쿄에 있는 동안엔 일이 바빠서 이발소에 갈 틈조차 없었

던 것이다. 벌써 한 달 반 가까이 이발을 하지 않았다. 정상적인 생각이었다. 현실적이며 건전한 생각이다. 짬이 생겼으니까 이발소에 간다. 아귀가 맞는다. 어디에 내놓아도 부끄럽지 않은 발상이다.

나는 호텔 이발소로 갔다. 청결하고 느낌이 좋은 이발소였다. 붐벼서 좀 기다려야 하면 좋으련만, 하고 기대했는데 평일 아침이라 역시 한산했다. 회청색의 벽에는 추상화가 걸려 있었고, 배경음악으로 자크 루시에Jacques Loussier의 「플레이 바흐Play Bach」가 잔잔하게 울려 퍼졌다. 그런 이발소에 들어간 것은 난생처음이었다. 그런 건 이미 이발소라고 부를 수가 없다. 이러다간 대중목욕탕에서 그레고리오 성가를 듣게 될지도 모른다. 세무서의 대기실에서 사카모토 류이치를 듣게 될지도 모른다.

내 머리카락을 잘라 준 사람은 스무 살이 갓 넘어 보이는 젊은 이발사였다. 그도 삿포로에 대해선 잘 알지 못했다. 이 호텔이 생겨나기 전에 같은 이름의 조그만 호텔이 이곳에 있었는데, 라고 말해도, 예에, 하고 대답할 뿐 특별히 놀라지도 않았다. 그런 건 아무러면 어떠냐 하는 투였다. 쿨했다. 게다가 멘즈 비기MEN'S BIGI의 셔츠를 걸치고 있었다. 하지만 솜씨는 나쁘지 않아서, 나는 비교적 만족하며 그곳을 나왔다.

이발소를 나서서 나는 다시 로비로 돌아와, 자, 이제부터 무엇을 하지, 하고 생각했다. 사십오 분이 지났을 뿐이었다.

아무것도 생각나지 않았다.

하는 수 없이 로비의 소파에 앉아서 얼마 동안 멍하니 그 주변을 바라보고 있었다. 프런트에는 어제의 안경을 쓴 그 여직원의 모습이 보였다. 나와 눈이 마주치자 그녀는 좀 긴장하는 듯이 보였다. 왜 그럴까? 내 존재가 그녀 속의 무엇인가를 자극하는 것일까? 모르겠다. 그러는 중에 시계가 열한 시를 가리켰다. 점심식사를 한들 이상할 것이 없는 시각이었다. 나는 호텔 밖으로 나가 어디서 무엇을 먹을지 생각하면서 거리를 돌아다녔다. 하지만 어느 음식점을 돌아보아도 마음이 동하지 않았다. 도대체가 식욕이 일지 않는 것이다. 하는 수 없이 적당히 눈에 띈 가게로 들어가 스파게티와 샐러드를 주문했다. 그리고 맥주를 마셨다. 당장이라도 눈이 내릴 것만 같았으나, 아직 눈이 내리지는 않았다. 구름은 까딱도 하지 않고 『걸리버 여행기』의 하늘에 떠 있는 나라처럼, 도시의 머리 위를 무겁게 짓누르고 있었다. 지상에 있는 모든 것이 회색으로 물들어 보였다. 포크도 샐러드도 맥주도 모두 회색으로 보였다. 이런 날에는 정상적인 일 같은 건 아무것도 생각나지 않는 법이다.

결국 택시를 잡아타고 중심지로 가서, 백화점에서 쇼핑을 하면서 시간을 보내기로 했다. 양말과 속옷을 사고, 예비용 건전지를 사고, 여행용 칫솔과 손톱깎이를 샀다. 야식용 샌드위치를 사고, 브랜디 작은 병을 샀다. 어느 것도 특별히 필요해서 산 건 아니었다. 그저 시간을 때우기 위해 산 물건들이었다. 그래도 어쨌든 두 시간이 지나갔다.

그러고 나서 나는 큰길을 산책하고, 특별히 목적도 없이 거리의 쇼윈도를 기웃거리고, 그런 일에도 싫증이 나자 찻집에 들어가서 커피를 마시고 잭 런던의 전기를 이어서 읽었다. 이럭저럭하는 가운데 겨우 해 질 녘이 됐다. 길고 지루한 영화를 보고 있는 것 같은 하루였다. 시간을 하릴없이 허비하기도 어지간히 힘든 일인 것이다.

호텔로 돌아와 프런트 앞을 지나려고 할 때, 누군가가 내 이름을 불렀다. 예의 안경을 낀 프런트의 여직원이었다. 그녀가 거기서 나를 부르고 있었다. 내가 그쪽으로 가자, 그녀는 좀 떨어진 카운터의 구석 쪽으로 나를 데리고 갔다. 거기는 렌터카의 접수 데스크라고 되어 있었지만, 간판 옆에 팸플릿이 쌓여 있을 뿐 담당 직원은 아무도 없었다.

그녀는 잠시 볼펜을 손가락으로 뱅글뱅글 돌리면서, 무슨 말을 해야 하는데 어떻게 말하면 좋을지 모르겠다는 표정으로 나를 바라보고 있었다. 그녀는 분명히 혼란과 당혹스러움으로 부끄러워하고 있었다.

"죄송합니다만, 렌터카 상담을 하고 계신 척해 주세요"라고 그녀는 말했다. 그러곤 곁눈질로 힐끗 프런트 쪽을 봤다. "손님하고 개인적으로 이야기하면 안 된다는 규칙이 있어서요."

"좋아요"라고 나는 말했다. "내가 렌터카 요금을 당신한테 물어보고, 당신은 그에 대해 대답하고 있어. 개인적인 이야기가 아니야."

그녀는 약간 얼굴을 붉혔다. "미안합니다. 이 호텔은 굉장히 규칙이 까다로워서요."

나는 빙그레 웃었다. "안경이 굉장히 잘 어울리는걸."

"네?"

"그 안경이 당신한테 잘 어울려. 아주 귀여워"라고 나는 말했다.

그녀는 손가락으로 안경테를 잠깐 만지작거렸다. 그리고 헛기침을 했다. 아마 쉽게 긴장하는 타입인 것 같다. "실은 좀 여쭤보고 싶은 게 있어서요"라고 그녀는 기색을 고치며 말했다. "개인적인 일이에요."

나는 할 수만 있다면 그녀의 머리를 어루만져 기분을 안정시켜 주고 싶었으나, 그럴 수도 없는 일이었다. 나는 잠자코 상대의 얼굴을 바라봤다.

"어제 말씀하셨던, 이전에 여기 있었던 호텔 이야기 말입니다만" 하고 그녀는 작은 소리로 말했다. "같은 이름의 돌핀 호텔이라는……. 그건 어떤 호텔이었죠? 정상적인 호텔이었나요?"

나는 렌터카의 팸플릿을 한 장 집어 들고 그것을 보는 척했다. "정상적인 호텔이라니 어떤 걸 의미하는 걸까, 구체적으로?"

그녀는 흰 블라우스의 양쪽 깃을 손가락으로 끄집어 당겼다. 그리고 다시 헛기침을 했다.

"그…… 제대로 잘 말하진 못하겠지만, 좀 별난 인연이 있는 호텔이랄까, 그런 거 아닌가요? 전 어쩐지 신경이 쓰여요, 그 호텔이."

나는 그녀의 눈을 봤다. 이전에도 느꼈던 것처럼 그것은 순진하고 깨끗한 눈이었다. 내가 물끄러미 눈을 들여다보자 그녀는 다시 얼굴을 붉혔다.

"당신이 신경이 쓰인다는 게 무슨 말인지 나로선 잘 이해가 안 되는데. 어쨌든 간에 이야기를 하자면 꽤 긴 이야기가 될 것 같은데, 여기서 이야기하는 건 좀 무리가 아닐까. 당신도 바쁜 것 같고."

그녀는 프런트 데스크에서 일하고 있는 동료들 쪽으로 얼핏 시선을 돌렸다. 그러곤 아랫입술을 새하얀 이로 지그시 깨물었다. 그녀는 잠깐 망설이더니 이윽고 결심한 듯이 고개를 끄덕였다.

"그럼 제가 일을 끝마치고 만나서 이야기하실 수 있겠어요?"

"일은 몇 시에 끝나지?"

"여덟 시면 끝나요. 하지만 이 근처에서 만나는 건 무리예요. 규칙이 까다로우니까요. 먼 데라면 좋지만."

"어딘가 조금 떨어진 곳에서 천천히 이야기할 수 있는 곳이 있다면 그리로 가겠어."

그녀는 고개를 끄덕이고 잠시 생각하더니 데스크에 마련되어 있는 메모 용지에 볼펜으로 약속 장소와 간단한 약도를 그렸다. "여기서 기다려 주세요. 여덟 시 반까지는 갈게요"라고 그녀는 말했다.

나는 그 메모를 코트 주머니에 넣었다.

이번엔 그녀가 내 눈을 물끄러미 봤다. "저를 이상하게 생각지 말아 주세요. 제가 이러는 건 처음이에요. 규칙을 깨다니. 하지만 정말로 이렇게라도 하지 않을 수 없어요. 그 이유는 나중에 이야기하겠습니다만."

"이상하게 생각진 않아. 그러니 걱정하지 않아도 돼"라고 나는 말했다. "난 나쁜 사람이 아니야. 남들은 그다지 좋아하지 않지만 남이 싫어하는 일은 하지 않지."

그녀는 볼펜을 뱅글뱅글 돌리면서 잠시 생각하고 있었지만, 내가 한 말의 의미를 잘 이해하고 있는 것 같지는 않았다. 그녀는 입가에 애매한 미소를 띠고, 그러곤 다시 집게손가락을 안경테 쪽으로 가져갔다. "그럼, 이따가"라고 그녀는 말했다. 그리고 나에게 의례적인 눈인사를 하고선 자기 자리로 되돌아갔다. 매력적인 여자다. 그리고 정신적으로 다소 불안정한 데가 있다.

방으로 돌아온 나는 냉장고에서 맥주를 꺼내 마시고, 백화점 지하에 있는 식료품 매장에서 사온 로스트비프 샌드위치를 절반 정도 먹었다. 이제 어쩌지, 하고 나는 생각했다. 이걸로 우선 뭘 해야 할지 결정된 셈이다. 기어를 낮게 놓아 어디로 가는지는 모른다고 해도, 상황은 서서히 움직이기 시작했다. 나쁘지 않다.

나는 욕실에 가서 세수를 하고, 또 수염을 깎았다. 잠자코, 조용히, 아무 노래도 부르지 않고 수염을 깎았다. 애프터쉐이브 로션을 바르고, 이를 닦았다. 그리고 오랜만에 거울 속의 얼굴을 물끄러미 바라봤다. 별다른 점은 딱히 발견되지 않았고 용기가 솟아오른 것도 아니었다. 여느 때나 다름없는 그저 내 얼굴이었다.

나는 일곱 시 반에 방을 나서서 호텔 현관에서 택시를 타고 그녀가 써준 메모를 운전사에게 보였다. 운전사는 잠자코 고개를 끄덕이고는 나를 그 약속 장소까지 데려다줬다. 택시 요금이 천 엔 남짓 드는 거리였다. 오 층짜리 건물의 지하에 있는 작고 아담한 바였는데, 문을 열자 듣기 좋은 음량으로 게리 멀리건Gerry Mulligan의 낡은 레코드를 튼 소리가 들려왔다. 멀리건이 아직 크루컷에 버튼다운 셔츠를 입고 있었고, 쳇 베이커Chet Baker라든가 밥 브룩마이어Bob Brookmeyer가 있던 무렵의 밴드로, 예전에 곧잘 들었다. 아담 앤트Adam Ant 같은 가수가 나오기 이전 시절의 이야기이다.

아담 앤트.

참으로 싱겁기 짝이 없는 이름이다.

나는 카운터에 앉아서 게리 멀리건의 품위 있는 솔로 곡을 들으면서 물을 탄 J&B를 시간을 들여 천천히 마셨다. 여덟 시 사십오 분이 되어도 그녀는 나타나지 않았지만, 나는 별로 신경을 쓰지 않았다. 아마 일이 아직 안 끝난 거겠지. 가게 안의 느낌이 가히 나쁘지 않았으며, 혼자서 시간을 소비하는 데엔 익숙했다. 나는 음악을 들으면서 술을 홀짝거리고, 다 마시자 두 번째 잔을 주문했다. 그리고 특별히 볼거리도 없기에 눈앞에 놓여 있는 재떨이를 바라보고 있었다.

그녀가 온 것은 아홉 시 오 분 전이었다.

"죄송해요"라고 그녀는 빠른 어조로 사과했다. "일이 늦어져서요. 갑자기 손님이 밀어닥쳤는데 교대할 사람도 늦게 오는 바람에."

"난 괜찮아. 신경 쓸 것 없어"라고 나는 말했다. "어차피 어디든 가서 시간을 보내야 했으니까."

안쪽으로 자리를 옮기자고 그녀는 말했다. 나는 술잔을 가지고 이동했다. 그녀는 가죽장갑을 벗고, 체크무늬 머플러를 풀고, 회색 오버코트를 벗었다. 노란색 얇은 스웨터에 다크 그린의 울 스커트 차림이 되자 그녀의 가슴이 생각보다 훨씬 풍만하다는 것을 알게 됐다. 귀에는 고상한 금귀고리를 달고 있었다. 그녀는 블러디 메리를 주문했다.

마실 것이 나오자 그녀는 우선 한 모금 목을 축였다. 식사는 했느냐고 나는 물어봤다. "아직 안 했지만 그다지 배는 고프지 않아요. 네 시에 가볍게 먹어서요"라고 그녀는 대답했다. 나는 위스키를 한 모금 마시고, 그녀는 블러디 메리를 한 모금 더 마셨다. 그녀는 바삐 오느라고 그랬는지 그로부터 삼십 분가량을 가만히 앉아서 숨을 가다듬고 있었다. 나는 땅콩 한 개를 집어 들어 그것을 깨물어 먹고, 다시 한 개를 집어 들어 깨물어 먹는 짓을 되풀이하면서 그녀가 안정을 되찾기를 기다리고 있었다.

그녀는 마지막으로 한 번 천천히 한숨을 쉬었다. 굉장히 긴 한숨이었다. 자신도 너무 길다고 생각했는지, 나중에 고개를 들고 신경 쓰인다는 눈으로 나를 봤다.

"일이 고된가 보지?"라고 나는 물어봤다.

"네"라고 그녀는 말했다. "제법 고되요. 아직 하는 일에 익숙해지지 못한 데다 호텔 자체가 개업한 지 얼마 안 되고 해서 윗사람도 여러 가지로 신경이 예민하고요."

그녀는 테이블 위에 두 손을 얹어 놓고, 손가락을 깍지 끼었다. 새끼손가락에 조그마한 반지를 끼고 있었다. 장식이 거의 없는 지극히 평범한 은반지였다. 나와 그녀는 얼마 동안 그 반지를 보고 있었다.

"그 옛날의 돌핀 호텔 이야기 말인데요" 하고 그녀는 말했다. "하지만 당신, 취재라든가 그런 것에 관련된 사람은 아니겠지요?"

"취재?" 하고 나는 깜짝 놀라 되물었다. "어째서 그런?"

"그냥 물어봤을 뿐이에요"라고 그녀는 말했다.

나는 잠자코 있었다. 그녀는 입술을 깨문 채 한참 동안 벽의 한곳을 응시하고 있었다.

"약간 말썽이 있었던지 윗사람들이 굉장히 경계하고 있어요. 매스컴에 대해서요. 토지 매수라든가, 그런 일로……. 아시겠죠? 그런 걸 신문 같은 데서 다루게 되면 호텔로선 곤란할 수밖에요. 손님을 상대하는 장사니까요. 이미지가 나빠지겠죠?"

"이제까지 뭔가 기사로 쓰인 적이 있나?"

"주간지에 한 번요. 오직污職 비슷한 일이라든가, 퇴거 거부를 하던 사람을 회사가 폭력배인가 우익을 동원해서 내쫓았다느니 어쩌니 하는 그런 일."

"그래서 그 말썽에 예전의 돌핀 호텔이 휘말렸단 말이야?"

그녀는 어깨를 약간 움츠리고는 블러디 메리를 마셨다. "아마 그럴 거예요. 그래서 매니저도 그 호텔 이름이 나오자 경계를 한 것 같아요, 당신에 대해서. 그렇죠, 경계했죠? 하지만 정말 전 거기에 대해선 자세히 알지 못해요. 다만 이 호텔에 돌핀 호텔이란 이름이 붙은 건, 이전의 호텔과 관계가 있다는 이야긴 들은 적이 있어요. 누구에게선가."

"누구에게?"

"검둥이 중 한 사람에게서요."

"검둥이?"

"검은 양복을 입은 작자들 말이에요."

"그렇군" 하고 나는 말했다. "그 밖에 뭐든 돌핀 호텔에 대해 들은 건 없어?"

그녀는 몇 번인가 고개를 저었다. 그리고 왼쪽 손가락으로 오른손 새끼손가락의 반지를 만지작거렸다. "무서워요, 전" 하고 그녀는 속삭이듯 말했다. "무서워서 못 견디겠어요. 어찌지도 못할 만큼."

"무서워? 잡지에 취재당하는 게?"

그녀는 살짝 고개를 저었다. 그러곤 얼마 동안 컵의 가장자리에 입술을 살며시 대고 있었다. 어떻게 설명하면 좋을지 고민

하는 것 같았다.

"아니에요. 그렇진 않아요. 뭐 잡지 같은 건 아무렇지도 않아요. 글쎄, 잡지에 무엇이 나오든 저는 상관이 없어요. 안 그래요? 윗사람들이 당황해할 뿐이에요. 제가 말하는 건 전혀 다른 거예요. 호텔 전체에 대한 거. 그 호텔엔, 즉 말이죠, 뭔가 좀 이상한 데가 있어요. 좀 비정상이라고나 할까…… 일그러진 데가 있어요."

그녀는 입을 다물었다. 나는 위스키를 다 마시고 다음 잔을 주문했다. 그리고 그녀를 위해서도 두 잔째의 블러디 메리를 시켰다.

"어떤 식으로 일그러졌다고 느끼지, 구체적으로 말해서?"라고 나는 물었다. "가령 뭔가 구체적으로 말한다면?"

"물론 있어요" 하고 그녀는 의외라는 듯이 말했다. "있긴 있지만, 그것을 제대로 표현하기가 어려워요. 그래서 거기에 대해선 여태껏 누구한테도 이야기한 적이 없어요. 느낀 건 굉장히 구체적인데도, 막상 그것을 말로 하려면 그런 구체성 같은 것이 자꾸자꾸 엷어져 가고 있지 않나 하는 느낌이 드는 거예요. 그래서 제대로 말할 수가 없어요."

"사실적인 꿈처럼?"

"꿈과는 또 달라요. 꿈이라는 건, 저도 자주 꾸지만 시간이 지나면 물러가잖아요, 그 사실성이. 하지만 그건 그렇지 않아요. 언제까지고 똑같아요. 언제까지나 언제까지나 언제까지나, 사실적이에요. 언제까지고 거기에 그대로 있다고요. 눈앞에 쏙 떠올라요."

나는 잠자코 있었다.

"좋아요, 어떻게든 이야기해 볼게요"라고 그녀는 말하고 술을 한 모금 마셨다. 그러곤 냅킨으로 입을 닦았다. "1월이었어요. 1월 초. 설 연휴가 끝나고 며칠 지났을 무렵. 나는 그날 야간 당직이라서—야간 당직을 자주 하진 않지만 그날은 사람이 없어서 하는 수 없었거든요— 그래서 아무튼, 일이 끝난 게 밤 열두 시 정도였어요. 그 시간에 일이 끝나면, 회사에선 택시를 불러 모두 순서대로 집까지 보내 줘요. 그땐 전철도 없고 하니까. 그래서 열두 시 전에 일이 끝나, 사복으로 갈아입고, 십육 층까지 종업원용 엘리베이터로 올라갔어요. 십육 층엔 종업원용 수면실이 있는데, 거기에 책을 놓고 왔었거든요. 뭐 그런 거 다음 날 가도 괜찮지만 그게 읽다 만 것이었고, 게다가 같은 택시로 퇴근하려던 애가 일이 좀 늦어져서요. 그래서 이왕 그렇게 시간이 남게 됐으니 내친 김이라 생각하고 가지러 올라간 거죠. 십육 층엔 객실과는 별도로 그런 종업원용 설비가 있어요. 수면실이라든지, 잠시 쉬면서 차를 마시는 곳이라든지. 그래서 가끔 가는 경우가 있어요.

그래서 엘리베이터 문이 열리자, 나는 늘 그렇듯이 밖으로 나섰어. 아무 생각 없이. 그런 일이 있잖아. 언제나 언제나 이골이 날 정도로 하는 일이라든지, 늘 가는 낯익은 장소라든지, 그런 건 아무 생각 없이 행동하게 되지, 반사적으로. 나도 극히 자연스레 쑥 발을 내디뎠어. 생각에 잠겨 있었던가 봐, 무엇엔가 필시. 무엇이었는지는 기억하지 못하지만. 코트 주머니에 두 손을 찔러 넣은 채 복도에 서서 문득 보니까 주위가 캄캄하지 않겠어? 아주 캄캄했어. 깜짝 놀라 뒤를 돌아보니 엘리베이터 문은 이미 닫혀 있었지. 정전인가 했어, 물론. 하지만 그런 일은 있을 수 없어. 우선 첫째로 호텔은 확실한 자가발전 장치를 가지고 있으니까. 그래서 정전이 된다 해도 바로 그쪽으로 전환할 수 있거든. 자동적으로, 정말 순간적으로. 나도 그런 훈련에 참가했기 때문에 잘 알고 있어. 그러니 원칙적으로 정전이란 있을 수 없어. 그리고 가령 만에 하나 자가발전 장치마저 고장 났다 하더라도 복도의 비상등은 켜져 있을 거야. 그러니 그렇게 캄캄해질 까닭이 없거든. 복도는 녹색 비상등 빛으로 비춰지고 있을 테니까. 도무지 그렇게 될 까닭이 전혀 없어. 온갖 상황을 고려한다 하더라도.

그런데 그때, 복도는 그저 캄캄하기만 했어. 보이는 빛은 엘리베이터 버튼과 층수 표시뿐. 빨간 디지털 숫자. 나는 당연히 버튼을 눌렀지. 하지만 엘리베이터는 자꾸자꾸 아래로 내려가 돌아오지 않는 거야. 이거 야단났구나 싶어 나는 주위를 살펴봤어. 물론 무서웠지만, 그와 동시에 이거 성가시겠네, 그렇게도 생각했지. 어째서 그랬는지 알겠어?"

나는 고개를 저었다.

"다시 말해서 이런 식으로 캄캄해진다는 건, 뭔가 호텔의 기능에 문제가 있다는 게 아니겠어? 기계적으로라든지, 구조적으로라든지, 그런 거. 그러면 또 야단법석이 벌어지지. 휴일을 반납

하고 일을 하게 된다든지, 여러 날 훈련을 거듭한다든지, 윗사람들이 신경질적이 된다든지. 그런 거, 이젠 질색이거든. 가까스로 안정을 찾았으니까."

그렇겠군, 하고 나는 말했다.

"그래서 그런 걸 생각하니 점점 화가 치밀어 오르는 거야. 무섭다기보다 화가 더 났어. 그래서 난, 어떻게 된 건지 좀 살펴보자, 그렇게 생각했던 거야. 그래서 두세 걸음 걸어 봤어, 천천히. 그랬더니 뭔지 이상했어. 발소리가 평소와는 다르더라고. 나는 그때 굽 낮은 구두를 신고 있었는데 여느 때와는 걷는 기분이 사뭇 다르지 뭐야. 여느 때의 카펫 감촉이 아니더란 말이지. 좀 더 딱딱했어. 나는 그런 것에 민감하니까 틀릴 리가 없어. 정말이야. 그리고 공기가 평상시와 달랐어. 뭐라고 하면 좋을까, 곰팡이 냄새가 났어. 호텔 공기와는 전혀 다른.

우리 호텔은 말이지, 공기 조절 장치로 완벽하게 컨트롤하고 있어. 굉장히 신경을 쓰고 있지. 평범한 공기 조절 장치가 아니야. 좋은 공기를 만들어 보내고 있어. 다른 호텔처럼 너무 건조해서 콧속이 마르거나 하지 않도록 자연스런 공기를 내보내고 있단 말이야. 그래서 곰팡이 냄새가 난다거나 하는 일은 생각할 수 없어. 그런데 그때 공기는 한마디로 오래된 공기 그 자체였어. 몇십 년 전의 공기. 어릴 적에 시골 할아버지 댁에 놀러 갔다가 낡은 헛간을 열고 맡아 본 것 같은 그런 냄새. 여러 가지 낡은 것들이 뒤섞여서 조용히 가라앉아 있는 것 같은 그런 거.

나는 한 번 더 엘리베이터 쪽을 돌아봤어. 그런데 이번엔 이미 엘리베이터의 스위치 램프마저 꺼져 있지 뭐야. 아무것도 안 보였지. 전부 죽어 버린 거야, 완전히. 정말 무서웠어. 당연하잖아? 캄캄한 어둠 속에 나 혼자뿐인걸. 무서웠어. 하지만 이상했어. 주위가 너무나도 조용하더라고. 괴괴하리만치 조용하게 변해 있는 거야. 소리 하나 없이. 이상하지? 글쎄, 정전이 되어서 캄캄해진 거잖아. 다들 떠들어 대야 하는 거 아닌가? 호텔은 거의 만실이었고, 그런 상황이 되면 굉장한 소동이 벌어져야 했겠지? 그런데도 기분 나쁠 정도로 조용했단 말이야. 그래서 뭐가 뭔지 영문을 모르겠더라고."

마실 것이 나왔다. 나와 그녀는 한 모금씩 그것을 마셨다. 그녀는 잔을 아래에 내려놓고 안경에 손을 댔다. 나는 잠자코 그녀의 다음 이야기를 기다리고 있었다.

"지금까지의 기분이 이해돼?"

"대충 알 만해"라고 말하고 나는 고개를 끄덕였다. "십육 층에서 엘리베이터를 내렸다. 캄캄했다. 냄새가 다르다. 너무나 조용하다. 어쩐지 이상하다."

그녀는 한숨을 쉬었다. "자랑은 아니지만, 나는 그렇게 겁이 많은 사람은 아니야. 적어도 내 또래 여자치고는 용감한 편이라고 생각해. 불이 꺼졌대서 그것만으로 아우성을 치거나 그러진 않거든. 그야 무섭긴 무섭지만, 그런 것에 지면 안 된다고도 생각해. 그래서 어찌 됐든 간에 확인해 보려고 했지. 그래서 손으로 복도를 더듬어 나가 봤어."

"어느 쪽으로?"

"오른쪽" 하고 말하고 나서, 그녀는 오른손을 들어보고는 그 것이 틀림없이 오른쪽이었음을 확인했다. "그래. 오른쪽으로 나 아갔어. 천천히. 복도는 일직선이었어. 벽을 따라 얼마 동안 나아 가니까 복도가 오른쪽으로 꺾여 있었어. 그리고 그 앞쪽에서 희 미하게 빛이 보였지. 굉장히 희미한 빛이. 훨씬 안쪽에서 흘러나 오는 촛불 빛 같았어. 그래서 난 누군가 양초를 찾아가지고 그걸 켰구나 싶었어. 그래서 아무튼 그리로 가보려고 했어. 가까이서 보니까, 그 불빛은 아주 약간 열린 문틈에서 새어 나오고 있었어. 이상한 문. 낯선 문. 우리 호텔에 그런 문이 있을 턱이 없었어. 하 지만 아무튼 거기서 불빛이 흘러나왔어. 나는 그 앞에 서서, 그 다 음에 어떻게 하면 좋을지 종잡을 수 없게 됐지. 안에 누가 있는지 도 알 수 없고, 이상한 사람이 나와도 곤란하고, 게다가 전혀 본 적 도 없는 문이고. 그래서 시험 삼아 살며시 문을 노크해 봤지. 들릴 락 말락 하게 살며시, 똑똑. 하지만 그 소리는 내가 예상한 것보다 훨씬 크게 울렸어. 주위가 굉장히 조용했으니까. 하지만 아무런 반응도 없었어. 십 초 정도. 그 십 초 정도를 난 그 문 앞에서 꼼짝 않고 있었지. 어떻게 하면 좋을지 몰랐으니까. 하지만 그 다음에 안에서 부스럭거리는 소리가 나지 뭐야. 뭐랄까. 무거운 옷을 입 은 사람이 방바닥에서 일어서는 것 같은, 그런 소리. 그리고 발소 리가 들렸어. 굉장히 느릿느릿한 발소리. 스르륵…… 스르륵……

스르륵…… 그렇게 슬리퍼를 질질 끌고 걷는 것 같은 발소리. 그
것이 한 걸음 한 걸음 문 쪽으로 다가오는 거야."

그녀는 그 소리를 떠올리듯 허공을 응시했다. 그러고는 고개
를 절레절레 저었다.

"그 소릴 듣는 순간 난 몸서리쳤어. 이건 인간이 아니라는 느
낌이 들었지. 근거는 없지만 직관적으로 그렇게 느껴졌어. 이건
인간이 아니라고. 등골이 오싹한 느낌을 처음 알았어, 그때. 등골
이 정말 오싹한 거야. 수사적인 과장이 아니고. 난 도망쳤어. 걸
음아 나 살려라 하고. 도중에 한 번인가 두 번 굴렀던가 봐. 스타
킹이 찢어졌으니까. 하지만 그런 건 전혀 기억이 안 나. 다만 도
망쳤다는 기억밖엔 나지 않거든. 달리는 동안 엘리베이터가 아
직도 죽어 있으면 어쩌나 하고 그것만 줄곧 생각했어. 하지만 엘
리베이터는 제대로 움직이고 있었어. 층수 표시도 버튼도 제대
로 켜져 있었고. 엘리베이터는 일 층에 머물러 있었어. 냅다 버튼
을 눌렀더니 엘리베이터가 올라왔어. 하지만 그 올라오는 속도가
굉장히 느린 거야. 정말 믿을 수 없을 만큼 느렸어. 이 층…… 삼
층…… 사 층…… 그런 느낌. 어서 오라고, 어서 와, 하고 계속 빌
고 있었지만 소용이 없었어. 시간이 굉장히 오래 걸리는 거야. 왠
지 사람을 초조하게 만들려는 것처럼."

그녀는 한숨을 내쉬고 블러디 메리를 다시 한 모금 마셨다.
그러곤 손가락에 낀 반지를 빙글빙글 돌렸다.

나는 잠자코 이야기가 계속되기를 기다렸다. 음악은 꺼져 있

었다. 누군가가 웃고 있었다.

"하지만 역시 들리는 거야. 발소리가. 스르륵…… 스르륵…… 스르륵…… 하고 가까이 오는 거야. 천천히, 하지만 확실하게. 스르륵…… 스르륵…… 스르륵…… 그렇게. 방에서 나와서, 복도를 지나, 내 쪽으로 걸어오는 거야. 무서웠어. 아니, 무섭다고 할 정도가 아니야. 위장이 꾸욱 치밀어 올라 목구멍 바로 근처까지 온 듯했어. 그리고 온몸에서 땀이 솟구쳤어. 불쾌한 냄새가 나는 차가운 땀. 오한. 한기. 마치 살갗 위를 뱀이 기어가는 듯한. 엘리베이터는 여전히 도착하지 않았어. 칠 층…… 팔 층…… 구 층…… 그리고 발소리는 다가오고."

이삼십 초 동안 그녀는 잠자코 있었다. 그리고 아직도 천천히 반지를 돌리고 있었다. 마치 라디오의 튜닝을 하는 것처럼. 카운터 자리에서 여자가 뭐라고 말하고, 남자가 다시 웃었다. 어서 음악을 틀어 줬으면 하고 나는 생각했다.

"그런 무서움이란 경험해 보지 않고선 몰라" 하고 그녀는 마른 목소리로 말했다.

"그래서 어떻게 됐지?"라고 나는 물었다.

"정신을 차리고 보니 엘리베이터의 문이 열려 있었어"라고 말하며 그녀는 어깨를 약간 움츠렸다. "문이 열리고, 거기서부터 눈에 익은 불빛이 흘러나왔어. 난 거기로 말 그대로 구르듯이 들어갔지. 그러곤 벌벌 떨면서 일 층 버튼을 눌렀어. 로비로 돌아가자 모두 깜짝 놀라는 거야. 글쎄 안 그러겠어? 내가 새파랗게 질려서 말도 못 할 만큼 벌벌 떨고 있었으니까. 매니저가 와서, 아니 웬일이냐고 물었지. 그래서 난 숨을 헐떡거리면서 설명했어. 십육 층이 어쩐지 이상하다고. 매니저는 그 말만 듣고는 바로 남자애 하나를 불러가지고 나와 셋이서 십육 층까지 올라갔어. 무슨 일이 일어났는지 체크하려고. 하지만 십육 층은 아무 일도 없지 뭐야. 전등도 휘황하게 켜져 있고, 이상한 냄새도 나지 않고. 여느 때와 똑같았어. 수면실에 가서 거기에 있던 사람에게도 물어봤지. 그 사람은 줄곧 깬 채로 있었는데 정전 같은 건 전혀 없었다고 하지 않겠어? 혹시나 싶어 십육 층을 구석구석 다 돌아봤지만 달라진 건 아무것도 없더라고. 여우한테 홀린 것만 같았어.

아래로 내려오니 매니저가 자기 방으로 나를 부르더라고. 그래서 나는 분명 야단맞을 줄 알았어. 하지만 그 사람은 화를 내지도 않았고, 좀 더 자세히 상황을 설명하라고 했어. 그래서 난 자잘한 것까지 전부 설명했어. 그 스르륵 스르륵 하는 발소리까지. 어쩌 좀 어리석은 느낌이 들었지만. 아마 꿈이라도 꾸고 있었나 보군, 그렇게 웃어넘겨 버리지나 않을까 하면서.

하지만 그 사람은 웃지 않았어. 되레 굉장히 진지한 얼굴을 하지 않겠어? 그리고 나에게 이렇게 말했어. '지금 있었던 일, 누구에게든 절대 아무 말도 하지 마'라고. 친절하게 타이르는 듯한 어투로. '무슨 착오인 것 같은데, 다른 종업원들이 겁을 먹으면 안 되니까 잠자코 있어'라고. 우리 회사 매니저는 그렇게 친절한 말씨를 쓰는 사람은 아니야. 좀 더 권위적으로 말하는 사람이거든. 그래서 그때 나는 이렇게 생각했어. 어쩌면 이런 경험을 한 건 내가 처음이 아니구나."

그녀는 입을 다물었다. 나는 그녀가 한 이야기를 머릿속에서 정리해 봤다. 무엇인가 질문을 하는 게 나을 듯한 분위기였다.

"그래, 다른 직원이 그런 이야길 하는 걸 들은 적 있어?"라고 나는 물었다. "네 체험과 비슷한 무슨 이상한 일이라든지, 색다른 일이라든지, 야릇한 일이라든지? 지나가는 소문 같은 거라도 좋으니까."

그녀는 잠시 생각하고 나서 고개를 저었다. "없는 것 같아. 하지만 나는 느끼는걸. 거기엔 무엇인가 심상치 않은 게 있다고. 내 이야기를 들었을 때 매니저의 반응도 그랬고, 그리고 거기엔 어쩐지 비밀스러운 소리에 대한 이야기가 너무나 많거든. 잘 설명할 수는 없지만 무엇인가 이상해. 내가 이전에 근무하던 호텔에선 전혀 그런 일이 없었어. 물론 이만큼 큰 호텔은 아니었으니까 사정이 조금은 다르겠지만, 그렇다 하더라도 너무나 다른걸. 이전 호텔에도 괴담 같은 건 있었지만—어느 호텔에나 한 가지쯤은 그런 거 있잖아— 우리는 그런 거 웃어 버리고 말았어. 하지만 여기는 그렇지가 않아. 웃어 버리고 말 분위기가 아니야. 그래서 더욱 무서운 거야. 매니저만 해도, 그때에 웃어넘겨 버렸더라면 좋았을 텐데. 아니면 호통을 치든가 말이야. 그랬으면 나도 어쩌면 무슨 착오라도 일으킨 게 아닌가 하고 생각했을지도 모르는데."

그녀는 눈을 가늘게 뜨고 손에 든 유리잔을 물끄러미 바라봤다.

"그 후로 십육 층에 가본 적 있어?"라고 나는 물어봤다.

"몇 번이나" 하고 그녀는 담담한 목소리로 말했다. "일터니까 가고 싶지 않아도 가야 할 때가 있잖아? 하지만 가는 건 낮 동안이고 밤엔 안 가. 무슨 일이 있어도 안 가. 이젠 두 번 다신 그런 일 당하고 싶진 않으니까. 그래서 야간 당직도 안 하기로 했어. 하고 싶지 않다고 윗사람한테 말했어. 분명하게."

"지금까지 아무에게도 그 이야기를 하진 않았겠지?"

그녀는 짤막하게 고개를 한 번 끄덕였다. "아까도 말한 것처럼 남에게 이야기한 건 오늘이 처음이야. 이야기하려고 해봤자 이야기할 상대가 없었는걸. 그리고 어쩌면 당신이 그 일에 대해서 무슨 짚이는 데라도 있지 않을까 해서. 그 십육 층의 사건에 대해서."

"내가? 왜 그렇게 생각한 거지?"

그녀는 멍한 눈으로 나를 바라봤다. "잘은 모르지만…… 당신은 이전의 돌핀 호텔에 대해서도 알고 있고, 그 호텔이 없어지게 된 사정에 대해 묻고 있었고…… 그래서 무엇인가 내가 경험한 일에 대해서 짚이는 데가 있지 않을까 그런 느낌이 들었어."

"특별히 짚이는 일은 없는 것 같은데"라고 나는 좀 생각하고 나서 말했다. "그리고 나도 그 호텔에 대해 특별히 자세히 알고 있는 건 아냐. 작고 그다지 인기 있는 호텔은 아니었어. 사 년 전쯤에 그 호텔에 묵었고 거기 주인과 알게 됐고, 그래서 다시 찾아온 거야. 그뿐이야. 예전의 돌핀 호텔은 그냥 보통 호텔이었지. 별로 무슨 사건이 있었다는 이야기도 들은 적 없고."

돌고래 호텔이 보통 호텔이라곤 도저히 생각할 수 없었지만, 지금의 나로선 이 이상 이야기의 범위를 더 확대하고 싶지 않았다.

"하지만 오늘 오후에 내가 돌핀 호텔이 정상적인 호텔이었느냐고 물었을 때, 당신은 이야기가 길어진다고 했어. 그건 왜 그런 거야?"

"그 이야기란 건 아주 개인적인 일이거든" 하고 나는 설명했다. "그 이야기를 하게 되면 길어지지. 하지만 지금 네가 이야기해 준 것과는 아마 직접적인 관계는 없을 거라고 생각해."

내가 그렇게 말하자 그녀는 약간 낙담한 것 같았다. 그녀는 입술을 일그러뜨리고는 한참 동안 자신의 손등을 보고 있었다.

"도움이 되지 않아 미안하군. 어렵게 이야기를 해줬는데"라고 나는 말했다.

"괜찮아"라고 그녀는 말했다. "당신 탓은 아니야. 그리고 아무튼 이야기하게 되어 좋았어. 이야길 하고 나니 어느 정도 기분 전환이 됐거든. 이런 건 가만히 혼자서 안고 있으면 마음이 안정되지 않잖아."

"그렇겠군" 하고 나는 말했다. "아무에게도 말하지 않고 혼자서 품고 있으면 머릿속에서 그것이 자꾸자꾸 부풀어 오르지."

나는 두 손을 펼쳐서 풍선이 부푸는 시늉을 했다.

그녀는 잠자코 고개를 끄덕였다. 그리고 반지를 뱅글뱅글 돌리다 마지막에 손가락에서 빼내더니 다시 제자리에 끼웠다.

"저기. 내 이야기 믿어 주는 거지? 그 십육 층 이야기?" 하고 그녀는 자신의 손가락을 보면서 당부하듯 물었다.

"물론 믿지"라고 나는 말했다.

"정말? 하지만 그런 거, 이상한 이야기잖아?"

"분명 이상할지도 몰라. 하지만 그런 일이 있을 수도 있어. 나는 이해해. 그래서 네가 하는 말을 믿어. 무엇과 무엇이 문득 연결되는 거야. 무엇인가를 계기로."

그녀는 그 일에 대해 한동안 생각에 잠겨 있었다.

"당신은 그런 일을 경험한 적 있어?"

"있지"라고 나는 대답했다. "있다고 생각해."

"무서웠어, 그때?"라고 그녀가 물었다.

"아니, 무섭다고 할 건 아냐"라고 나는 대답했다. "즉 말이지, 여러 가지 연결 방식이 있는 거야. 내 경우엔……."

하지만 거기서 갑자기 할 말을 잃었다. 먼 곳에서 누군가가 전화 코드를 잡아 뺀 것 같은 느낌이었다. 나는 위스키 한 모금을 마시고 나서, 모르겠는데, 하고 말했다. "제대로 말할 수가 없군. 하지만 분명히 있어. 그러니까 믿지. 다른 누구도 믿지 않더라도 나는 네가 한 말을 믿어. 거짓말이 아니야."

그녀는 얼굴을 들고 미소를 지었다. 이제까지의 미소와는 좀 느낌이 다른 미소였다. 개인적인 미소, 하고 나는 생각했다. 그녀는 이야기를 다 마쳤다는 데서 좀 안정을 찾았다. "왜 그럴까? 당신과 이야기하고 있으니 잘은 모르겠지만 기분이 안정되는 것 같아. 난 굉장히 사람을 가리는 편이라서, 초면인 사람과는 그다지 이야기를 잘 하지 못하는데, 당신과는 별 저항감 없이 이야기할 수 있어."

"그건 우리 두 사람 사이에 어딘가 모르게 통하는 데가 있어서 그런 게 아닐까" 하고 나는 빙그레 웃으면서 말했다.

그녀는 거기에 대해 어떻게 대답할지 한동안 망설였지만, 결국 아무 말도 하지 않았다. 크게 한숨을 쉬었을 뿐이었다. 하지만 나쁜 느낌을 주는 한숨은 아니었다. 다만 단순히 호흡을 조정했을 뿐이었다. "저, 뭐 좀 먹지 않겠어? 갑자기 배가 고파진 것 같아."

나는 다른 곳에 제대로 저녁 식사를 하러 가지 않겠느냐고 권해 봤지만, 그녀는 여기서 가볍게 먹는 정도로 하자고 했다. 그래서 우리는 웨이터를 불러 피자와 샐러드를 주문했다.

식사를 하면서 우리는 여러 가지 이야기를 했다. 그녀가 호텔에서 하는 일이며, 삿포로에서의 생활에 대해서. 그녀는 자기 신상에 관한 이야기를 해줬다. 그녀는 스물셋이었다. 고등학교를 나와 호텔 관련 교육을 하는 전문학교에서 이 년간 공부한 다음, 도쿄에 있는 호텔에서 이 년간 일하고, 그 다음에 돌핀 호텔의 모집 광고를 봤고, 채용되어 삿포로에 오게 됐다. 삿포로로 온다는 건 그녀에게는 딱 맞는 일이었다. 그녀의 부모님이 아사히카와 근처에서 여관을 경영하고 있었기 때문이다.

"비교적 괜찮은 여관이야. 오래전부터 해왔고"라고 그녀는 말했다.

"그럼, 여기서 넌 견습이랄까 수습이랄까 그런 일을 하고 있는 셈이겠군, 가업을 승계하기 위한?" 하고 나는 물어봤다.

"그런 것도 아니야"라고 그녀는 말했다. 그리고 또 안경테로 손을 가져갔다. "승계한다느니 그런 앞날의 일까진 전혀 생각하지 않고 있어, 아직은. 나는 다만 단순하게 호텔에서 일하는 게 좋아. 여러 부류의 사람들이 오고, 묵고, 떠나고, 그러는 게. 그 속에 있으면 아주 마음이 놓여. 안심이 돼. 어릴 적부터 그런 환경에 있었어. 익숙해진 거겠지."

"과연" 하고 나는 말했다.

"과연이라니?"

"프런트에 서 있으면 넌 어쩐지 호텔의 요정처럼 보여."

"호텔의 요정?" 하고 말하며 그녀는 웃었다. "멋진 말이야. 그런 사람이 될 수 있다면 멋질 거야."

"너라면 노력하면 될 수 있지" 하고 나는 미소를 지었다. "하지만 호텔엔 아무도 오랫동안 머물지 않아. 그래도 좋아? 다들 왔다간 그저 지나쳐갈 뿐인데."

"그렇긴 하지"라고 그녀는 말했다. "하지만 무엇이건 오래 머물면 무서울 것 같아. 어째서 그럴까? 겁이 많아서 그럴까? 정말 다들 왔다간 가버리고 말아. 하지만 난 그래서 안도하거든. 이 상하지, 그런 거. 보통 여자들은 그런 식으로 생각지 않겠지? 보통 여자들은 무엇인가 확실한 것을 추구하려고 할 거야. 안 그래? 하지만 난 안 그래. 어째서 그럴까? 모르겠어."

"너는 이상하지 않다고 생각해"라고 나는 말했다. "아직 안정되지 않은 것뿐이야."

그녀는 이상하다는 듯이 나를 바라봤다. "으음, 당신이 그런 걸 어떻게 알아?"

"어떻게 알까?"라고 나는 말했다. "하지만 왠지 알 수 있을 것 같아."

그녀는 잠시 동안 그에 대해 생각하고 있었다.

"당신 이야기를 해줘"라고 그녀가 말했다.

"재미없을 거야"라고 나는 말했다. 그래도 좋으니 듣고 싶다고 그녀는 말했다. 그래서 나는 내 이야기를 조금만 했다. 서른넷이고, 이혼 경험이 있고, 글을 쓰면서 대충 생계를 꾸리고 있다. 스바루 중고차를 타고 다닌다. 중고차지만 카스테레오와 에어컨이 달려 있다.

자기소개. 객관적 사실.

하지만 그녀는 내가 하는 일의 내용에 대해 좀 더 알고 싶어 했다. 숨길 필요도 없고 해서 나는 말해 줬다. 제일 처음에 했던 여배우 인터뷰 이야기와 하코다테의 음식점 취재 이야기를 했다.

"그런 일은 아주 재미있을 것 같아"라고 그녀는 말했다.

"재미있다고 생각한 적은 한 번도 없어. 글 쓰는 일 자체는 별로 고통스럽진 않아. 글 쓰는 건 싫지 않거든. 쓰고 있으면 긴장이 풀리지. 하지만 쓰고 있는 내용은 제로야. 아무런 의미도 없어."

"예를 들면 어떤 게?"

"예를 들면 하루에 열다섯 곳이나 레스토랑이며 요릿집을 돌고, 내놓는 요리를 한 입씩 먹어 보고, 나머지는 전부 남기는 일. 그런 것이 어딘가 결정적으로 잘못됐다고 나는 생각해."

"하지만 전부 다 먹을 순 없잖아?"

"물론 그럴 순 없지. 그런 짓을 하면 사흘이면 죽어 버려. 그럼 다들 나를 바보인 줄 알겠지. 그런 짓을 하고 죽으면 아무도 동정하지 않을 거야."

"하지만 어쩔 수 없잖아?" 하고 그녀는 웃으면서 말했다.

"어쩔 수 없지"라고 나는 되풀이했다. "그건 알고 있어. 그러니까 눈 치우기 같은 거야. 어쩔 수 없으니까 하고 있는 거야. 재미있어서 하는 것이 아니라고."

"눈 치우기"라고 그녀는 말했다.

"문화적 눈 치우기"라고 나는 말했다.

그리고 그녀는 나의 이혼에 관해 알고 싶어 했다.

"내가 이혼하고 싶어서 이혼한 건 아냐. 아내가 어느 날 갑자기 나가 버렸어. 다른 남자와 함께."

"상처받았어?"

"그런 처지에 놓이면, 보통 사람이라면 누구나 다소 상처를 받게 되겠지."

그녀는 테이블에 턱을 괴고 내 눈을 봤다. "미안해. 쓸데없는 질문을 해서. 하지만 당신은 어떻게 상처를 받는지 제대로 상상할 수가 없어. 당신은 어떤 식으로 상처를 받아?"

"키스 헤링의 배지를 코트에 다는 것처럼 되지."

그녀는 웃었다. "그것뿐?"

"내가 말하고 싶은 건" 하고 나는 말했다. "그런 건 만성이 돼. 일상생활에 파묻혀서 어느 것이 상처인지 알 수 없게 되어 버리는 거야. 하지만 그것은 거기에 있지. 상처라는 건 그런 거야. 이거다 하고 끄집어내어 보여 줄 수도 없어. 보여 줄 수 있는 것이라면 대수로운 상처가 아냐."

"당신이 무슨 말을 하고 싶은 건지 잘 알겠어."

"그래?"

"그렇게 보이지 않을지도 모르지만 나 역시 여러모로 상처를 받았어. 꽤 많이"라고 그녀는 작은 소리로 말했다. "그래서 여러 가지 사정이 있어 결국 도쿄의 호텔도 그만뒀어. 상처를 받았거든. 고통스러웠고. 나란 사람은 어떤 종류의 일은 남들처럼 제대로 처리하질 못하거든."

"으음" 하고 나는 말했다.

"지금도 상처 입은 상태야. 그 일을 생각하면 지금도 이따금 죽어 버리고 싶어."

그녀는 다시 반지를 뺐다가 제자리에 끼웠다. 그러고 나서 블러디 메리를 마시고 안경을 만졌다. 그리고 방긋 웃었다.

우리는 제법 술을 마셨다. 몇 잔을 주문했는지 모를 만큼. 시계는 벌써 열한 시를 가리키고 있었다. 그녀는 손목시계를 보고, 내일 아침은 일찍 출근해야 하니까 이젠 가야겠다고 했다. 집까지 택시로 바래다주겠다고 나는 말했다. 그녀의 아파트는 차를 타면 십 분쯤 되는 곳에 있었다. 내가 술값을 치렀다. 밖으로 나서니 아직 눈발이 날리고 있었다. 대단한 눈은 아니지만 길바닥은 얼어붙어서 미끄러웠다. 그래서 우리는 팔짱을 꼭 끼고 택시 타는 데까지 걸었다. 그녀는 좀 취해서 휘청거렸다.

"저 말이지, 그 토지 매수 건에 관해서 기사를 쓴 주간지 말인데" 하고 나는 문득 생각이 나서 말했다. "그 주간지 이름 혹시 기억나? 대강의 발간 일자랑."

그녀는 그 주간지의 이름을 알려 줬다. 신문사 계열의 주간지였다. "아마 지난해 가을이었을 거야, 내가 직접 읽지는 않았기 때문에 자세한 건 잘 모르겠지만."

우리는 희끗희끗 날리는 눈 속에서 오 분가량 택시가 오기를 기다렸다. 그러는 동안, 그녀는 내 팔을 줄곧 붙잡고 있었다. 그녀는 긴장이 풀린 것 같았다.

"이렇게 느긋한 기분이 든 건 오랜만이야"라고 그녀는 말했다. 나 역시 그렇게 느긋한 기분이 든 건 오랜만이었다. 우리 두 사람 사이엔 뭔가 통하는 데가 있어, 하고 나는 새삼스레 생각했다. 바로 그렇기에 처음 만났을 때부터 첫눈에 그녀에게 호감을 갖게 됐던 것이다.

택시 안에서 우리는 이런저런 세상 사는 이야기를 했다. 눈이라든가, 추위라든가, 그녀의 근무 시간이라든가, 도쿄라든가, 그런 것들이었다. 그런 이야기를 하면서, 나는 이후 그녀를 어떻게 할 것인가 하고 고민했다. 여기서 한 번만 밀어붙이면 그녀와 함께 잘 수 있으리라는 것을 나는 알고 있었다. 그런 것은 그저 아는 것이다. 물론 그녀가 나와 자고 싶어 하는지 어떤지 그것까지는 알 수 없다. 하지만 나와 자도 상관없다는 생각을 가진 건 알 수 있었다. 그런 건 눈매나 호흡이나 말투, 손놀림으로 알 수 있다. 그리고 나 역시도 물론 그녀와 자고 싶었다. 자도 성가신 일이 생기지는 않으리라는 것도 알고 있었다. 왔다가 사라져 갈 뿐이다. 그녀 자신이 말하는 것처럼. 하지만 나로선 결심이 서지 않았다. 그런 식으로 그녀와 함께 잔다는 것은 공정하지 않다는 생각이 머리 한구석에서 아무래도 사라지지 않았다. 그녀는 나보다 열 살 아래고, 어딘지 불안정하고, 게다가 어지간히 술에 취해서 다리가 비틀거리고 있었다. 그런 건 표시해 놓은 카드로 트럼프 게임을 하는 거나 다름없는 일이었다. 공정한 게 아니다.

하지만 섹스의 영역에서 공정이라는 것이 얼마만큼의 의미를 갖는 것인가, 하고 나는 자문해 봤다. 섹스에서 공정성을 찾는다면 차라리 이끼가 되는 게 낫지 않느냐, 그러는 편이 간단하지 않은가, 하고 나는 생각했다.

이것도 정론正論이었다.

그 두 가치관 사이에서 한동안 고민하고 있는데, 택시가 아파트에 도착하기 직전에 그녀가 아주 시원스럽게 그 갈등을 해소해 줬다. "나, 여동생하고 둘이서 살고 있어"라고 그녀가 내게 말했던 것이다.

그래서 그 이상 이것저것 생각할 필요가 없어져 버리자, 나는 다소 안도했다.

택시가 아파트 앞에 서자, 그녀는 미안하지만 무서워서 그러니 문 앞까지 바래다주지 않겠느냐고 나에게 말했다. 밤이 늦어지면 때때로 복도에 이상한 사람이 있을 때가 있어, 라고 그녀는 말했다. 나는 운전사에게 오 분이면 돌아올 테니까 기다려 달라고 말하고, 그녀의 팔을 잡고 입구까지 얼어붙은 길을 걸었다. 그로부터 우리는 삼 층까지 계단을 올라갔다.

불필요한 것이 붙어 있지 않은 단조로운 철근 콘크리트 아파트였다. 306이라는 번호가 붙은 문 앞까지 오자, 그녀는 백을 열고 손을 집어넣어 키를 찾아냈다. 그러곤 나를 향해 어딘지 모르게 어색한 미소를 지으면서, 고마워, 즐거웠어, 라고 말했다.

나도 즐거웠어, 라고 나는 말했다.

그녀는 열쇠를 돌려 문을 열고, 키를 다시 백 속에 집어넣었다. 자물쇠가 열리는 짤깍 하는 메마른 소리가 복도에 울렸다. 그리고 그녀는 내 얼굴을 물끄러미 쳐다봤다. 칠판에 쓰여 있는 기하 문제를 물끄러미 보고 있는 그런 눈이었다. 그녀는 망설이고 있었다. 그녀는 당황해하고 있었다. 나에게 시원스레 안녕을 말하지 못하는 것이다. 나는 그것을 알 수 있었다.

나는 벽에 손을 짚고 그녀가 무엇인가 결심하기를 기다렸다. 하지만 좀처럼 결심이 서지 않는 것 같았다. "잘 자. 여동생한테도 안부 전해 줘"라고 나는 말했다.

그녀는 사 초나 오 초 동안 입술을 꼭 다물고 가만히 있었다. "여동생과 살고 있다는 거, 그거 거짓말이었어"라고 그녀는 작은 소리로 말했다. "사실은 혼자 살고 있어."

"알고 있어"라고 나는 말했다.

그녀는 서서히 낯을 붉혔다. "그걸 어떻게 알아?"

"어째서일까? 그저 알게 되지"라고 나는 말했다.

"당신, 이상한 사람이야"라고 그녀는 조용히 말했다.

"그렇군, 그럴지도 모르지"라고 나는 말했다. "하지만 처음에 말했다시피 남이 싫어하는 짓은 안 하지. 무슨 허점을 이용하거나 하지는 않아. 그러니 거짓말 같은 걸 할 필요는 없었어."

그녀는 얼마 동안 망설이고 있더니, 이윽고 체념한 듯이 웃었다. "그렇네. 거짓말할 필요는 없었네."

"하지만" 하고 나는 말했다.

"하지만 아주 자연스레 거짓말이 나왔어. 나도 나름대로 상처를 받았거든. 아까도 말한 것처럼. 여러 가지 일이 있어서."

"나 역시 상처를 받았어. 키스 헤링의 배지까지 가슴에 달고 있어."

그녀는 웃었다. "저기, 안으로 좀 들어와 차라도 마시고 갈래? 좀 더 당신과 이야기하고 싶어."

나는 고개를 저었다. "고마워. 나도 너와 이야기하고 싶어. 하지만 오늘은 돌아갈게. 왠지는 모르겠지만 오늘은 돌아가는 게 좋을 것 같아. 너와 나는 한꺼번에 너무 많은 이야기를 하지 않는 게 좋을 것 같아. 어째서일까?"

그녀는 간판의 작은 글씨를 읽을 때와 같은 눈매로 잠자코 나를 바라보고 있었다.

"제대로 설명할 수가 없어. 하지만 그런 느낌이 들어"라고 나는 말했다. "이야기할 것이 많을 때엔 조금씩 이야기하는 게 제일 좋은 거야. 그렇게 생각해. 어쩌면 잘못 생각하고 있는지도 모르겠지만."

그녀는 내가 한 말에 대해 좀 생각하고 있었다. 그러고 나서 생각하기를 그만두고, "잘 가"라고 말하며 그녀는 조용히 문을 닫았다.

"이봐" 하고 나는 그녀를 불러 세웠다. 문이 십오 센티미터쯤 열리고 그녀가 얼굴을 내밀었다. "조만간 다시 널 만나고 싶은데 괜찮을까?"라고 나는 물었다.

그녀는 문에 손을 댄 채 깊숙이 숨을 들이마셨다. "아마"라고 그녀는 말했다. 그리고 다시 문이 닫혔다.

택시 운전사는 무료한 듯 스포츠 신문을 펼쳐 읽고 있었다. 내가 혼자서 자리에 돌아와 호텔 이름을 말하자, 그는 깜짝 놀란 것 같았다.

"정말 돌아가시는 겁니까?" 하고 그는 말했다. "분명 이젠 괜찮으니 그냥 가라고 하실 줄 알았는데요. 분위기상 십중팔구는 그렇게 되거든요."

"그럴 테죠"라고 나는 동의했다.

"오랫동안 이런 일을 하다 보니, 대부분 육감은 틀리지 않더라고요."

"오랫동안 하다 보면 틀리는 수도 있죠. 확률적으로."

"그야 그렇지만" 하고 운전사는 약간 혼란스러운 듯한 목소리로 말했다. "하지만 손님, 좀 특이하신 분 같은걸요."

"그런가요"라고 나는 말했다. 그렇게 내가 특이해 보인단 말인가?

✦

호텔방에 돌아와 세수를 하고 이를 닦았다. 이를 닦으면서 좀 후회했지만 결국 그대로 깊이 잠들고 말았다. 나의 후회는 대체로 그다지 오래 지속되지는 않는다.

아침에, 우선 나는 프런트에 전화를 걸어 방의 예약을 사흘 더 연장했다. 문제는 없었다. 어차피 지금은 비수기다. 그렇게 손님이 많지는 않다.

그리고 나서 신문을 사가지고 호텔 가까이의 던킨도너츠에 들어가 플레인 머핀을 두 개 먹고, 커다란 컵으로 커피를 두 잔 마셨다. 호텔의 아침 식사란 하루만 지나도 질린다. 던킨도너츠가 제일이다. 값이 싸고 커피도 리필할 수 있다.

다음으로 택시를 잡아타고 도서관으로 갔다. 삿포로에서 제일 큰 도서관으로 가달라고 했더니 제대로 데려다줬다. 도서관에서 나는 그녀가 알려 준 주간지를 찾아봤다. 돌핀 호텔의 기사가 나와 있는 건 10월 20일자였다. 나는 그 부분을 복사해서 근처 찻집으로 들어가 커피를 마시면서 진득이 앉아 읽어 봤다.

이해하기 어려운 기사였다. 제대로 이해하기까지, 몇 번이고 다시 읽지 않으면 안 됐다. 기자는 알기 쉽게 쓰려고 한껏 노력한 듯했지만, 그 노력도 사태의 복잡성 앞에서는 역부족이었던 것 같다. 굉장히 복잡하게 얽히고설켜 있었다. 하지만 꼼꼼히 읽으니 그런대로 대략의 윤곽은 잡을 수 있었다. 기사의 타이틀은 「삿포로의 토지 의혹. 검은손이 꿈틀거리는 도시 재개발」이라고 되어 있었다. 하늘에서 찍은, 완성을 눈앞에 둔 돌핀 호텔의 사진도 실려 있었다.

요약하면 이런 줄거리였다. 우선 첫째로 삿포로시 일부에서 대규모로 토지 매점이 진행되고 있었다. 불과 이 년 사이에 수면 아래에서 토지의 명의가 이상하게 움직였다. 땅값이 이유 없이 뛰어올랐다. 기자가 그런 정보를 얻고 조사를 시작했다. 조사해 보니, 토지는 여러 회사에 의해 매입됐는데, 그 대부분은 명의만 있는 페이퍼컴퍼니였다. 회사 등록도 되어 있고 세금도 내고 있다. 그러나 사무실도 없고 사원도 없다. 그리고 그 페이퍼컴퍼니는 또 다른 페이퍼컴퍼니와 연결되어 있었다. 실로 교묘하게 명의상으로만 토지 전매가 행해지고 있었다. 이천만 엔에 팔린 토지가 육천만 엔으로 전매되고, 그것이 이억 엔에 팔렸다. 여러 페이퍼컴퍼니의 미로를 하나하나 끈질기게 더듬어 갔더니 다다른 곳은 한 곳이었다. B산업이라는 부동산을 취급하는 회사였다. 이것은 실제로 존재하는 회사였다. 아카사카에 커다랗고 패셔너블한 본사 빌딩을 갖고 있다. 그 B산업은 공공연하게는 아니지만 A그룹이라는 거대 기업 집단에 연결되어 있었다. 철도며 호텔 체인이며 영화 회사, 식료품 체인, 백화점, 잡지, 여신 금융에서 손해보험까지를 산하에 둔 거대 기업이었다. 게다가 A그룹은 정계에도 거대한 파이프라인을 갖고 있었다. 기자는 계속 그 끝까지 추궁해 갔다. 그러자 좀 더 흥미 있는 사실이 드러났다. B산업이 매점하고 있던 지역은 삿포로시가 재개발 계획을 진행하고 있던 토지였던 것이다. 지하철 건설이며, 청사 이전이며, 그런 공공 투자가 그 지역에 시행될 예정이었다. 그 자금의 대부분은 국가에서 나오기로 되어 있었다. 정부와 홋카이도와 삿포로시가 협의해서 재개발 계획을 짜고 최종 결정에 이르렀다. 장소며 규모며 예산 등등. 그런데 막상 뚜껑을 열고 보니, 그 결정한 지역의 토지는 최근 몇 년 사이에 누군가의 손에 철저하게 매점되어 있었다. 정보가 A그룹으로 흘러 들어간 것이다. 그리하여 계획이 최종적으로 결정되기 이전부터 토지의 매점이 지하 깊숙이에서 진행되고 있었다. 즉 그 최종적인 결정은 처음부터 정치적으로 결정되어 있었던 것이다.

그 매점의 첨병이 돌핀 호텔이었다. 우선 돌핀 호텔이 일등지를 확보했다. 그 거대 호텔이 A그룹의 헤드쿼터의 역할을 맡게 됐다. 그것은 그 지역의 선도적 역할을 담당하고 있었다. 사람의 눈을 끌고, 사람의 흐름을 바꾸고, 지역 변모의 상징이 됐다. 모든 것은 면밀한 계획 아래 진행됐다. 그것이 고도자본주의 사회라는 것이다. 가장 거액의 자본을 투자하는 자가 가장 유효한 정보를 입수하며, 가장 유효한 이익을 얻게 된다. 누가 나쁜가, 하는 이야기는 아니다. 자본투자란 그런 것을 내포한 행위인 것이다. 자본투자를 하는 자는 그 투자액에 상응한 유효성을 요구한다. 중고차를 사는 사람이 타이어를 발로 걷어차고 엔진을 살펴보듯이, 천억의 자본을 투자하는 자는 그 투자의 유효성을 세세히 검토하며, 때로는 조작도 마다하지 않는 것이다. 그 세계에선 공정성 따위는 아무런 의미도 갖지 못한다. 그런 것을 일일이 따지기에는 투자 자본의 액수가 너무 크다.

강압적인 일도 한다.

가령, 토지 매수에 응하지 않는 자가 있다고 치자. 예전부터 장사를 하고 있던 신발가게가 매수에 응하지 않는다. 그러면 어디선가 해결사 같은 자들이 나선다. 거대 기업이라는 건 그런 루트 같은 것도 꽤나 갖고 있는 것이다. 그런 회사는 정치가에서 소설가, 록 싱어, 폭력배에 이르기까지, 입김이 작용할 만한 자들을 모조리 거느리고 있다. 일본도를 든 해결사 패거리가 들이닥친다. 경찰도 그런 사건에는 그렇게 열심히 손을 쓰려 하지 않는다. 경찰의 제일 위에까지 이야기는 이미 통해 있는 것이다. 그것은 부패랄 것도 아니다. 시스템이다. 그것이 자본투자다. 물론 예전부터 많건 적건 그런 일은 있었다. 예전과 다른 점은, 그 자본의 그물이 비교가 되지 않을 만큼 치밀해지고 강해졌다는 사실이다. 거대 컴퓨터가 그것을 가능하게 했다. 그리하여 세계에 존재하는 온갖 사물과 현상이 그 그물 속에 고스란히 담겨 있다. 집약과 세분화에 의해 자본이라는 것은 일종의 개념으로까지 승화됐다. 그것은 극단적으로 말하자면 종교적 행위기도 하다. 사람들은 자본이 갖는 역동성을 숭배한다. 그 신화성을 숭배한다. 도쿄의 땅값을 숭배하며, 번쩍거리는 포르쉐가 상징하는 것을 숭배한다. 그것 이외에는 이 세계에는 이미 신화 따위가 남아 있지 않기 때문이다.

그것이 고도자본주의 사회다. 마음에 들건 안 들건 간에, 우리는 그런 사회에 살고 있다. 선악이라는 기준도 세분화됐다. 세속화된 것이다. 선 가운데에도 유행을 좇는 선과 유행을 좇지 않는 선이 있다. 악 가운데에도 유행을 좇는 악과 유행을 좇지 않는 악이 있다. 유행을 좇는 선 가운데에도 포멀한 것과 캐주얼한 것이 있고, VIP 같은 것이 있고, 쿨한 것이 있고, 첨단 유행을 걷는 것과 속물스러운 것이 있다. 짝짓기도 즐길 수 있다. 미쏘니Missoni의 스웨터에 트루사르디Trussardi의 바지를 입고, 폴리니Pollini 구두를 신듯이 복잡한 스타일을 즐길 수 있다. 그런 세계에서 철학은 자꾸자꾸 경영 이론을 닮아 간다. 철학은 시대의 역동성에 근접하는 것이다.

당시엔 그렇게 생각지 않았지만, 1969년까지만 해도 세계는 단순했다. 전투경찰 대원에게 돌을 던지는 정도의 일만으로도, 경우에 따라서는 누구나 자기 의사 표명을 할 수 있었다. 나름대로 좋은 시절이었다. 하지만 세속화된 철학의 바탕 아래 도대체 누가 경찰에게 돌을 던질 수 있겠는가? 도대체 누가 자진해서 최루가스를 뒤집어쓰려고 하겠는가? 그것이 현실인 것이다. 구석구석에 그물이 쳐져 있다. 그물 바깥에는 또 다른 그물이 있다. 어디로도 갈 수가 없다. 돌을 던지면 그것은 부메랑처럼 자신에게 돌아온다. 정말 그런 것이다.

기자는 전력을 기울여서 그 의혹을 추궁하고 있었다. 그러나 그가 제아무리 목청을 높였다 해도, 아니 목청을 높이면 높일수록 그 기사는 미묘하게 설득력을 잃고 있었다. 호소하는 힘을 갖지 못했다. 그로선 이해하지 못했던 것이다. 그것은 의혹이라 할 수도 없다. 그것은 고도자본주의의 당연한 절차다. 그런 것쯤은 누구나 알고 있다. 그러니 아무도 그런 것에는 주의를 기울이지 않는다. 거대 자본이 부정하게 정보를 입수해서 토지를 매점하고, 또는 정치적 결정을 강요하고, 그 말단에서 폭력배가 작은 신발가게 주인을 협박하거나, 인기 없는 작은 호텔의 경영자를 구타했다 해서, 누가 그런 일에 신경을 쓰겠는가? 그런 것이다. 시대는 흐르는 모래처럼 계속 흘러간다. 우리가 서 있는 장소는 우리가 서 있던 장소가 아니다.

이것은 훌륭한 기사였다고 생각한다. 제대로 된 조사가 이뤄졌고 정의감에 넘쳤다. 하지만 추세에는 맞지 않았다.

나는 그 기사의 복사본을 호주머니에 쑤셔 넣고, 커피 한 잔을 더 마셨다.

나는 돌고래 호텔의 지배인을 생각했다. 태어나면서부터 실패의 그림자에 뒤덮인 그 불행한 남자를. 그에게는 이 시대를 타고 넘을 힘이 없었던 것이다.

"트렌디하지 않아" 하고 나는 소리 내어 말해 봤다.

웨이트리스가 지나가다가 이상하다는 얼굴로 나를 봤다.

나는 택시를 타고 호텔로 돌아왔다.

8

방에서 예전 동업자에게 전화를 걸었다. 내가 모르는 누군가가 전화를 받아서 내 이름을 묻고는 다시 다른 사람이 받아서 내 이름을 묻고, 그러고 나서야 겨우 그와 이야기할 수 있었다. 바쁜 것 같았다. 우리가 서로 대화를 하는 건 거의 일 년 만이었다. 그를 의식적으로 피했던 건 아니다. 다만 단순히 이야기할 것이 없었다. 나는 그에 대해 줄곧 호의를 가졌으며 지금도 그 점에는 변함이 없다.

하지만 결국 그는 나에게 있어 (그리고 나는 그에게) '이미 통과해 버린 영역'에 속해 있었다. 내가 그를 거기에 밀어 넣은 건 아니다. 그가 스스로 거기에 들어간 것도 아니다. 우리는 서로 다른 길을 걷고 있고, 그 두 갈래 길은 여간해선 교차하지 않는 것이다. 그뿐이었다.

잘 지내? 하고 그가 물었다.

잘 지내, 하고 나는 말했다.

지금 삿포로에 와 있다고 하자, 춥지 않느냐고 그는 물었다.

춥다고 나는 대답했다.

하는 일은 어떠냐고 나는 물었다.

바쁘다고 그는 대답했다.

술을 많이 마시지 말라고 나는 말했다.

요즘은 별로 마시지 않는다고 그는 말했다.

그쪽은 지금 눈이 내리고 있냐고 그는 물었다.

지금은 아무것도 내리지 않는다고 나는 대답했다.

한동안 그런 의례적인 말을 주고받았다.

"그건 그렇고 좀 부탁할 게 있어"라고 나는 말을 꺼냈다. 훨씬 이전에 그는 나에게 한 가지 빚진 게 있었다. 그도 그 사실을 기억하고 있었고 나도 기억하고 있었다. 게다가 나는 웬만해선 남에게 부탁 같은 것을 하지 않는 인간이다.

"좋아"라고 그는 간단하게 말했다.

"예전에 함께 업계 사보에 관계된 일을 한 적이 있었잖아"라고 나는 말했다. "한 오 년 전 일인데 말이야, 기억해?"

"기억하고 있어."

"그때의 인맥, 아직 살아 있어?"

그는 잠시 생각하는 듯했다. "별로 활발하다곤 할 수 없지만 살아 있긴 살아 있어. 관계 회복이 불가능하지는 않아."

"거기에 한 사람, 업계의 이면에 굉장히 소상한 기자가 있었잖아. 이름은 잊었는데. 그 마르고, 항상 이상한 모자를 쓰고 다니던 남자. 그 사람과 연락할 수 있을까?"

"아마 할 수 있을 거야. 그래, 뭘 알고 싶은 건데?"

나는 그에게 돌핀 호텔의 스캔들 기사에 관해 대충 이야기했다. 그는 주간지 이름과 발매 날짜를 메모했다. 나는 대大 돌핀 호텔이 생기기 전에 거기에 있었던 소小 돌핀 호텔 이야기를 했다. 그리고 다음과 같은 것을 알고 싶다고 했다. 우선, 왜 새로운 호텔이 '돌핀 호텔'이라는 이름을 승계했는가? 그리고 예전의 돌핀 호텔 경영자는 어떠한 운명에 처해졌는가? 스캔들은 그 후 어떠한 진전을 보였는가?

그는 그것들을 전부 메모하고는 전화기에 대고 읽어 내렸다.

"이거면 되겠어?"

"그거면 돼"라고 나는 말했다.

"어쨌든 급할 거겠지?"라고 그가 물었다.

"미안하지만" 하고 나는 말했다.

"어떻게든 오늘 중으로 연락을 취하도록 할게. 그쪽 전화번호를 알려 줘."

나는 호텔의 전화번호와 룸 넘버를 알려 줬다.

"그럼, 나중에 연락할게"라고 말하고, 그는 전화를 끊었다.

나는 호텔의 카페테리아에서 간단한 점심 식사를 했다. 로비에 내려와 보니, 카운터에 예의 그 안경을 쓴 여직원이 있었다. 나는 로비의 구석 쪽 의자에 앉아서 얼마 동안 그녀를 바라보고 있었다. 그녀는 바쁜 듯이 일하고 있었고, 나의 존재에는 그다지 신경을 쓰는 것 같지 않았다. 어쩌면 알아채고 있었는지도 모르지만, 무시하고 있었다. 하지만 뭐 어느 쪽이건 상관없었다. 나는 다만 그녀의 모습을 잠깐 보고 싶었을 뿐인 것이다. 나는 그녀를 보면서 저 여자와 함께 자려고 마음먹었으면 잘 수도 있었다고 생각했다.

가끔은 이런 식으로 자신의 용기를 북돋워 줄 필요가 있었다.

십 분가량 그녀를 바라보고 엘리베이터로 십오 층까지 올라가 방에서 책을 읽었다. 오늘도 하늘은 잔뜩 흐렸다. 빛이 아주 살짝만 들어오는 종이상자 속에서 지내는 것만 같은 기분이었다. 언제 전화가 걸려 올지 몰라 밖으로 나가고 싶지 않았고, 방 안에 있으면 책을 읽는 정도밖엔 할 일도 없었다. 잭 런던의 전기를 마지막까지 읽어 버리고는 스페인 전쟁에 관한 책을 읽었다.

길게 길게 잡아 늘인 저녁녘 같은 하루였다. 늦추고 당기고 하는 게 없다. 창밖의 잿빛에 조금씩 검정이 섞여 들더니 이윽고 밤이 됐다. 음울함의 질이 조금 달라졌을 뿐이었다. 세계에는 두 가지 색깔밖에는 존재하지 않았다. 회색과 검정. 그것이 일정 시간을 두고 왔다 갔다 하고 있을 따름인 것이다.

나는 룸서비스로 샌드위치를 주문했다. 그리고 그 샌드위치를 한 개씩 천천히 먹고, 냉장고에서 맥주를 꺼내 마셨다. 맥주도 역시 한 모금씩 천천히 마셨다. 할 일이 없으면 여러 가지 일을 시간을 들여 정성껏 하게 된다. 일곱 시 반에 예전 동업자로부터 전화가 걸려 왔다.

"연락이 됐어"라고 그는 말했다.

"힘들었지?"

"그럭저럭" 하고 그는 좀 뜸을 들이면서 대답했다. 아마도 매우 힘들었을 거라고 나는 생각했다.

"대충 간단하게 알려 줄게. 우선 첫째로, 이 문제는 이젠 완전히 덮여 버린 상태야. 뚜껑이 닫히고 끈으로 묶여 금고 속에 들어가 있어. 아무도 이젠 다시 파헤치려 하지 않아. 끝난 거야. 스캔들은 이젠 존재하지 않아. 정부 부처라든가 시청에서 두세 명 드러나지 않게 인사이동 같은 것을 했는지도 몰라. 하지만 대수로운 건 없어. 아주 미세한 조정 같은 거지. 그 이상은 아무도 접촉할 수가 없어. 검찰청도 약간은 움직였지만, 확실한 건 아무것도 잡지 못했어. 여러 가지로 까다롭게 줄이 얽혀 있어. 뜨거운 감자 같은 거야. 그래서 알아내기가 어지간히 힘들었어."

"이건 개인적인 일이고 아무도 곤란하게 만들지는 않을 거야."

"상대에게도 그렇게 말해 뒀어."

나는 수화기를 든 채 냉장고까지 가서 맥주를 꺼내, 한 손으로 뚜껑을 열고 잔에 따랐다. "내가 너무 집요하게 말하는 것 같지만, 이런 건 섣불리 손을 내밀었다간 다친다고"라고 그는 말했다. "이건 꽝장히 큰 사건이야. 어째서 네가 이런 일에 얽혔는지 모르지만, 어쨌든 깊이 빠져들지 않는 게 좋겠어. 사정은 있겠지만 좀 더 조용하게 신분에 걸맞은 인생을 보내는 편이 좋을 것 같아. 나처럼, 이라고는 말하지 않겠지만."

"알겠어"라고 나는 말했다.

그는 기침을 했다. 나는 맥주를 한 모금 마셨다.

"예전의 돌핀 호텔은 마지막까지 물러서지 않았기 때문에, 여러 가지로 곤란한 일을 당했어. 깨끗하게 물러섰더라면 좋았을 텐데 그러질 않았어. 대세라는 걸 깨닫지 못했던 거야."

"그런 타입이지"라고 나는 말했다. "트렌디하지 않으니까."

"여러 가지 몹쓸 일을 당했지. 예컨대 폭력배가 몇 명인가 호텔에 줄곧 묵고 있으면서 하고 싶은 짓은 다 했어. 법에 걸리지 않을 정도로. 이를테면 무섭게 생긴 놈이 로비에 늘 앉아 있다가 누가 들어오면 노려보는 거야. 알겠지, 그런 거? 하지만 호텔 측은 웬만해선 까딱도 하지 않았지."

"알 만하군" 하고 나는 말했다. 돌고래 호텔의 지배인은 온갖 인생의 불행에 길들여져 있다. 어지간한 일에는 놀라지 않는다.

"하지만 최후에 가서 돌핀 호텔은 기묘한 조건을 내놓았어. 그리고 그 조건을 받아들인다면 나가겠다고 말했지. 상상해 봐, 어떤 조건인지?"

"모르겠는데"라고 나는 말했다.

"생각해 보라니까. 조금쯤은" 하고 그는 말했다. "그건 네 다른 질문에 대한 대답도 되니까."

"'돌핀 호텔'이라는 이름을 승계한다는 조건?"

"바로 그거야"라고 그는 말했다. "그것이 조건이었지. 그래서 매수하는 쪽은 그것을 받아들였어."

"그건 어째서지?"

"나쁜 이름은 아니니까. 안 그래? '돌핀 호텔', 나쁜 이름은 아니야."

"그렇군"하고 나는 말했다.

"게다가 A그룹은 새로운 호텔 체인을 만들 계획을 세우고 있었던 거야, 때마침. 그때까지의 중상급 체인이 아닌 최고급 체인을 말이야. 그리고 그 이름은 아직 지어지지 않은 상태였지."

"돌핀 호텔 체인"하고 나는 말해 봤다.

"그렇지. 힐튼이라든가, 하야트라든가에 필적하는 고급 체인이야."

"돌핀 호텔 체인"하고 나는 다시 한번 되풀이했다. 승계되고, 확대된 꿈. "그런데 예전의 돌핀 호텔 경영자는 어떻게 됐을까?"

"그런 건 아무도 모르지"라고 그는 말했다.

나는 맥주를 또 한 모금 마시고, 볼펜으로 귓불을 긁었다.

"나갈 때에 아무튼 상당한 돈을 얻었으니까 그걸로 뭔가를 하고 있는지도 모르지. 하지만 알아볼 길이 없어. 통행인 같은 구실만 하는 인물이니까."

"으음, 그렇겠지"하고 나는 수긍했다.

"대략 그런 정도야"라고 그는 말했다. "알아낸 건 이것뿐이야. 그 이상은 알 수 없었어. 이걸로 괜찮나?"

"고마워. 큰 도움이 됐어" 하고 나는 감사를 표했다.

"응" 하고 말하고, 그는 다시 기침을 했다.

"돈을 썼어?"라고 나는 물어봤다.

"아니"라고 그는 말했다. "밥이나 한번 먹이고, 긴자의 클럽에나 데리고 가서, 교통비 명목으로 약간의 사례금 정도 주면 되겠지. 그런 건 신경 쓰지 않아도 돼. 어차피 전부 경비로 빠지니까. 무엇이건 경비에서 빠지거든. 회계사도 좀 더 경비를 쓰라고 말해. 그러니 그 점은 신경 쓰지 않아도 돼. 만일 긴자의 클럽에 가고 싶으면 내가 다음에 한번 데리고 갈게. 경비로 빠지니까. 어차피 가본 적 없지?"

"긴자의 클럽이라니 도대체 거기에 뭐가 있단 말이야?"

"술이 있고, 여자가 있지"라고 그는 말했다. "가면 회계사가 칭찬해 준다고."

"회계사와 가면 되잖아"라고 나는 말했다.

"저번에 갔어" 하고 그는 신통치 않다는 듯이 말했다.

우리는 인사를 하고 전화를 끊었다.

전화를 끊고 난 다음에, 나는 예전 동업자에 대해 좀 생각해 봤다. 나와 같은 나이로 이미 배가 나오기 시작한 남자. 책상에 몇 종류나 되는 약을 넣어 두고, 선거에 관해 심각하게 생각하는 남자. 아이들의 학교 때문에 골치를 앓고, 노상 부부 싸움을 하며, 그러면서도 기본적으로는 가정을 사랑하는 남자. 심약한 데가 있고, 때때로 술을 지나치게 마시지만, 그러나 기본적으로는 어김없이 착실하게 일을 하는 남자. 여러 가지 의미에서 건실한 남자.

우리는 대학을 졸업한 후 파트너가 되어 오랫동안 잘해 왔다. 작은 번역 사무실로 시작해서 조금씩 조금씩 일의 규모를 키워 나갔다. 우리는 애초부터 그다지 친한 사이랄 수는 없었지만, 비교적 마음이 맞는 데가 있었다. 매일 얼굴을 맞대고 있으면서도 말다툼 한 번 한 적이 없었다. 그는 좋은 환경에서 자란 온화한 사람이었으며, 나는 말다툼을 좋아하지 않았다. 다소의 차이야 있었지만 서로 존중하면서 함께 일을 계속해 왔었다. 하지만 결국 우리는 가장 적절한 시기에 헤어졌다. 내가 갑작스럽게 그만두고 나서도 그는 나 없이도 제법 잘해 나가고 있었고, 솔직히 말해서 내가 없어진 뒤로 오히려 더 잘했다. 회사의 실적도 순조롭게 상승하고 있었다. 회사도 커졌다. 새로 사람을 들여서 잘 부리고 있었다. 정신적으로도 혼자가 되면서부터 오히려 안정을 찾았다.

아마 문제는 나에게 있었던 것 같다. 내 안의 무엇인가가 그에게는 그다지 건전치 못한 영향을 끼치고 있었던 게 아닐까. 그래서 내가 없어지고 나서부터 오히려 훨씬 자유로이 행동할 수 있었던 것이다. 치켜세우고 달래고 하면서 사람을 제법 잘 부리고, 경리 보는 여자에게 쓸데없는 농담도 하고, 하잘것없다 싶으면서도 한껏 경비를 쓰고, 누군가를 긴자의 클럽으로 데리고 가서 접대도 한다. 가령 나와 함께 있었다면, 그는 긴장해서 그런 일을 제대로 할 수 없었을 것이다. 늘 내 눈을 의식하고 이런 걸 하면 내가 어떻게 생각할까, 그런 것만 생각하고 있었을 것이다. 그런 남자인 것이다. 나는 솔직히 말해서 그가 내 옆에서 무엇을 하든지 아무렇지도 않게 여겼지만.

그 친구는 혼자가 되어서 오히려 잘된 것이다, 하고 나는 생각했다. 여러 가지 의미에서.

요컨대 그는 내가 사라짐으로써, 그 연륜에 상응하는 행동을 할 수 있게 된 것이다. '연륜 상응' 하고 나는 생각했다. 그리고 "연륜 상응" 하고 입 밖에 내어 말해 봤다. 입 밖에 내고 보니, 그건 어쩐지 남의 일처럼 느껴졌다.

✦

아홉 시에 다시 한번 전화벨이 울렸다. 전화가 걸려 올 만한 데는 전혀 없었기에, 처음엔 그것이 무엇을 의미하는 소리인지 잘 알지 못했다. 하지만 전화였다. 나는 네 번째 벨소리에 수화기를 들어 귀에 댔다.

"당신, 오늘 로비에서 나를 내내 보고 있었지?"라고 프런트의 여자가 말했다. 목소리로 보아 별로 화내고 있는 것도 아니고 반가워하는 것도 아닌 것 같았다. 담담한 목소리였다.

"보고 있었지" 하고 나는 수긍했다.

그녀는 잠시 동안 침묵했다.

"일할 때에 그런 식으로 보고 있으면 긴장해, 난, 굉장히. 덕분에 실수를 엄청 했어. 당신이 보고 있는 동안에."

"이젠 안 볼게"라고 나는 말했다. "나는 다만 나 스스로 용기를 북돋기 위해서 널 보고 있었어. 그렇게까지 네가 긴장할 줄은 몰랐어. 이제부턴 조심해서, 보지 않도록 할게. 지금은 어디에 있지?"

"집이야. 이제 목욕하고 자려고"라고 그녀는 말했다. "그런데 당신, 숙박을 연장하기로 했나 봐?"

"응. 볼일이 좀 길어질 것 같아서"라고 나는 말했다.

"하지만 이젠 그런 식으로 날 바라보거나 하지 마. 그런 일 당하면 곤란해."

"이젠 보지 않겠어."

잠시 침묵이 흘렀다.

"저, 나 좀 너무 긴장을 잘하는 것 같지 않아? 전반적으로?"

"글쎄, 모르겠는데. 그런 건 개인차라는 게 있는 법이니까. 하지만 누구나 타인이 물끄러미 보고 있으면, 많건 적건 긴장하는 게 당연한 것 아닐까. 특별히 신경 쓸 건 없어. 그리고 난 가끔씩 무의식적으로 무엇을 뚫어지게 바라보는 경향이 있어. 여러 가지를 물끄러미 보는 거야."

"어째서 그런 경향이 있는 걸까?"

"경향이라는 건 설명하기가 쉽지 않아"라고 나는 말했다. "하지만 이제 조심해서 안 보도록 하겠어. 네가 실수하게 하고 싶진 않으니까."

그녀는 내가 한 말에 대해 잠시 생각하는 듯했다.

"잘 자"라고 이윽고 그녀가 말했다.

"잘 자"라고 나는 말했다.

전화가 끊어졌다. 나는 목욕을 하고 열한 시 반까지 소파에서 책을 읽었다. 그 뒤 옷을 입고 복도로 나섰다. 그리고 미로처럼 구불구불한 긴 복도를 끝에서 끝까지 걸어 봤다. 현관 끝 제일 깊숙한 곳에 종업원용 엘리베이터가 있었다. 종업원용 엘리베이터는 대개 일반 투숙객의 눈에는 띄지 않게끔 되어 있었지만 감추어져 있는 건 아니었다. 비상계단이라는 화살표 쪽으로 걸어갔더니 객실 번호가 없는 문이 몇몇 줄 서 있고, 그 한 모퉁이에 엘리베이터가 있었다. 투숙객이 잘못해서 타지 않도록 '화물 전용'이라는 팻말이 걸려 있었다. 나는 얼마 동안 그 앞에서 상황을 엿보고 있었지만, 엘리베이터는 내내 지층에 머물러 있는 상태였다. 이 시각이면 이미 이용자는 거의 없는 것이다. 천장의 스피커에서 배경음악이 나직이 흐르고 있었다. 폴 모리아Paul Mauriat의 「러브 이즈 블루Love is blue」였다.

나는 엘리베이터의 버튼을 눌러 봤다. 버튼을 누르자 엘리베이터는 문득 잠이 깬 듯 그 고개를 치켜들고 위로 올라왔다. 층수를 표시하는 디지털 숫자가 1, 2, 3, 4, 5, 6, 그렇게 상승했다. 서서히, 그러나 분명하게 그것은 접근해 왔다. 나는 「러브 이즈 블루」를 들으면서 그 숫자를 바라보고 있었다. 안에 누군가 있으면 투숙객용 엘리베이터로 착각했다고 하면 된다. 호텔 투숙객이란 어차피 착각하기 일쑤니까. 11, 12, 13, 14, 그렇게 그것은 상승했다. 나는 한 걸음 뒤로 물러서서 포켓에 두 손을 찔러 넣고 문이 열리기를 기다렸다.

15라는 데서 숫자의 상승은 멈추었다. 그리고 잠깐 틈이 있었다. 아무 소리도 들리지 않았다. 그리고 문이 쓱 열렸다. 안에는 아무도 없었다.

굉장히 조용한 엘리베이터군, 하고 나는 생각했다. 천식 환자 같은 예전 돌고래 호텔의 엘리베이터와는 너무도 다르다. 나는 안으로 들어서서 16 버튼을 눌렀다. 문이 소리 없이 닫히고 희미한 이동의 감각이 있고, 다시 문이 열렸다. 십육 층이었다. 하지만 십육 층은 그녀가 말했던 것처럼 암흑은 아니었다. 불이 확실히 켜져 있고 천장에서는 여전히 「러브 이즈 블루」가 흐르고 있었다. 아무런 냄새도 나지 않았다. 나는 시험 삼아 십육 층의 복도를 처음부터 끝까지 걸어 봤다. 십육 층은 십오 층과 똑같은 구조였다. 복도는 구불구불 구부러져 있고, 객실이 계속 이어져 있고, 그 사이에 자동판매기를 모아 놓은 공간이 있고, 몇 대인가 승객용 엘리베이터가 있었다. 문 앞에 룸서비스한 저녁 식사의 접시가 몇몇 나와 있었다. 카펫은 짙은 붉은색에 부드럽고 질이 좋았다. 발소리도 들리지 않는다. 주위는 쥐 죽은 듯 조용하기만 했다. 배경음악이 퍼시 페이스 오케스트라Percy Faith Orchestra의 「어 서머 플레이스A Summer Place」로 바뀌었다. 나는 끝까지 걸어가선 중간까지 되돌아와 손님용 엘리베이터로 십오 층에 내려왔다. 그리고 다시 한번 같은 일을 되풀이해 봤다. 종업원용 엘리베이터를 타고 다시 십육 층에 올라가니 여전히 불이 환한 지극히 당연한 복도가 눈앞에 펼쳐졌다. 「어 서머 플레이스」가 흐르고 있었다.

나는 단념하고 다시 십오 층으로 내려와 브랜디를 두 모금 마시고 잠을 잤다.

✦

날이 밝자 검정빛이 잿빛으로 변해 갔다. 눈이 내리고 있었다. 자, 하고 나는 생각했다. 오늘은 무얼 하면 좋을까?

아무것도 할 일이 없었다—여전히.

나는 눈 속을 걸어 던킨도너츠까지 가서 도넛을 먹고, 커피 두 잔을 마시고, 신문을 읽었다. 신문에는 선거 기사가 실려 있었다. 영화관에는 여전히 보고 싶은 영화가 눈에 띄지 않았다. 꼭 한 편, 나의 중학교 때의 동급생이 배우가 되어 조연으로 출연한 영화가 있었다. 「짝사랑」이란 제목의 청춘 영화로, 잘나가는 십 대 여배우와 비슷하게 잘나가는 아이돌 가수가 함께 나오는 학원물이었다. 나의 예전 동급생이 어떤 역일지는 생각해 볼 것도 없이 예상이 가능했다. 근사하게 생기고 젊고 이해심이 많은 선생 역을 할 것이다. 늘씬하게 키가 크고, 못하는 스포츠도 없고, 여학생들은 그가 자기 이름을 부르기만 해도 실신할 만큼 그를 동경한다. 주연인 여자애 역시 그를 동경하고 있다. 그래서 일요일에 쿠키를 만들어 선생의 아파트로 갖고 가기도 한다. 그런데 한 남자애가 그녀를 사랑하고 있다. 지극히 평범한, 좀 마음이 약한 남자애……. 아마 그런 줄거리일 것이다. 생각하지 않아도 훤히 알 수 있다.

나는 그가 배우가 되자 한동안 신기하다는 생각도 들고 해서 몇 편인가 그가 나오는 영화를 봤다. 하지만 그러다가 아예 보지 않게 됐다. 어느 영화나 영화로서 전혀 재미가 없었고, 그는 언제나 판에 박힌 듯 똑같은 역할만 했기 때문이다. 근사하게 생기고, 스포츠는 뭐든 다 잘하고, 깨끗하고, 다리가 긴 역할이었다. 처음 한동안은 대학생 역이 많았고, 그다음에 선생이라든지 의사라든지 젊은 엘리트 샐러리맨이라든가 하는 역이 많아졌다. 하지만 맡는 배역은 언제나 똑같았다. 여자애들이 그를 동경해서 소동을 부리는 배역인 것이다. 이가 새하얘서, 방긋 웃으면 내가 봐도 상쾌한 기분이 들었다. 하지만 나는 그런 영화를 보기 위해 돈을 쓰고 싶지는 않다. 나는 뭐 펠리니Federico Fellini라든지 타르콥스키Andrei Tarkovsky의 작품 같은 것밖엔 보지 않는 그런 진지하고 속물 같은 영화 팬은 아니지만, 그가 나오는 영화는 너무 지독했다. 줄거리는 뻔한 데다 대사도 진부하고 돈도 들이지 않아서 감독도 포기하고 만 것 같은 작품들이었다.

하지만 생각해 보면, 그는 배우가 되기 전부터 참으로 그런 타입의 남자였다. 인상은 좋다. 그러나 실체가 분명치 않았다. 나는 중학교 시절 이 년간 그와 같은 반이었다. 과학 실험실에서는 같은 실험대를 사용했었다. 그래서 가끔씩 이야기도 나누었다. 예전부터 꼭 영화 그대로 묘하게 인상이 좋은 남자였다. 여자애들은 그 당시부터 까무러칠 듯이 그를 동경했다. 그가 여자애들에게 말을 걸면, 다들 황홀하다는 듯한 눈을 했다. 과학 실험을 할 때도, 여자애들은 다들 그가 있는 쪽을 바라보곤 했다. 모르는 게 있으면 그에게 물었다. 그가 제법 우아한 손놀림으로 가스버너에 불을 켜면, 다들 올림픽 개회식이라도 보는 눈길로 그를 보곤 했다. 내가 존재하고 있다는 사실 따위는 누구 한 사람 신경 쓰지 않았다.

　성적도 좋았다. 언제나 반에서 일 등 아니면 이 등이었다. 친절하고, 성실하고, 건방진 구석이 없었다. 어떤 옷을 입건 청결하고 깔끔한 것이 좋은 환경에서 자란 것 같았다. 화장실에서 소변을 보고 있을 때조차 우아했다. 소변을 보는 모양새가 우아해 보이는 남자란 좀처럼 없다. 물론 스포츠도 다 잘했고, 학급 위원으로서도 유능했다. 반에서 제일 인기 있는 여자애와 사이가 좋다는 이야기도 있었지만 사실인지 아닌지는 알 수 없었다. 선생들도 그에게 푹 빠져 있었고, 학부모들의 참관일이 있으면 어머니들이 다들 그에게 깊은 관심을 보였다. 그런 타입의 남자였다. 하지만 나는 그가 무엇을 생각하고 있는지는 통 알 수 없었다.

영화와 똑같았다.

그런 영화를 이제 새삼스럽게 돈을 들여 보러 갈 이유가 어디에 있겠는가?

나는 신문을 쓰레기통에 버리고, 눈길을 걸어 호텔로 돌아왔다. 로비를 지날 때에 프런트 쪽을 봤지만 그녀의 모습은 없었다. 휴식 시간일지도 모른다. 나는 비디오게임기가 있는 코너에 가서 팩맨과 갤럭시를 몇 게임씩 했다. 잘 만들긴 했지만 신경질적인 게임이었다. 게다가 지나치게 호전적이다. 하지만 시간은 때울 수 있다.

그러고 나서 방으로 돌아와 책을 읽었다.

그렇고 그런 하루였다. 책 읽기가 싫증나자 창밖의 눈을 바라봤다. 눈은 하루 종일 계속 내렸다. 잘도 이렇게나 눈이 내리는구나, 하고 감탄할 만큼 눈이 내리고 있었다. 열두 시가 되자 호텔의 카페테리아로 가서 점심 식사를 했다. 그리고 다시 방에 돌아와 책을 읽고 창밖의 눈을 바라봤다.

하지만 완전히 그렇고 그런 것만도 아니었다. 침대 속에서 책을 읽고 있는데 네 시에 노크 소리가 났다. 열어 보니 그녀가 서 있었다. 안경을 쓰고 라이트 블루의 블레이저코트를 걸친 프런트의 여자였다. 그녀는 조금 열린 문 사이로 납작한 그림자라도 되는 것처럼 쓱 방 안으로 들어서더니 잽싸게 문을 닫았다.

"이런 걸 들키면 나 모가지야. 이 호텔은 이런 일에 굉장히 엄격하거든"이라고 그녀는 말했다.

그녀는 한번 스윽 방 안을 둘러보고는 소파에 앉더니 스커트의 자락을 꾹꾹 잡아당겼다. 그러곤 한 번 숨을 내쉬었다. "휴식 시간이야, 지금"하고 그녀는 말했다.

"뭐 좀 마시겠어? 난 맥주를 마실 건데."

"괜찮아. 별로 시간이 없어. 저기, 당신은 방 안에 틀어박혀서 하루 종일 뭘 해?"

"특별히 하는 건 없어. 시간만 보내고 있지. 책도 읽고 눈도 보고 하면서"하고 나는 냉장고에서 맥주를 꺼내 잔에 따르면서 말했다.

"무슨 책?"

"스페인 전쟁에 관한 책. 시작에서부터 끝나기까지 소상히 쓰여 있어. 여러 가지 시사하는 게 많아." 스페인 전쟁이라는 건 정말 여러 가지 시사점을 담고 있는 전쟁이다. 옛날엔 제법 그런 전쟁이 있었다.

"저기, 이상하게 생각하지 말아 줘"라고 그녀는 말했다.

"이상하게?"라고 나는 되물었다. "이상하게 생각하다니, 말하자면 네가 여기 왔다는 것에 대해서?"

"응."

　나는 컵을 들고 침대 끝에 걸터앉았다. "이상하게는 생각지 않아. 좀 놀라긴 했지만, 와줘서 기뻐. 따분하기도 했고, 이야기 상대도 필요했거든."

　그녀는 방 한가운데에 서더니 라이트 블루의 윗도리를 소리도 없이 쓱 벗고는, 주름이 잡히지 않게끔 책상용 의자 등받이에다 걸쳐 놓았다. 그러곤 걸어서 내 곁으로 오더니 다리를 가지런히 하고 앉았다. 상의를 벗고 나니, 그녀는 어딘지 모르게 약해서 상처받기 쉬운 여자처럼 보였다. 나는 그녀의 어깨에 팔을 둘렀다. 그녀는 내 어깨에 머리를 얹었다. 아주 좋은 냄새가 났다. 하얀 블라우스는 말끔하게 다림질되어 있었다. 오 분 정도를 그렇게 하고 있었다. 나는 가만히 그녀의 어깨를 껴안고, 그녀는 내 어깨에 머리를 얹고 눈을 감은 채 마치 잠들어 있는 것처럼 조용히 숨을 쉬고 있었다. 눈이 거리의 소리를 빨아들이면서 언제까지나 내리고 있었다. 소리라는 게 전혀 들려오지 않았다.

그녀는 지쳐서 어디선가 쉬고 싶었을 것이다, 라고 나는 생각했다. 나는 받침대 같은 역할인 것이다. 나는 그녀가 지쳤다는 것에 대해 안타까운 마음이 들었다. 그녀처럼 젊고 예쁜 여자가 그렇게 지친다는 건 불합리하고 공정하지 못하다는 생각이 들어서였다. 하지만 생각해 보면 그것은 불합리하지도 불공정하지도 않았다. 피로라는 것은 미추美醜나 연령과는 관계없이 찾아오는 것이다. 비나 지진이나 벼락이나 홍수처럼.

오 분이 지나자 그녀는 고개를 들고 내 곁에서 떨어지더니 윗도리를 집어 몸에 걸쳤다. 그리고 다시 소파에 걸터앉았다. 그리고 새끼손가락의 반지를 만지작거리고 있었다. 윗도리를 걸치자 그녀는 다시 좀 긴장해서 서먹서먹해진 것 같아 보였다.

나는 침대에 걸터앉은 채 그녀를 보고 있었다.

"그런데 네가 그 십육 층에서 이상한 일을 당했을 때 말이야"라고 나는 물었다. "그때 평소와는 무슨 다른 일을 하진 않았어? 엘리베이터를 타기 전이나 타고 나서?"

그녀는 약간 고개를 기울이고 생각하는 듯했다.

"글쎄…… 그랬던가? 별다른 일은 하지 않았던 것 같은데…… 생각이 나질 않아."

"뭐 여느 때와는 다른 이상한 조짐 같은 건 없었어?"

"평상시 그대로였어"라고 말하며 그녀는 어깨를 움츠렸다. "이상한 일은 아무것도 없었어. 여느 때와 마찬가지로 엘리베이터를 탔고, 이어 문이 열리자 아주 캄캄했어. 그뿐이야."

나는 고개를 끄덕였다. "어때, 오늘 어디서 함께 식사라도 하지 않겠어?"

그녀는 고개를 저었다. "미안해. 아쉽지만, 오늘은 약속이 있어서."

"내일은 어때?"

"내일은 수영 교실에 가."

"수영 교실"하고 나는 말했다. 그리고 미소를 지었다. "고대 이집트에도 수영 교실이 있었다는 걸 알고 있어?"

"그런 거 몰라"라고 그녀는 말했다. "거짓말이지?"

"정말이야. 내가 일 관계로 한번 자료를 조사해 본 적이 있거든" 하고 나는 말했다. 하지만 정말이라고 해서 무엇이 어떻게 되는 것도 아니었다.

그녀는 시계를 보고 일어섰다. "고마워"라고 그녀는 말했다. 그리고 왔을 때와 마찬가지로 소리도 없이 쓱 밖으로 나갔다. 이것이 이날의 유일한 쓸 만한 일이었다. 하찮은 일이다. 하지만 고대 이집트 사람들도 나날의 하찮은 사건에서 기쁨을 찾아내며 하찮은 인생을 보내고, 그러곤 죽어 갔을 것이다. 수영을 배우기도 하고, 미라를 만들기도 하면서. 그런 것들의 집적을 사람들은 문명이라고 부르는 것이다.

9

열한 시가 되자 마침내 할 일이 없어지고 말았다. 할 수 있는 일은 어쨌든 전부 했다. 손톱도 깎았고, 목욕도 했고, 귀 청소도 했고, 텔레비전 뉴스도 봤다. 엎드려 팔굽혀펴기와 윗몸일으키기도 했다. 저녁 식사도 했다. 책도 마지막까지 다 읽어 버렸다. 하지만 잠이 오지 않았다. 다시 한번 종업원용 엘리베이터를 시험해 보고 싶었지만 그러기엔 아직 시간이 너무 일렀다. 종업원들의 왕래가 끊기는 열두 시가 지날 때까지 기다리는 편이 나을 것이다.

여러 가지로 생각한 끝에 결국 이십육 층의 바에 가기로 했다. 그리고 눈이 내리는 창밖의 막막한 어둠을 보면서 마티니를 마시고, 이집트인들에 대해서 생각했다. 고대 이집트인들은 도대체 어떤 인생을 살았을까, 하고 나는 생각했다. 어떤 사람들이 수영 교실에 다녔을까? 아마 파라오 일족이라든지 귀족이라든지, 그런 상류층의 사람들일 게다. 트렌디한 제트족jet set, 여행을 많이 다니는 부자들 이집트인. 그런 사람들을 위해 나일강의 일부를 구역을 나누든가 어떻게 해서 전용 풀 같은 것을 만들고, 거기서 세련된 수영법을 가르쳤을 것이다. 영화배우가 된 내 동급생같이 인상이 좋은 교사가 붙어서, 높은 사람들에게 "예, 전하. 훌륭하옵니다. 다만 자유형을 하실 때 오른손을 조금만 더 곧게 내미시는 편이 좋지 않을까 하옵니다" 그런 소리를 제법 그럴싸한 얼굴로 말하곤 했을 것이다.

나는 그런 광경을 상상할 수 있었다. 잉크처럼 짙은 푸른색의 나일강, 쨍쨍 내리쬐는 태양(물론 거기에는 갈대 이엉지붕 같은 게 달려 있을 테지), 악어나 평민들을 몰아내기 위한 창을 든 병정, 서걱대는 갈대, 파라오의 왕자들. 그리고 왕녀는 어떨까, 하고 나는 생각했다. 여자도 수영을 배웠을까? 예컨대 클레오파트라. 조디 포스터Jodie Foster 같은 느낌의 젊은 날의 클레오파트라. 그녀도 내 동급생 수영 교사를 보고 실신했을까? 아마 했겠지. 그것이 그의 존재 이유니까.

그런 영화를 만들면 좋겠다고 생각했다. 그런 거라면 보러 가도 좋다.

수영 교사는 비천한 태생의 인간은 아니다. 이스라엘이나 아시리아 언저리의 왕족의 아들인데, 전쟁에 패배해 이집트로 끌려와 노예가 된다. 하지만 노예가 되어서도 좋은 인상을 티끌만큼도 잃지 않는다. 그런 데다 찰턴 헤스턴Charlton Heston이나 커크 더글러스Kirk Douglas 따위와는 다르다. 흰 이를 보이고 방긋 웃으며, 우아하게 소변을 본다. 우쿨렐레를 들게 하면 나일강 기슭에 서서

「로카 훌라 베이비Rock-A Hula Baby」라도 부르기 시작할 것 같다. 이런 역은 그밖엔 할 수 없다.

그런데 어느 날 파라오 일행이 그의 앞을 지나게 된다. 그는 강기슭에서 갈대를 베어 모으고 있었는데, 그때 마침 강에서 배가 뒤집힌다. 그는 조금도 망설이지 않고 텀벙 강물로 뛰어들어, 멋진 자유형으로 거기까지 헤엄쳐 가서, 작은 여자를 껴안고 악어와 경쟁하면서 기슭까지 돌아온다. 굉장히 우아하게. 과학 실험실에서 가스버너를 켤 때처럼 굉장히 우아하게. 그것을 파라오가 보고 있다가 감탄하고, 그렇지, 저 청년을 왕자들의 수영 교사로 삼자고 마음먹는다. 먼젓번의 교사는 말버릇이 고약해서 바로 일주일 전에 끝을 알 수 없는 우물에 던져 넣었다.

그런 연유로, 그는 왕립 수영 교실의 선생이 된다. 그 후 당연하게, 인상이 좋은 그에게 다들 깊은 관심을 보이게 된다. 밤이 되면 여관女官들이 몸에 갖가지 향료를 칠해 대고는 그의 침대로 기어든다. 왕자들과 왕녀들도 그에게 탄복한다. 여기서 영화「넵튠의 딸Neptune's Daughter」과「왕과 나The King and I」를 섞어 놓은 듯한 스펙터클한 장면이 들어간다. 그와 왕자, 왕녀들이 모두 싱크로나이즈드 스위밍 같은 동작으로 파라오의 탄생일을 축하하는 것이다.

파라오는 몹시도 즐거워하고, 그래서 또 그의 주가가 오른다. 하지만 그는 그것을 자만하여 으스대거나 하지 않는다. 겸손하다. 그리고 언제나 방긋이 미소를 띠고, 우아하게 소변을 본다. 여관이 침대로 들어오면 전희에 한 시간을 들여 제대로 절정에

도달하게 해주고, 끝나고 나서는 머리카락을 만지면서 "최고였어"라고 말한다. 친절한 것이다.

이집트의 여자들과 잠자리를 함께 한다는 건 어떤 기분일까, 하고 나는 잠깐 생각해 봤지만 아무래도 구체적인 이미지가 떠오르지 않았다. 무리하게 이미지를 환기하려 하자 아무래도 20세기 폭스사의 「클레오파트라The life and times of Cleopatra」가 떠오른다.

엘리자베스 테일러Elizabeth Taylor와 리처드 버턴Richard Burton과 렉스 해리슨Rex Harrison이 나왔던 형편없는 영화. 기다란 손잡이가 달린 부채로 팔락팔락 엘리자베스 테일러를 부채질하고 있던, 할리우드적으로 이국적인 다리가 길고 피부가 검은 여자들이 갖가지 대담한 포즈를 취해, 그를 즐겁게 해준다. 이집트 여자들은 그런 일에 익숙해 있다.

그런데 조디 포스터적인 클레오파트라가 그에게 실신할 만큼 깊이 빠져든다.

진부할지 모르지만 그러지 않고선 영화가 되지 않는다.

그 역시 조디 클레오파트라에게 빠져든다.

하지만 조디 클레오파트라에게 빠져든 건 그만이 아니다. 새까만 아비시니아 왕자도 그녀 때문에 애를 태우고 있다. 그녀만 생각하면 무의식적으로 춤추고 싶을 만큼 그녀가 좋은 것이다. 이건 아무래도 마이클 잭슨Michael Jackson이 연기하지 않으면 안 되겠다. 그는 사랑 때문에 아비시니아로부터 아득한 사막을 넘어서 이집트까지 찾아왔다. 캐러밴의 모닥불 앞에서 탬버린이나 그 비숫한 걸 가지고 「빌리 진Billie Jean」을 부르며 춤을 춘다. 별빛을 받아 눈이 반짝 빛나기도 한다. 그리고 물론 수영 교사와 마이클 잭슨 사이에 갈등이 있다. 사랑의 칼싸움이 있다.

내가 거기까지 생각했을 때 바텐더가 와서, 이제 곧 폐점 시간이라, 하고 죄송한 듯이 말했다. 시계를 보니 벌써 열두 시 십오 분이었다. 남아 있는 손님은 나 말고는 없었다. 바텐더는 바 안을 거의 다 치워 놓고 있었다. 아이고, 어째서 이렇게 긴 시간 동안 쓸데없는 걸 생각하고 있었지, 하고 나는 생각했다. 무의미하고 바보 같다. 이게 무슨 꼴인가. 나는 계산서에 사인을 하고, 남아 있던 마티니를 마시고 자리를 떴다. 바를 나와서 두 손을 주머니에 집어넣은 채 엘리베이터가 오기를 기다렸다.

하지만 조디 클레오파트라는 관례에 따라 남동생과 결혼하지 않으면 안 된다, 하고 나는 생각했다. 그 환상의 시나리오를 나는 머리에서 떨쳐 버릴 수 없었던 것이다. 꼬리를 물고 머릿속에 장면이 떠올라왔다. 성격이 여리고 비뚤어진 동생. 누가 좋을까? 우디 앨런Woody Allen, 맙소사. 그럼 희극이 되고 만다. 궁정에서 항상 재미없는 농담을 하고선 플라스틱 방망이로 자기 머리를 때리고 있다. 이건 아니다.

동생에 관해선 나중에 생각하기로 하자. 파라오는 역시 로런스 올리비에Laurence Olivier다. 두통 때문에 노상 검지 끝으로 관자놀이를 눌러 대고 있다. 마음에 들지 않는 인간은 끝을 알 수 없는 우물에 처넣든지, 나일강에서 악어와 겨루게 한다. 지능적이면서 잔혹한 짓이다. 눈꺼풀을 떼어 버리고 사막으로 내몰기도 한다.

거기까지 생각했을 때 엘리베이터 문이 열렸다. 소리도 없이 슬그머니. 나는 안으로 들어가 십오 층 버튼을 눌렀다. 그러곤 다시 이야기를 계속 연결해 봤다. 더 이상 생각하고 싶지 않았지만 멈추려 해도 멈춰지지 않았다.

무대는 갑자기 바뀌어서 황폐한 사막이다. 사막 깊숙이 있는 동굴에서는 파라오에게 추방당한 예언자가 아무에게도 모습을 드러내지 않은 채 죽은 듯이 고독하게 살고 있다. 그는 눈꺼풀이 벗겨졌지만 어떻게든 사막을 횡단해서 기적적으로 살아남았다. 양 모피를 덮어 쓰고 강렬한 햇볕을 피해 암흑 속에서 살고 있다. 벌레를 먹고 풀을 씹으면서. 그리고 심령의 눈을 얻어 미래를 예언한다. 닥치고야 말 파라오의 몰락을, 이집트의 황혼을, 그리고 세계의 전환을.

양 사나이다, 하고 나는 생각했다. 어째서 이런 곳에 느닷없이 양 사나이가 나오는 건가?

문이 또 슬그머니 소리도 없이 열렸다. 나는 멍하니 생각에 골몰하면서 밖으로 나섰다. 양 사나이. 그는 이집트 시대부터 존재했던 것일까? 아니면 이건 모두 내가 머릿속에서 만들어 낸 의미 없는 환상에 지나지 않는 것일까? 나는 주머니에 손을 쑤셔 넣은 채 어둠 속에 서서 그런 것을 생각하고 있었다.

어둠?

정신을 차리자 주위는 깜깜한 어둠이었다. 조그마한 빛 한

자락도 보이지 않았다. 내 등 뒤에서 엘리베이터 문이 닫혀 버리자 주위에 칠흑의 어둠이 내려앉았다. 내 손조차 보이지 않았다. 이젠 배경음악도 들려오지 않았다. 「러브 이즈 블루」도 「어 서머 플레이스」도 들려오지 않았다. 공기는 냉랭하고, 곰팡이 냄새가 났다.

　나는 그런 어둠 속에 혼자 우두커니 서 있었다.

10

그것은 두려울 정도의 완벽한 어둠이었다.

어느 하나도 형태 있는 것을 식별할 수가 없다. 자기 자신의 몸조차도 보이지 않는다. 거기에 무엇이 있다는 기척마저 느낄 수 없다. 거기에 있는 것은 검은색의 허무뿐이다.

그런 완벽한 어둠 속에서는 자신의 존재가 순전히 관념적인 것으로 여겨지게 된다. 육체가 어둠 속으로 용해되고, 실체를 갖지 않는 '나'라는 관념이 마치 엑토플라즘ectoplasm처럼 공중에 떠오른다. 나는 육체로부터 해방되어 있으나, 새롭게 가야 할 장소가 주어지지 않았다. 나는 그 허무의 우주를 방황하고 있다. 악몽과 현실의 기묘한 경계선을.

나는 얼마 동안 거기에 우두커니 서 있었다. 몸을 움직이려 해도 손발은 마비된 것처럼 본래의 감각을 잃었다. 마치 깊은 바다의 밑바닥에 가라앉은 것만 같았다. 농밀한 어둠이 나에게 기묘한 압력을 가하고 있었다. 침묵이 나의 고막을 압박하고 있었다. 나는 어떻게든 조금이라도 어둠에 눈이 익게 하려고 했다. 하지만 소용없었다. 시간이 지나면 눈이 익숙해지는 그런 어중간한 어둠이 아닌 것이다. 완벽한 어둠이었다. 검은색 물감을 몇 겹이고 몇 겹이고 덧칠한 것 같은 깊고 빈틈없는 어둠이었다.

나는 주머니를 무의식적으로 더듬어 봤다. 오른쪽 주머니 속에는 지갑과 키홀더가 들어 있었다. 왼쪽에는 방의 카드키와 손수건과 얼마간의 잔돈. 하지만 그런 건 어둠 속에선 아무런 소용도 없다. 나는 담배를 끊은 것을 처음으로 후회했다. 담배를 끊지 않았다면 거기엔 라이터나 성냥 같은 게 있었을 것이다. 하지만 이제 와서 그런 걸 후회한들 별수 없다.

나는 주머니에서 손을 빼내, 벽이 있을 법한 쪽으로 뻗어 봤다. 어둠 깊숙한 곳에서 딱딱한 세로의 평면이 느껴졌다. 벽이 거기에 있었다. 벽은 미끈하고 차가웠다. 돌핀 호텔의 벽치고는 너무 차갑다. 돌핀 호텔의 벽은 이렇게 차갑지 않았다. 에어컨이 언제나 따뜻한 온도로 공기를 조절하고 있기 때문이다. 마음을 가라앉히고 천천히 생각해 보자, 하고 나는 스스로를 타일렀다.

마음을 가라앉히고 생각하는 거야.

우선 첫째로, 이건 그녀가 조우한 것과 똑같은 사태다. 나는 그걸 그대로 따르고 있을 뿐이다. 그러니까 겁먹을 필요는 없다. 그녀도 혼자서 묵묵히 이 상황을 돌파했다. 물론 나도 할 수 있다. 안 될 까닭이 없다. 그러니까 진정해야 한다. 그녀가 한 것과 똑같이 행동하면 된다. 이 호텔엔 뭔가 기묘한 것이 숨겨져 있으며, 그건 아마도 나 자신과도 관련이 있을 것이다. 이 호텔은 틀림없이 어딘가에 그 돌고래 호텔과 연관되어 있다. 바로 그렇기 때문에 나는 여기에 온 게 아닌가. 그렇지 않은가? 그렇다. 그녀와 똑같이 행동하고, 그리고 그녀가 보지 못한 것을 봐야 한다.

두려운가?

두렵다.

아이고, 맙소사, 하고 나는 생각했다. 농담이 아니라 정말 두렵다. 알몸이 된 것만 같은 기분이다. 꺼림칙한 기분이다. 짙은 암흑은 폭력의 입자를 내 주위에 감돌게 했다. 그리고 나는 그것이 바다뱀처럼 소리도 없이 슬금슬금 다가오는 것을 볼 수조차 없다. 구제할 수 없는 무력감이 나를 지배하고 있다. 온몸의 모공이란 모공은 송두리째 어둠에 노출되어 있는 것 같은 느낌이 든다. 셔츠가 식은땀으로 축축이 젖어 있다. 목구멍이 칼칼해진다. 침을 삼키기도 힘들어진다.

여기는 도대체 어디일까? 돌핀 호텔은 아니다. 절대로 아니다. 그것만은 틀림없다. 여기는 어딘가 다른 장소다. 나는 무엇인가를 딛고 넘어서, 이 기묘한 장소로 들어서고 만 것이다. 나는 눈을 감고 커다랗게 몇 번인가 심호흡을 했다.

바보 같은 이야기지만, 폴 모리아의 「러브 이즈 블루」가 듣고 싶었다. 지금 그 배경음악이 들려온다면 얼마나 행복할까 하고 생각했다. 얼마나 힘이 날까. 리처드 클레이더만Richard Clayderman이라도 좋다. 지금이라면 참겠다. 로스 인디오스 타바하라스Los

Indios Tabajaras라도, 호세 펠리시아노Jose Feliciano라도, 훌리오 이글레 시아스Julio Iglesias라도, 세르지우 멘지스Sergio Mendes라도, 패트리 지 패밀리The Partridge Family라도, 1910 프루트검 컴퍼니1910 Fruitgum Company라도, 무엇이든 좋다. 무엇이든 지금은 참을 수 있다. 무엇 이든 좋으니 음악을 듣고 싶었다. 지나치게 고요하다. 미치 밀러 Mitch Miller 합창단이라도 참겠다. 앤디 윌리엄스Andy Williams와 알 마 르티노Al Martino가 듀엣으로 노래한다 해도 참겠다.

이제 그만, 하고 나는 생각했다. 쓸데없는 것을 너무 많이 생 각하고 있다. 하지만 무언가를 생각하지 않을 수가 없다. 무엇이 든 상관없다. 머릿속의 공백을 무언가로 채워 버리고 싶다. 공포 탓이다. 공백 속으로 공포가 스며들어 오는 것이다.

모닥불 앞에서 탬버린을 두드리며 「빌리 진」을 부르고 춤 추는 마이클 잭슨. 낙타들조차 황홀한 듯 거기에 귀를 기울이고 있다.

머리가 좀 혼란스럽다.

머리가 좀 혼란스럽다.

나의 사고가 어둠 속에서 가벼이 메아리친다. 사고가 메아리 치는 것이다.

나는 다시 한번 심호흡을 하고 머릿속에서 무의미한 이미지 를 몰아낸다. 언제까지나 이렇게 계속 있을 수만도 없다. 행동으 로 옮기지 않으면 안 된다. 그렇지 않은가? 그러기 위해서 나는 여기에 오지 않았는가?

나는 각오를 하고 어둠 속을 더듬으며 천천히 오른쪽을 향해 걸어가기 시작했다. 하지만 아직도 다리가 잘 움직이지 않는다. 내 다리가 아닌 것 같은 느낌이 든다. 근육과 신경이 잘 연동되지 않은 것이다. 나는 다리를 움직인다고 생각하는데도, 실제로 다리는 움직이지 않는다. 암흑의 물 같은 어둠이 나를 폭 감싸고 놓아주지 않는다. 어디까지고 어디까지고 그 어둠은 계속되고 있다. 지구의 중심점까지. 나는 지구의 중심점을 향해 나아가고 있다. 그리고 거기에 도달하면, 이제 두 번 다시는 지상으로 되돌아올 수 없다. 뭔가 다른 것을 생각해 보자, 그렇게 나는 생각했다. 무엇이든 생각하지 않으면 공포에 점점 몸이 지배당할 것이다. 영화의 다음 줄거리를 생각해 보자. 어디까지 이야기가 진행됐지? 양 사나이가 나오는 데까지. 하지만 사막 장면은 현재로선 그걸로 끝. 화면은 다시 파라오의 궁전으로 되돌아간다. 휘황찬란한 궁전. 아프리카 전체의 부富가 거기에 모여 있다. 누비아인 노예가 온통 그 언저리에 대령해 있다. 그 한가운데에 파라오가 있다. 미클로스 로자Miklos Rozsa스러운 음악이 흐르고 있다. 파라오는 분명 초조해하고 있다. '이집트에서 뭔가 썩고 있다'고 그는 생각한다. '그것도 이 궁전에서, 무엇인가 잘못된 것이 진행되고 있다. 나는 그것을 확실히 느낀다. 그것을 바로잡지 않으면 안 된다.'

나는 한 걸음 한 걸음 조심스레 발을 앞으로 내디딘다. 그리고 생각한다. 그 여자는 용케도 잘해냈군, 하고. 나는 참으로 감탄하고 만다. 영문을 알 수 없는 캄캄한 어둠 속에 느닷없이 내던 져져, 그 어둠 속에 무엇이 있는지 혼자서 확인하러 가다니. 나조 차—이러한 이공간적인 어둠이 존재한다는 이야기를 미리 들은 나조차— 이토록 겁을 먹고 있는데. 만일 아무런 예고도 없이 이 어둠 속에 나 혼자 내던져졌다면, 나는 앞으로 나아가려는 생각 은 절대로 하지 못했을 것이다. 필시 나는 엘리베이터 앞에 옴짝 달싹 못 하고 선 채로 가만히 있었을 것이다.

나는 그녀에 대해 생각했다. 그녀가 선수용의 반들거리는 검 은색 수영복을 입고, 수영 교실에서 수영을 배우고 있는 광경을 상상했다. 거기에도 영화배우인 나의 옛 동급생이 있었다. 그리 고 그녀 역시 그를 까무러칠 만큼 동경하고 있었다. 그가 자유형 을 할 때 오른손을 내미는 법에 대해 설명해 주자, 그녀는 황홀해 하는 눈빛으로 내 동급생을 봤다. 그리고 그녀는 밤이 되자 그의 침대로 기어 들어갔다. 나는 슬펐다. 상심하기까지 했다. 그런 짓 하면 안 돼, 하고 나는 생각했다. 너는 아무것도 모르고 있어. 그 는 인상이 좋고 친절한 것뿐이야. 그는 네게 상냥한 말을 걸고 너 를 절정에 도달하게 해줄지도 모르지. 하지만 그저 친절함, 그것 뿐이야. 그건 다만 단순한 전희의 문제일 뿐이야.

복도가 오른쪽으로 꺾여 있었어.

그녀가 말한 그대로였다. 하지만 내 머릿속에서, 그녀는 나 의 동급생과 잠자리를 함께 하고 있었다. 그는 그녀의 옷을 부드 럽게 벗기고, 각각의 신체 부위를 하나하나 칭찬했다. 그것도 진심으로 칭찬하고 있었다. 이런, 이런, 하고 나는 생각했다. 정말 감탄해 마지않는군. 하지만 그러는 중에 차츰 화가 치밀어 올랐다. 그런 건 잘못된 일이라고 나는 생각했다.

복도가 오른쪽으로 꺾여 있었어.

나는 벽에 손을 댄 채 오른쪽으로 꺾었다. 멀리 작은 불빛이 보였다. 몇 겹의 베일을 통해서 흘러나오는 것 같은 흐릿한 작은 불빛.

그녀가 말한 그대로다.

나의 동급생은 그녀의 몸에 부드럽게 입맞춤을 하고 있었다. 목덜미로부터 어깨를 거쳐 가슴으로, 그렇게 천천히. 카메라는 그의 얼굴과 그녀의 등을 비추고 있다. 그다음에 빙그르르 카메라는 회전한다. 그리고 그녀의 얼굴을 비춘다. 하지만 그건 그녀가 아니다. 돌핀 호텔 프런트에 있는 그 여자가 아니다. 그것은 키키의 얼굴이었다. 옛날에 나와 돌고래 호텔에 묵었던, 멋진 귀를 가진 고급 매춘부 키키. 아무 말 없이 나의 인생에서 사라져 버린 키키. 나의 동급생과 키키가 자고 있는 것이다. 그것은 실제 영화의 한 장면처럼 보인다. 컷 배치가 정연하다. 지나치게 정연하다. 평범하다 해도 좋을 만큼. 그들은 아파트의 한 방에서 서로 껴안고 있다. 창문 블라인드 사이로 빛이 들어오고 있다. 키키. 어째서 여기에 갑자기 그 여자가 나온단 말인가? 시공이 혼란해졌다.

시공이 혼란해졌다.

나는 빛을 향해 나아갔다. 발을 내딛자 머릿속의 이미지가 말끔히 쓱 사라졌다.

페이드아웃.

나는 침묵의 어둠 속을 벽을 따라 나아갔다. 나는 그 이상 더는 아무것도 생각하지 않기로 했다. 생각해 봤자 별수 없다. 다만 시간을 연장하고 있을 뿐이다. 아무것도 생각지 않고, 발을 앞으로 내미는 일에만 집중하는 것이다. 주의 깊게, 확실하게. 빛이 은은히 주위를 비추고 있다. 하지만 거기가 어떤 곳인지 확인할 수 있을 만큼 밝지는 않다. 다만 문이 보일 뿐이다. 본 적 없는 문. 그래, 그녀가 말했던 그대로다. 오래된 목재 문. 거기에는 번호표가 붙어 있다. 하지만 그 숫자까지는 읽을 수 없다. 너무나 어둡고, 번호표도 지저분하다. 어쨌든 간에 여기는 돌핀 호텔은 아니다. 돌핀 호텔에 이런 낡은 문이 존재할 턱이 없다. 그리고 공기의 질도 다르다. 이 냄새는 대체 무엇일까? 마치 케케묵은 종이 냄새 같다. 빛이 가끔씩 가물가물 흔들렸다. 아마 양초 불빛일 것이다.

나는 문 앞에 서서 한동안 그 빛을 보고 있었다.

그리고 또 그 프런트의 여자에 대해 생각했다. 그녀와 그때 잤어야 하지 않았나, 하고 문득 생각했다. 나는 그 현실 세계로 다시 돌아갈 수가 있을까? 그리고 나는 다시 그녀와 데이트할 수 있을까? 그렇게 생각하자 나는 현실 세계와 수영 교실에 대해 질투가 일었다. 어쩌면 그것은 정확하게는 질투가 아닐지도 모른다. 그것은 확대되고 왜곡된 후회의 상념일지도 모른다. 하지만 외형적으로 그것은 질투와 똑같았다. 적어도 캄캄한 어둠 속에서는 질투 그 자체처럼 느껴졌다. 정말이지, 어째서 이런 데서 질투를 느낀단 말인가. 무언가에 질투를 하다니, 대단히 오랜만의 일이었다. 나는 질투라는 감정을 거의 느껴 본 적이 없는 인간인 것이다. 무언가에 질투를 하기에 나는 아무래도 지나치게 개인적이다. 하지만 지금, 나는 놀라울 만큼 강렬한 질투를 느끼고 있다. 그것도 수영 교실에 대해.

한심하군, 하고 나는 생각한다. 어느 누가 수영 교실에 질투를 하는가? 그런 이야기는 들어 본 적도 없다.

나는 침을 삼켰다. 드럼통을 금속 배트로 때린 듯한 커다란 소리가 났다. 그저 침을 삼켰을 뿐인데.

소리가 기묘한 울림을 만들고 있는 것이다. 그녀가 말했던 것처럼. 그래, 나는 노크하지 않으면 안 된다. 노크하는 거야. 그리고 나는 노크해 봤다. 주저 없이 작정하고. 작게 똑똑. 들리지 않으면 좋을 텐데, 라고 할 만큼 작은 소리로. 하지만 들려오는 소리는 거대했다. 그 소리는 마치 죽음 그 자체처럼 무겁고 차가웠다.

나는 숨을 죽이고 기다렸다.

잠시 동안 침묵이 흘렀다. 그녀의 그때와 마찬가지다. 얼마만큼의 시간인지는 모른다. 오 초일지도 모르고, 일 분일지도 모른다. 어둠 속에서는 시간이 똑똑히 가늠되지 않는다. 흔들리고, 끌어당겨지고, 응축한다. 그 침묵 속에서 나 자신도 흔들리고, 끌어당겨지고, 응축한다. 시간의 왜곡에 맞추어서 나 자신도 왜곡

되는 것이다. 유령의 집 거울에 비치는 모습처럼.

　그다음에 그 소리가 들려왔다. 바스락바스락하는 과장된 소리. 옷자락이 스치는 소리다. 무언가 마룻바닥에서 일어난다. 그리고 발소리. 그것은 이쪽을 향해 천천히 다가온다. 슬리퍼를 끄는 듯한 스르륵스르륵하는 소리. 무엇인가 다가온다. 뭔가 인간이 아닌 것, 하고 그녀는 말했다. 그녀가 말한 그대로였다. 그것은 인간의 발소리가 아니었다. 무엇인가 다른 것이다. 현실로는 존재하지 않는 그 무엇인가— 하지만 여기에선 존재하고 있다.

　나는 도망치지 않았다. 땀이 등줄기를 타고 흘러내리는 것이 느껴졌다. 하지만 그 발소리가 다가옴에 따라서 기묘하게도 내 안의 공포는 반대로 조금씩 엷어져 갔다. 괜찮아, 하고 나는 생각했다. 이것은 사악한 것이 아니다. 나는 그것을 똑똑히 느낄 수 있었다. 아무것도 두려워할 건 없다. 흐름에 몸을 맡기면 된다. 괜찮아. 나는 따스한 체액의 소용돌이 속에 있었다. 나는 문의 손잡이를 꽉 움켜쥐고, 눈을 감고 숨을 죽이고 있었다. 괜찮아. 두렵지 않아. 나는 어둠 속에서 거대한 심장 소리를 듣는다. 그것은 나 자신의 심장 소리다. 나 자신의 심장 소리 속에 내가 뒤덮이고, 포함되어 있다. 아무것도 두려워할 것은 없다, 라고 나 자신이 말한다. 그저 연결되어 있을 뿐인 것이다.

　발소리가 멈추었다. 그것은 나의 바로 근처에 있었다. 그리고 나를 보고 있었다. 나는 눈을 감고 있었다. 연결되어 있어, 하고 나는 생각했다. 나는 온갖 장소에 연결되어 있었다. 나일강변

과 키키와 돌고래 호텔과 오래된 로큰롤과 그 모든 것에. 향료를
바른 누비아인 여관들. 똑딱똑딱 시간을 새기는 폭탄. 낡은 빛, 낡
은 음향, 낡은 목소리.

"기다리고 있었어"라고 그것은 말했다. "줄곧 기다리고 있
었어. 안으로 들어와."

나는 눈을 뜨지 않아도 그가 누구인지 알 수 있었다.

양 사나이였다.

11

작고 낡은 테이블을 사이에 두고 우리는 이야기를 했다. 작고 둥근 테이블 위에는 양초가 하나 놓여 있을 뿐이었다. 양초는 초라한 사기 접시 위에 세워져 있었다. 그 방에 있는 가구라고는 고작 그 정도였다. 의자도 없어서 우리는 방바닥에 쌓여 있는 책을 의자로 대신했다.

그것이 양 사나이의 방이었다. 기다랗고 비좁은 방이다. 벽과 천장의 분위기가 예전의 돌고래 호텔 방과 좀 비슷한 느낌이지만, 그러나 자세히 보면 전혀 다르다는 느낌도 든다. 맞은편 벽에 창문이 있다. 하지만 창문에는 안쪽에서 판자로 못질되어 가려져 있다. 못질을 하고 상당한 세월이 지난 것 같았다. 판자 틈에 회색 먼지가 쌓이고 못대가리는 녹슬어 있었다. 그 이외엔 아무것도 없다. 그저 그런 네모난 상자 같은 방이다. 전등도 없다. 벽장도 없다. 욕실도 없다. 침대도 없다. 그는 아마 방바닥에서 잠자는 것이리라. 양 모피로 몸을 감싼 채. 방바닥에는 사람 하나가 간

신히 걸어 다닐 정도의 공간만 있고, 나머지는 낡은 서적이며 신문이며 자료를 모은 스크랩북이 빽빽하게 쌓여 있었다. 모두 누렇게 변색되어 있었는데, 어떤 것은 절망적으로 좀이 먹고, 어떤 것은 갈가리 흐트러져 있었다. 내가 힐끗 본 바로는 모두 홋카이도에 분포하는 면양의 역사에 관한 것이었다. 아마도 예전의 돌고래 호텔에 있었던 것을 여기로 옮겨 놓은 것이리라. 예전의 돌고래 호텔에는 양에 관한 자료실 같은 게 있어서, 주인의 부친이 그걸 관리하고 있었다. 그들은 모두 어디로 가버렸을까?

양 사나이는 깜빡깜빡 하늘거리는 양초 불빛 너머로 한동안 내 얼굴을 응시하고 있었다. 양 사나이의 커다란 그림자가 얼룩이 진 벽 위에서 흔들리고 있었다. 확대되고 과장된 그림자였다.

"꽤 오래간만이군" 하고 그는 마스크 안쪽에서 나를 보면서 말했다. "별로 변한 게 없어. 좀 야위었나?"

"그래, 좀 야위었는지도 모르지"라고 나는 말했다.

"그래, 바깥세상 사정은 어떻지? 무슨 별다른 일 없어? 여기 있으면 무슨 일이 일어나는지 알 수가 없어서 말이야"라고 그는 말했다.

나는 다리를 꼬고 고개를 저었다. "여전해. 대단한 일은 일어나지 않았어. 세상이 조금씩 복잡해져 갈 뿐이야. 그리고 세상사가 진행되는 속도가 차츰 빨라지고 있어. 하지만 그 밖에는 대체로 마찬가지야. 특별히 달라진 건 없어."

양 사나이는 고개를 끄덕였다. "그럼, 아직 다음 전쟁은 시작되지 않았겠군?"

양 사나이가 생각하는 '이전의 전쟁'이 도대체 어느 전쟁을 의미하는지는 알 수 없었지만, 나는 고개를 저었다. "아직 아니야"라고 나는 말했다. "아직 시작되지 않았어."

"하지만 그러는 동안에 또 시작돼" 하고 그는 장갑을 낀 두 손을 마주 잡고 문질러 대면서 억양 없는 단조로운 목소리로 말했다. "조심해야지. 죽고 싶지 않다면, 조심하는 게 좋아. 전쟁이라는 건 반드시 있는 거야. 언제든 반드시 있어. 없을 리가 없다고. 없는 것처럼 보여도 반드시 있어. 인간이란 건 말이야, 내심 서로 죽이는 걸 좋아하거든. 그리고 다들 지쳐 떨어질 때까지 서로 죽이는 거야. 지쳐 떨어지면 얼마 동안 쉬지. 그러곤 다시 죽이고 죽기를 시작해. 뻔한 일이야. 아무도 믿을 수 없고, 아무것도 달라지지 않아. 그러니까 어쩔 수도 없는 거야. 그런 것이 싫다면 다른 세계로 도망치는 수밖에 없어."

그가 걸친 양 모피는 예전보다 다소 지저분해 보였다. 털은 빳빳하고 전체적으로 기름때가 끼어 있었다. 그의 얼굴을 가린 검정 마스크도, 내가 기억하고 있던 것보다는 훨씬 더 궁상맞아 보였다. 임시변통으로 만든 조잡한 가장假裝 같아 보였다. 하지만 그것은 이 움막처럼 습기 찬 방과 빈약하고 희미한 빛 탓인지도 모른다. 그리고 기억이라는 것이 늘 불확실하고 형편에 따라 바뀌기 때문인지도 모른다. 그러나 그 의상뿐 아니라 양 사나이 자체도 예전보다는 다소 피곤해 보였다. 그는 사 년 동안 나이를 먹어 몸집이 반으로 줄어든 것처럼 느껴졌다. 그는 가끔 깊은 숨을 내쉬었는데, 그 숨은 기묘하게 귀에 거슬리는 소리를 냈다. 꼭 파이프 속에 무엇인가 꽉 막혀 있는 것처럼 가르랑거리는 거북한 소리였다.

"좀 더 일찍 올 거라고 생각했어" 하고 양 사나이는 내 얼굴을 보면서 말했다. "그래서 줄곧 기다리고 있었지. 저번에 누군가가 왔기에 당신인 줄 알았어. 하지만 당신은 아니었어. 아마 누군가가 헤매다 잘못 들어선 거겠지. 이상해. 다른 사람이 그렇게 간단하게 여기에 들어올 수는 없을 텐데. 그건 그렇고, 당신이 좀 더 일찍 올 거라고 생각하고 있었어."

나는 어깨를 움츠렸다. "여기에 오게 될 거라고 생각했지. 오지 않으면 안 된다고도 생각했어. 하지만 결심이 어지간히 서지를 않았어. 꽤 많은 꿈을 꾸었지. 돌고래 호텔의 꿈 말이야. 줄곧 그 꿈을 꾸었어. 하지만 여기로 와야겠다고 결심하기까지는 시간이 필요했어."

"여기 일을 잊어버리려고 했단 말이야?"

"얼마 전까지는" 하고 나는 솔직하게 말했다. 그리고 가물가물 흔들리는 양초 불빛에 비친 나 자신의 손을 봤다. 어디서 바람이 들어오는 거지, 하고 나는 이상하게 생각했다. "얼마 전까지는 잊어버릴 수만 있다면 잊어버리려고 생각했지. 여기와는 이젠 아무 관련 없이 살아가고 싶다는 생각을 했어."

"당신의 죽은 친구 때문에 그렇게 생각한 거야?"

"그래. 나의 죽은 친구 때문에."

"하지만 당신은 결국 여기에 왔어"라고 양 사나이는 말했다.

"그래. 나는 결국 여기로 돌아왔어"라고 나는 말했다. "이 장소를 잊어버릴 순 없었어. 잊어버리려고 하면, 무엇인가가 반드시 나로 하여금 여기 생각을 하게 했지. 필시 여기는 나에게 특별한 장소인 거겠지. 좋든 싫든 상관없이, 나는 나 자신이 여기에 포함되어 있다고 느껴. 그것이 구체적으로 어떤 걸 의미하는지는 나도 몰라. 하지만 나는 분명히 그렇게 느껴. 꿈속에서 그렇게 느낀 거지. 여기서 누군가 나 때문에 눈물을 흘리고, 그리고 나를 찾고 있다고. 그래서 나는 여기에 올 결심을 하게 된 거야. 그런데 여기는 도대체 어디지?"

양 사나이는 한동안 내 얼굴을 물끄러미 보고 있었다. 그러곤 고개를 저었다. "자세한 건 나도 몰라. 여기는 아주 넓고, 아주 어두워. 얼마나 넓고, 얼마나 어두운지는 나도 알 수 없어. 내가 알고 있는 건 이 방에 관해서뿐이야. 다른 장소에 관해선 알지 못해. 그러니까 자세한 건 아무것도 알려 줄 수 없어. 하지만 어쨌든, 당신이 여기에 온 건 당신이 여기로 와야 할 때가 됐기 때문이야. 난 그렇게 생각해. 그러니 그 점에 관해서 당신은 이것저것 생각할 것 없어. 필시 누군가가 이 장소를 통해서 당신 때문에 눈물을 흘리고 있을 테지. 아마 누군가가 당신을 찾고 있을 테지. 당신이 그렇게 느낀다면, 아마 그게 맞을 거야. 하지만 그건 그렇고 지금 당신이 여기로 되돌아온 건 참으로 당연한 일이야. 새가 둥지로 돌아오는 것처럼 말이야. 자연스러운 것이지. 반대로 말한다면, 당신이 돌아오려고 생각지 않는다면, 여기는 전혀 존재하지 않는 것과 마찬가지야." 양 사나이는 두 손을 싹싹 마주 문질러 댔다. 몸의 움직임에 맞추어 벽 위의 그림자가 커다랗게 흔들렸다. 마치 검은 유령이 머리 위로부터 나에게 엄습해 오려는 것처럼. 마치 옛날 만화영화처럼.

새가 둥지로 돌아오는 것처럼, 하고 나는 생각했다. 그 말을 듣고 보니 확실히 그런 느낌이 들었다. 나는 다만 그 흐름을 좇아 여기로 온 데 지나지 않는 것이다.

"자, 이야기해 봐" 하고 양 사나이는 나지막한 소리로 말했다. "당신 이야기를 해봐. 여기는 당신의 세계야. 걱정할 건 아무것도 없어. 이야기하고 싶은 걸 그대로 천천히 이야기하면 되는 거야. 당신에겐 분명 이야기하고 싶은 게 있을 거야."

나는 벽 위의 그림자를 바라보면서 희미한 빛 속에서 내가 놓여 있는 상황에 대해 그에게 이야기했다. 나는 참으로 오랜만에 마음을 열고 솔직하게 나 자신에 관해 이야기했다. 긴 시간을 들여, 얼음을 녹이듯 천천히, 하나하나. 내가 어찌어찌 생활을 유지하고 있다는 것. 하지만 어디에도 갈 수 없다는 것. 어디에도 갈 수 없는 채 나이를 먹고 있다는 것. 누구도 진정으로 사랑할 수 없게 되어 버렸다는 것. 그런 마음의 떨림을 상실해 버렸다는 것. 무엇을 찾아야 좋을지 알지 못하게 되어 버렸다는 것. 나 자신이 관련되어 있는 일에 나름대로 최선을 다하고 있다는 것 등을 이야기했다. 하지만 그건 아무런 소용이 없어, 라고 나는 말했다. 그러고서 내 몸이 자꾸자꾸 굳어 가는 것만 같은 느낌이 든다. 몸의 중심으로부터 조금씩 조금씩 육체 조직이 딱딱하게 굳어 가는 것만 같은 느낌이 드는 것이다. 나는 그것이 두렵다. 내가 그럭저럭 연결되어 있다고 느끼는 건 이 장소뿐이다, 하고 나는 말했다. 나는 나 자신이 여기에 포함되어 있는 것처럼 느껴 왔다. 여기가 어떤 장소인지 나로선 알지 못한다. 하지만 나는 본능적으로 그렇게 느끼는 것이다. 나는 여기에 포함되어 있다, 라고.

양 사나이는 아무 말 없이 내가 하는 이야기를 가만히 듣고 있었다. 그는 거의 자고 있는 것처럼 보였다. 하지만 내가 이야기를 끝내자 그는 눈을 떴다.

"괜찮아, 걱정할 것 없어. 당신은 돌고래 호텔에 정말로 포함되어 있는 거야"라고 양 사나이는 조용히 말했다. "이제까지도 줄곧 포함되어 있었고, 이후로도 내내 포함될 거야. 여기서부터 모든 것이 시작되고 여기서 모든 것이 끝나는 거야. 여기가 당신의 장소란 말이야. 그건 변함이 없어. 당신은 여기에 연결되어 있어. 이곳이 모든 것에 연결되어 있어. 여기가 당신을 맺어 주는 매듭이야."

"모든 것?"

"잃어버린 것들. 아직 잃어버리지 않은 것들. 그런 모든 것들 말이지. 그것들이 이곳을 중심으로 모두 연결되어 있는 거야."

나는 양 사나이가 한 말에 관해 좀 생각해 봤다. 하지만 그가 말하려고 하는 것이 잘 이해되지 않았다. 너무나 막연해서 나로선 따라갈 수가 없었다. 좀 더 구체적인 설명을 해줄 수 없느냐고 나는 말했다. 하지만 양 사나이는 그 말에는 대답해 주지 않았다. 그는 말없이 가만히 있었다. 그것은 구체적으로 설명할 수 없는 일인 것이다. 그는 가만히 고개를 저었다. 고개를 젓자, 만들어 붙인 귀가 팔락팔락 흔들거렸다. 벽 위의 그림자도 커다랗게 흔들거렸다. 벽 자체가 무너져 내려앉지 않을까 하는 느낌이 들 만큼 커다랗게, 흔들흔들.

"그건 이제 곧 알 수 있는 일이야. 그건 이해될 만한 때가 오면 이해될 수 있는 일이거든" 하고 그는 말했다.

"저기, 그것과는 별개로 한 가지 아무래도 알 수 없는 것이 있어"라고 나는 말했다. "돌고래 호텔의 주인은 어째서 이 새 호텔에 똑같은 이름을 붙이게 했지?"

"당신 때문이야"라고 양 사나이는 말했다. "당신이 언제라도 돌아올 수 있도록 하기 위해 같은 이름으로 해두었던 거야. 그도 그럴 것이 이름이 바뀌어 버린다면 당신은 어디로 가면 될지 알지 못할 것 아닌가? 돌고래 호텔은 틀림없이 여기에 있어. 건물이 달라지건 무엇이 달라지건, 그런 건 관계가 없어. 여기에 있는 거야. 여기서 당신을 기다리고 있단 말이야. 그래서 이름도 그대로 해둔 거야."

나는 웃었다. "나를 위해서? 나 한 사람을 위해서 이 거창한 호텔 이름이 돌핀 호텔로 되어 있단 말인가?"

"그렇지. 그게 우스운 일인가?"

나는 고개를 저었다. "아니지, 우습단 말이 아냐. 그저 좀 놀랐을 뿐이야. 너무도 어처구니없는 이야기니까. 어쩐지 현실의 이야기가 아닌 것만 같아."

"현실의 이야기야"라고 양 사나이는 조용히 말했다. "호텔은 이렇게 현실로 존재하고 있어. 돌핀 호텔이란 간판도 엄연히 현실로 존재하고 있지. 안 그래? 이게 현실이 아닌가?" 그는 손가락으로 툭툭 책상을 두드렸다. 촛불이 거기에 맞춰 흔들거렸다.

"나도 엄연히 여기에 있어. 여기에서 당신을 기다리고 있어. 모두가 제대로 말이지. 다 제대로 생각하고 짜인 거야. 당신이 돌아올 수 있도록. 모두 제대로 잘 연결되도록 하기 위해서."

나는 흔들거리는 촛불을 한동안 보고 있었다. 나로선 아직 완전히 믿을 수가 없었다. "이봐, 어째서 나를 위해 일부러 그런 일을 한 거야? 일부러 나 한 사람을 위해서?"

"여기는 당신을 위한 세계기 때문이야"라고 양 사나이는 당연한 일인 듯 말했다. "뭐 까다롭게 생각할 건 없어. 당신이 찾고 있다면, 그건 있는 거야. 문제는 말이야, 여기가 당신을 위한 장소라는 거야. 알겠어? 그걸 이해하지 않으면 안 돼. 그건 정말로 특별한 일이야. 그래서 우리는 당신이 제대로 돌아올 수 있도록 애썼어. 그것이 깨지지 않게끔. 그것을 못 보게 되지 않게끔. 그저 그뿐이야."

"나는 정말로 여기에 포함되어 있는 거겠지?"

"물론이야. 당신은 여기에 포함되어 있어. 나도 여기에 포함되어 있고. 다들 여기에 포함되어 있어. 그리고 여기는 당신의 세계란 말이야"라고 양 사나이는 말했다. 그리고 손가락 하나를 위로 치켜들었다. 거대한 손가락이 벽 위로 솟구쳤다.

"당신은 여기서 뭘 하고 있는 거지? 그리고 당신은 어떤 사람이지?"

"난 양 사나이야"라고 말하며, 그는 쉰 목소리로 웃었다. "보다시피 양 모피를 뒤집어쓰고, 사람들에겐 보이지 않는 세계에서 살고 있어. 쫓겨서 숲속으로 들어갔지. 아주 옛날 일이지만 말이야. 생각나지도 않을 만큼 옛날 일. 그 이전에 내가 무엇이었는지도 이젠 생각나지 않아. 아무튼 그 후로 사람 눈에 띄지 않게 됐어. 눈에 띄지 않으리라, 눈에 띄지 않으리라, 하고 다짐하면 자연히 눈에 띄지 않게 되어 버리는 법이야. 그리고 언제부턴가 숲속을 떠나 여기에 정착하게 됐지. 여기에 있게 되고, 여기를 지키고 있지. 나 같은 것도 비바람을 막아 줄 장소는 필요하니까. 숲속의 짐승한테도 잠자리쯤은 있지. 안 그래?"

"물론이지"라고 나는 맞장구를 쳤다.

"여기서의 내 역할은 연결하는 일이야. 그래, 배전반처럼 말이지, 여러 가지 것을 연결한단 말이야. 여기는 매듭짓는 곳이야—그래서 바로 내가 연결해 주는 거지. 뿔뿔이 흩어지지 않도록 제대로, 단단히 연결해 놓는다고. 그것이 바로 내 역할이거든. 배전반. 연결한단 말이지. 당신이 찾고 손에 넣은 걸 바로 내가 연결한단 말이야. 알겠어?"

"그럭저럭" 하고 나는 말했다.

"그건 그렇고"라고 양 사나이는 말했다. "그리고 지금, 당신은 나를 필요로 하고 있어. 당신은 혼란스러워하고 있으니까. 당신은 자기가 무엇을 찾고 추구하고 있는지 알지 못해. 당신은 볼 것을 못 보고, 남에게 보이지도 않거든. 어딘가 가려고 해도 어디로 가야 할지 알지 못해. 당신은 여러 가지를 잃어버렸어. 여러 가지 연결의 매듭을 풀어 놓고 말았지. 하지만 그것을 대신할 것을 못 찾고 있어. 그래서 당신은 혼란스러워하고 있단 말이야, 자기가 그 무엇과도 연결되어 있지 않은 것처럼 느껴져서. 그리고 실제로 그 무엇과도 연결되어 있지 않지. 당신이 연결되어 있는 장소는 여기뿐이야."

나는 그에 대해 잠시 생각해 봤다. "아마 그렇겠지. 당신 말 그대로야. 나는 볼 걸 못 보고 있고, 남의 눈에 보이지도 않지. 혼란해하고 있어. 어디에도 연결되어 있지 않아. 여기밖엔 연결되어 있지 않거든." 나는 말을 끊고, 촛불에 비친 내 손을 봤다.

"하지만 나는 뭔가를 느껴. 뭔가가 나와 연결되려 하고 있어. 그래서 꿈속에서 누군가 나를 찾고, 나 때문에 눈물을 흘리고 있어. 분명 무엇인가와 연결되려고 하는 거겠지. 그런 느낌이 들거든. 이봐, 나는 다시 한번 새 출발을 하고 싶어. 그리고 그러기 위해선 당신 힘이 필요해."

양 사나이는 잠자코 있었다. 나에게도 그 이상 할 말은 없었다. 침묵은 몹시 무겁고, 마치 깊디깊은 구덩이 밑바닥에 있는 것 같은 느낌이었다. 침묵의 중력이 내 어깨에 묵직하게 얹혀 왔다. 나의 사고조차도 그 중력의 지배 아래 있었다. 나의 사고는 그 축축한 중력 아래에서 심해어처럼 으스스하고 딱딱한 옷을 걸치고 있었다. 가끔씩 촛불이 지글지글 소리를 내며 흔들렸다. 양 사나이는 눈을 그 촛불 쪽으로 향하고 있었다. 퍽이나 오랫동안 그 침묵은 계속됐다. 그러고 나서 양 사나이는 서서히 얼굴을 들어 나를 봤다.

"당신을 그 무엇인가에 제대로 연결하기 위해 할 수 있는 일은 다해 보지"라고 양 사나이는 말했다. "잘될지 어쩔지는 모르겠어. 나도 어지간히 나이를 먹었어. 이젠 전과 같은 힘은 없을지도 몰라. 얼마만큼 당신을 도와줄 수 있을는지 나도 잘 모르겠어. 아무튼 할 수 있는 데까진 해보겠어. 하지만 말이지, 설령 그게 잘되어 간다 하더라도 당신이 행복해지지 못할지도 몰라. 그것만은 나로서도 장담할 수 없어. 저쪽 세계에는 이미 당신이 가야 할 장소는 어디에도 없을지 몰라. 확실한 건 말할 수 없어. 당신은 아까 스스로 말한 것처럼, 이젠 꽤 단단히 굳어져 버린 것처럼 보여. 한 번 굳어 버린 건 제자리로는 돌아오지 못하는 거야. 당신도 이젠 그렇게 젊진 않아."

"어떻게 하면 좋을까, 나는?"

"당신은 지금까지 많은 것을 잃어 왔지. 여러 가지 소중한 것을 잃어 왔어. 그것이 누구 탓이냐 하는 건 문제가 아냐. 문제는 당신이 그것에 덧붙여 놓은 것에 있지. 당신은 무엇인가를 잃을 적마다, 그것에다 다른 무엇인가를 덧붙여 놓고 와버린 거야. 마치 무슨 표시처럼 말이야. 당신은 그런 일을 하지 말았어야 했어. 당신은 자신을 위해 따로 간직해 뒀어야 할 것까지도 거기에 두고 와버린 거지. 그래서 당신 자신도 조금씩 조금씩 마멸되어 왔던 거야. 왜 그랬을까? 왜 그런 짓을 했던 것일까?"

"모르겠는걸."

"하지만 아마 그건 어쩔 수 없는 노릇이었을 거야. 무슨 숙명 같은 거겠지. 뭐라고 할까, 꼭 맞는 말이 생각나지 않지만……."

"경향" 하고 나는 말해 봤다.

"그래, 그거야. 경향. 나는 생각해. 다시 한번 인생을 새 출발하더라도 당신은 분명 또 같은 짓을 되풀이할 거라고. 그것이 경향이라는 거야. 그리고 그 경향이라는 건, 어느 지점을 넘어서면 다신 제자리로 돌아올 수 없게 되고 마는 거야. 손을 쓰기엔 늦는 거지. 그런 건 나로서도 어떻게 해줄 수가 없어. 내가 할 수 있는 일이란 여기를 지키는 일과, 여러 가지 것들을 연결하는 일뿐이야. 그 이상은 아무것도 할 수 없어."

"어떻게 하면 좋을까, 난?" 하고 나는 아까와 똑같은 질문을 다시 한번 해봤다.

"아까도 말한 것처럼, 나도 할 수 있는 데까진 하겠어. 당신이 제대로 연결될 수 있도록 해보겠어"라고 양 사나이는 말했다. "하지만 그것만으론 부족해. 당신도 할 수 있는 데까진 해야 해.

가만히 앉아서 생각에만 잠겨 있어서는 안 돼. 그렇게 한댔자 어디에도 갈 수가 없거든. 알겠어?"

"알겠어"라고 나는 말했다. "그래서 난 도대체 어떻게 하면 좋을까?"

"춤을 추는 거야"라고 양 사나이는 말했다. "음악이 울리는 동안은 어쨌든 계속 춤을 추는 거야. 내가 하는 말 알아듣겠어? 춤을 추는 거야. 계속 춤을 추는 거야. 왜 춤추느냐 하는 건 생각해선 안 돼. 의미 같은 건 생각해선 안 돼. 의미 같은 건 애당초 없는 거야. 그런 걸 생각하기 시작하면 발이 멈춰 버려. 한번 발이 멈추면 이제 나도 도와줄 수가 없어. 그러면 당신의 연결고리는 모두가 사라져 버려. 영원히 사라지고 마는 거야. 그렇게 되면 당신은 이쪽 세계에서밖엔 살아갈 수 없게 돼. 자꾸자꾸 이쪽 세계로 끌려들고 마는 거야. 그러니까 발을 멈추면 안 돼. 아무리 한심하다는 생각이 들더라도, 그런 데 신경 쓰면 안 돼. 제대로 스텝을 밟아 계속 춤을 추란 말이야. 그리고 굳어 버린 것을 조금씩이라도 좋으니 풀어 나가는 거야. 아직 늦지 않은 것도 있을 테니까. 쓸 수 있는 것은 전부 쓰는 거지. 최선을 다하는 거야. 두려워할 건 아무것도 없어. 당신은 분명히 지쳐 있어. 지쳐서 겁을 먹고 있어. 누구에게나 그런 때가 있어. 무엇이든 모두 잘못된 것처럼 느껴지는 거야. 그래서 발이 멈춰 버리지."

나는 눈을 들어, 다시 벽 위의 그림자를 한동안 응시했다.

"하지만 춤을 추는 수밖에 없어" 하고 양 사나이는 말을 이었다. "그것도 남보다 멋지게 추는 거야. 모두가 감탄할 만큼 잘 추는 거지. 그렇게 하면 나도 당신을 도와줄 수 있을지 몰라. 그러니 춤을 추는 거야. 음악이 계속되는 한."

춤을 추는 거야. 음악이 계속되는 한.

사고思考가 다시 메아리친다.

"저, 당신이 말하는 이쪽 세계라는 건 대체 뭐지? 당신은 내가 굳어지면, 저쪽 세계에서 이쪽 세계로 끌려 들어온다고 했지. 하지만 여기는 나를 위한 세계가 아닌가? 이 세계는 나를 위해 존재하고 있는 것 아니야? 만일 그렇다고 한다면, 내가 내 세계로 들어가는데 무슨 문제가 있단 말이지? 여기는 현실로 존재한다고 당신이 말하지 않았어?"

양 사나이는 고개를 저었다. 그림자가 다시 커다랗게 흔들렸다. "여기에 있는 것은, 저쪽과는 또 다른 현실이야. 당신은 아직 여기서는 살아갈 수 없어. 여기는 너무나 어둡고, 너무나 넓어. 내가 당신에게 그것을 말로 설명하기란 어려워. 게다가 아까도 말했지만, 나로서도 자세한 것은 알지 못하거든. 여기는 물론 현실이지. 이렇게 현실에서 당신과 내가 만나서 이야기를 하고 있지. 그건 틀림이 없어. 하지만 말이지, 현실이 단 하나밖에 없다고는 할 수 없는 거야. 현실은 여러 개가 있지. 현실의 가능성은 몇 개나 있어. 나는 이 현실을 택했어. 왜냐하면 여기엔 전쟁이 없기 때문이야. 그리고 나에겐 버려야 할 것은 아무것도 없었기 때문이야. 하지만 당신은 달라. 당신에겐 생명의 따스함이 아직 뚜렷이 남아 있거든. 그래서 이 장소는 지금의 당신에겐 너무나 추워. 먹을 것만 해도 여기에는 없어. 당신은 아직 여기로 와서는 안 되는 거야."

양 사나이의 그 말을 듣고, 나는 방의 온도가 낮아지고 있다는 것을 깨달았다. 나는 주머니에 두 손을 넣고, 가볍게 몸을 떨었다.

"추운가?"라고 양 사나이가 물었다.

나는 고개를 끄덕거렸다.

"별로 시간이 없어"라고 양 사나이는 말했다. "시간이 지나면 더욱 추워지지. 이젠 슬슬 가는 게 좋겠어. 여기는 당신에겐 너무 추우니까."

"한 가지만 더 확인해 두고 싶은 게 있어. 아까 문득 생각했지. 문득 깨달았어. 나는 지금까지의 인생 속에서 줄곧 당신을 찾아 헤맨 것만 같은 느낌이 들어. 그리고 지금까지 여러 장소에서 당신의 그림자를 봐온 것만 같은 느낌이 들어. 당신이 갖가지 형태로 거기에 있었던 것처럼 느껴진단 말이야, 그 모습은 굉장히 어슴푸레했지. 어쩌면 당신의 극히 일부분에 지나지 않았는지도 몰라. 하지만 이제 와서 돌이켜 보니, 그게 전부 당신이었던 것 같아. 나는 그렇게 느껴."

양 사나이는 양손의 손가락으로 모호한 형상을 만들었다. "그래, 당신의 말대로야. 당신이 생각하고 있는 대로야. 나는 언제나 거기에 있었지. 나는 그림자로서, 단편으로서, 거기에 있었어."

"하지만 모르겠는데"라고 나는 말했다. "지금 나는 이렇게 분명히 당신 얼굴이나 형상을 볼 수 있게 됐어. 예전엔 볼 수 없었던 것을 지금은 이렇게 볼 수 있게 됐어. 왜 그럴까?"

"그건 당신이 이미 많은 것을 잃어버렸기 때문이야"라고 그는 나지막하게 말했다. "그리고 가야 할 곳이 줄어들었기 때문이야. 그래서 지금 당신은 내 모습을 볼 수 있게 된 거지."

나는 그가 하는 말의 의미를 잘 이해할 수 없었다.

"여기는 죽음의 세계란 말이야?"라고 나는 작정하고 물어 봤다.

"아니야"라고 양 사나이는 말했다. 그리고 어깨를 크게 흔들며 숨을 내쉬었다. "그렇지 않아. 여기는 죽음의 세계 따위가 아냐. 당신도, 나도 틀림없이 살아 있어. 우리 두 사람 다, 같은 정도로 분명히 살아 있어. 둘이서 이렇게 숨을 쉬고, 이야길 하고 있어. 이건 현실이야."

"나로선 이해가 안 가는데."

"춤을 추는 거야"라고 그는 말했다. "그것밖에 방법은 없어. 여러 가지를 좀 더 자세히 설명해 주고는 싶어. 하지만 그건 불가능해. 내가 가르쳐 줄 수 있는 건 그것뿐이거든. 춤을 추는 거야. 아무 생각 말고, 되도록 신나게 춤을 추는 거야. 당신은 그렇게 해야만 해."

온도는 급격히 낮아지고 있었다. 이 추위는 분명 경험한 적이 있다, 하고 나는 몸을 떨면서 문득 생각했다. 뼈에 스며드는 것 같은 습기를 품은 그 냉기를, 나는 전에도 어디선가 한번 경험한 적이 있었다. 먼 옛날에, 먼 장소에서. 하지만 그곳이 어디였는지는 생각나지 않았다. 어쩌면 생각날 듯도 한데 아무래도 안 됐다. 머리의 어딘가가 마비되어 있는 것이다. 마비되어 딱딱하게 굳어 있다.

딱딱하게 굳어 있다.

"이젠 떠나는 게 좋겠군" 하고 양 사나이는 말했다. "여기에 있다간 몸이 얼어붙고 말겠어. 또 얼마 안 가서 만나게 될 거야. 당신이 찾기만 한다면. 나는 언제나 여기에 있어. 나는 여기서 당신을 기다리고 있어."

그는 다리를 질질 끌면서 복도 모퉁이까지 나를 배웅해 줬다. 그가 걷자 그 스르륵 스르륵 스르륵…… 하는 소리가 났다. 나는 그에게 인사를 했다. 악수도 하지 않았고, 특별한 이별의 말도 하지 않았다. 그저 안녕 하고 말했을 뿐이었다. 그리고 우리는 어둠 속에서 헤어졌다. 그는 비좁고 기다란 그의 방으로 돌아가고, 나는 엘리베이터 쪽으로 향했다. 내가 버튼을 누르자 엘리베이터가 천천히 위로 올라왔다. 그리고 소리도 없이 문이 열리고, 밝고 부드러운 빛이 복도로 흘러나와 내 몸을 감쌌다. 나는 엘리베이터 안에 들어가 잠시 동안 벽에 기대어 서서 가만히 있었다. 문이 자동으로 닫혔지만, 그대로 나는 가만히 벽에 기대고 있었다.

자, 하고 나는 생각했다. 하지만 '자'의 다음이 이어지지 않았다. 나는 사고의 거대한 공백의 한가운데에 있었다. 어느 쪽으로 가건, 어디까지 가건 공백이었다. 그 무엇과도 마주치지 않았다. 양 사나이가 말하듯, 나는 지치고 겁을 먹었다. 그리고 외톨이였다. 숲속에서 길을 잃은 어린아이처럼.

춤을 추는 거야, 하고 양 사나이가 말했다.

춤을 추는 거야, 하고 사고가 메아리쳤다.

춤을 추는 거야, 하고 나는 입 밖에 내어 말해 봤다.

그리고 십오 층 버튼을 눌렀다.

십오 층에 다다라 엘리베이터에서 내리자, 천장에 붙어 있는 스피커에서 흐르는 헨리 맨시니Henry Mancini의 「문 리버Moon River」가 나를 맞아 줬다. 현실의 세계— 내가 어쩌면 행복해질 수도 없고, 어쩌면 어디에도 갈 수 없는 현실의 세계.

나는 반사적으로 손목시계에 눈길이 갔다. 귀환 시각은 오전 세 시 이십 분이었다.

자, 하고 나는 생각했다. 자 자 자 자 자 자 자 자……, 하고 생각이 메아리쳤다. 나는 한숨을 쉬었다.

12

방으로 돌아온 나는 우선 욕조에 뜨거운 물을 채우고 알몸이 되어, 거기에 천천히 몸을 담갔다. 하지만 몸은 쉽게 따뜻해지지 않았다. 몸의 내부 근육까지 얼어붙어서, 욕조에 몸을 담그니 도리어 한기를 느낄 지경이었다. 나는 그 한기가 사라질 때까지 욕조에 몸을 담그고 있을 작정이었는데, 그러기 전에 욕실을 가득 메운 김 때문에 의식이 몽롱해지기 시작해서 단념하고 욕조에서 나왔다. 그리고 창유리에 머리를 대어 좀 식힌 다음 브랜디를 잔에 가득히 따라 단숨에 마시고 나서 그대로 잠자리에 들었다. 아무 생각도 하지 않고, 얼룩 한 점 없는 머리로 푹 잠을 자리라고 나는 생각했다. 하지만 허사였다. 잠을 잔다는 건 절대로 불가능했다. 나는 경직된 의식을 끌어안은 채 침대에 누워 있었다. 그리고 이윽고 아침이 왔다. 흐릿하게 어두운 잿빛 아침이었다. 눈만 내리지 않는다 뿐이지, 하늘은 빈틈 하나 없이 회색 눈구름으로 뒤덮이고, 거리는 구석구석이 그 회색으로 듬뿍 물들어 있었다. 눈에 비치는 모든 것이 회색이었다. 찌든 넋이 살고 있는 찌든 거리.

나는 뭔가를 생각하느라 그 탓에 잠들지 못했던 것은 아니었다. 나는 생각 같은 건 아무것도 하지 않았다. 뭔가를 생각하기에 내 머리는 너무나 지쳐 있었지만, 그렇다고 잠을 잘 수도 없었다. 내 몸과 정신의 거의 모든 부분은 잠을 희구하고 있었다. 그런데도 머리의 일부가 딱딱하게 굳은 채 완강히 잠들기를 거부했고 그 탓에 신경이 몹시 예민해져 있었다. 그것은 마치 맹렬한 속도로 달리는 특급열차의 창문으로 표지판의 역 이름을 읽어 내려고 할 때의 초조감과도 비슷했다. 역이 다가온다―자, 이번엔 시선을 집중해서 반드시 읽어 내야지, 하고 생각한다― 하지만 허사였다. 속도가 너무 빠른 것이다. 글자의 형상은 막연하게 보인다. 그러나 그것이 어떤 글자인지는 알 수가 없다. 눈 깜짝할 사이에 그것은 뒤로 지나쳐 버린다. 그런 일이 끝없이 계속됐다. 역과 역이 연달아 다가왔다. 이름도 알 수 없는 변두리의 작은 역들. 열차는 몇 번이고 기적을 울렸다. 그 드높은 소리는 벌처럼 나의 의식을 찔렀다.

아홉 시까지 그것이 계속됐다. 시계가 아홉 시를 가리키는 걸 확인하고 나서, 나는 단념하고 침대에서 나왔다. 안 되겠다, 잠들진 못하겠는데, 하고 나는 느꼈다. 욕실에 가서 수염을 깎았으나 제대로 다 깎기까지 몇 번이고 나 자신을 향해 '난 지금 수염을 깎고 있는 것이다'라고 타이르지 않으면 안 됐다. 그런 뒤에 나는 옷을 입고 머리를 빗고, 호텔의 레스토랑으로 아침 식사를 하러 갔다. 창가의 좌석에 앉아 유럽풍 아침 식사를 주문해서, 커피를 두 잔 마시고 토스트를 한 개 먹었다. 토스트 한 개를 먹는 데도 퍽 오랜 시간이 걸렸다. 회색 구름이 토스트마저 회색으로 물들이고 있었다. 먹으니 솜먼지 같은 맛이 났다. 지구의 종말을 예언하는 것 같은 날씨였다. 나는 커피를 마시면서 아침 식사 메뉴를 쉰 번은 되읽었다. 하지만 머리의 딱딱함은 내내 풀리지 않았다. 열차는 여전히 계속 달리고 있었다. 기적 소리도 들렸다. 치약이 굳어서 말라붙은 것 같은 그런 느낌을 주는 딱딱함이었다. 내 주위에서 사람들은 열심히 아침 식사를 하고 있었다. 그들은 커피에 설탕을 넣고, 토스트에 버터를 바르고, 나이프와 포크를 사용해 베이컨과 달걀을 자르곤 했다. 달그락달그락하는 접시와 식기가 맞부딪치는 소리가 끊임없이 울려 퍼지고 있었다. 꼭 자동차를 조립하는 공장 같군, 하고 나는 생각했다.

나는 문득 양 사나이 생각을 했다. 지금 이 순간에도 그는 존재하고 있다. 이 호텔의 어딘가에 있는 조그마한 시공의 왜곡 속에 그는 있는 것이다. 음, 그는 있다. 그리고 그는 나에게 무엇인가를 가르치려 하고 있다. 하지만 틀렸다. 나로선 읽어 낼 수가 없다. 속도가 너무나 빠르다. 머릿속이 굳어 있어서 글자를 읽어 낼 수 없다. 멈춰 있는 것밖엔 읽을 수가 없다. (A) 유럽풍 아침 식사, 주스(오렌지, 자몽 또는 토마토), 토스트, 또는⋯⋯. 누군가 내게 말을 걸고 있다. 내게 대답을 요구하고 있다. 누구일까? 나는 고개를 든다. 웨이터였다. 그는 하얀 상의를 입고, 커피포트를 두 손으로 들고 있다. 마치 무슨 상품처럼. "커피 한 잔 더 하시겠습니까?" 하고 그는 정중하게 묻는다. 나는 고개를 젓는다. 그가 가버리자 나는 일어나서 레스토랑을 나왔다. 달그락달그락하는 소리가 나의 등 뒤에서 언제까지나 계속되고 있었다.

방으로 돌아와서 다시 욕조에 들어갔다. 이번엔 더 이상 한기를 느끼지 않았다. 나는 욕조 속에서 천천히 몸을 펴고, 시간을 들여서 헝클어진 실타래를 풀듯 몸의 관절 하나하나를 주물렀다. 손가락 끝도 제대로 움직이도록 했다. 그렇지, 이건 내 몸이다, 하고 나는 생각했다. 나는 지금 여기에 있다. 현실적인 세계에 있는 방 안의, 실제의 욕조 속에 있다. 특급열차에 타고 있는 게 아니다. 기적 소리도 들리지 않는다. 이젠 역 이름을 읽어 낼 필요도 없는 것이다. 무엇을 생각할 필요도 없다.

욕실에서 나와 침대에 기어들어서 시계를 보니, 벌써 열 시 반이었다. 아이고, 맙소사, 하고 나는 생각했다. 차라리 이젠 잠자는 건 단념하고 산책이나 나갈까 하는 생각조차 했다. 하지만 그런 생각을 멍하니 하고 있는 중에 돌연 잠이 찾아왔다. 무대의 암전 같은 한순간의 급격한 잠이었다. 잠에 빠져든 순간의 일을 나는 확실히 기억하고 있다. 거대한 회색 원숭이가 망치를 들고 어디서인지도 모르게 방으로 들어와 나의 뒤통수를 힘껏 후려친 것이다. 그래서 나는 기절한 것처럼 깊은 잠에 떨어졌다.

그것은 딱딱하고 긴장된 잠이었다. 캄캄해서 아무것도 보이지 않았다. 배경음악도 없었다. 「문 리버」도 「러브 이즈 블루」도 없었다. 그저 단순하고 밋밋한 잠이었다. '16의 다음 수는?' 하고 누군가가 물었다. '41' 하고 나는 대답했다. '잠들었군' 하고 회색 원숭이가 말했다. 그렇지, 난 잠들어 있다. 딱딱하고 딱딱한 쇠공 속에서 몸을 동그랗게 웅크리고 다람쥐처럼 깊이 잠들어 있다. 빌딩을 허물 때에 사용하는 그런 쇠공. 속이 도려내져 있다. 그 속에서 나는 잠들어 있다. 딱딱하고 긴장되고 단순하게…….

뭔가가 나를 부르고 있었다.

기적 소리일까?

아니지, 그렇지 않아, 틀려, 라고 갈매기들이 말한다.

누군가 쇠공을 버너로 태워 자르려 하고 있는 것이다. 그런 소리가 난다.

아니지, 틀려, 그렇지도 않아, 라고 갈매기들이 소리를 맞춰 말한다. 그리스극의 코러스처럼.

전화다, 하고 나는 생각한다.

갈매기들은 이젠 없어졌다. 아무도 대답해 주지 않는다. 어째서 갈매기들은 없어져 버린 것인가?

나는 손을 뻗어 베갯머리의 전화를 집어 들었다. "예"라고 나는 말했다. 하지만 뚜— 하는 소리가 들릴 뿐이었다. 뜨르르르 르르르 하는 소리는 다른 공간에서 울리고 있었다. 도어 벨 소리다. 누군가 도어 벨을 울리고 있는 것이다. 뜨르르르르르르르르르.

"도어 벨" 하고 나는 소리 내어 말해봤다.

하지만 갈매기들은 이젠 없었고, 아무도 '정답'이라고 칭찬해 주지 않았다.

뜨르르르르르르르르.

나는 목욕 가운을 걸치고 입구까지 가서, 아무것도 묻지 않고 문을 열었다. 프런트의 여자가 쓱 안으로 들어서더니 문을 닫았다.

회색 원숭이에게 얻어맞은 뒤통수가 욱신거렸다. 이렇게 호되게 때리지 않아도 좋았으련만 하고 나는 생각했다. 지독하다. 머리가 움푹 들어가 버린 것 같은 느낌이 들 정도다.

그녀는 내 목욕 가운을 보고, 그리고 내 얼굴을 봤다. 그러곤 눈썹을 찌푸렸다.

"어째서 오후 세 시에 자고 있어?"라고 그녀는 물었다.

"오후 세 시" 하고 나는 되풀이했다. 나로서도 어째서인지는 잘 생각나지 않았다. "어째서일까?"라고 나는 자신에게 물어봤다.

"몇 시에 잤어, 도대체?"

나는 생각해 봤다. 생각해 보려고 노력했다. 하지만 아무것도 생각할 수 없었다.

"됐어, 생각하지 않아도"라고 그녀는 체념한 듯이 말했다. 그리고 소파에 걸터앉아서, 안경테에 잠깐 손을 대곤 내 얼굴을 말끄러미 바라봤다. "당신, 그런데 얼굴이 말이 아니네."

"얼굴이 왜?"라고 나는 말했다.

"안색도 나쁘고 부석부석하고. 열 있는 것 아냐? 괜찮아?"

"괜찮아, 푹 자고 나면 돼. 걱정할 것 없어. 원래 건강하니까"
라고 나는 말했다. "너는 휴식 시간?"

"그래"라고 그녀는 말했다. "당신 얼굴을 보러 왔어. 어쩐지
흥미가 일어서. 하지만 방해가 된다면 나갈게."

"방해는 무슨 방해"라고 나는 말하며, 침대에 걸터앉았다.
"죽도록 졸리긴 하지만, 방해는 안 돼."

"이상한 짓도 안 해?"

"이상한 짓도 안 해."

"모두 그런 말 하지만, 똑같이 이상한 짓을 해."

"모두 그렇게 할지도 모르지만, 나는 안 해"라고 나는 말
했다.

그녀는 잠시 생각하고 나서, 생각의 결과를 확인이나 하는
것처럼 손가락으로 가볍게 관자놀이를 눌렀다. "그럴지도 모르
지. 당신은 다른 사람들과는 좀 다른 것 같으니까"라고 그녀는 말
했다.

"게다가 지금은 뭔가를 하기엔 너무 졸리고"라고 나는 덧붙
였다.

그녀는 일어나서 라이트 블루의 윗도리를 벗고, 그것을 어제
와 마찬가지로 의자 등받이에 걸쳤다. 하지만 그녀는 이번엔 내
옆으로 오지 않았다. 창 쪽으로 걸어가서, 거기서 물끄러미 회색
하늘을 바라보고 있었다. 아마도 내가 목욕 가운 하나만 걸친 꼴
이고, 게다가 말이 아닌 얼굴을 하고 있기 때문일 거라고 나는 생

각했다. 하지만 어쩔 수 없다. 나에게도 사정이라는 게 있다. 타인에게 좋은 얼굴을 보이는 것을 목적으로 살고 있지는 않은 것이다.

"저기"라고 나는 말했다. "저번에도 말한 것 같은데, 나와 너 사이엔, 약간이긴 하지만 뭔가 통하는 데가 있는 것 같아."

"그래?" 하고 그녀는 아무렇지 않은 듯 말했다. 그러곤 한 삼십 초 동안 그대로 잠자코 있었다. "예를 들면?" 하고 삼십 초 뒤에 그녀는 말했다.

"예를 들면—" 하고 나는 말했다. 하지만 머리의 회전은 완전히 멈춰 있었다. 아무 생각도 떠오르지 않았다. 아무 말도 떠오르지가 않았다. 나는 그저 문득 그런 느낌이 들었을 뿐이었다. 이 여자와 나 사이에는 조그마할지 모르지만 약간 통하는 구석이 있다, 그렇게 생각한 것이다. 예를 들면도, 그래서도, 아무것도 없다. 그저 그런 느낌이 들었을 뿐.

"모르겠는데"라고 나는 말했다. "좀 더 이것저것을 정리할 필요가 있어. 단계적 사고. 정리하고, 그러고 나서 확인하지."

"굉장해" 하고 그녀는 유리창을 향해 말했다. 그녀의 말투에 비꼬는 뉘앙스는 느껴지지 않았지만, 그렇다고 별로 감탄하고 있다는 식도 아니었다. 그저 담담하고 중립적이었다.

나는 침대 속에 들어가 침대 헤드에 기대어 그녀의 모습을 바라봤다. 주름 하나 없는 하얀 블라우스. 남색의 타이트한 스커트. 스타킹에 감싸인 날씬한 다리. 그녀도 역시 회색으로 물들어 있었다. 하지만 그 탓으로 그녀는 마치 낡은 사진 속의 모습 같아 보였다. 그런 것을 바라보고 있다는 건 멋진 일이었다. 자신이 무엇인가에 연결되어 있다는 느낌이 든다. 나는 발기마저 한다. 그것도 나쁘지 않다. 회색 하늘, 죽도록 졸린 오후 세 시의 발기.

나는 꽤 오래 그녀의 모습을 바라보고 있었다. 그녀가 뒤돌아서 나를 봤지만, 나는 그래도 물끄러미 그녀를 바라보고 있었다.

"어째서 그렇게 물끄러미 바라봐?"라고 그녀가 나에게 물었다.

"수영 교실을 질투하고 있는 거야"라고 나는 말했다.

그녀는 약간 고개를 갸웃하고, 그러고는 미소를 지었다. "이상한 사람" 하고 그녀는 말했다.

"이상하진 않아"라고 나는 말했다. "다만 약간 혼란스러울 뿐이야. 생각을 정리할 필요가 있어."

그녀는 곁으로 다가와서 내 이마에 손을 댔다.

"뭐, 열은 없는 것 같네"라고 그녀는 말했다. "푹 자. 좋은 꿈 꾸고."

그녀가 계속 여기에 있어 줬으면 하고 나는 생각했다. 잠들어 있는 동안 줄곧 옆에 있어 줬으면 하고. 하지만 그것은 무리한 이야기였다. 그래서 나는 아무 말도 하지 않았다. 아무 말 없이 그녀가 라이트 블루의 윗도리를 걸치고 방에서 나가는 것을 바라보고 있었다. 그녀가 나가 버리자, 엇갈리듯 또 회색 원숭이가 망치를 들고 방으로 들어왔다. '괜찮다니까. 그런 짓 하지 않아도 틀림없이 잠들 수 있어'라고 나는 말하려 했다. 하지만 제대로 말할 수 없었다. 그리고 또 일격이 가해졌다.

'25의 다음은?' 하고 누군가가 질문했다. '71' 하고 나는 말했다. '잠들었군' 하고 회색 원숭이가 말했다. 당연하지, 하고 나는 생각했다. 그렇게 세게 쳤잖아. 잠드는 건 뻔한 일이잖아, 하고. 혼수상태라고 하는 게 정확한 표현이다. 그리고 어둠이 찾아왔다.

13

매듭, 하고 나는 생각했다.

그때는 밤 아홉 시로, 나는 혼자서 저녁 식사를 하고 있었다. 나는 오후 여덟 시에 깊은 잠에서 깨어났다. 잠들었던 때와 마찬가지로, 나는 돌연 눈을 떴다. 졸음과 각성의 중간 지역이라는 것이 존재하지 않았다. 눈을 떴을 때에는 나는 이미 각성의 중심부에 있었다. 머리의 움직임은 완전히 정상을 회복한 것처럼 느껴졌다. 회색 원숭이에게 얻어맞은 뒤통수의 아픔도 사라지고 없었다. 몸도 나른하지 않고, 한기도 느껴지지 않았다. 하나에서 열까지 똑똑히 기억을 떠올릴 수도 있었다. 식욕도 생겼다—라기보다는 오히려 지독하게 배가 고팠다. 그래서 나는 첫날 밤에 들렀던 호텔 근처의 술집에 가서 술을 마시고 안주 몇 개를 먹었다. 생선구이와 채소조림, 게, 감자 같은 그런 것들을 이것저것. 가게는 전과 같은 정도로 붐비고 있었고, 같은 정도로 시끌시끌했다. 이것저것 연기와 냄새가 가게 안에 가득 차 있었다. 누구나 다 큰 소리로 소리를 지르고 있었다.

정리할 필요가 있다, 하고 나는 생각했다.

매듭, 하고 나는 그런 혼돈의 중심에서 스스로에게 물었다. 그러곤 조용히 입 밖에 내어 말해 봤다. 내가 찾고, 양 사나이가 연결한다.

나는 그것이 어떤 것인지 제대로 이해할 수 없었다. 지나치게 비유적인 표현이다. 그러나 아마도 그것은 비유적으로밖에 표현할 수 없는 일일 것이라고 나는 생각했다. 왜냐하면 양 사나이가 비유적인 표현을 사용해서 나를 희롱하고 즐긴다는 것은 아무래도 있을 수 없기 때문이다. 분명 그는 그런 말로밖에 그것을 표현할 수 없는 것이다. 그런 형태로밖엔 나에게 표할 수 없는 것이다.

나는 그 양 사나이의 세계를 통해서—그의 배전반을 통해서— 온갖 것과 연결되어 있는 것이다, 라고 그는 말했었다. 그리고 그 연결에 혼란이 생긴 것이라고. 어째서 혼란이 생겨났는가? 내가 제대로 뭔가를 찾을 수 없게 되어 버렸기 때문이다. 그래서 이 매듭이 제 기능을 다하지 못하게 된 것이다. 혼란스러워하고 있는 것이다.

나는 술을 마시고, 눈앞의 재떨이를 잠시 바라봤다.

그래서 키키는 어떻게 된 걸까, 하고 나는 생각했다. 나는 꿈속에서 그녀의 존재를 느꼈다. 그녀가 나를 여기로 부르고 있었다. 그녀는 나에게 뭔가를 바라고 있었다. 바로 그렇기에 나는 돌고래 호텔을 찾아온 것이다. 그러나 그녀의 목소리는 이젠 내 귀에 도달하지 못하게 됐다. 메시지는 차단되어 있었다. 전화기의 플러그가 빠져 버린 것처럼.

어째서 여러 가지가 이다지도 막연해진 것일까?

연결고리가 혼란해졌기 때문이다, 틀림없이. 나는 자신이 무엇을 추구하고 있는지 명확히 하지 않으면 안 된다. 그리고 양 사나이의 도움을 빌려 모든 것을 하나하나 연결해 가는 것이다. 상황이 제아무리 막연해 보이더라도, 하나하나 참을성 있게 풀어 나갈 수밖에 없다. 풀어 놓고, 그리고 연결한다. 나는 상황을 회복해 나가야 한다.

도대체 어디서부터 시작하면 좋을까? 어디에도 붙잡을 데가 없다. 나는 높다란 벽에 달라붙어 있다. 주위의 벽은 거울처럼 미끌미끌하기만 하다. 나는 어디에도 손을 뻗을 수가 없다. 붙잡을 데가 없다. 나는 어리벙벙해 있다.

나는 술을 몇 병인가 마시고, 계산을 하고 밖으로 나섰다. 하늘에서 커다란 눈송이가 서서히 흩날리고 있었다. 눈이 본격적으로 내리는 것은 아니었지만, 눈 때문에 거리의 소리는 여느 때와는 다르게 들렸다. 나는 취기를 가라앉히기 위해 그 구역을 한 바퀴 빙 돌았다. 어디서부터 시작하면 좋을까? 나는 발을 바라보면서 걸었다. 안 되겠다, 나는 스스로 무엇을 바라고 있는지 알지 못한다. 어느 쪽을 향하면 좋을지조차 알지 못한다. 녹이 슨 것이다. 녹슬어서 굳어 버린 것이다. 이렇게 혼자 있으면, 점점 나 자신이

상실되어 가는 것만 같다. 맙소사, 어디서부터 시작하면 좋을까? 아무튼 어디서부터인지 시작해야 한다. 저 프런트의 여자는 어떨까, 하고 나는 생각했다. 나는 그녀에게 호감을 갖고 있다. 나와 그녀 사이에는 무엇인지 마음이 통하는 데가 있는 것처럼 느껴진다. 그리고 가령 그녀와 함께 자고 싶다면 잘 수도 있다는 느낌이 든다. 하지만 그래서 어떻게 될 것인가, 거기서부터 어디로 갈 수 있는가, 하고 나는 생각했다. 어디로도 갈 수 없을 것이다. 아마도 더 잃어버릴 뿐일 것이다. 왜냐하면 내가 무엇을 얻으려 하고 있는지 파악하고 있지 못하기 때문이다. 그리고 자기 자신이 무엇을 원하고 있는지 파악하지 못하는 한은, 헤어진 아내가 말한 것처럼 나는 온갖 상처를 상대에게 주게 될 것이다.

　나는 그 구역을 한 바퀴 돌고, 그리고 다시 돌았다. 눈은 조용히 계속 내리고 있었다. 눈은 내 코트에 떨어져 잠시 헤매다 사라져 갔다. 나는 걸어가면서 머릿속을 계속 정리해 나갔다. 사람들은 밤의 어둠 속에 하얀 입김을 띄우면서 내 곁을 지나갔다. 추위 탓으로 피부가 쓰라렸다. 하지만 나는 그 구역을 시곗바늘 방향으로 계속 걸었고, 계속 생각했다. 아내의 말이 마치 저주와 같이 내 머리에 달라붙어 있었다. 하지만 그것은 사실 그대로였다. 그녀의 말 그대로인 것이다. 이대로라면 나는 나와 관련되는 누군가를 영원히 상처 입히게 되고, 계속 손상을 입게 될 것이다. 아마도.

　"달로 돌아가"라고 말하고 내 여자 친구는 떠나갔다. 아니,

떠나간 게 아니다. 돌아갔다. 그녀는 현실이라는 저 위대한 세계로 돌아간 것이다.

키키, 하고 나는 생각했다. 그녀가 최초의 착수점이 되는 셈이었다. 하지만 그녀의 메시지는 도중에 연기처럼 꺼져 버렸다.

어디서부터 시작하면 좋을까?

나는 눈을 감고 답을 찾았다. 하지만 머릿속에는 아무도 없었다. 양 사나이도 없었고, 갈매기들도 없었고, 회색 원숭이마저 없었다. 텅 비어 있었다. 텅 빈 방에 나 혼자 앉아 있을 뿐이었다. 아무도 대답해 주지 않았다. 그 방 안에서 나는 나이를 먹고 늙어서 메말라 지쳐 있었다. 나는 이미 춤을 추고 있지는 않았다. 그것은 서글픈 광경이었다.

역 이름을 아무리 해도 읽어 낼 수 없다.

데이터 부족으로 회답 불가능, 취소키를 눌러 주세요.

하지만 답은 다음 날 오후에 찾아왔다. 여느 때처럼 아무런 예고도 없이, 돌연. 회색 원숭이의 일격처럼.

14

묘하게도—별로 그다지 묘한 일이 아닐지도 모르지만— 그날
밤 나는 열두 시에 침대에 들어 그대로 푹 잤다. 그리고 눈을 떠보
니 아침 여덟 시였다. 엉터리 같은 수면 패턴이었지만, 어쨌든 어
김없이 아침 여덟 시에 눈을 뜬 것이다. 한 바퀴 돌고 제자리로 되
돌아온 것처럼. 기분은 좋았다. 배도 고팠다. 그래서 또 던킨도너
츠에 가서 커피 두 잔을 마시고 도넛 두 개를 먹고, 그러곤 정처 없
이 거리를 어정어정 걸었다. 길은 딱딱하게 얼어붙었고, 부드러
운 눈이 무수한 깃털처럼 조용히 내리고 있었다. 하늘은 여전히
처음부터 끝까지 거무칙칙한 구름으로 뒤덮여 있었다. 산책하기
에 좋은 날씨라고는 도저히 말할 수 없었다. 하지만 거리를 걷고
있으니 정신이 해방되는 것 같은 기분이 들었다. 요즘 줄곧 계속
되고 있던 무겁고 답답한 압박감이 사라지고, 살갗에 닿는 지독
한 냉기마저도 기분 좋게 느껴졌다. 대체 무슨 일일까? 하고 나는
걸으면서 이상하게 여겼다. 아무것도 해결된 것이 없는데, 어째

서 이렇게 기분이 좋은 걸까?

한 시간가량 걸은 다음 호텔에 돌아오니 프런트에 예의 그 안경을 낀 여자가 있었다. 카운터에는 그녀 말고도 프런트 담당이 한 사람 더 있었는데, 그 여직원은 손님과 상담을 하고 있었다. 그녀는 전화 통화를 하고 있었다. 수화기를 귀에 대고 영업용 미소를 띤 채 손가락에 끼운 볼펜을 무의식적으로 뱅글뱅글 돌리고 있었다. 그런 모습을 보고 있자니 나는 무엇이든 좋으니 그녀와 이야기해 보고 싶어졌다. 그것도 되도록이면 무의미한 것이 좋다. 의미를 갖지 않는 그런 싱거운 화제가 필요하다. 나는 그녀에게로 가서, 전화가 끝나기를 기다렸다. 그녀는 내 얼굴을 의심스러운 눈으로 힐끗 쳐다봤으나, 영업 매뉴얼 그대로의 인상이 좋은 미소는 여전했다.

"무슨 용무이십니까?" 그녀는 전화를 마치자 나를 향해 정중히 물었다.

나는 헛기침을 했다. "실은 어젯밤, 이 근처 수영 교실에서 여자아이 두 명이 악어에게 잡아먹혔다는 이야길 들었는데, 그게 사실입니까?"라고 나는 되도록 심각한 얼굴을 하고 입에서 나오는 대로 말했다.

"글쎄요, 어떻게 된 거죠?" 하고, 정교한 조화 같은 영업용 미소를 띤 채 그녀는 대답했다. 하지만 그 눈을 보면 그녀가 화를 내고 있다는 걸 알 수 있었다. 뺨이 좀 불그레하고, 코끝이 딱딱하게 긴장된 것처럼 보였다. "저희는 그런 이야기는 전혀 들어보지 못 했습니다. 실례합니다만 손님께서 무슨 착각을 하신 건 아닐까요?"

"굉장히 큰 악어라서 본 사람의 말에 따르면 덩치가 볼보의 스테이션왜건만큼이나 되는데, 그것이 갑자기 천장 유리를 깨고 안으로 쳐들어와선 한입에 여자아이 둘을 냉큼 먹어 치우고 디저트로 야자수를 절반이나 먹고 달아났다고 하는데, 아직 안 잡혔습니까? 만일 아직도 잡히지 않았다면 밖으로 나가는 건······."

"죄송합니다만" 하고 그녀는 표정을 바꾸지 않고 내 이야기를 가로막았다. "괜찮으시다면, 손님께서 직접 경찰에 전화로 문의해 보시는 게 어떠실까요? 그러는 게 오히려 확실치 않을까 생각되는데요. 아니면 현관을 나가 오른쪽으로 곧장 가시면 파출소가 있으니, 그쪽에서 물으셔도 좋을 겁니다."

"그렇군. 그래야겠어"라고 나는 말했다. "고마워요. 포스가 당신과 함께하기를."

"죄송합니다" 하고 그녀는 안경테에 손을 얹고 냉정하게 말했다.

방에 돌아와서 잠시 있으니 그녀에게서 전화가 걸려 왔다.

"뭐야, 그게?" 하고 그녀는 노여움을 억누른 것 같은 조용한 목소리로 말했다. "근무 중에는 이상한 짓 하지 말라고 저번에 말했잖아. 근무 중에 그런 일 당하는 거 싫단 말이야."

"잘못했어" 하고 나는 정중히 사과했다. "무엇이든 좋으니

너와 이야기하고 싶었어. 너의 목소리를 듣고 싶었어. 쓸데없는 농담이었는지도 몰라. 하지만 농담의 내용이 문제가 아니야. 그저 너와 이야기하고 싶었을 뿐이야. 특별히 곤란하게 하지는 않았다고 생각하는데."

"긴장한다고. 전에도 말했잖아? 근무를 하는 동안엔 난 굉장히 긴장한단 말이야. 그러니 방해하지 말아 줘. 약속하지 않았어? 힐끔힐끔 보거나 하지 않겠다고."

"힐끔힐끔 보지 않았어. 말을 걸었을 뿐이야."

"그럼 이후로 더는 그런 식으로 말 걸지 말아 줘. 부탁이야."

"약속하지. 말 걸지 않을게. 보지도 않겠어. 화강암처럼 가만히 얌전하게 굴겠어. 저, 그런데 오늘 밤은 한가해? 아니면 오늘은 등산 교실이 있는 날이었던가?"

"등산 교실?" 하고 그녀는 말하고 나서 한숨을 쉬었다. "농담이지, 그거?"

"그래, 농담이야."

"가끔 난 그런 농담을 도저히 따라갈 수가 없어. 등산 교실이라니, 하하하."

그녀는 벽에 쓰여 있는 글자를 읽어 내듯 메마르고 기복 없는 소리로 하하하 하고 다시 웃었다. 그러곤 전화를 끊었다.

나는 그대로 삼십 분을 기다려 봤으나, 다시는 전화가 걸려오지 않았다. 화가 단단히 난 것이다. 나의 유머 감각은 때로 전혀 상대에게 통하지 못하는 때가 있다. 나의 진지함이 때로 상대에게 전혀 통하지 못하는 것과 마찬가지로. 달리 아무 할 일도 생각나지 않기에 다시 잠시 동안 밖을 걸어 보기로 했다. 잘만 하면 무슨 일엔가 부닥칠지도 모른다. 무엇인가 새로운 것을 발견할 수 있을지도 모른다. 아무것도 안 하기보다는 움직이는 편이 낫다. 무엇이라도 시도해 보는 편이 낫다. 포스가 나와 함께하기를.

한 시간 동안 걸었으나 아무것도 발견하지 못했다. 몸이 차가워졌을 뿐이었다. 아직도 눈은 계속 내리고 있었다. 열두 시 반에 맥도날드에 들어가 치즈버거와 감자튀김을 먹고 코카콜라도 마셨다. 그런 건 전혀 먹고 싶지 않았다. 하지만 왠지 모르겠지만 때때로 마구 먹게 된다. 아마 몸이 정기적으로 정크푸드를 요구하는 그런 구조로 되어 있는 것 같다.

맥도날드를 나와서 다시 삼십 분 동안 걸었다. 아무것도 없었다. 다만 눈이 더욱 심하게 내릴 뿐이었다. 나는 코트의 지퍼를 맨 위까지 끌어 올리고, 머플러를 코 윗부분까지 둘둘 말아 감았다. 그래도 추웠다. 소변이 몹시 마려웠다. 이런 추운 날에 코카콜라 같은 걸 마시니 그런 것이다. 어디 화장실이 있을 법한 곳이 없을까 하고 나는 주위를 둘러봤다. 길거리의 맞은편에 영화관이 보였다. 몹시 추레해 보이는 영화관이지만 화장실 정도는 있겠지. 소변을 보고 난 다음, 영화를 보면서 몸을 녹이는 것도 나쁘지는 않다. 어차피 시간은 남아돈다. 뭐가 걸려 있지, 하고 간판을 봤다. 국산 영화가 두 편 동시 상영 중이었는데, 그중 한 편이 「짝사랑」이었다. 내 동급생이 나오는 영화다. 맙소사, 하고 나는 생각했다.

　꽤나 참았던 소변을 해결하고 나서 나는 매점에서 뜨거운 커피를 사서, 그걸 들고 안으로 들어갔다. 예상한 대로 관객은 별로 없었지만 실내는 따스했다. 나는 자리에 앉아서 커피를 마시면서 영화를 봤다. 「짝사랑」은 시작된 지 벌써 삼십 분이 지나 있었지만, 처음의 삼십 분을 보지 않아도 줄거리는 충분히 짐작하고도 남을 정도였다. 상상한 대로의 줄거리였기 때문이다. 나의 동급생은 다리가 길고 근사하게 생긴 생물 교사였다. 여주인공은 그를 사랑하고 있었다. 예의 그렇듯 실신할 만큼 동경하고 있다. 그리고 그녀를 사랑하는 검도부의 남자아이가 있었다. 마치 이미 본 영화라고 해도 좋을 만큼 형편없었다. 이런 영화라면 나라도 만들 수 있다.

　단, 나의 동급생(고탄다 료이치라는 게 그의 본명이었는데, 물론 제법 훌륭한 예명을 가지고 있었다. 고탄다 료이치라는 건 유감스럽게도 여자들이 공감할 만한 이름은 아닌 것이다)은 언제나와 마찬가지로 아주 약간은 복잡한 성격의 배역을 맡고 있었다. 그는 잘생기고 인상이 좋을 뿐 아니라 과거의 상처를 안고 있었다. 학생운동에 관련되어 어쩌고저쩌고라든지, 애인을 임신시킨 채 버리고 어쩌고저쩌고라는 퍽도 진부한 것이었는데 그런대로 없는 것보다는 나은 편이었다. 때때로 그런 회상이 원숭이가 점토를 벽에 던지는 것처럼 엉성하게 삽입되곤 했다. 야스다 강당의 공방전 실사 필름이 끼어들기도 했다. 나는 그만 '이의 없음!' 하고 작은 소리로 외쳐 볼까 하고도 생각했으나 바보스러운 짓 같아서 그만두었다.

아무튼, 무엇보다도 고탄다는 그런 상처를 입은 역을 연기하고 있었다. 그것도 꽤나 열성적으로 연기하고 있었다. 하지만 영화 자체가 형편없었고, 감독에게는 재능의 흔적 같은 것도 없었다. 대사의 절반은 부끄러울 만큼 치졸한 것이고, 아연할 정도로 무의미한 장면이 지루하게 이어졌다. 여자아이의 얼굴이 의미도 없이 줄곧 클로즈업됐다. 그러니 그가 제아무리 열심히 연기를 해도 주변과는 섞이지 못하고 붕 떠 있는 듯 보일 뿐이었다. 나는 그가 차츰 가엽게 느껴졌다. 보기에도 애처로웠다. 하지만 생각해 보면 그는 어떤 의미에선 예전부터 줄곧 이런 종류의 애처로운 인생을 살아온 것일지도 모른다는 느낌이 들었다.

한 군데 베드신이 있었다. 고탄다가 일요일 아침에 자기 아파트에서 한 여자와 함께 자고 있는데, 주인공인 여자아이가 손수 만든 쿠키인지 뭔지를 들고 찾아오는 장면이다. 맙소사, 내가 상상한 것과 똑같지 않은가. 고탄다는 내가 예상한 대로 침대 속에서도 상냥하고 친절했다. 아주 느낌이 좋은 섹스. 굉장히 좋은 냄새가 날 법한 겨드랑이. 섹시하게 헝클어진 머리카락. 그는 발가벗은 여자의 등을 어루만지고 있다. 카메라가 휙 돌아가듯 이동하면서 그 여자의 얼굴을 비춘다.

데자뷰. 나는 숨을 삼켰다.

그것은 키키였다. 좌석 위에서 내 몸은 얼어붙었다. 뒤편에서 데굴데굴데굴 병 굴러가는 소리가 들려왔다. 키키다. 저 복도의 어둠 속에서 봤던 이미지 그대로다. 진짜로 키키가 고탄다와 자고 있는 것이다.

연결되어 있다, 고 나는 느꼈다.

✦

키키가 나오는 장면은 거기뿐이었다. 그녀는 그 일요일 아침에 고탄다와 함께 잔다. 그것뿐, 토요일 밤 술에 취한 고탄다는 그녀를 길거리에서 만나 자기 아파트로 데리고 온 것이다. 그리고 아침에 다시 한번 그녀를 안는다. 그때 제자인 주인공 여자아이가 찾아온다. 난처하게도 문을 잠그는 걸 잊었다. 그런 장면이다. 키키의 대사는 한마디뿐. "대체 무슨 일이야?"라고 말할 뿐이다. 여주인공이 충격을 받고 달려 나가 버린 다음 고탄다가 망연자실해 있는데 키키가 그렇게 말하는 것이다. 형편없는 대사였다. 하지만 그것이 그녀가 하는 유일한 대사였다.

"대체 무슨 일이야?"

그 목소리가 정말 키키의 목소리인지 어떤지 나로서는 확신이 서지 않았다. 나는 그렇게 정확하게 키키의 목소리를 기억하고 있는 건 아니었고, 게다가 영화관의 스피커 음향도 형편없었다. 하지만 키키의 몸에 대해선 기억하고 있었다. 등의 형상이나 목덜미나 매끈한 가슴은 내가 기억하고 있는 그대로의 키키였다. 나는 굳어 버린 채 스크린 속의 키키를 응시하고 있었다. 그 장면은 시간으로 오 분이나 육 분, 아마 그 정도였다고 생각한다. 그녀는 고탄다에게 안겨 애무를 받고 기분이 좋은 듯 살며시 눈을 감고, 입술을 희미하게 떨고 있었다. 조그맣게 한숨도 내쉬었다. 그것이 연기인지 뭔지 나로선 판단이 서지 않았다. 아마 연기일 테지. 이건 어디까지나 영화니까. 하지만 키키가 연기를 한다는 것 자체가 전혀 이해되지 않았다. 그래서 나는 상당히 혼란스러워졌다. 왜냐하면, 가령 그것이 연기가 아니었다고 한다면 그녀는 정말 고탄다의 애무를 받고 도취해 있다는 것이 되며, 가령 연기였다고 한다면 내 안에서의 그녀의 존재 의의가 헝클어지게 된다. 그렇다. 그녀는 연기를 해선 안 되는 것이다. 어쨌든 나는 그 영화에 대해 격렬한 질투를 느꼈다.

수영 교실, 그리고 영화. 나는 여러 가지 것에 질투하기 시작했다. 이건 좋은 징후일까?

여자 주인공이 문을 연다. 그리고 그녀는 두 남녀가 알몸으로 서로 껴안고 있는 장면을 목격한다. 숨을 삼킨다. 눈을 감는다. 그러곤 달려 나가 버린다. 고탄다가 망연자실한다. 키키가 말한다. "대체 무슨 일이야?" 망연자실한 고탄다 얼굴의 클로즈업. 페이드아웃.

그저 그것뿐, 키키는 다시 화면에는 등장하지 않았다. 나는 줄거리 따위는 생각지도 않고 주의 깊게 화면을 응시하고 있었지만, 그녀의 모습은 그저 그때뿐, 다시는 등장하지 않았다. 그녀는 고탄다와 어디선가 서로 알게 되어, 그와 함께 자고, 그리고 그의 인생의 한 장면에 들어왔다가 그리고 사라져 간다. 그런 배역인 셈이다. 나의 경우와 마찬가지로. 문득 나타났다가, 들어왔다가, 사라져 간다.

영화가 끝나고, 조명이 켜졌다. 음악이 흘렀다. 하지만 나는 여전히 경직된 몸으로 물끄러미 허연 스크린을 응시하고 있었다. 이건 현실일까, 하고 나는 생각했다. 영화가 끝나고 나니, 전혀 현실 같지 않다는 느낌이 들었다. 어째서 키키가 영화에 나오는 거지? 그것도 고탄다와 함께. 우습다. 나는 분명 어딘가에서 실수를 저지르고 있음에 틀림없다. 회로가 잘못되어 있는 것이다. 어딘가에서 상상과 현실이 뒤얽혀 혼란해져 있는 것이다. 그렇게 생각할 수밖에 없지 않은가?

나는 영화관을 나와서 한동안 그 주위를 걸어 다녔다. 그리고 줄곧 키키 생각을 하고 있었다. "대체 무슨 일이야?"라고 그녀는 내 귀에 속삭여 대고 있었다.

대체 무슨 일이지?

하지만 그건 키키였다. 틀림없이 그랬다. 나에게 안겨 있을 때에도 그녀는 그런 얼굴을 하고, 그런 식으로 입술을 떨고, 그런 식으로 한숨을 쉬었다. 그건 연기 같은 게 아니다. 정말 그렇다. 하지만 영화란 말이야, 그건.

나로선 알 수가 없었다.

시간이 지나면 지날수록 나는 나 자신의 기억을 믿을 수 없게 됐다. 그건 단순한 환상이었단 말인가?

한 시간 반 후에 나는 다시 한번 영화관에 갔다. 그리고 다시 한번 처음부터 「짝사랑」을 봤다. 일요일 아침, 고탄다는 여자를 껴안고 있다. 여자의 등이 보인다. 카메라가 돌아간다. 여자의 얼굴이 보인다. 키키였다. 틀림없다. 주인공인 여자아이가 들어온다. 숨을 삼킨다. 눈을 감는다. 달려 나가 버린다. 고탄다는 망연자실해한다. 키키가 말한다. "대체 무슨 일이야?" 페이드아웃.

똑같은 장면이 되풀이됐다.

하지만 영화가 끝나고 나자 그것이 도저히 믿기지가 않았다. 무슨 착각일 것이라고 느껴졌다. 도대체 어째서 키키가 고탄다와 잔단 말인가?

다음 날, 다시 한번 영화관에 갔다. 그리고 자리에 앉아 몸이 굳은 채 「짝사랑」을 다시 한번 봤다. 나는 가만히 그 장면이 나오기를 기다리고 있었다. 굉장히 초조해하면서. 가까스로 그 장면이 됐다. 일요일 아침, 고탄다는 여자를 껴안고 있다. 여자의 등이 보인다. 카메라가 돌아간다. 여자의 얼굴이 보인다. 키키다. 틀림이 없다. 주인공인 여자아이가 들어온다. 숨을 삼킨다. 눈을 감는다. 달려 나가 버린다. 고탄다는 망연자실해한다. 키키가 말한다. "대체 무슨 일이야?"

나는 어둠 속에서 한숨을 쉬었다.

오케이, 이건 현실이다. 틀림없다. 연결되어 있다.

15

나는 영화관 좌석에 깊숙이 몸을 묻고 코앞에서 양손의 손가락을 깍지 긴 채 여느 때와 똑같은 질문을 나 자신에게 했다. 그럼, 이제부터 어떻게 하면 좋은가?

언제나 하는 질문. 하지만 침착하게 앉아서 차분히 생각해 볼 필요가 있다. 정리할 필요가 있다. 내가 해야 할 일을.

연결의 혼란을 해소할 것.

확실히 무엇인가 혼란을 일으켰다. 그건 틀림이 없다. 키키와 나와 고탄다가 서로 이어져 있다. 어째서 그런 일이 벌어지게 됐는지 짐작도 가지 않지만, 아무튼 서로 이어져 있는 것이다. 풀어놓지 않으면 안 된다. 현실성의 회복을 통한 자기 회복. 어쩌면 이것은 연결의 혼란이 아니라 그것과는 관계없이 생겨나고 있는 새로운 연결일지도 모른다. 하지만 어쨌든 나로서는 이 선을 더듬어 갈 수밖엔 없을 것이다. 이 실이 끊기지 않게끔 주의 깊게 더듬어 나가는 것이다. 이것이 실마리다. 어쨌든 움직일 것. 멈춰 서지 말 것. 계속 춤을 출 것. 모두가 감탄할 만큼 잘 출 것.

춤을 추는 거야, 하고 양 사나이가 말한다.

춤을 추는 거야, 하고 사고가 메아리친다.

어쨌든 도쿄로 돌아가자, 하고 나는 생각했다. 더 이상 여기에 있어 봤자 별수 없다. 내가 돌고래 호텔을 방문한 목적은 이미 충분히 달성했다. 도쿄로 돌아가서 태세를 바로잡고 그 이음새를 끌어당겨 보자. 나는 코트의 지퍼를 올리고, 장갑을 끼고, 모자를 쓰고, 머플러를 코 위까지 둘둘 말아 감고 영화관을 나섰다. 눈은 더욱더 심하게 내려, 바로 앞도 보이지 않을 지경이었다. 거리 전체가 냉동된 사체처럼 절망적으로 딱딱하게 얼어붙어 있었다.

나는 호텔에 돌아오자 일본항공 사무실에 전화를 걸어 오후의 첫 번째 하네다행을 예약했다. "눈이 많이 와서 혹 늦어지거나 결항하게 될지도 모릅니다만, 괜찮으신지요?"라고 예약 담당 여성이 말했다. 괜찮다고 나는 말했다. 돌아가리라고 결정했으니 한시라도 빨리 도쿄로 돌아가고 싶었다. 그러고 나서 나는 짐을 꾸리고 아래로 내려와서 계산을 마쳤다. 그리고 카운터에 가서 안경을 낀 그녀를 렌터카의 데스크로 불렀다.

"갑작스레 용건이 생겨서, 도쿄로 돌아가게 됐어" 하고 나는 서둘러 말했다.

"대단히 감사합니다. 다음에 다시 찾아 주시기 바랍니다" 하고 그녀는 영업적으로 빙그레 미소를 지으면서 말했다. 아마 이런 식으로 갑작스레 돌아가겠다고 말하면 그녀가 좀 상처를 입게 되리라고 나는 느꼈다. 상처 입기 쉬운 타입인 것이다.

"이봐"라고 나는 말했다. "또 올 거야. 가까운 시일 내에. 그때 둘이서 천천히 식사라도 하면서 여러 가지 이야기를 하자. 네게 확실히 이야기해야 할 일도 있으니까. 하지만 지금은 도쿄에 가서 여러 가지 일을 정리하지 않으면 안 돼. 단계적 사고. 전향적인 자세. 종합적 전망. 그런 것들이 내게 요구되고 있어. 그런 것들이 끝나면 다시 여기로 오겠어. 몇 개월이 걸릴지는 몰라. 하지만 틀림없이 돌아오겠어. 왜냐하면, 여기는 나에겐…… 뭐라고할까, 특별한 장소인 것 같다는 느낌 때문이야. 그러니 조만간 여기로 돌아오겠어."

"흐흥" 하고 그녀는 어느 쪽인가 하면 부정적으로 말했다.

"흐흥" 하고 나는 어느 쪽인가 하면 긍정적으로 말했다. "하지만 아마도 내가 하는 말은 바보같이 들리겠지."

"그렇지는 않아"라고 그녀는 무표정하게 말했다. "몇 개월이 될지도 모르는 앞일을 잘 생각할 수 없을 뿐이야."

"그렇게 먼 일은 아닐 거야. 또 만날 수 있어. 나와 너 사이에는 어딘지 통하는 데가 있으니까"라고 나는 그녀를 설득하듯 말했다. 하지만 그녀는 설득된 듯이 보이지는 않았다. "그렇게 생각하지 않아?"라고 나는 물었다.

그녀는 볼펜 끝으로 책상을 톡톡 두드렸을 뿐, 나의 질문에는 대답하지 않았다. "그래서, 다음 비행기로 돌아가, 갑자기?"라고 그녀는 말했다.

"그럴 작정이야. 뜨기만 한다면 말이야. 하지만 날씨가 이래서 어떻게 될지 확실한 건 알 수 없어."

"다음 비행기로 돌아간다면 한 가지 부탁할 게 있는데, 들어줄래?"

"물론."

"실은 열세 살짜리 여자아이가 혼자서 도쿄로 돌아가야만 해. 어머니가 용건이 생겨서 먼저 어딘가로 가버렸어. 그래서 그아이 혼자 이 호텔에 남겨졌거든. 미안하지만, 그 아이를 도쿄까지 꼭 좀 데리고 가줬으면 해. 짐도 제법 있고, 혼자 비행기를 태우는 것도 걱정돼서."

"그거 참 이해할 수 없군" 하고 나는 말했다. "어째서 어머니가 아이를 혼자 내동댕이치고 가버린 거야? 그건 경우에 어긋나잖아."

그녀는 어깨를 움츠렸다. "그러니까 엉망인 사람이지. 유명한 여성 사진작가라는데, 좀 이상한 사람이야. 뭐가 떠오르면 어딘가로 훌쩍 떠나 버리는 거야. 아이는 잊어버리고. 그래, 예술가라서, 무슨 일이 있으면 그걸로 머리가 꽉 차버린다지 뭐야. 나중에 생각이 났는지 나한테 전화를 걸어 왔어. 아이를 거기에 두고 왔으니, 적당히 비행기에 태워서 도쿄로 돌려보내 달라고."

"그런 건 자기가 직접 하면 되잖아."

"그런 건 난 몰라. 어쨌든 앞으로 일주일, 일 때문에 아무래도 카트만두에 머물러야 한다면서. 게다가 그 사람 유명한 사람이고 우리 호텔의 단골이기도 해서, 그렇게 함부로 대할 수도 없거든. 그 사람은 공항까지만 데려다주면 그다음은 혼자서 돌아갈 수 있다고 마음 편한 소리를 하지만, 그렇게도 할 수 없잖아? 여자아이고, 만일 무슨 일이라도 있으면 호텔로서도 굉장히 곤란해져. 책임 문제도 있고."

"맙소사"라고 나는 말했다. 그러고 나서 문득 떠오른 것을 말해 봤다. "음, 그 아이 혹시 머리카락이 길고, 록 밴드의 맨투맨 티셔츠를 입고, 늘 워크맨을 듣는 여자아이 아닌가?"

"맞아. 아니, 잘 알고 있잖아?"

"맙소사" 하고 나는 말했다.

✦

그녀는 일본항공 사무실에 전화를 걸어 나와 같은 항공편의 좌석을 예약했다. 그리고 그 여자아이의 방에 전화를 걸어, 함께 돌아갈 사람을 찾았으니까 짐을 꾸려 곧 내려오라고 말했다. "걱정 마, 잘 아는 확실한 사람이니까"라고 그녀는 말했다. 그리고 다시 보이를 불러, 그녀의 방에서 짐을 가져오게 했다. 그러곤 호텔의 리무진 서비스를 불렀다. 빈틈이 없고 솜씨가 좋았다. 유능했다.

"아주 솜씨가 좋은데"라고 나는 말했다.

"이 일을 좋아한다고 했잖아. 적성에 맞아."

"하지만 놀림을 받으면 화를 내지"라고 나는 말했다.

그녀는 또 볼펜으로 책상을 톡톡 두드렸다. "그런 건 또 별개야. 농담이나 놀림을 받는 거 별로 좋아하지 않아. 예전부터. 그런 일 당하면 굉장히 긴장해, 난."

"이봐, 널 긴장시킬 생각은 전혀 없어"라고 나는 말했다. "반대야. 난 좀 더 여유를 갖게 하고 싶어서 농담을 하는 거야. 쓸데없고 무의미한 농담일지도 모르지만, 나도 나름대로 노력해서 농담을 하는 거야. 물론 때에 따라선 내가 생각하는 것만큼 상대가 재미있어 하지 않을 수도 있어. 하지만 별 악의는 없어. 뭐 너에 대해 비웃고 있는 건 전혀 아냐. 내가 농담을 하는 건 나로선 그런 게 필요하기 때문이야."

그녀는 약간 입술을 오므리고 내 얼굴을 바라보고 있었다. 언덕 위에 올라서서 홍수가 물러간 흔적을 바라보는 듯한 그런 눈매였다. 그리고 그녀는 한숨을 쉬는 듯한, 콧소리를 내는 듯한, 복잡한 소리를 냈다. "그건 그렇고, 당신 명함 한 장 줄 수 있어? 여자아이를 맡기는 입장이니까."

"입장이라" 하고 나는 우물거리면서, 지갑에서 명함을 꺼내어 그녀에게 건네줬다. 나도 명함쯤은 갖고 있다. 응당 명함쯤은 갖고 있을 필요가 있다고 열두 명쯤 되는 사람에게 충고를 들었기 때문이다. 그녀는 걸레라도 보는 눈으로 말끄러미 그 명함을 보고 있었다.

"그런데 네 이름은?" 하고 나는 물어봤다.

"다시 만날 때에 알려 줄게"라고 그녀는 말했다. 그리고 가운뎃손가락으로 안경테를 만졌다. "만일 만나게 된다면."

"물론 만나게 돼"라고 나는 말했다.

그녀는 초승달처럼 담담하고 조용한 미소를 지었다.

십 분 후에 여자아이가 보이와 함께 로비로 내려왔다. 보이는 샘
소나이트의 커다란 슈트 케이스를 들고 있었다. 독일셰퍼드 한
마리가 선 채로 들어갈 만한 커다란 슈트 케이스였다. 확실히 이
런 물건을 열세 살짜리 여자아이에게 들려서 공항에 내동댕이칠
수는 없다. 그 여자아이는 오늘은 'TALKING HEADS'라고 쓰인
맨투맨 티셔츠를 입고, 통 좁은 블루진에 부츠를 신고, 그 위에 고
급스러운 모피 코트를 걸치고 있었다. 전에 본 것과 똑같이 그 여
자아이에게서는 투명할 만큼 기묘한 아름다움이 느껴졌다. 아주
미묘한—내일 사라져도 이상하지 않을 것만 같은— 아름다움이
었다. 하지만 그 아름다움은 보는 자에게 어떤 종류의 불안정한
감정을 일으키게 할 것 같았다. 아마도 그 아름다움이 지나치게
미묘하기 때문일 것이다. '토킹 헤즈'라고 나는 생각했다. 나쁘
지 않은 밴드 이름이었다. 케루악의 소설 한 구절과 비슷한 이름
이다. '이야기를 건네는 머리가 내 곁에서 맥주를 마시고 있었다.
나는 몹시 소변이 마려웠다. 소변을 보고 오겠다, 고 나는 이야기
를 건네는 머리에게 말했다.'

그리운 케루악. 지금 어떻게 지내고 있을까.

여자아이는 나를 봤다. 하지만 이번에는 생긋 웃지는 않았

다. 눈썹을 찌푸리듯 하고 나를 본 뒤 안경 낀 여자를 돌아봤다.

"괜찮아. 나쁜 사람이 아니니까" 하고 그녀는 말했다.

"보기만큼 나쁘진 않아" 하고 나는 덧붙였다.

여자아이는 다시 나를 봤다. 그러곤 뭐 할 수 없지, 하는 듯 몇 번인가 고개를 끄덕였다. 고를 수 있는 입장이 아니야, 라는 듯이. 그래서 나는 그녀에 대해 굉장히 몹쓸 짓을 하는 것만 같은 기분이었다.

스크루지 영감.

"걱정하지 마. 괜찮아"라고 그녀는 말했다. "이 아저씬 농담도 잘하고, 재치 있는 말도 해주고, 여자아이에겐 친절해. 게다가 이 언니의 친구야. 그러니 괜찮아, 그렇지?"

"아저씨" 하고 나는 아연해하며 말했다. "나 아저씨 아니야. 이제 서른네 살밖에 안 됐어. 아저씨라니 너무하는군."

하지만 아무도 내가 하는 말 같은 건 듣고 있지 않았다. 그녀는 여자아이의 손을 잡고 현관에 멈춰 선 리무진 쪽으로 성큼성큼 걸어가 버렸다. 보이는 샘소나이트를 벌써 차 속에 집어넣고 있었다. 나는 내 백을 들고 그 뒤를 따랐다. 아저씨, 하고 나는 생각했다. 심하다.

공항행 리무진을 탄 사람은 나와 그 여자아이뿐이었다. 날씨가 아주 지독했다. 공항으로 가는 길은 어디를 향해도 눈과 얼음밖에 보이지 않았다. 꼭 극지極地 같다.

"그래, 네 이름은 뭐지?"라고 나는 여자아이에게 물었다.

여자아이는 말끄러미 나를 봤다. 그리고 살래살래 고개를 저었다. 어이가 없다는 듯이. 그리고 무엇인가 찾는 것처럼 천천히 주위를 둘러봤다. 어디를 향해도 눈밖엔 보이지 않았다. "유키雪, 일본어로 눈이라는 뜻"라고 여자아이는 말했다.

"유키?"

"이름"하고 그녀는 말했다. "저거, 눈."

그러고 나서 여자아이는 주머니에서 워크맨을 꺼내 자기만의 음악 속에 잠겼다. 공항에 도착하기까지 내 쪽은 전혀 쳐다보지도 않았다.

심하군, 하고 나는 생각했다. 나중에 알게 됐지만, 유키라는 건 그 아이의 진짜 이름이었다. 하지만 그때엔, 그것은 아무리 생각해도 그 즉석에서 아무렇게나 둘러대는 이름만 같았다. 그래서 나는 약간 거부감도 들었다. 그 아이는 가끔 주머니에서 껌을 꺼내 혼자 씹곤 했다. 나에겐 단 한 개도 권하지 않았다. 나는 별로 껌 따위는 씹고 싶지 않았지만, 예의상으로 한 번쯤은 권해도 좋지 않을까 하는 기분은 들었다. 그런 이런저런 일로 나는 어쩐지 나 자신이 몹시 초라하고 나이를 먹어 버린 것 같은 기분이 들었다. 하는 수 없이 나는 좌석 깊숙이 몸을 묻고 눈을 감았다. 그리고 옛일을 생각했다. 내가 이 아이 나이 때의 일을. 그러고 보니 나도 그 무렵엔 록 음반을 모으고 있었다. 45회전의 싱글판을. 레이 찰스Ray Charles의 「힛 더 로드 잭Hit The Road Jack」이나, 리키 넬슨Ricky Nelson의 「트래블린 맨Travelin' Man」, 브렌다 리Branda Lee의 「올 얼론 앰 아이「All Alone Am I」 그런 음반을 백 장 정도 모았다. 그리고 가사를 암기할 만큼 매일 반복해서 들었다. 나는 머릿속으로 시험 삼아「트래블린 맨」의 가사를 떠올리고 노래를 불러 봤다. 믿기지 않는 이야기지만, 아직도 가사를 전부 기억하고 있었다. 엄청나게 시시한 가사였지만, 노래를 불러 보니 제법 술술 나왔다. 젊은 시절의 기억력이란 대단한 것이기도 하다. 무의미한 것들을 참으로 잘 기억하고 있다.

And my China doll
down in old Hongkong
Waits for my return.

토킹 헤즈의 노래와는 확실히 다르다. 시대는 바뀐다— 타 아아아임즈 어 체에에인징……

✦

나는 유키를 대합실에 혼자 놔두고, 공항 카운터로 가서 표를 샀다. 나중에 정산할 생각으로 두 사람 몫의 요금을 내 신용카드로 지불했다. 탑승까지 앞으로 한 시간이 남아 있었지만, 아마 좀 더 늦어지게 될 것이라고 담당자는 말했다. "안내 방송이 있을 테니까 잘 들어 주세요"라고 그녀는 말했다. "아무튼 지금 상태라면 시야 확보가 거의 불가능해요.”

“날씨가 갤까요?”라고 나는 물어봤다.

“기상청은 그렇게 예상하고 있지만, 몇 시간이 걸릴지는 모르겠어요”라고 그녀는 질린다는 듯이 말했다. 같은 말을 이백 번 정도 했던 것이다. 뭐, 누군들 질리지 않겠는가.

나는 유키에게로 돌아와 눈이 그치지 않아 비행기가 좀 늦어질 것 같다고 말했다. 그 아이는 내 얼굴을 힐끗 보고 나서 ‘흐흥’ 하는 얼굴을 했다. 하지만 아무 말도 하지 않았다.

“어떻게 될지 모르니까, 짐은 체크인하지 말고 그냥 두자. 일단 체크인하면 빼내기 귀찮으니까” 하고 나는 말했다.

그 아이는 ‘좋을 대로’ 하는 얼굴을 했다. 하지만 아무 말도 하지 않았다.

“잠시 동안 여기서 기다리는 수밖에 없겠네. 그렇게 재미있는 장소는 아니지만” 하고 나는 말했다. “그런데 점심은 먹었니?”

그 아이는 고개를 끄덕였다.

“커피숍에라도 가지 않겠어? 뭐 좀 마실까? 커피나 코코아나 홍차나 주스나, 뭐든” 하고 나는 물어봤다.

그 아이는 ‘글쎄’ 하는 얼굴을 했다. 감정 표현이 풍부했다.

“그럼 가자”라고 나는 말하며 일어섰다. 그리고 샘소나이트를 밀고, 그 아이와 함께 커피숍으로 갔다. 커피숍은 붐볐다. 어느 비행편이고 다 출발이 미뤄진 듯, 다들 하나같이 지친 얼굴을 하고 있었다. 그런 시끌벅적한 가게 안에서, 나는 점심 대신에 커피와 샌드위치를 주문하고 유키는 코코아를 마셨다.

"저기 말이야, 며칠 동안 그 호텔에 묵고 있었지?"라고 나는 물어봤다.

"열흘" 하고 그 여자아이는 생각하고 나서 말했다.

"어머니는 언제 떠났지?"

그 아이는 잠시 동안 창밖의 눈을 보고 있었다. 그러고 나서 "사흘 전" 하고 말했다. 꼭 초보 영어 회화 레슨이라도 하는 꼴이었다.

"학교는 봄방학인가, 줄곧?"

"학교는 안 가, 줄곧. 그러니까 내버려 둬"라고 그녀는 말했다. 그러곤 주머니에서 워크맨을 꺼내고, 헤드폰으로 귀를 덮었다.

나는 남은 커피를 마저 마시고 신문을 읽었다. 아무래도 요즘 나는 여자아이들을 화나게만 하고 있다. 왜일까? 운이 나쁜 걸까, 아니면 좀 더 근본적인 원인이 있는 걸까?

운이 나쁠 뿐이다, 하고 나는 결론을 내렸다. 그리고 신문을 내처 읽어 버리고는 포크너의 『소리와 분노』 문고판을 가방에서 꺼내 읽었다. 포크너와 필립 K. 딕의 소설은, 신경이 어떤 종류의 피곤함을 느낄 때 읽으면 이해가 매우 잘된다. 나는 그런 시기가 오면 으레 그의 소설을 읽는다. 그 밖의 시기에는 거의 읽지 않는다. 도중에 유키는 한 번 화장실에 갔다. 그리고 워크맨의 건전지를 갈아 넣었다. 삼십 분 뒤에 실내 방송이 있었다. 하네다행 비행편은 네 시간 늦게 출발한다는 실내 방송이었다. 날씨가 회복되기를 기다리는 것이다. 나는 한숨을 쉬었다. 맙소사, 여기서 앞으로 네 시간이나 기다려야 하는가.

하지만 뭐 별수 없다. 그런 건 처음부터 경고받았던 것이니까. 좀 더 전향적으로 그리고 적극적으로 사고하자, 하고 나는 생각했다. 적극적인 사고의 힘. 오 분 동안 신중하게 생각하자, 좀 그럴싸한 아이디어가 번득였다. 잘될지도 모르겠고, 잘 안 될지도 모르겠다. 하지만 이런 시끄럽고 담배 냄새에 찌든 고리타분한 곳에서 멍하니 시간을 낭비하고 있는 것보다는 훨씬 낫다. 나는 유키에게 잠시 기다리라고 말해 놓고, 공항의 렌터카 회사 카운터로 갔다. 그리고 차를 빌려 달라고 했다. 카운터의 여직원은 곧 수속을 밟아 줬다. 카스테레오가 달린 코롤라 스프린터였다. 나는 마이크로버스로 렌터카 사무실까지 이동해 거기서 코롤라의 키를 넘겨받았다. 사무실은 공항에서 차로 십 분가량의 거리에 있었다. 새 스노타이어가 달린 백색의 코롤라였다. 나는 그 차를 타고 공항으로 되돌아왔다. 그리고 커피숍으로 가서 유키에게 "이제부터 세 시간 정도 이 주위를 드라이브해 보자"라고 말했다.

"하지만 이렇게 눈이 오잖아. 드라이브라고는 하지만 아무것도 안 보일걸"라고 그녀는 어이없다는 듯이 말했다. "그리고 도대체 어디로 가?"

"아무데도 안 가. 차를 타고 달릴 뿐" 하고 나는 말했다. "하지만 큰 소리로 음악을 들을 수 있지. 음악 듣고 싶잖아. 실컷 들려줄게. 워크맨만 듣고 있으면 귀가 나빠져."

그녀는 '글쎄' 하는 듯이 고개를 저었다. 하지만 내가, 자, 가자, 하고 일어서자 유키도 자리에서 일어나 따라왔다.

나는 슈트 케이스를 트렁크에 집어넣고, 눈이 퍼붓는 도로를 위로 천천히 어디랄 것도 없이 차를 몰았다. 유키는 숄더백 속에서 카세트테이프를 꺼내어 카스테레오에 넣고 스위치를 눌렀다. 데이비드 보위David Bowie가 「차이나 걸China Girl」을 부르고 있었다. 그다음엔 필 콜린스Phill Collins, 제퍼슨 스타십Jefferson Starship, 토머스 돌비Thomas Dolby, 톰 페티 앤드 하트브레이커스Tom Petty & Heartbreakers, 홀 앤드 오츠Hall & Oates, 톰프슨 트윈스Thompson Twins, 이기 팝Iggy Pop, 바나나라마Bananarama, 그런 십 대 초반의 여자아이들이 보통 들을 법한 음악이 줄곧 계속되고 있었다. 스톤즈가 「고잉 투 어 고고Going to a Go Go」를 불렀다. "이 곡 알고 있어"라고 나는 말했다. "예전에 미라클즈가 불렀어. 스모키 로빈슨 앤드 미라클즈Smokey Robinson & The Miracles. 내가 열다섯 아니면 열여섯 살 무렵."

"허" 하고 유키는 시큰둥하게 말했다.

"고잉 투 어 고 고" 하고 나도 곡에 맞춰서 불렀다.

그다음에 폴 매카트니Paul McCartny와 마이클 잭슨이 「세이 세이 세이Say Say Say」를 불렀다. 도로를 달리고 있는 차는 얼마 안 됐다. 거의 없다고 해도 좋을 정도였다. 와이퍼가 자못 귀찮다는 듯이 창에 달라붙은 눈 조각을 스럭스럭스럭 떨어내고 있었다. 차 안은 따뜻하고 로큰롤은 유쾌했다. 듀란듀란Duran Duran마저 유쾌

했다. 나는 제법 느긋해져 가끔씩 테이프에 맞춰 노래하면서 일직
선으로 내달렸다. 유키도 얼마간은 기분이 편해진 것 같았다. 그
녀는 그 구십 분짜리 테이프를 다 듣고 나자 내가 렌터카 사무실
에서 빌려 온 테이프에 눈을 돌렸다. "그건 뭐야?"라고 그 아이는
물었다. 올드팝 테이프라고 나는 대답했다. 공항으로 돌아오는 도
중에 들었던 것이다. "그거 듣고 싶어"라고 그 아이는 말했다.

"마음에 들지 어떨지 모르겠다. 모두 오래된 거라서"라고 나
는 말했다.

"좋아, 아무거나라도. 한 열흘 동안 줄곧 같은 테이프만 듣고
있었어."

그래서 나는 그 테이프를 틀었다. 먼저 샘 쿡Sam Cook이 「원
더풀 월드Wonderful world」를 불렀다. '난 역사 같은 건 잘 모르지
만…….' 좋은 노래다. 샘 쿡, 내가 중학교 3학년 때에 총에 맞아 죽
었다. 버디 홀리Buddy Holly 「오 보이Oh Boy」. 버디 홀리도 죽었다. 비
행기 사고. 바비 달린Bobby Darlin 「비욘드 더 시Beyond the Sea」. 바비 달
린도 죽었다. 엘비스 「하운드 독Hound Dog」. 엘비스도 죽었다. 마약
에 절어서. 모두 죽었다. 그다음엔 척 베리Chuck Berry가 노래했다.
「스위트 리틀 식스틴Sweet little sixteen」. 에디 코크런Eddie Cochran 「서머
타임 블루스Summertime Blues」. 에벌리 브러더스Everly Brothers 「웨이크
업 리틀 수지Wake up Little Susie」.

나는 가사를 기억하고 있는 부분만 따라 불렀다.

"잘 기억하고 있네" 하고 유키가 감탄한 듯 말했다.

"그야 그렇지. 나도 예전엔 너만큼 열심히 록을 들었으니까"라고 나는 말했다. "네 나이 때에. 매일 라디오를 듣고, 용돈을 모아 레코드를 샀지. 로큰롤. 이 세상에 그만큼 멋진 건 없다고 생각했어. 듣고 있기만 해도 행복했지."

"지금은 어때?"

"지금도 듣고 있지. 좋아하는 곡도 있고. 하지만 가사를 외울 만큼 열심히 듣지는 않아. 예전만큼은 감동하지 않아."

"왜 그래?"

"왜 그럴까?"

"가르쳐 줘"라고 유키는 말했다.

"정말 좋은 건 별로 없다는 걸 알게 되니까 그렇겠지"라고 나는 말했다. "정말 좋은 건 아주 적거든. 무엇이든 그래. 책이나, 영화나, 콘서트나, 정말로 좋은 건 적어. 록 뮤직이란 것도 그렇지. 좋은 건 라디오를 한 시간 동안 들어도 한 곡 정도밖에 안 나와. 나머진 대량생산의 찌꺼기 같은 거야. 하지만 예전엔 그런 걸 깊이 생각하지 않았지. 무엇을 듣건 제법 재미있었어. 젊었고, 시간은 얼마든지 있었고, 게다가 사랑을 하고 있었어. 시시한 것에도, 사소한 일에도 마음의 떨림 같은 걸 느낄 수 있었어. 내가 하는 말 알겠어?"

"그럭저럭" 하고 유키는 말했다.

델 바이킹즈Del Vikings의 「컴 고 위드 미Come go with me」가 나오기에, 나는 잠시 동안 그것을 따라 불렀다. "따분하지 않아?"라고 나는 물었다.

"으응, 나쁘지 않아"라고 유키는 말했다.

"나쁘지 않아"라고 나도 말했다.

"지금은 사랑을 안 해?"라고 유키가 물었다.

나는 그 말에 대해 좀 진지하게 생각했다. "어려운 질문인데"라고 나는 말했다. "유키는 좋아하는 남자가 있어?"

"없어"라고 유키는 말했다. "싫은 녀석은 잔뜩 있지만."

"기분은 알겠어"라고 나는 말했다.

"음악을 듣고 있는 편이 나아."

"그 기분도 알겠어."

"정말 알아?"라고 말하고, 유키는 의아한 듯 눈을 가늘게 하고 나를 봤다.

"정말 알아"라고 나는 말했다. "다들 그것을 도피라고 불러. 하지만 뭐 그건 그걸로 됐어. 내 인생은 내 것이고 네 인생은 네 것이야. 무엇을 원하느냐만 명백하다면, 너는 너 좋을 대로 살면 되는 거야. 남이 뭐라고 하건 알 게 뭐야. 그런 녀석들은 커다란 악어에게 먹혀 죽으라지. 나는 예전에, 너만 한 나이에 그렇게 생각했었어. 지금도 역시 그렇게 생각하고 있고. 그건 어쩌면 내가 인간적으로 성장하지 않았기 때문인지도 몰라. 아니, 어쩌면 내가 영원히 옳은 것인지도 몰라. 아직 잘 모르겠어. 정답은 좀처럼 쉽게 알 수가 없어."

지미 길머Jimmy Gilmer 「슈거 샤크Sugar shark」. 나는 휘파람을 불

며 운전했다. 도로의 왼편에는 새하얀 들판이 펼쳐져 있었다. '수수하고 조그마한, 나무로 만든 커피숍이지만, 에스프레소 커피가 너무나 맛있어……' 좋은 노래다. 1964년.

"저기"라고 유키가 말했다. "아저씬, 좀 특이한 것 같아. 남들이 그렇게 말 안 해?"

"흐흥" 하고 나는 부정적으로 응답했다.

"결혼했어?"

"한 번 했었지."

"이혼했어?"

"그래."

"어째서?"

"아내가 집을 나가 버렸어."

"정말?"

"정말. 아내가 다른 남자를 좋아하게 되어서 함께 어디론가 떠나 버렸어."

"가여워라"라고 유키는 말했다.

"고마워"라고 나는 말했다.

"하지만 부인의 마음은 알 것 같아"라고 유키는 말했다.

"어떤 식으로?"라고 나는 물었다.

유키는 어깨를 움츠리곤 아무 말도 하지 않았다. 나도 굳이 물으려 하지 않았다.

"저어, 껌 씹을래?"라고 유키가 물었다.

"고마워. 하지만 됐어"라고 나는 말했다.

우리는 조금씩 사이가 좋아지면서, 비치 보이스의 「서핀 유에스에이Surfin' USA」의 백 코러스를 둘이서 따라 불렀다. 'inside-outside-USA'라든가, 그런 간단한 것. 하지만 즐거웠다. 「헬프 미론다Help Me Londa」의 후렴도 둘이서 불렀다. 나도 아직은 버려진 건아니다. 나는 스크루지 영감은 아닌 것이다. 그러는 동안에 눈발이 차츰 약해지기 시작했다. 나는 공항으로 돌아와 키를 렌터카의 카운터에 돌려줬다. 그리고 짐을 체크인하고, 삼십 분 후에 게이트로 들어갔다. 비행기는 결국 다섯 시간 늦게 이륙했다. 유키는 비행기가 이륙하자 이내 잠들어 버렸다. 그녀의 잠든 얼굴은놀라우리만치 예뻤다. 어딘지 비현실적인 재료로 만든 정밀한조각상처럼 아름다웠다. 누군가가 세게 치면 망가져 버릴 것만같았다. 그런 종류의 아름다움이었다. 스튜어디스가 주스를 가지고 와서, 유키의 얼굴을 보고 눈이 부신 듯한 얼굴을 했다. 그리고 나를 향해 미소를 지었다. 나도 미소를 지었다. 나는 진토닉을 주문했다. 그리고 그것을 마시면서, 키키 생각을 했다. 나는 머릿속에서 그녀와 고탄다가 침대 속에서 서로 부둥켜안고 있는장면을 몇 번이고 몇 번이고 재생해 봤다. 카메라가 돌아가듯 이동했다. 키키가 거기에 있었다. "대체 무슨 일이야?"라고 그녀는말했다.

대체 무슨 일이야, 하고 사고가 메아리쳤다.

16

하네다에서 짐을 찾은 다음, 나는 유키에게 집은 어디냐고 물었다.

"하코네"라고 유키는 말했다.

"꽤 머네" 하고 나는 말했다. 벌써 밤 여덟 시가 지난 데다, 지금 택시를 타든 어쩌든지 간에 하코네로 돌아가기엔 좀 힘들 것 같았다. "도쿄에 아는 사람은 없어? 친척이라든가, 친한 사람이라든가. 그런 사람" 하고 나는 물었다.

"그런 사람은 없지만, 아카사카에 아파트가 있어. 작은 아파트지만, 엄마가 도쿄에 갈 때 쓰는 데야. 거기 묵으면 돼. 아무도 없으니까."

"가족은 없어? 어머니 외엔?"

"없어"라고 유키는 말했다. "나와 엄마 둘뿐."

"흠" 하고 나는 말했다. 어쩐지 복잡할 것 같은 가정이었는데, 그건 나와는 관계없는 일이었다. "아무튼 내가 사는 데까지 택시로 가서 함께 어디서 저녁을 먹자. 그다음에 내가 차로 너를 그 아카사카의 아파트까지 데려다줄게. 그러면 되겠지?"

"아무래도 상관없어"라고 유키는 말했다.

나는 택시를 불러서 시부야의 내 아파트까지 갔다. 그리고 유키를 현관에서 기다리게 하고, 방으로 혼자 들어가 짐을 두고 무거운 옷차림이 아닌 보통 옷으로 갈아입었다. 보통 운동화에 보통 가죽점퍼와 보통 스웨터. 그러고서 스바루에 유키를 태우고, 차로 십오 분 정도 걸리는 이탈리안 레스토랑에 가서 식사를 했다. 나는 라비올리와 샐러드를 먹고, 그녀는 봉골레 스파게티와 시금치를 먹었다. 그리고 생선튀김을 한 접시 주문해서 둘이서 나누었다. 튀김은 꽤 양이 많았는데, 그녀는 굉장히 배가 고팠는지 티라미수마저 먹었다. 나는 에스프레소를 마셨다. "맛있었어"라고 유키는 말했다.

어디에 맛이 좋은 가게가 있다든가 하는 그런 것만은 잘 알고 있어, 라고 나는 말했다. 그리고 맛 좋은 음식점을 찾아다니는 일에 대한 이야기를 했다.

유키는 내 이야기를 잠자코 듣고 있었다.

"그래서 잘 알지"라고 나는 말했다. "프랑스에 꿀꿀거리면서 땅속에 있는 버섯을 찾아내는 돼지가 있는데, 그것과 같아."

"자기 일을 좋아하지 않아?"

나는 고개를 저었다. "그런 셈이지. 취미를 붙일 수가 없어, 도저히. 아무런 의미도 없는 일이야. 맛 좋은 음식점을 찾아내 잡지에 실어 모두에게 소개하지. 이곳으로 가시오, 이런 걸 먹으시오. 하지만 어째서 일부러 그런 일을 해야 하지? 다들 제멋대로 저 좋은 걸 먹으면 되잖아. 안 그래? 어째서 타인에게 음식점까지 일일이 지시받지 않으면 안 되는 거야? 어째서 메뉴의 선택법까지 배우지 않으면 안 되는 거야? 그리고 그런 데서 소개하는 음식점은 유명해지면 유명해질수록 맛도 서비스도 자꾸자꾸 떨어지게 돼. 십중팔구는 말이야. 수요와 공급의 밸런스가 무너지기 때문이지. 그게 우리가 하고 있는 일이야. 무언가를 찾아내선 그걸 하나하나 점잖게 격을 떨어뜨려 가는 거야. 새하얀 것을 찾아내어 때투성이로 만들어 가는 거라고. 그것을 사람들은 정보라고 부르지. 생활공간의 구석구석까지 빈틈없이 저인망을 펼쳐 놓는 것을 정보의 세련화라고 불러. 나 스스로 하고 있는 그런 일에 이젠 진절머리가 나."

유키는 테이블 맞은편에서 말끄러미 나를 보고 있었다. 무슨 진기한 생물이라도 보는 것처럼. "하지만 하고 있잖아?"

"직업이니까"라고 나는 말했다. 그러고서 나는 갑자기 맞은편에 앉아 있는 게 열세 살쯤 되는 여자아이라는 생각을 했다. 맙소사, 나는 도대체 이런 조그만 여자아이를 상대로 무슨 말을 하고 있는 건가? "가자"라고 나는 말했다. "이제 밤도 늦었고, 아파트까지 데려다줄게."

스바루에 타자, 유키는 그 안에 굴러다니는 테이프를 집어 들어 카스테레오에 꽂았다. 내가 만든 옛날 노래 테이프였다. 나

는 혼자 운전하면서 곧잘 그런 걸 듣고 있었다. 포 톱스Four Tops의
「리치 아웃 아일 비 데어Reach out I'll be there」. 도로가 한산해서 아카사
카까지는 금방이었다. 나는 유키에게 아파트의 위치를 물었다.

"가르쳐 주고 싶지 않아"라고 유키는 말했다.

"어째서지?"라고 나는 물었다.

"아직 들어가고 싶지 않으니까."

"저기, 벌써 밤 열 시가 지났어"라고 나는 말했다. "길고 힘
든 하루였어. 이젠 푹 자고 싶어."

옆자리에서 유키는 말끄러미 내 얼굴을 보고 있었다. 나는
앞쪽 노면에 시선을 집중하고 있었지만, 그녀의 시선을 줄곧 왼
쪽 뺨으로 느끼고 있었다. 이상한 시선이었다. 거기에는 아무 감
정도 담겨 있지 않았으나, 그 시선은 나를 두근거리게 했다. 한동
안 나를 응시하고 나서, 그녀는 시선을 반대편 창밖으로 돌렸다.

"난 자고 싶지 않아. 그리고 지금 아파트로 가도 혼자고, 좀
더 드라이브하고 싶어. 음악을 들으면서."

나는 잠시 생각했다. "앞으로 딱 한 시간만. 그리고 집으로
가서 푹 자는 거야. 그러면 되겠지?"

"그러면 돼"라고 유키는 말했다.

우리는 음악을 들으면서, 도쿄 거리를 빙빙 돌았다. 나는 이
런 짓을 하고 있으니까 점점 대기가 오염되고, 오존층이 파괴되
고, 소음이 늘고, 사람들의 신경이 곤두서고, 지하자원이 고갈되
는 거라고 생각했다. 유키는 머리를 시트에 기대고 아무 말 없이

멍하니 밤거리를 바라보고 있었다.

"어머니는 카트만두에 계시다지?"라고 나는 물어봤다.

"그래"라고 그녀는 고단하다는 얼굴로 말했다.

"그럼, 돌아올 때까진 혼자겠군."

"하코네로 돌아가면 가정부 아줌마가 있지만." 하고 그녀는 말했다.

"흠" 하고 나는 말했다. "이런 일이 자주 있어?"

"날 내동댕이치고 가버리는 그런 일? 흔해. 그 사람, 사진으로 이내 머리가 꽉 차버려. 악의는 없지만, 그런 사람이야. 요컨대 자기 일밖엔 생각지 않아. 내가 있다는 걸 잊어버려. 우산처럼. 단순히 잊어 먹는 거야. 그래서 혼자 훌쩍 어딘가로 가버리곤 하지. 카트만두에 가고 싶어지면, 그 일밖엔 머리에 남지 않는 거야. 물론 나중에 반성하고 사과는 하지만, 금세 또 같은 짓을 해. 변덕쟁이인 엄마는 나를 홋카이도로 데려갔지. 거기까진 좋은데 매일같이 호텔방에서 워크맨만 듣게 하고는 거의 돌아오지 않았어. 난 혼자 밥을 먹으면서⋯⋯. 하지만 이젠 체념했어. 이번만 해도 일주일이면 돌아온다고 했지만, 믿거나 말거나야. 카트만두에서 또 어디로 갈지 알 게 뭐야."

"어머니 이름이 뭐지?"라고 나는 물어봤다.

유키는 이름을 말했다. 나는 그 이름을 들어 본 적이 없었다. 들어 본 적 없는데, 라고 나는 말했다.

"직업상의 이름을 따로 갖고 있어"라고 유키는 말했다. "아메雨, 일본어로 비라는 뜻라는 이름으로 활동하고 있어, 줄곧. 그래서 내 이름을 유키雪라고 한 거야. 바보같지 않아?"

나는 아메라는 이름을 알고 있었다. 누구든 그녀에 대해 알고 있다. 매우 유명한 여류 사진작가다. 다만 매스컴에 얼굴을 내밀지 않는다. 세상에도 얼굴을 내밀지 않는다. 본명조차 거의 아무도 알지 못한다. 하고 싶은 일밖엔 하지 않는다. 기행으로 잘 알려져 있다. 공격적이고 예리한 사진을 찍는다. 나는 고개를 끄덕였다. "그럼, 네 아버지는 그 소설가인가? 마키무라 히라쿠, 분명 그래."

유키는 어깨를 움츠렸다. "그 사람 그래도 그렇게 나쁜 사람 아니야. 재능은 없지만."

나는 유키의 부친이 쓴 소설을 예전에 몇 권인가 읽은 적이 있다. 젊은 시절에 쓴 두 권의 장편과 한 권의 단편집은 나쁘지 않았다. 문장도 시점도 신선했다. 그래서 책은 웬만큼 베스트셀러가 됐고 그도 문단의 총아 같은 존재가 됐다. 텔레비전이니 잡지니 하는 여러 곳에 얼굴을 내밀고 사회의 온갖 것들에 관해 의견을 말했다. 그리고 당시 신인 사진작가였던 아메와 결혼했다. 그것이 그의 절정이었다. 그 뒤는 형편없었다. 특별히 이렇다 할 이유도 없이, 돌연 그는 제대로 된 글을 쓰지 못하게 되었다. 그다음에 쓴 두세 권의 글은 대수로울 것 없는 그저 그런 것이었다. 비평가도 혹평했고, 책도 팔리지 않았다. 그로부터 그는 뒤집듯이 스타일을 바꾸었다. 나이브한 청춘소설 작가에서 돌연 실험적 전위 작가로 전향해 버린 것이다. 하지만 내용이 없다는 점에는 변함이 없었다. 문체도 프랑스 전위 소설 언저리의 부분 부분을 가져와서 꿰어 맞춰 놓은 것 같은 그저 그런 것이었다. 그런데도 상상력의 파편조차 없는, 새것을 좋아하는 몇몇 평론가가 그것들을 칭찬했다. 하지만 한 이 년이 지나자 비평가들도 역시 이건 글렀다 싶었던지 입을 다물게 됐다. 어째서 그런 일이 일어나는 것인지 나로선 알 수 없다. 하지만 어쨌든 그의 재능은 최초의 세 권으로 완전히 고갈되고 말았던 것이다. 그러나 그래도 문장만은 그런대로 쓸 만했다. 그래서 거세당한 개가 과거의 기억을 따라 암캐의 냄새를 맡듯, 문단 주변을 어슬렁거리고 있었다. 그 무렵 아메는 이미 그와 이혼한 상태였다. 정확히 말하자면, 아메가 그를 단념하고 만 것이다. 적어도 그것이 일반적인 정설이었다.

하지만 마키무라 히라쿠는 그대로는 끝나지 않았다. 그는 모험 작가라고 떠벌리며 새로운 분야에 손을 댔다. 1970년대 초반 무렵이다. 전위 그리고 행동과 모험. 그는 세계의 비경秘境을 돌며 그것에 관한 글을 썼다. 에스키모와 함께 물범을 잡아먹기도 하고, 아프리카에서 원주민과 생활하기도 하고, 남미의 게릴라를 취재하기도 했다. 그러고는 서재형 작가들을 맹렬한 어조로 비난했다. 처음엔 그건 그것대로 나쁘지 않았지만, 십 년이나 같은 짓을 하고 있는 동안에—뭐 당연한 일이지만— 다들 거기에 싫증을 느끼게 됐다. 도대체 세계에 그토록 많은 모험의 씨앗이 있을 턱이 없다. 리빙스턴이나 아문센의 시대는 아닌 것이다. 모험의 질은 떨어지고, 문장만이 호들갑스러워졌다. 그리고 사실 그것은 모험조차도 아니었다. 그의 대부분의 '모험'에는 코디네이터라든가 편집자라든가 카메라맨 같은 이들이 줄줄이 동행했다. 텔레비전이 관련되면, 거기에 열 명가량의 스태프와 스폰서가 붙었다. 연출도 있었다. 시간이 지날수록 연출이 불어났다. 그것은 업계의 사람이라면 누구나 알고 있는 일이었다.

그도 그토록 나쁜 사람은 아닐 게다. 하지만 재능이 없었다. 그 딸이 말하듯.

우리는 작가인 그녀의 아버지에 관해선 더 이상 이야기를 하지 않았다. 유키도 이야기를 하고 싶지 않은 것 같았고, 나도 별로 이야기하고 싶지 않았다.

우리는 얼마 동안 말없이 음악을 듣고 있었다. 나는 핸들을 잡고 앞에서 달리는 푸른색 BMW의 미등을 바라보고 있었다. 유키는 솔로먼 버크Soloman Burke에 맞추어 부츠 끝으로 리듬을 타면서 거리의 풍경을 바라보고 있었다.

"이거 좋은 차네"라고 조금 뒤에 유키는 말했다. "무슨 차야?"

"스바루"라고 나는 말했다. "중고 구식 스바루. 일부러 칭찬해 주는 사람은 세상에 그다지 없지만."

"잘 모르겠지만, 타고 있으니 어쩐지 친밀한 느낌이 들어."

"아마도 그건 이 차가 나에게 사랑받고 있기 때문일 거야."

"그러면 친밀한 느낌이 들게 돼?"

"조화성" 하고 나는 말했다.

"잘 모르겠는데"라고 유키는 말했다.

"나와 차가 서로 도와주고 있는 거야. 간단하게 말하면, 즉 내가 이 공간에 들어간다, 나는 이 차를 사랑하고 있다고 생각한다. 그러면 여기에 그런 공기가 생겨. 그리고 차도 그런 공기를 느끼게 돼. 그러면 나도 기분이 좋아지고 차도 기분이 좋아지지."

"기계도 기분이 좋아져?"

"물론, 좋아지지"라고 나는 말했다. "어째서인지는 모르지만 기계도 기분이 좋아지기도 하고, 약이 오르기도 해. 이론적으로는 해명되지 않지만 경험으로 봐서 그래. 틀림없어."

"인간이 서로 사랑하는 것과 마찬가지로?"

나는 고개를 저었다. "인간과는 달라. 이런 건 말이지, 그 자리에 머물고 있는 감정이거든. 인간에 대한 감정이란 건 그것과는 달라. 상대에게 맞춰서 늘 미세하게 변화해. 흔들리거나, 망설이거나, 부풀거나, 꺼지거나, 부정되거나, 상처를 입기도 해. 대개의 경우 의식적으로 통할 수는 없어. 스바루를 대하는 것과는 달라."

유키는 그에 관해 한동안 생각하고 있었다. "부인과는 서로 통하지 못했어?"라고 유키가 물었다.

"난 줄곧 통하고 있다고 생각하고 있었어"라고 나는 말했다. "하지만 내 아내는 그렇게 생각하지 않았어. 견해의 차이. 그래서 어디론가 가버렸지. 아마 견해 차이를 바로잡는 것보다는 다른 남자와 어디론가 가버리는 편이 차라리 나았던가 봐."

"스바루처럼은 잘 되지 못했던가 보지?"

"말하자면 그렇지"라고 나는 말했다. 맙소사, 도대체 열세 살짜리 여자아이를 상대로 할 수 있는 이야기란 말인가, 이것이.

"저, 나에 대해선 어떻게 생각해?"라고 유키가 물었다.

"나는 아직 너에 대해선 거의 아무것도 몰라"라고 나는 말했다.

그녀는 또 내 왼쪽 뺨을 물끄러미 바라봤다. 그러다가 왼쪽 뺨에 구멍이 뚫리지나 않을까 싶었다. 그 정도로 날카로운 시선이었다. 알겠어, 하고 나는 생각했다.

"넌 내가 여태껏 데이트한 여자 중에선 아마 제일 예쁜 여자애일 거야"라고 나는 앞의 노면을 보면서 말했다. "아니지, 아마가 아냐. 틀림없이 제일 예뻐. 내가 열다섯이라면, 확실히 너와 사랑을 했을 거야. 하지만 난 이제 서른넷이니, 그렇게 간단하게 사랑은 하지 않아. 이 이상 더 불행해지고 싶지 않아. 스바루가 더 쉬워. 그런 정도로 말하면 될까?"

유키는 이번에는 평온한 시선으로 나를 잠시 보고 있었다. 그러곤 "이상한 사람" 하고 말했다. 유키에게 그런 소리를 듣자 나는 정말로 인생의 패배자가 된 것 같은 느낌이 들었다. 아마 악의는 없을 것이다. 하지만 그녀에게서 그런 소리를 들으니 꽤 사무치는 것이다.

열한 시 십오 분에 나는 아카사카로 돌아왔다.

"자, 이젠?" 하고 나는 말했다.

이번에 유키는 나에게 제대로 그 아파트의 주소를 가르쳐 줬다. 붉은 벽돌로 지은 아담한 아파트인데, 노기 신사에 가까운 조용한 길거리에 있었다. 나는 그 앞에 차를 세우고 엔진을 껐다.

"돈 말인데"라고 그녀는 시트에 앉은 채 조용히 말했다. "비행기 표라든가, 식사 비용이라든가 그런 거."

"비행기 표는 어머니가 돌아와서 돌려주면 돼. 그 이외의 것은 내가 내겠어. 신경 쓰지 않아도 돼. 더치페이 데이트는 안 해. 비행기 표만으로 좋아."

유키는 아무 말 없이 어깨를 움츠리더니 차 문을 열었다. 그리고 씹고 있던 껌을 화분 속에다 버렸다.

"고마워, 천만에" 하고 나는 나 혼자서 유키가 할 법한 말과 내가 대꾸할 말을 함께 해봤다. 그러곤 지갑에서 명함을 꺼내어 유키에게 줬다. "어머니가 돌아오면 이걸 전해 드려. 그리고 만일 혼자 있다가 무슨 곤란한 일이 생기거든 이리로 전화해. 내가 할 수 있는 일이라면 도와줄 테니까."

그녀는 얼마 동안 내 명함을 손가락으로 집어 들고 가만히 응시하고 있었다. 그러곤 코트의 주머니 속에 쑤셔 넣었다.

"이상한 이름" 하고 유키는 말했다.

나는 뒷좌석에서 무거운 슈트 케이스를 끌어내어 그것을 엘리베이터에 실어 사 층까지 운반했다. 유키는 숄더백에서 열쇠를 꺼내 문을 열었다. 나는 슈트 케이스를 안에다 넣었다. 식당을 겸한 부엌과 침실과 욕실만 있는 구조였다. 건물은 아직 깨끗하고, 집 안은 모델하우스처럼 잘 정돈되어 있었다. 식기니 가구니 전자기기는 갖출 대로 갖춰져 있었고, 어느 것이나 세련되고 값비싸 보였지만, 생활의 냄새랄 것은 거의 느껴지지 않았다. 어쨌든 돈을 주고 사흘 만에 구색 맞춰 전부 사들였다고나 할 그런 느낌이었다. 취향은 좋다. 하지만 어딘지 모르게 비현실적이다.

"엄마가 어쩌다 사용할 뿐이야" 하고 유키는 내 시선을 좇은 다음에 말했다. "엄마는 이 근처에 스튜디오를 갖고 있는데 도쿄에 있을 때엔 거의 거기서 살다시피 하고 있어. 거기서 자고 거기서 밥 먹고 하면서. 여기론 어쩌다가 돌아올 뿐."

"그렇군" 하고 나는 말했다. 바쁜 듯한 인생이다.

그녀는 모피 코트를 벗어서 옷걸이에 걸고 가스난로에 불을 붙였다. 그리고 어디선가 버지니아 슬림 한 갑을 가져다가 한 개비 입에 물고 조용히 종이 성냥의 불을 댕겼다. 열세 살짜리 여자아이가 담배를 피운다는 건 좋지 않은 일이라고 나는 생각한다. 건강에도 좋지 않고 피부도 거칠어진다. 하지만 유키의 담배 피우는 모습은 흠잡을 데 없을 만큼 매력적이었다. 그래서 나는 아무 말도 하지 않았다. 나이프로 끊어 낸 것처럼 얇은 각도로 휘어진 입술에 필터를 살짝 물고 불을 켜서 댕길 때에 기다란 속눈썹이 자귀나무 잎사귀처럼 천천히 아름답게 내리깔렸다. 이마에 흘러내린 가느다란 앞머리가 그녀의 작은 몸놀림에 맞추어 부드럽게 흔들렸다. 완벽했다. 열다섯 살이었다면 사랑에 빠졌을 거야, 하고 나는 새삼 느꼈다. 그것도 봄의 눈사태와도 같은 숙명적인 사랑에. 그리하여 어찌하면 좋을지 몰라 지독히 불행해져 있을 터였다. 유키는 내가 옛날에 알았던 어느 여자아이를 생각나게 했다. 내가 열셋이던가 열네 살 무렵에 좋아했던 한 여자아이를. 그 당시에 맛봤던 절절한 심정이 문득 되살아났다.

"커피나 뭣 좀 마실래?"라고 유키가 물었다.

나는 고개를 저었다. "늦었으니까 이제 돌아갈게"라고 나는 말했다.

유키는 담배를 재떨이에 놓고 일어서더니 나를 문까지 나와서 배웅해 줬다.

"담뱃불과 난로를 조심해"라고 나는 말했다.

"아빠 같아"라고 그녀는 말했다. 정확한 지적이었다.

✦

시부야의 아파트에 돌아와 나는 소파에 뒹굴면서 맥주를 마셨다. 그리고 우편함에 들어 있던 네댓 통의 편지를 체크했다. 어느 것이나 별로 대수롭지 않은 일 관계의 편지였다. 읽는 건 전부 뒤로 미루고 개봉만 한 채 테이블 위에 던져 놓았다. 지칠 대로 지쳐서 아무것도 하고 싶지 않았다. 하지만 신경이 몹시 예민해져서 제대로 잠이 들 것 같지가 않았다. 긴 하루였어, 하고 나는 생각했다. 길게 길게 늘여진 하루. 하루 종일 제트코스터를 타고 있었던 것만 같은 느낌이다. 아직도 몸이 흔들리고 있었다.

도대체 며칠 동안이나 삿포로에 있었단 말인가, 하고 나는 생각해 봤다. 하지만 기억이 나지 않았다. 이런저런 일이 꼬리를 물고 일어난 데다 수면 시간도 들쭉날쭉했다. 하늘은 빈틈없는 회색이었다. 사건과 날짜가 온통 뒤섞여 있었다. 우선 프런트 담당 여직원과 데이트를 했다. 예전 동업자에게 전화를 해서 돌핀 호텔에 관한 조사를 하게 했다. 양 사나이와 만나서 이야기를 했다. 영화관에 가서 키키와 고탄다가 나오는 영화를 봤다. 열세 살짜리 예쁜 여자아이와 둘이서 비치 보이스의 노래를 합창했다. 그리고 도쿄로 돌아왔다. 모두 며칠이지?

헤아릴 수가 없었다.

모든 것은 내일이다, 하고 나는 생각했다. 내일 생각할 수 있는 일은 내일 생각하자.

나는 주방으로 가서 유리잔에 위스키를 따른 뒤, 아무것도 넣지 않고 그냥 마셨다. 그리고 반쯤 남아 있던 크래커를 몇 개 먹었다. 크래커는 내 머릿속처럼 습기를 머금고 있었다. 그리운 모더네어스The Modernaires가 그리운 토미 도시Tommy Dorsey의 노래를 부르고 있는 낡은 레코드를 작은 소리로 틀었다. 내 머리처럼이나 약간 시대에 뒤떨어진 것이었다. 그리고 잡음도 섞여 있었다. 하지만 누구에게도 폐는 끼치지 않는다. 그 나름대로 완결되어 있다. 어디로도 가지 않는다. 내 머리처럼.

대체 무슨 일이야, 라고 내 머릿속에서 키키가 말했다.

카메라가 빙그르르 회전했다. 고탄다의 단정한 손가락이 그녀의 등허리를 부드럽게 더듬고 있었다. 마치 거기에 숨겨진 수로라도 찾는 듯.

대체 무슨 일일까, 키키? 나는 분명 상당히 혼란스러워하고 있다. 나는 예전만큼 스스로에게 자신을 가질 수 없다. 애정과 중고 스바루는 별개의 것이다. 그런가? 나는 고탄다의 단정한 손가락에 질투하고 있다. 유키는 제대로 담뱃불을 껐을까? 제대로 가스난로를 껐을까? 아빠 같아. 정말이다. 나 스스로에게 자신을 갖지 못하겠다. 그리고 나는 이 고도자본주의 사회의 코끼리 무덤 같은 곳에서 이런 식으로 투덜투덜 혼잣말을 하면서 늙어 버리게 된단 말인가?

하지만 모든 것은 내일이다.

나는 이를 닦고, 파자마로 갈아입고, 그러곤 잔에 남아 있던 위스키를 다 마셨다. 침대에 들어가려는데 전화벨이 울렸다. 나는 잠시 동안 방 한가운데에 서서 전화기를 물끄러미 바라보다가 결국은 수화기를 집어 들었다.

"방금 난로 껐어"라고 유키가 말했다. "담뱃불도 잘 처리했어. 그러면 되지? 안심했어?"

"그러면 됐어"라고 나는 말했다.

"잘 자"라고 유키가 말했다.

"잘 자"라고 나는 말했다.

"저어"라고 유키가 말했다. 그리고 잠시 시간을 두었다. "삿포로의 그 호텔에서 양 모피를 걸친 사람을 봤지?"

나는 금이 간 타조 알을 품고 있는 듯한 자세로 수화기를 가슴에 안고 침대에 걸터앉았다.

"난 알 수 있어. 아저씨가 그걸 봤다는 걸. 줄곧 잠자코 있었지만 알 수 있어. 처음부터 다 알고 있었어."

"너도 양 사나이를 만났어?"라고 나는 물어봤다.

"으음" 하고 유키는 애매하게 말하고는, 쯧 하고 혀를 찼다. "하지만 그 이야긴 이다음에, 다음에 만나서 천천히 해. 이젠 졸려."

그리고 그녀는 찰칵 전화를 끊었다.

관자놀이가 아파 왔다. 나는 주방으로 가서 다시 위스키를 마셨다. 내 몸은 어쩔 수도 없이 계속 흔들리고 있었다. 제트코스터는 소리를 내며 다시 움직이기 시작했다. 연결되어 있어, 라고 양 사나이는 말했다.

연결되어 있어, 하고 사고가 메아리쳤다.

여러 가지 것들이 조금씩 연결되기 시작했다.

17

주방에서 싱크대에 기대어 서서 다시 위스키를 한 잔 마시고, 대체 어떻게 된 일이지, 하고 생각했다. 유키에게 다시 전화를 걸어 볼까도 생각했다. 어떻게 해서 양 사나이에 대해 알고 있느냐고. 하지만 나는 어지간히 지쳐 있었다. 긴 하루였던 것이다. 게다가 그녀는 "이다음에"라고 전화를 끊지 않았는가. 다음을 기다리는 수밖에 없다. 게다가, 하고 나는 생각했다. 무엇보다도 나는 그녀의 아파트 전화번호를 알지 못한다.

　나는 침대로 들어가 잠들지 못한 채 머리맡의 전화를 십 분에서 십오 분 정도 바라보고 있었다. 어쩌면 또 유키에게서 전화가 걸려 올지도 모른다는 느낌이 들었기 때문이다. 혹은 유키가 아닌 다른 누구로부터라도. 이럴 때의 전화기는 내버려 둔 시한폭탄 같다. 언제 울리게 될지 아무도 알지 못한다. 가능성만이 시간을 새긴다. 게다가 자세히 보면 전화기라는 건 기묘한 형태를 하고 있다. 참으로 기묘하다. 평소엔 깨닫지 못하지만 가만히 보고 있노라면, 그 입체성에는 불가사의한 절실함이 느껴진다. 전화는 무슨 이야기인가를 몹시도 하고 싶어 하는 것처럼도 보이며, 거꾸로 그렇게 전화라는 형태로 속박되어 있음을 증오하는 것처럼도 보인다. 그것은 서툰 육체를 부여받은 순수개념처럼 보인다. 전화.

나는 전화국을 생각했다. 선이 연결되어 있다. 이 방에서 쭉 어디까지나 그 선은 연결되어 있다. 나는 원리적으로는 누구와도 연결될 수가 있다. 앵커리지에도 전화를 걸 수 있다. 돌핀 호텔에도, 헤어진 아내에게도 전화를 걸 수 있다. 거기에는 무수한 가능성이 있다. 연결점은 전화국에 있다. 컴퓨터가 그 연결점을 처리하고 있다. 숫자 배열에 의해 연결점이 전환하고, 커뮤니케이션이 성립한다. 전선이나 지하 케이블이나 해저터널이나 통신 위성 등을 통해서 우리는 연결된다. 거대한 컴퓨터가 그것을 통제하고 있다. 그러나 그것이 제아무리 우수하고 정밀한 방식이라 해도, 우리가 이야기하려는 의지를 갖지 않는다면, 그것은 아무것도 연결할 수 없다. 게다가 설사 그런 의지를 가졌다 해도, 이번처럼 이쪽이 상대의 전화번호를 모른다면(물어보는 걸 잊었다) 연결될 수가 없다. 또한 번호를 제대로 들었다 해도, 잊어버리거나 메모를 분실해 버리는 수도 있다. 번호를 외우고 있더라도 다이얼을 잘못 돌리는 수도 있다. 그렇게 되면 우리는 어디로도 연결되지 못한다. 우리는 지극히 불완전하고 반성을 모르는 종족인 것이다. 그리고 또 있다. 내가 설령 그런 조건들을 완비해서 유키에게 전화를 걸 수 있었다 해도, 그녀는 "지금은 이야기하고 싶지 않아. 안녕(딸깍!)" 하고 전화를 끊어 버릴지도 모른다. 그렇게 되면 거기에 대화라는 것은 성립되지 않는다. 그것은 일방적인 감정의 제시일 수밖에 없다.

전화는 그런 사실에 초조해하고 있는 것처럼 보인다.

그녀는(그일지도 모르지만, 여기서 나는 전화라는 것을 여성형으로 취급하기로 한다) 자신이 순수개념으로서 자립하고 있지 않다는 점에서 초조해하고 있다. 커뮤니케이션이 불확실하며 불완전한 의지를 기초로 하고 있다는 점에서 화를 내고 있는 것이다. 그것이 그녀로서는 너무나 불완전하고, 너무나 우발적이며, 너무나 수동적인 것이다.

나는 베개 위에 한쪽 팔꿈치를 짚고 그 같은 전화의 초조해하는 꼴을 얼마 동안 바라보고 있었다. 하지만 그것은 어쩔 수도 없는 일이 아닌가. 내 탓은 아니다, 라고 나는 전화를 향해 말했다. 커뮤니케이션이란 건 그런 것이다. 불완전하고 우발적이며 수동적인 것이다. 그것을 순수개념으로서 취급하기 때문에 그녀는 초조해하는 것이다. 내가 나쁜 건 아니다. 그녀는 필시 어딜 가나 초조해할 것이다. 하지만 내 방에 속해 있음으로써 그녀의 초조감이 얼마쯤 더 높아졌을지도 모른다. 그런 의미에선 나도 어느 정도 책임을 느낀다. 내가 그 불완전성과 우발성과 수동성을 부지불식중에 부채질하고 있지 않나 하는 느낌도 없지는 않다. 다리를 잡아당기고 있는 것이다.

그러는 중에 나는 문득 헤어진 아내를 생각했다. 전화는 아무 말 없이 가만히 나를 비난하고 있다. 아내와 마찬가지로. 나는 아내를 사랑했다. 우리는 꽤 즐거운 시간을 보냈다. 서로 농담도 주고받곤 했다. 몇백 번이나 성교를 했다. 여러 곳으로 여행을 다녔다. 하지만 때때로 아내는 가만히 이런 식으로 나를 비난했다. 밤중에, 조용히, 가만히. 그녀는 나의 불완전성과 우발성과 수동성을 비난했다. 그녀는 초조해했다. 우리는 잘해 나갔다. 하지만 그녀가 요구하는 것, 그녀가 머릿속에 그리고 있는 것과 나의 존재 사이에는 결정적인 차이가 있었다. 아내는 커뮤니케이션의 자립성 같은 것을 요구했었다. 커뮤니케이션이 얼룩 한 점 없는 백기를 내걸고 사람들을 빛나는 무혈혁명으로 선도해 가는 그런 장면을. 완전성이 불완전성을 삼키고 치유해 버리는 그런 상황을. 그런 것이 그녀에게 있어서의 사랑이었다. 나는 물론 그렇지 않았다. 나에게 사랑이란 어색한 육체를 부여받은 순수한 개념이며, 그것은 지하 케이블이나 전선을 뭉그적뭉그적 통과해 가까스로 어떻게 해서 어딘가로 연결되어 있는 것이었다. 굉장히 불완전한 것이다. 가끔 혼선도 있다. 번호도 알지 못하게 된다. 잘못된 전화가 걸려 오는 수도 있다. 하지만 그것은 내 탓은 아니다. 우리가 이 육체 안에 존재하고 있는 한 영원히 그런 것이다. 원리적으로 그런 것이다. 나는 그녀에게 그렇게 설명했다. 몇 번이고 몇 번이고.

하지만 그녀는 어느 날 나가 버렸다.

어쩌면 내가 그 불완전성을 부채질하고 조장했는지도 모른다.

나는 전화를 보면서 아내와 잠자리를 함께 했던 때를 떠올렸다. 하지만 내가 버릴 때까지의 마지막 삼 개월가량 그녀는 나와 한 번도 잠자리를 함께해 주지 않았다. 다른 남자와 자고 있었기 때문이다. 나는 그때엔 그녀가 다른 누구와 자고 있다는 걸 전혀 모르고 있었지만.

"저기, 미안하지만 다른 데 가서 다른 사람과 자고 와. 화내지 않을 테니까"라고 그녀는 말했다. 나는 농담인 줄 알았다. 하지만 그녀는 진심이었던 것이다. 다른 여자와 별로 자고 싶지 않아, 라고 나는 말했다. 사실 정말로 다른 여자와는 자고 싶지 않다. 하지만 다른 여자와 자고 오면 좋겠어, 라고 그녀는 말했다. 그리고 앞으로의 일을 서로 다시 생각해 보자, 라고.

결국 나는 그 누구와도 잠자리를 함께 하거나 하지는 않았다. 나는 성적으로 결벽증이 있는 인간이라고 할 수도 없지만, 생각을 정리하기 위해서 여자와 자거나 하지도 않는다. 누군가와 자고 싶으니까 자는 것뿐이다.

그러고 나서 얼마 후 그녀는 집을 나가 버렸다. 만약 내가 그때 아내가 하는 말대로 어딘가로 가서 다른 여자와 자거나 했다면, 아내는 집을 안 나갔을까? 그렇게 함으로써 그녀는 나와의 사이에 커뮤니케이션을 약간이나마 자립시키려고 했던 것일까? 하지만 그것은 너무나 멍청한 소리다. 나는 그때 다른 여자와 전혀 자고 싶지 않았으니까. 하지만 그녀가 무슨 생각을 하고 있었는지 나로선 잘 알 수가 없다. 그녀는 거기에 대해선 구체적으로 아무 말도 하지 않았기 때문이다. 이혼한 후에도 아무 말도 없었다. 극히 상징적으로밖엔 이야기하지 않았다. 그녀는 중요한 일에 관해서는 언제나 상징적인 어투로만 이야기했다.

고속도로의 소음은 열두 시를 지나서도 끊이지 않았다. 이따금씩 오토바이의 심한 배기음이 울려 퍼졌다. 방음용 밀폐 유리를 통과하면서 그 소리는 희미하게 가라앉아 갔지만, 그 존재감은 무겁고 농밀했다. 그것은 거기에 존재하며 나의 인생에 근접해 있었다. 나를 지표의 어느 한 부분에 확고하게 규정하고 있었다.

전화를 바라보는 게 싫증이 나자 나는 눈을 감았다.

눈을 감으니 기다리고 있었다는 듯 무력감이 소리도 없이 그 공백을 채웠다. 아주 솜씨 좋게, 재빠르게. 그리고 서서히 잠이 찾아왔다.

✦

아침 식사를 마치고, 나는 주소록을 뒤져 연예 관계의 에이전트 같은 일을 하는 지인에게 전화를 걸었다. 나는 잡지의 인터뷰 일을 하고 있는 관계로 그와 몇 번인가 함께 일한 적이 있었다. 아침 열 시인데도 그는 여전히 자고 있었다. 나는 잠을 깨운 것에 대해 사과를 하고 나서 고탄다의 연락처를 알고 싶다고 말했다. 그는 좀 투덜거리는 투였지만, 그래도 고탄다가 소속된 프로덕션의 전화번호를 가르쳐 줬다. 중견 프로덕션이었다. 나는 그 번호로 걸었다. 그리고 담당 매니저가 받자 잡지의 이름을 알려 주고, 고탄다와 연락을 취하고 싶다고 말했다. 취재할 건가요, 라고 상대는 물어 왔다. 정확하게는 그렇지 않다고 나는 대답했다. 그럼 뭔가요, 하고 상대가 물었다. 하긴 정당한 질문이었다. 개인적인 이야기가 있어서, 하고 나는 말했다. 어떤 개인적인 이야기냐고 상대는 다시 물었다. 우리는 중학교 동창이다, 그리고 그와 꼭 연락을 해야 할 일이 있다고 나는 말했다. 이름을 말해 달라고 상대는 말했다. 나는 이름을 댔다. 그는 이름을 메모했다. 중요한 일이다, 라고 나는 말했다. 제가 전해 드리지요, 라고 상대는 말했다. 직접 이야기하고 싶다고 나는 말했다. 그렇게 말하는 사람이 많습니다. 중학교 동창만 해도 몇백 명이 있어요, 라고 그는 말했다.

"중요한 일입니다"라고 나는 말했다. "만일 이번에 이 일로 연락을 취하게 해주신다면, 이쪽도 업무상 편의를 봐드릴 수 있다고 생각합니다만."

상대는 그 점에 대해 잠시 생각하는 듯했다. 그것은 물론 거짓말이었다. 나에겐 그런 보답을 해줄 만한 힘은 없다. 내가 하는 일은 취재해 오라는 인물을 만나 인터뷰를 하는 것뿐이다. 하지만 상대는 그런 건 모른다. 안다면 문제가 된다.

"취재는 아니군요"라고 상대는 말했다. "취재라면 저를 통하시지 않으면 곤란합니다. 공식적인 절차를 밟지 않으면."

아니다, 백 퍼센트 개인적인 일이다, 라고 나는 말했다.

그쪽 전화번호를 알려 달라고 그는 말했다. 나는 가르쳐 줬다.

"중학교 동창이라고요"라고 그는 한숨을 쉬며 말했다. "알 겠습니다. 오늘 밤 아니면 내일에라도 전화 드리게 하지요. 물론 본인에게 그럴 생각이 있으면 그러겠다는 말입니다만."

"물론" 하고 나는 말했다.

"바쁜 사람이고, 중학교 동창과 이야기하고 싶지 않을지도 모르죠. 어린애가 아니니 무리하게 전화통 앞으로 끌고 올 수도 없으니까요."

"물론."

그러고서 상대는 하품을 하면서 전화를 끊었다. 하는 수 없지. 아직 아침 열 시가 아닌가.

오전 중에 차를 몰고 아오야마의 기노쿠니야고급 슈퍼마켓 체인로 가서 쇼핑을 했다. 주차장에서 나는 사브와 메르세데스 사이에 스바루를 멈춰 세웠다. 마치 나의 분신처럼 초라해 보이는 구형 스바루. 하지만 나는 기노쿠니야에서 쇼핑하기를 좋아한다. 뜬금없는 소리 같지만, 여기 이 가게의 양상추가 제일 오래 신선도를 유지하기 때문이다. 왜 그런지는 알 수 없다. 하지만 그렇다. 폐점 후에 양상추를 모아 놓고 특수한 훈련을 하고 있는지도 모른다.

만약 그렇다고 해도 나로서는 전혀 놀랍지 않다. 고도자본주의 사회에서는 여러 가지 일이 가능한 것이다.

자동 응답기를 켜두었지만, 메시지는 하나도 없었다. 아무에게서도 전화는 걸려 오지 않았다. 나는 라디오에서 흐르는 「샤프트 테마Shaft Theme」를 들으면서 사온 채소를 하나하나 포장해서 냉장고에 넣어 두었다. 그 남자는 누구냐? 샤프트!

그러고 나서 나는 시부야의 영화관에 가서 또 「짝사랑」을 봤다. 벌써 이걸로 네 번째였다. 하지만 보지 않을 수가 없었다. 나는 대강 시간을 계산해서 영화관에 들어가, 키키가 나오는 장면을 멍하니 기다리다가, 그 장면에 신경을 집중했다. 자잘한 부분까지도 놓치지 않으려고 했다. 정경은 언제나, 언제나 똑같았다. 일요일 아침. 어디에나 있는 한가한 일요일의 햇빛. 창문의 블라인드. 여자의 벌거벗은 등. 그 위를 기어 다니는 남자의 손가락. 벽에는 르 코르뷔지에Le Corbusier의 그림이 걸려 있다. 침대의 머리맡에는 커티삭 병이 놓여 있다. 유리잔이 두 개, 그리고 재떨이. 세븐스타 담뱃갑. 방에는 스테레오 장치가 있다. 꽃병도 있다. 꽃병에는 마가렛 비슷한 꽃이 꽂혀 있다. 방바닥에는 벗어 던진 옷이 널브러져 있다. 책장도 보인다. 카메라가 빙그르르 돌아간다. 키키다. 나는 무의식중에 눈을 감았다. 그리고 눈을 뜬다. 고탄다가 키키를 안고 있다. 살며시 부드럽게. '아니야' 하고 나는 생각한다. 그리고 무의식중에 입으로 말해 버린다. 네 칸 정도 떨어진 곳의 자리에 앉아 있던 젊은 남자가 내 쪽을 힐끗 건너다본다. 주인공인 여자애가 온다. 그녀의 머리는 포니테일 모양을 하고 있다. 요트파커와 블루진, 빨간 아디다스 슈즈, 손에는 케이크인지 쿠키인지 그런 것을 들고 있다. 그녀가 방 안에 들어왔다가 달아난다. 고탄다는 망연자실한다. 그는 일어나 침대 위에 앉아, 눈부신 빛을 바라보는 듯한 눈으로, 그녀가 달려 나간 뒤의 공간을 물끄러미 응시하고 있다. 키키가 그의 어깨에 손을 얹고 걱정스러운 듯 말한다. "대체 무슨 일이야?"

나는 영화관을 나온다. 그리고 정처 없이 시부야 거리를 걸어 돌아다녔다.

이미 봄방학이었던 탓에, 거리는 중학생과 고등학생으로 가득했다. 그들은 영화를 보고, 맥도날드에서 숙명적인 정크푸드를 먹고, 「뽀빠이」인지 「핫덕 프레스」인지 「올리브」인지 하는 잡지가 추천하는 가게에서 쓸모도 없는 물건들을 사고, 오락실에서 잔돈을 쓰고 있었다. 그 언저리의 가게에선 커다란 소리로 음악이 흘러나왔다. 스티비 원더Stevie Wonder나 홀 앤드 오츠나, 파친코 가게의 행진곡이나, 우익 선전차의 군가나 이런 것 저런 것이 혼연일체가 되어 혼돈의 도가니 같은 소음을 만들어 내고 있었다. 시부야 역전에서는 선거 연설을 하고 있었다.

나는 키키의 등을 더듬는 고탄다의 날렵하고 단정한 열 개의 손가락을 떠올리면서, 거리를 걸었다. 하라주쿠까지 걷고, 거기서 센다가야를 빠져나와서 진구 구장에 갔다가, 아오야마 큰길로 해서 묘지 아래를 향해 걷고, 네즈 미술관 쪽으로 갔다가, '피가로'의 앞을 지났으며, 그리고 다시 기노쿠니야까지 갔다. 그리고 진탄 빌딩 앞을 지나서 시부야로 돌아왔다. 꽤 긴 거리였다. 시부야에 도착하자 이미 날은 저물어 있었다. 언덕 위에서 보니, 형형색색의 네온사인이 켜지기 시작한 거리의 큰길을, 거무칙칙한 코트에 몸을 감싼 무표정한 샐러리맨들이 암류暗流를 거슬러 오르는 차가운 연어 떼처럼 일정한 속도로 흐르고 있었다.

집에 돌아와 보니 자동 응답기의 붉은 램프가 켜져 있는 것이 보였다. 나는 집 안의 불을 켜고, 코트를 벗고, 냉장고에서 캔맥주를 꺼내 한 모금 마셨다. 그러곤 침대에 걸터앉아 자동 응답기의 재생 스위치를 눌러 봤다. 테이프가 되감기고, 그다음에 재생됐다.

"여어, 오랜만이야" 하고 고탄다가 말했다.

18

"여어, 오랜만이야" 하고 고탄다가 말했다. 아주 투명하고 명쾌한 목소리였다. 너무 빠르지도 않고, 너무 느리지도 않으며, 너무 크지도 않고, 너무 작지도 않고, 긴장감은 없으나 그렇다고 너무 늘어지지도 않은 목소리였다. 완벽한 목소리. 그것이 고탄다의 목소리라는 건 일순에 알 수 있었다. 그것은 한번 들으면 웬만해선 잊히지 않는 그런 목소리였다. 그의 웃는 얼굴과 깨끗한 치열, 쭉 빠진 콧날과 마찬가지로, 그것은 역시 쉽게 잊히지 않는 것이었다. 나는 고탄다의 목소리 같은 건 그때까지 신경 써본 적도 없었으며 떠올린 적도 없었지만, 그래도 그 목소리는 조용한 한밤중에 잘 울리는 종이라도 친 것처럼 나의 머리 한구석에 매달려 있던 잠재적 기억을 일순에 또렷하게 되살려 놓았다. 대단하구나, 확실히, 하고 나는 느꼈다.

"난 오늘 밤 집에 있을 테니까 이쪽으로 전화를 걸어 줘. 어차피 아침까지 자지 않을 테니까." 그는 그렇게 말하고, 전화번호를 두 번 되풀이했다. "그럼" 하고 말하고, 그는 전화를 끊었다. 국 번으로 보아 내 아파트에서 그다지 멀지 않은 모양이었다. 나는 그가 말한 번호를 메모하고 나서, 천천히 그 번호로 걸어 봤다. 여섯 번째 신호음이 울리자 부재 안내가 나왔다. 지금 부재중이므로 전하실 말씀이 있으시면 녹음해 주십시오, 하고 여자 목소리가 들려왔다. 나는 내 이름과 전화번호와 전화한 시간을 말했다. 그리고 줄곧 여기 있겠노라고 말했다. 꽤 까다로운 세상이군. 전화를 끊고 부엌으로 가서, 샐러리를 썰었다. 잘게 썰어서 마요네즈를 끼얹어, 그것을 씹으면서 맥주를 마시고 있자니까 전화가 걸려 왔다. 유키였다. 지금 뭐 해? 라고 그녀가 말했다. 부엌에서 샐러리를 씹으면서 맥주를 마시고 있다고 말했다. 그거 참 딱하네, 하고 유키는 말했다. 그럴 정도는 아니야, 라고 나는 말했다. 정말로 딱한 건 얼마든지 있다. 그녀는 아직 알지 못할 뿐이다.

"넌 지금 어디 있어?"라고 나는 물어봤다.

"아직도 아카사카의 아파트"라고 그녀는 말했다. "지금 드라이브 가지 않을래?"

"미안하지만 오늘은 안 되겠는걸" 하고 나는 말했다. "지금은 업무상 중요한 전화를 기다리고 있거든. 다음에 하자고. 그리고 아, 그렇지, 어제 이야기 말인데, 양 모피를 뒤집어쓴 사람을 본 거야? 그 이야기가 듣고 싶단 말이야. 그거, 굉장히 중요한 일이라고."

"다음에"라고 그녀는 한껏 찰칵 소리를 내어 전화를 끊어 버렸다.

맙소사, 하고 나는 생각했다. 그리고 한참 동안 손에 든 수화기를 바라봤다.

✦

나는 샐러리를 다 먹고 나서, 저녁 식사로 무엇을 먹을까 생각했다. 스파게티로 할까 싶었다. 마늘 두 알을 굵직하게 잘라서 올리브오일로 볶는다. 프라이팬을 기울여 기름을 고이게 하고 오래 시간을 들여 뭉근한 불로 볶는다. 그다음에 빨간 고추를 통째로 넣어 마늘과 함께 볶는다. 쓴맛이 나기 전에 마늘과 고추를 꺼낸다. 언제 꺼낼지 시간을 맞추기가 제법 까다롭다. 햄을 잘라서 넣고, 매콤해질 때까지 볶는다. 거기에다 막 삶은 스파게티를 넣어 살짝 섞은 다음 잘게 다진 파슬리를 뿌린다. 그러고 나서 산뜻한 모차렐라 치즈와 토마토 샐러드. 나쁘지 않다.

하지만 스파게티 삶을 물을 막 끓이려는 참에 또 전화벨이 울렸다. 나는 가스를 끄고 전화기 앞으로 가서 수화기를 집어 들었다.

"여어, 정말 오랜만이야" 하고 고탄다가 말했다. "반가워. 잘 지내?"

"그럭저럭 지내고 있지"라고 나는 말했다.

"매니저가 그러던데, 무슨 용건이 있다면서? 설마 함께 또

개구리 해부라도 하고 싶다는 건 아니지?"라고 그는 유쾌하다는 듯이 껄껄 웃었다.

"아니, 좀 물어보고 싶은 게 있어서 말이야. 그래서 바쁜 줄은 알면서도, 전화해 본 거야. 좀 이상한 이야긴데 말이지. 실은……."

"저 말이지, 지금 바빠?"라고 고탄다가 말했다.

"아니, 별로 바쁘진 않아. 시간이 남아서 저녁 식사를 만들까 하는 참이야."

"마침 잘됐네. 괜찮다면 밖에서 같이 저녁이라도 먹자. 나도 마침 누군가 밥 먹을 상대가 없을까 하고 찾고 있던 참이었어. 혼자서 묵묵히 밥을 먹는다는 건 아무래도 입맛이 당기지 않아서 말이야."

"하지만 괜찮을까? 갑자기 이런 식으로 전화해서 말이지. 저어……."

"사양할 것 없어. 어차피 날마다 때가 되면 배가 고프고, 좋건 싫건 간에 밥은 먹어야 하잖아. 널 위해 억지로 밥을 먹겠다는 게 아니야. 천천히 식사하고 술이라도 마시면서 둘이서 옛이야기나 하자. 옛 친구들과도 거의 만나지 못했거든. 너만 괜찮으면 꼭 만나고 싶어. 안 될까?"

"설마. 할 이야기가 있는 건 이쪽이라고."

"그럼 지금 데리러 갈게. 어디야, 거기?"

나는 주소와 아파트 이름을 말했다.

"응, 우리 집 근처네. 한 이십 분이면 갈 수 있을 거야. 곧 나올 수 있게 준비하고 있어. 지금 꽤 배가 고프거든. 오래는 못 기다리겠어."

그렇게 할게, 하고 나는 전화를 끊었다. 그러고 나서 고개를 갸웃했다. 옛이야기?

나와 고탄다 사이에 어떤 옛이야기가 있는지, 나로선 전혀 알 수가 없었다. 나와 그는 당시 특별히 사이가 좋았던 것도 아니고, 대화도 그다지 많이 하지 않았다. 그는 우리 반의 눈부신 엘리트였고, 나는 거의 눈에 띄지 않는 존재였다. 그가 내 이름을 이제껏 기억하고 있다는 사실조차 나로선 기적처럼 여겨질 따름이다. 옛이야기라니, 대체 뭐지? 이야기할 게 대체 뭐가 있다는 거지? 하지만 어쨌든 간에 쌀쌀맞은 대접을 받기보다는, 당연히 이런 대접을 받는 편이 훨씬 좋다.

나는 서둘러 면도를 하고, 오렌지색 줄무늬 셔츠 위에다 캘빈 클라인의 트위드 재킷을 걸치고, 예전 여자 친구가 생일 선물로 준 아르마니의 니트 타이를 맸다. 그리고 갓 세탁한 블루진을 입고, 산 지 얼마 안 되는 새하얀 야마하의 테니스 슈즈를 준비했다. 이것은 나의 옷가지 중에선 제일 멋있는 차림새였다. 그리고 상대방이 이러한 '멋'을 이해해 주면 좋으련만 싶었다. 나는 이제까지의 인생에서 영화배우와 함께 식사를 한 적이 단 한 번도 없었던 것이다. 이럴 때에 어떤 복장을 하는 것이 좋은지 짐작조차 가지 않았다.

정확히 이십 분 만에 그는 찾아왔다. 오십 세 전후의 예의 바른 말씨를 쓰는 운전사가 내 집 벨을 누르고, 고탄다가 아래에서 기다리고 있다고 했다. 운전사가 있다면 메르세데스일 거라 생각했는데, 아니나 다를까 메르세데스였다. 그것도 굉장히 큰 메탈릭 실버의 메르세데스였다. 꼭 모터보트 같았다. 유리는 안이 보이지 않게끔 되어 있었다. 운전사가 찰깍 하는 기분 좋은 소리를 내며 문을 열어 주고 나는 안으로 들어갔다. 안에는 고탄다가 있었다.

"어이, 반가워" 하고 그는 빙그레 웃으며 말했다. 악수 같은 걸 하지 않아서 나는 굉장히 안도했다.

"오랜만이야" 하고 나는 말했다.

그는 극히 평범한 브이넥 스웨터 위에다 남색 윈드브레이커를 걸치고, 낡은 크림색 코듀로이 바지를 입고 있었다. 신발은 색바랜 아식스의 조깅 슈즈였다. 하지만 그의 옷매무새는 아주 근사했다. 그다지 남다를 것 없는 옷인데도, 그가 입으면 아주 고상해 보이고 보는 사람의 기분을 좋게 만들었다. 그는 나의 옷차림을 빙그레 웃으면서 보고 있었다.

"아주 멋지네" 하고 그는 말했다. "취향이 좋은데."

"고마워"라고 나는 말했다.

"무비 스타 같아" 하고 그가 말했다. 빈정거린 게 아니라, 단지 농담이었다. 내가 웃고, 그도 웃었다. 덕분에 둘 다 긴장을 좀 풀고 릴렉스 할 수 있었다. 고탄다는 차 안을 휙 둘러봤다. "어때, 굉장하지? 이거 내가 차를 써야 할 때 프로덕션이 빌려주는 거야.

운전사까지 붙여서. 이러면 사고도 일어나지 않고, 음주 운전도 하지 않고 안전하거든. 그 사람들한테도 그렇고, 나한테도 그렇고. 모두 만족스럽지."

"그렇겠네" 하고 나는 말했다.

"나는 이런 거 운전 안 해. 나는 좀 더 작은 차를 좋아하거든."

"포르쉐?"라고 나는 물었다.

"마세라티"라고 그는 말했다.

"나는 그보다 좀 더 작은 차를 좋아하는데"라고 나는 말했다.

"시빅?" 하고 그가 물었다.

"스바루"라고 나는 말했다.

"스바루" 하고 고탄다는 말하며 고개를 끄덕거렸다. "그러고 보니 예전에 탔었지. 내가 맨 처음 샀던 차야. 내 돈으로 샀지. 처음 영화에 출연한 개런티로 중고를 샀어. 굉장히 마음에 들었었지. 그걸 타고 촬영장으로 갔거든. 내 두 번째 작품이었는데 주역에 버금가는 역할이 붙었던 무렵이야. 곧 주의를 받았지. 스타가 되려거든 스바루 같은 거 타지 말라고 말이야. 그래서 다시 샀어. 그런 세계야, 영화계란. 하지만 좋은 차였어. 실용적이고 저렴하고. 나는 그게 좋아."

"나도 좋아"라고 나는 말했다.

"내가 어째서 마세라티 같은 걸 탄다고 생각해?"

"모르겠는걸."

"경비를 써야 할 필요가 있기 때문이야" 하고 그는 좋지 못한 비밀을 털어놓듯 눈썹을 찌푸리면서 말했다. "매니저가 좀 더 경비를 사용하라지 뭐야. 씀씀이가 부족하다는 거야. 그래서 비싼 차를 샀지. 비싼 차를 사면 경비가 잔뜩 빠지거든. 모두 만족해한다고."

맙소사, 하고 나는 생각했다. 모두 경비 이외의 것은 생각하지 못한단 말인가?

"배가 고픈데"라고 말하더니 그는 고개를 흔들었다. "두툼한 스테이크가 먹고 싶어. 그거 먹어도 될까?"

마음대로 하라고 내가 말하자, 그는 운전사에게 행선지를 알려 줬다. 운전사는 잠자코 고개를 끄덕거렸다. 고단다는 내 얼굴을 보며 미소를 짓고는, "자, 그럼" 하고 말을 이었다. "개인적인 이야기지만, 혼자서 저녁 식사 준비를 하는 걸 보니 아마 독신인 거겠지?"

"그렇지"라고 나는 말했다. "결혼하고, 이혼했지."

"그럼, 나하고 마찬가지군" 하고 그는 말했다. "결혼하고, 이혼했지. 그래서 위자료는 내고 있어?"

"안 냈어"라고 나는 말했다.

"한 푼도?"

나는 고개를 저었다. "받지 않더라고."

"행운의 사나이네" 하고 그는 말했다. 그러고선 빙그레 웃었다. "나도 위자료는 안 냈지만, 결혼 탓으로 빈털터리가 되어 버렸지. 내 이혼 이야기 조금은 알고 있어?"

"대충"하고 나는 말했다. 그 이상은 아무 말도 하지 않았다.

그는 사 년인가 오 년 전에 인기 여배우와 결혼해서, 이 년 남짓 지나서 이혼을 했다. 주간잡지가 거기에 관해서 이러쿵저러쿵 써댔다. 예의 그렇듯 진상은 거의 알려지지 않았다. 하지만 결국 상대방 여배우의 가족과 그와의 사이가 좋지 않았다는 사정은 알려진 것 같았다. 흔히 있는 경우였다. 상대방 여배우에게는 공사 양면에 걸쳐 거친 친척들이 잔뜩 매달려 있는 반면, 그는 철부지로 자라나 태평스레 혼자서 살아온 그런 타입이었다. 그러니 제대로 될 리가 없었다.

"신기하네. 엊그제까지 함께 과학 실험을 하고 있었나 했더니, 다음에 만났을 때엔 둘 다 이혼 경험자가 되어 있다니, 신기하다는 생각 안 들어?" 그는 빙그레 웃었다. 그러곤 집게손가락 끝으로 눈두덩을 가볍게 문질렀다. "그런데 넌 어쩌다 이혼한 거야?"

"아주 간단해. 어느 날 아내가 나가 버렸지."

"갑자기?"

"그래. 아무 말 없이. 예상도 못했어. 집에 돌아와 보니 없었어. 어딘가 쇼핑하러 갔겠지, 하고 나는 생각했지. 그래서 저녁밥을 짓고 기다렸어. 하지만 아침이 되어도 돌아오지 않았어. 일주일이 지나도, 한 달이 지나도 돌아오지 않더라고. 그다음에 이혼 서류가 날아들었지."

그는 그 일에 대해서 잠시 생각하고 있었다. 그리고 한숨을 쉬었다. "이런 식으로 말하면 네가 상처받을지도 모르지만, 그래도 넌 나보다 행복하다고 생각해"라고 그는 말했다.

"어째서?" 내가 물었다.

"내 경우, 아내는 나가지 않았지. 내가 두들겨 맞고 쫓겨났어. 말 그대로 말이야. 어느 날 두들겨 맞고 쫓겨났어." 그는 유리창 너머로 물끄러미 먼 데를 바라봤다. "말도 안 되는 이야기지. 하나에서 열까지 계획적이었어. 영락없이 전부 계획되어 있었다고. 사기나 다름없었지. 알지 못하는 사이에 이것저것 명의가 하나둘 바뀌고 있었지. 정말이지 가관이더라. 나는 그런 건 아무것도 눈치채지 못했어. 나는 아내와 같은 세무사에게 일을 맡겼는데, 아예 모든 걸 위임해 버렸거든. 신뢰했어. 인감도장 같은 것, 증서 같은 것, 주식 같은 것, 세금 신고에 필요하니까 달라고 하면 아무런 의심도 품지 않고 넘겨줬다고. 나는 그런 세세한 일은 질색이고 해서 맡길 수 있는 것이라면 모두 다 맡겨 버리고 싶었거든. 그런데 그놈이 저쪽 친척들과 붙어 있었더란 말이지. 정신 차리고 나니 난 깨끗이 빈털터리가 되어 있었어. 뼈다귀마저 씹힌 꼴이지 뭐야. 그리고 난 쓸모없어진 개처럼 두들겨 맞고 쫓겨났지. 좋은 공부가 됐어." 그리고 그는 다시 빙그레 웃었다. "그래서 나도 좀 어른이 됐지."

"벌써 서른네 살이야. 싫어도 모두 어른이 되지"라고 나는 말했다.

"확실히 그래. 바로 그렇지. 네 말대로야. 하지만 인간이란 이상해. 한순간에 나이를 먹는단 말이야. 정말이지, 나는 예전엔 인간이란 건 일 년, 일 년 순서대로 나이를 먹어 가는 거라고 생각했어." 고탄다는 내 얼굴을 물끄러미 들여다보듯 하면서 말을 이었다. "하지만 그렇지 않아. 인간은 한순간에 나이를 먹는다고."

✦

고탄다가 데리고 간 곳은 롯폰기 변두리의 조용한 한 모퉁이에 있는, 보기만 해도 고급스러운 스테이크 하우스였다. 문 앞에 메르세데스를 세우자, 가게 안에서 매니저와 보이가 나와서 우리를 마중해 줬다. 고탄다는 한 시간쯤 지난 후에 와달라고 운전사에게 말했다. 메르세데스는 말귀를 잘 알아듣는 거대한 물고기처럼 소리도 없이 밤의 어둠 속으로 사라져 갔다. 우리는 조금 깊숙한 벽 쪽에 가까운 자리로 안내됐다. 가게 안은 화려한 복장을 한 손님들뿐이었는데, 코듀로이 바지와 조깅화 차림의 고탄다가 제일 멋있어 보였다. 왜 그런지는 알 수 없다. 하지만 어쨌든 그는 어쩔 수 없이 눈에 띄는 사람이었다. 우리가 안에 들어서자 손님들은 다들 눈을 들어 그를 힐끔 쳐다봤다. 이 초쯤 잠깐 보고 나서 사람들은 시선을 제자리로 돌렸다. 그 이상 보는 것은 실례가 되는 일인 듯했다. 참으로 복잡한 세계다.

　우리는 자리에 앉아 우선 스카치위스키 온더록스를 주문했다. "헤어진 아내들을 위하여"라고 그는 말했다. 그리고 우리는 위스키를 마셨다.

　"어리석은 이야기 같지만" 하고 그는 말했다. "난 그 여자를 아직도 좋아해. 그렇게 말도 안 되는 꼴을 당했는데도 그래도 아직 난 그 여자가 좋아. 잊히지가 않아. 다른 여자를 좋아할 수가 없어."

　나는 크리스털 잔 안의, 굉장히 고상한 모양새로 쪼개진 얼음을 바라보면서 고개를 끄덕거렸다.

　"너는 어때?"

　"내가 헤어진 아내에 대해 어떻게 생각하냐고?" 하고 나는 물었다.

　"그래."

　"모르겠는걸" 하고 나는 솔직하게 말했다. "난 아내가 가버리지 않기를 바랐어. 그렇지만 가버렸지. 누가 나쁜 건지는 모르겠어. 하지만 그건 이미 발생한 일이고 이젠 기정사실이야. 그리고 나는 시간을 들여 그 사실에 익숙해지려고 했어. 그것에 익숙해지는 것 말고는 아무것도 생각하지 않기로 했지. 그러니까 모르겠어."

　"응" 하고 그는 말했다. "저기, 이런 이야기는 너에게 고통스러운 걸까?"

　"그렇진 않아"라고 나는 말했다. "이건 사실이니까. 사실을 회피할 도리는 없어. 그러니까 고통이 아니라 잘 알 수 없는 감각이지."

그는 딱 하고 가볍게 손가락 관절을 꺾었다. "그래, 그거야. 잘 알 수 없는 감각. 바로 그렇지. 인력이 변화해 버린 것 같은 감각. 고통일 수조차 없지."

웨이터가 왔다. 우리는 스테이크와 샐러드를 주문했다. 둘 다 미디엄 레어와 위스키 두 잔을 주문했다.

"그렇지"라고 그는 말했다. "너 나한테 무슨 용건이 있다고 했잖아. 먼저 그걸 듣기로 하자. 술 취하기 전에 말이야."

"좀 이상한 이야기인데 말이야"라고 나는 말했다.

그는 상큼한 웃음을 짓고 나를 돌아봤다. 잘 훈련된 것이기는 하지만, 불쾌감을 주지 않는 웃는 얼굴이었다.

"이상한 이야기 좋아해"라고 그는 말했다.

"저번에 네가 출연한 영화를 봤어"라고 나는 말했다.

"「짝사랑」?" 그는 눈살을 찌푸리고, 작은 소리로 말했다. "형편없는 영화. 형편없는 감독. 형편없는 각본. 여느 때와 똑같지. 그 영화에 관계한 축들은 모두 다 그 일을 잊어버리고 싶어 해."

"네 번 봤어"라고 나는 말했다.

그는 허무를 들여다보는 듯한 눈으로 나를 봤다. "돈을 걸어도 좋지만, 그 영화를 네 번 본 사람은 어디에도 없어. 이 은하계 우주의 어디에도. 무엇을 걸어도 좋아."

"내가 아는 사람이 그 영화에 나왔어"라고 나는 말했다. 그러곤 "너 말고" 하고 덧붙였다.

고단다는 검지 끝으로 관자놀이를 가볍게 눌렀다. 그리고 눈을 가늘게 뜨고 나를 봤다.

"누구?"

"이름은 몰라. 일요일 아침에 너와 함께 자고 있는 배역의 여자."

그는 위스키를 한 모금 마시고 몇 번인가 고개를 끄덕였다. "키키."

"키키"라고 나는 되풀이했다. 기묘한 이름이다. 마치 딴사람처럼 느껴졌다.

"그게 그 여자의 이름이야. 그 이름밖엔 알지 못해. 우리의 조그맣고 기묘한 세계에선 그 여자는 키키라는 이름으로 통했고, 그걸로 충분했었지."

"그 여자한테 연락을 취할 수 있을까?"

"안 돼"라고 그는 말했다.

"어째서?"

"처음부터 이야기를 할게. 우선 첫째로 키키는 직업적인 여배우가 아니야. 그래서 이야기가 까다로워. 배우라는 건 유명이건 무명이건, 모두 어김없이 어느 프로덕션엔가 소속되어 있어. 그래서 금방 연락이 닿아. 대부분은 전화통 앞에 앉아서 연락을 기다리지. 하지만 키키는 그렇지 않아. 어디에도 소속되지 않았어. 그 여자는 어쩌다 그 영화에 나왔을 뿐이야. 완전한 임시직이라고."

"어떻게 그 영화에 나오게 된 거야?"

"내가 추천했어" 하고 그는 시원하게 말했다. "내가 키키한 테 영화에 나가지 않겠느냐고 해서, 그래서 감독에게 키키를 추천했어."

"어째서?"

그는 위스키를 한 모금 마시고, 약간 입술을 일그러뜨렸다. "그 아이한테 재능 같은 게 있었거든. 그 뭐랄까, 존재감. 그런 게 있어. 느껴져. 굉장한 미인이랄 것도 아니고, 연기력이 어쩌고저쩌고 할 정도도 아니야. 다만 그 아이가 있는 것만으로도 화면이 제법 괜찮아져. 그런 건 말이야, 재능의 하나가 아니겠어. 그래서 영화에 내놓아 봤지. 결과는 좋았어. 다들 키키에 대해서 호감을 가졌고. 자랑하는 건 아니지만, 그 장면은 썩 잘 됐지. 사실적이었어. 안 그래?"

"그래" 하고 나는 말했다. "사실적이었어. 확실히."

"그래서, 난 그 아이를 그냥 영화의 세계로 넣으려고 했어. 그 아이라면 잘해 낼 줄 알았거든. 하지만 안 됐어. 사라져 버렸어. 이게 두 번째 문제점이야. 그 아이는 사라져 버렸어. 연기처럼. 아침 이슬처럼."

"사라졌어?"

"응, 글자 그대로 사라져 버렸어. 한 달쯤 전 일인데, 오디션에 오지 않았어. 오디션에만 나오면, 새 영화에서 꽤 그럴싸한 배역이 주어지게 뒤에서 세팅을 다 해두었는데. 전날 전화를 걸어

늦지 않게 오라고 신신당부했거든. 하지만 결국 키키는 모습을 보이지 않았어. 그걸로 마지막. 그뿐이야. 어디에서도 종적을 찾을 수 없어."

그는 손가락 하나를 세워서 웨이터를 부르고, 위스키 두 잔을 더 주문했다.

"한 가지 질문이 있는데"라고 고탄다는 말했다. "너 키키하고 잔 적이 있어?"

"있어"라고 나는 말했다.

"그래서, 음, 그러니까 말이야, 가령 내가 그 아이하고 잔 적이 있다고 한다면, 네 기분이 나쁠까?"

"나쁘지 않아"라고 나는 말했다.

"좋았어"라고 고탄다는 안심했다는 듯이 말했다. "난 거짓말하는 게 질색이거든. 그러니까 명백히 말해 둘게. 난 몇 번인가 그 아이하고 잤어. 좋은 아이야. 좀 색다른 데가 있지만, 어딘가 남에게 호소하는 데가 있어. 여배우가 됐더라면 좋았을걸. 꽤 떴을지도 몰라. 애석한 일이야."

"연락처는 몰라? 본명이라든지 그런 거?"

"안 되던걸. 찾아낼 수가 없어. 아무도 알지 못해. 키키라는 것밖엔 모르지."

"영화사의 경리부에 지불 전표가 있을 테지?"라고 나는 말했다. "개런티의 지불 전표. 그런 건 본명과 주소가 필요하지 않아? 원천징수가 있으니까."

"물론 그것도 조사해 봤지. 하지만 실패였어. 그 아이는 개런티를 받지 않았어. 돈을 받지 않았으니, 영수증도 없을 수밖에. 제로야."

"왜 돈을 받지 않았을까?"

"나한테 물어도 모르지" 하고 고탄다는 세 잔째 술을 마시면서 말했다. "이름이라든가 주소 같은 걸 알리고 싶지 않아서가 아닐까? 모르겠는걸. 그 아이는 수수께끼의 여자라고. 하지만 어쨌든 나와 너 사이엔 세 가지 공통점이 생긴 셈이네. 첫째로 중학교 과학 실험반이 같았다는 것. 둘째로 둘 다 이혼했다는 것. 셋째로 둘 다 키키하고 잤다는 것."

이윽고 샐러드와 스테이크가 나왔다. 훌륭한 스테이크였다. 그림에 그린 것처럼 확실한 미디엄 레어였다. 고탄다는 아주 기분이 좋은 듯 식사를 했다. 그의 테이블 매너는 그다지 격식을 차리지 않아서, 매너 교실에선 도저히 좋은 점수는 받지 못했겠지만, 그래도 함께 식사를 하기엔 편했으며, 맛을 아주 즐기는 것 같았다. 여자들이 본다면 매력적이라고 말할 것이다. 그런 몸놀림이라는 건 갑자기 터득하려고 해서 되는 것은 아니다. 타고나야 하는 것이다.

"그건 그렇고, 넌 어디서 키키하고 알게 됐어?" 나는 고기를 썰면서 물어봤다.

"어디였더라?" 하고 그는 잠시 생각에 잠겼다. "그렇지, 여자애를 불렀을 때, 따라왔었지. 여자애라지만, 그래, 전화로 부르는 여자. 알겠지?"

나는 고개를 끄덕였다.

"난 이혼한 후로 줄곧 그런 여자들하고 잠자리를 함께했어. 번잡하지 않거든. 풋내기는 마땅치 않고, 동종업계 사람은 주간 지에서 써대기 일쑤고. 전화 한 통이면 와주거든. 요금은 비싸. 하지만 비밀은 반드시 지켜 주지. 프로덕션의 작자가 소개해 줬어. 여자애들도 모두 괜찮은 아이들이야. 편하거든. 프로니까 말이야. 하지만 닳지 않지. 서로 즐기고."

그는 고기를 썰어 천천히 맛보면서 먹고, 술을 한 모금 마셨다.

"이 집 스테이크 나쁘지 않지?"라고 그가 물었다.

"나쁘지 않네" 하고 나는 말했다. "나무랄 데가 없어. 괜찮은 집인데."

그는 고개를 끄덕였다. "하지만 한 달에 여섯 번쯤 오면 싫증도 나지."

"어째서 여섯 번이나 오는 거야?"

"익숙해졌으니까 그렇지. 내가 들어와도 아무도 수선을 떨지 않거든. 종업원들이 수군대지도 않고 말이야. 손님들도 유명인에게 익숙해 있으니까, 멀끔멀끔 쳐다보지도 않아. 고기를 썰고 있을 때 사인해 달라고 하는 일도 없고. 그런 집이 아니고선 차분하게 식사도 할 수가 없어, 솔직히 말해서."

"피곤한 인생 같네"라고 나는 말했다. "경비도 써야 하고 말이야."

"정말이야"라고 그가 말했다. "그래 어디까지 이야기 했더라?"

"콜걸을 불렀다는 데까지."

"그렇지"라고 말하며, 고탄다는 냅킨 가장자리로 입가를 닦았다. "그래, 어느 날 여느 때처럼 단골 여자애를 불렀지. 그런데 그 아이가 없었어. 그래서 다른 여자애가 둘 왔지. 둘 중에 고르라는 거였나 봐. 나는 고급 손님이니까 서비스가 괜찮아. 그중 하나가 키키였어. 어떡할까 했지만, 고르기가 귀찮아서 두 아이와 함께 잤지."

"흠" 하고 나는 말했다.

"기분 상하지 않아?"

"괜찮아. 고등학생 때라면 그럴지도 모르지만."

"고등학생 땐 나도 그런 짓은 안 했지"라고 말하며, 고탄다는 웃었다. "그래 어쨌든, 그 두 아이와 잤어. 야릇한 짝 맞추기였지. 게다가 다른 여자애는 굉장히 고져스했어. 짜릿할 정도로 말이야. 굉장한 미인인데, 몸뚱이 구석구석까지 돈을 들였더라. 이거 거짓말 아니야. 나도 이 세계에서 이런저런 예쁘다는 여자들을 봐왔지만, 그 앤 그중에서도 상당한 편이었어. 성격도 좋았고, 머리도 나쁘지 않아서 대화도 그럭저럭 통하고. 그런데 키키 쪽은 그렇지 않았어. 그다지 미인이랄 것도 아니지. 그래, 예쁘긴 예뻐. 하지만 그 클럽 아이들이란, 다들 말쑥한 미인이라고. 그런데 그 애는 뭐랄까……."

"캐주얼" 하고 나는 말했다.

"그래, 그거야. 캐주얼하단 말이야. 정말. 옷만 해도 평범한 옷이겠다, 말수도 적겠다, 화장기도 별로 없겠다, 아무러면 어떠냐는 느낌이었어. 그런데 묘한 일이지만 말이야, 차츰차츰 그 애에게 마음이 끌리더란 말이야, 키키에게. 셋이서 하고 난 다음에, 모두 함께 방바닥에 앉아서 술을 마시면서, 음악을 듣기도 하고 이야기를 하기도 했어. 오래간만에 재미있더라, 학창 시절처럼. 그런 식으로 긴장을 풀고 여유로운 순간이 내내 없었거든. 그 후로 몇 번인가 셋이서 잤지."

"언제쯤의 일이야?"

"이혼하고 반년쯤 뒤의 일이니, 그렇네, 일 년 반쯤 전인가"라고 그는 말했다. "셋이서 잔 건 아마 다섯 번 아니면 여섯 번쯤 될 거라고 생각해. 키키하고 단둘이서 잔 적은 없어. 왜 그럴까? 자도 됐을 텐데."

"왜 그럴까?"라고 나도 물어봤다.

그는 나이프와 포크를 접시 위에다 놓고, 또 집게손가락을 관자놀이에 가볍게 댔다. 그것이 그가 무엇을 생각할 때의 버릇인 것 같았다. 매력적이라고 여자들이라면 말할 것이다.

"어쩌면 두려웠기 때문인지도 몰라"라고 고탄다는 말했다.

"두렵다?"

"그 아이하고 단둘이 되는 거 말이야"라고 고탄다는 말했다.

그러곤 나이프와 포크를 집어 들었다. "키키의 안에는 말이지, 뭔가 사람을 자극하고, 도발하는 것이 있어. 적어도 나는 그런 느낌을 갖고 있었어. 극히 막연하지만. 아니지, 도발이랄 건 아니지. 제대로 표현할 수가 없어."

"시사示唆하고, 이끄는" 하고 나는 말했다.

"응, 그럴지도 몰라. 잘은 모르겠어. 내가 느낀 건 굉장히 막연한 것이라서. 정확한 건 아무것도 말할 수 없어. 하지만 어쨌든 그 애하고 단둘이 되는 건, 어쩐지 마음이 내키지 않았어. 사실은 그 애가 훨씬 마음에 들었지만 말이야. 내가 하는 말, 어떻게 좀 이해가 돼?"

"알 것도 같아."

"요컨대, 키키하고 둘이서 잔다 해도, 난 편안한 기분은 못 느꼈을 것 같아. 그 애와 얽히게 되면 나는 좀 더 깊은 곳까지 가버릴 것만 같은 느낌이 들었거든. 어쩐지 말이야. 하지만 난 그런 걸 원하지는 않았어. 난 그저 긴장을 떨치고 편안해지기 위해 여자와 자고 싶었을 뿐이야. 그래서 키키와 둘이서 자진 않았지. 그 애에겐 아주 호감을 가졌지만."

그러곤 우리는 얼마 동안 잠자코 식사를 했다.

"오디션에 키키가 오지 않았던 그날, 나는 그 클럽에 전화를 걸어 봤어." 잠시 후에 고탄다는 생각난 듯이 말했다. "그러곤 키키를 지명했지. 하지만 그녀는 없었어. 없어졌다고 하더라. 사라져 버렸어, 훌쩍. 어쩌면 내가 지명하면 키키는 없다고 대답하기로 했는지도 모르지. 그건 알 수 없어. 확인해 보지 않았으니까. 어쨌든 그 애는 내 앞에서 사라져 버렸어."

웨이터가 와서 접시를 거두고, 후식으로 커피를 갖다드릴까요, 하고 물었다.

"커피보단 술을 좀 더 마시고 싶은데" 하고 고탄다는 말했다. "넌 어때?"

"그러지"라고 나는 말했다.

네 잔째의 술이 왔다.

"오늘 낮 동안 내가 무엇을 했는지 알아?"라고 고탄다가 말했다.

모르겠는데, 라고 나는 말했다.

"줄곧 치과의사의 조수 노릇을 했어. 배역 준비 때문에. 지금 드라마에서 치과의사 역을 맡고 있거든. 내가 치과의사고 나카노 요시코가 안과의사야. 두 병원이 같은 동네에 있고, 소꿉친구인데, 좀처럼 잘 둘이 이어지지 않는…… 그런 이야기. 흔히 있는 이야기지만, 어차피 드라마라는 건 다 흔히 있는 이야기니까. 본 적 있어?"

"본 적 없어"라고 나는 말했다. "텔레비전 같은 거 보지 않거든, 뉴스밖엔. 뉴스도 한 주에 두어 번밖엔 안 봐."

"현명하네." 고탄다는 고개를 끄덕이며 말했다. "시답지 않은 방송이야. 출연하지 않았다면 나도 절대 안 봤을 거야. 하지만

인기는 있어. 정말이지, 굉장히 인기가 있다고. 흔히 있는 이야기
라는 건 대중의 지지를 받거든. 매주 투서가 잔뜩 쏟아지지. 전국
의 치과 의사들이 편지를 보내온단 말이야. 손놀림이 다르다느니
치료법이 틀렸다느니, 이러쿵저러쿵하고 그런 세세한 항의를 해.
이러한 적당주의 방송을 보고 있노라면 화가 치민다느니 하고 말
이야. 싫으면 안 보면 그만 아니야? 안 그래?"

　"그럴지도 모르지"라고 나는 말했다.

　"그런데 말이야, 의사나 학교 선생님 역이 있으면 꼭 나를 지
명해. 의사 역은 정말 수없이 했어. 해본 적 없는 건 항문외과 의
사 정도야. 그건 화면이 별로거든. 수의사까지 했어. 산부인과 의
사도 했지. 학교 선생님도 전 교과목을 두루 섭렵했어. 믿기지 않
을지도 모르지만, 가정과 선생님까지 했지. 왜 그럴까?"

　"신뢰감을 가질 수 있어서 그렇지 않을까?"

　고탄다는 고개를 끄덕였다. "아마도. 아마 그렇겠지. 예전에
중고차 세일즈맨 역을 한 적이 있어. 한쪽 눈이 의안이고, 무척 넉
살이 좋은 역이었지. 나는 그 역이 굉장히 좋았어. 보람도 있었고.
잘해 냈다 싶었지. 하지만 글렀어. 투서가 잔뜩 몰려들지 뭐야. 나
한테 그런 역을 시키는 건 너무하다, 가엾지 않냐고 말이야. 나
한테 그런 역을 시킨다면 이젠 그 프로그램 스폰서의 상품은 사
지 않겠노라고 그러더라니까. 뭐였더라, 그때의 스폰서가? 라이
온 치약이든가 그랬지 아마, 아니지 선스타였든가, 잊어버렸어.
어쨌든 덕분에 내 역은 도중에 사라져 버렸어. 소멸했단 말이야.

제법 중요한 역이었는데도, 자연 소멸했지. 재미있는 역이었는데…… 그 후로 의사, 의사와 선생, 선생의 연속이야."

"복잡한 듯한 인생이네."

"혹은 단순한 인생" 하고 그는 웃으면서 말했다. "그래서 글쎄, 오늘은 그 치과의사의 조수 노릇을 하면서 의료 기술 공부를 하고 있었어. 벌써 몇 번이나 거기에 갔어. 기술도 꽤 향상됐다니까. 정말이야. 선생님도 칭찬해 주시지. 사실 말이지, 단순한 치료 정도는 할 수 있게 됐어. 아무도 나라는 걸 알지 못해. 마스크를 하고 있으니까. 하지만 말이야, 나하고 이야기하면 환자들은 모두 굉장히 여유로워져."

"신뢰감" 하고 나는 말했다.

"응" 하고 고탄다는 말했다. "나 스스로도 그렇게 생각해. 그리고 그런 일을 하고 있을 때면, 나 자신도 굉장히 편안해져. 나는 정말로 의사라든지 선생님이라든지 그런 직업이 적성에 맞지 않을까 하고 곧잘 생각해. 현실적으로 그런 직업에 종사했다면, 나는 행복한 인생을 보내고 있지 않을까 하고. 그건 별로 불가능한 일은 아니었어. 하려고 맘만 먹었으면 될 수도 있었으니까."

"지금은 행복하지 않아?"

"어려운 문제야"라고 고탄다는 말했다. 그러곤 집게손가락 끝을 이번엔 이마 한가운데에다 대었다. "요컨대 신뢰감의 문제인 거야, 네 말대로. 내가 내 자신을 신뢰할 수 있는지 어떤지 하는 것. 시청자들은 나를 신뢰해 주지. 하지만 그건 허상이야. 그저 이미지일 뿐. 전원을 끄고 영상이 사라져 버리면, 난 제로야. 안 그래?"

"응."

"하지만 혹시 내가 진짜 의사나 선생님을 하고 있다면, 스위치 같은 건 없지. 나는 언제나 나거든."

"하지만 지금만 해도 연기하고 있는 네 자신이라는 건 언제나 존재하고 있지 않아?"

"가끔 아주 지쳐 버려, 그런 것에"라고 고탄다는 말했다. "굉장히 지쳐. 두통이 나. 진짜 자기라는 게 무엇인지 모르게 되거든. 어느 것이 나 자신이고 어느 것이 등장인물인지 말이야. 자기를 잃어버리는 수가 있어. 자기와 자기 그림자의 경계선이 보이지 않게 되어 버리지."

"누구든 많건 적건 그런 거야. 너뿐만은 아니야"라고 나는 말했다.

"물론 그건 알고 있어. 누구든 자기 자신을 잃어버리는 수가 있지. 다만 내 경우, 그런 경향이 너무 강해. 그 뭐랄까, 치명적이란 말이야. 예전부터 그랬어. 예전부터 줄곧, 솔직히 말해서 네가 부러웠어."

"내가?" 하고 나는 깜짝 놀라면서 되물었다. "잘 모르겠는걸. 도대체 나의 어디가 부러웠단 말이야? 도저히 감이 안 잡히네."

"그 뭐랄까, 너는 늘 혼자서 자기 하고 싶은 대로 하고 있는 것처럼 보였어. 타인이 어떻게 평가하고, 어떻게 생각하느냐 하는 건 그다지 신경 쓰지 않고, 자기가 하고 싶은 것을 자못 쉬운 듯이 하고 있는 것처럼 보였지. 자기 자신이라는 것을 분명하게 확보하고 있는 것처럼 보였어." 그는 위스키가 담긴 잔을 약간 위로 치켜들고, 그것을 투시하듯 봤다. "나는 언제나 우등생이었지. 철이 들 즈음부터 줄곧 그랬단 말이야. 성적도 좋고 인기도 있고 외모도 좋았어. 교사들에게도 부모에게도 신뢰를 받았고 언제나 학급의 리더였어. 운동도 잘했지. 내가 배트를 휘두르면 언제나 홈런이었어. 왜 그런지는 몰라. 하지만 분명히 홈런이었어. 그런 심정 모르지?"

몰라, 하고 나는 말했다.

"그래서 야구 시합이 있으면 다들 나를 부르러 왔어. 거절할 수도 없었어. 스피치 대회가 있으면 반드시 내가 대표가 됐지. 선생님이 나더러 하라고 했어. 거절할 수 없었지. 나가면 우승했고. 학생회장 선거가 있으면 나서지 않을 수 없었지. 다들 내가 나설 줄로 알고 있었으니까. 시험을 볼 때도 내 성적이 좋을 거라고 다들 예상하고 있었지. 수업 중에 어려운 문제가 나오면, 선생님은 대개 나를 지목해서 질문했어. 지각 한번 하지 않았어. 마치 나 자신이라는 건 전혀 없는 거나 다름없었어. 다만 그저 그러는 게 나한테 어울린다고 생각되는 걸 해왔을 뿐이야. 고등학생 때도 그랬었지. 대동소이했어. 그렇지, 너하고는 다른 고등학교에 갔지. 너는 공립 고등학교로 가고, 난 사립 고등학교로 갔잖아. 난 고등학생 땐 축구부에 들어갔어. 입학시험을 치는 학교긴 했지만, 축구부는 꽤나 강했었지. 조금만 잘했더라면 전국 대회에 나갈 뻔도 했었다고. 중학생 때하고 다른 바 없었어. 이상적인 고등학생이었지. 성적도 좋겠다, 스포츠도 뭐든 다 잘하고, 리더십도 있고, 근처 여고생들의 동경의 대상이었어. 여자 친구도 있었어. 예쁘장한 애였어. 늘 축구 시합을 응원하러 와줬는데, 그래서 서로 알게 됐거든. 하지만 그건 하지 않았어, 페팅뿐. 그 애 집에 놀러가서, 부모가 없는 사이에 서둘러 손으로 했어. 하지만 그것만으로도 재미있었어. 도서관에서 데이트를 했지. 그림에 그린 것 같은 고등학생이었어. 국영방송의 청춘 드라마처럼."

고탄다는 위스키를 한 모금 마시고, 고개를 저었다.

"대학에 들어가면서는 약간 양상이 달라졌지. 분쟁이 있었어. 전공투[全學共同鬪爭會議]. 당연히 내가 또 리더 격이 됐지. 움직임이 있는 곳이면 반드시 내가 리더가 되거든. 뻔한 일이야. 바리케이드를 치고, 여자와 동거를 하고, 마리화나를 빨고, 딥 퍼플 Deep Purple을 듣고. 그 무렵, 다들 그런 짓들을 하고 있었지. 기동대가 들어오고, 유치장 신세도 좀 졌지. 그러곤 할 일이 없어져서, 같이 살던 여자애를 따라 연극이라는 걸 해봤어. 처음엔 장난삼아 했었지만, 하고 있자니 점점 재미있더라고. 신참이었지만, 좋은 역도 맡겨 주더라. 나에게 그런 재능이 있다는 것도 알게 됐지. 뭔가 연기에 대한 재간이 있었는지, 자연스럽게 그렇게 됐지. 한 이 년 하다 보니 꽤 인기가 생겼어. 그 무렵엔 제법 짓궂은 짓도 했지. 술도 많이 마셨고, 한껏 여자와 잤어. 하지만 다들 그 무렵엔 그런 짓들을 했다고. 영화사 사람이 와서, 영화에 나가 보지 않겠냐고 하더라. 흥미가 있었으니까 나가 봤지. 나쁜 역은 아니었어. 상처받기 쉬운 고등학생 역이었거든. 이내 다음 역이 들어왔지. 텔레비전에서도 요청이 왔어. 나머지는 뻔할 뻔 자야. 바빠져서 극단을 그만뒀어. 그만둘 때에 당연히 옥신각신했지. 하지만 하는 수 없었어. 언제까지 전위 연극을 하고 있을 수도 없지 않겠어. 난 좀 더 크고 넓은 세계에 흥미가 있었거든. 그리고 현재 요 모양이야. 의사와 교사의 스페셜리스트. 광고는 두 개 찍었어. 위장약과 인스턴트커피. 이것이 그 크고 넓은 세계인 셈이지."

고탄다는 후유 한숨을 쉬었다. 아주 매력적인 모양의 한숨이었는데, 그래도 한숨은 한숨이었다.

"그림에 그린 것 같은 인생이라고 생각하지 않아?"

"그렇게 멋지게 그림으로 그릴 수 없는 사람도 잔뜩 있어"라고 나는 말했다.

"하긴" 하고 그는 말했다. "행운이었다는 건 인정해. 하지만 생각해 보면, 난 아무것도 선택하지 못한 것만 같은 느낌이야. 한밤중에 문득 잠에서 깨어 그런 생각을 하다 보면, 참을 수 없이 두려워져. 나라는 존재는 도대체 어디에 있는 것일까 하고 말이야. 나라는 실체는 도대체 어디에 있는 것일까? 난 연신 내 앞에 돌아오는 배역을 다만 그저 부족함 없이 연기하고 있을 뿐이 아닌가하는 생각이 들어. 나는 결국 그 무엇도 주체적으로 선택하지 못했어."

나는 아무 말도 할 수 없었다. 무슨 말을 해도 소용없다는 느낌이었다.

"너무 내 이야기만 하는 것 같네."

그렇지도 않다, 라고 나는 말했다. "떠들고 싶을 땐 실컷 떠드는 게 좋아. 퍼뜨리진 않을 테니."

"그런 걱정은 안 해." 고탄다는 내 눈을 보면서 말했다.

"그런 것 처음부터 걱정하지 않았어. 난 처음부터 너는 신뢰하고 있었어. 어째서인지는 몰라. 하지만 그래. 너에게라면 이야기할 수 있거든, 안심하고 말이야. 누구한테나 이런 식으로 이야기하는 건 아니야. 거의 아무한테도 이야기한 적이 없어. 헤어진 아내하곤 이야기했지. 굉장히 솔직하게. 우리는 곧잘 이야기를 했어. 우리는 잘해 나갔거든. 서로 이해했고, 서로 사랑하고도 있었지. 주위의 놈들 때문에 엉망진창이 되기 전까진 말이야. 나하고 그녀 단둘이라면, 지금이라도 훨씬 더 잘되어 나갈 거야. 하지만 그녀에겐 정서적으로 굉장히 불안정한 데가 있어. 그녀는 완고한 가정에서 자라났거든. 가족한테 지나치게 의지하고 있지. 자립하지 못했어. 그래서 난…… 아니지, 이야기가 너무 비약되는 것 같네. 그건 또 다른 이야기야. 내가 하고 싶은 말은, 상대가 너라면 안심하고 이야기할 수 있다, 그거야. 다만 내 이야기를 듣는 게 성가시지 않을까 염려될 뿐이야."

성가시지 않아, 라고 나는 말했다.

그리고 그는 과학 실험반 이야기를 했다. 늘 긴장해 있었다는 것. 꼬박꼬박 실험을 제대로 마치려고 했었다는 것. 이해를 잘 못하는 여자아이에게도 빠짐없이 설명을 해주지 않으면 안 됐다는 것. 그러는 동안, 내가 느긋하게 내 속도대로 작업을 해내고 있는 모습을 부러워했다는 것. 하지만 중학교 과학 실험 시간에 나 자신이 무엇을 하고 있었던가 하는 건 나로선 전혀 기억나지 않았다. 그래서 무엇이 부럽다는 것인지 알 수 없었다. 내가 기억하고 있는 것은 그가 굉장히 솜씨 좋게 작업을 해내고 있었다는 것뿐이었다. 그리고 버너에 불을 댕기거나, 현미경을 세팅하는 동작이 아주 우아했다는 것. 여자아이들은 마치 눈앞에서 기적을 보고 있는 것처럼 말끄러미 그의 일거일동에 시선을 집중하고 있었다는 것. 내가 여유를 부릴 수 있었던 건 그가 어려운 것은 전부 해줬기 때문이라는, 다만 그 이유 때문이었다.

하지만 나는 그 점에 대해선 아무 말도 하지 않았다. 그저 잠자코 그의 이야기를 듣고만 있었다.

조금 있다가 그와 아는 사이인 듯싶은 마흔 안팎의 풍채가 좋은 남자가 찾아와서, 그의 어깨를 탁 치고는, 여어, 오랫만이군, 이라고 했다. 눈이 부실 정도로 번쩍거려서 무심코 시선을 돌려 버리고 싶을 만큼 멋들어진 롤렉스를 차고 있었다. 그는 처음에 오 분의 일 초가량 힐끗 나를 봤는데, 나의 존재는 그저 그때뿐, 곧 잊히고 말았다. 마치 현관 매트를 볼 때와 같은 그런 눈짓이었다. 비록 아르마니 넥타이를 매고 있을지언정, 내가 유명인이 아니라는 것을 그로선 오 분의 일 초면 알 수 있는 것이다. 그와 고탄다는 얼마 동안 잡담을 했다. '요즘 어때?'라든가, '아니 바빠서 말이야'라든가 '또 며칠 내로 골프 치러 가고 싶군'이라든가, 그런 식의 이야기였다. 그러고 나서 롤렉스 사나이는 탁 하고 또 고탄다의 어깨를 치고는 '그럼 또 보세'라고 하더니 가버렸다.

그 남자가 가버리자 고탄다는 오 밀리미터가량 눈썹을 찌푸리고 나서, 손가락을 두 개 치켜세우고 웨이터를 부르더니, 계산을 해달라고 했다. 그리고 계산서가 오자 아무것도 보지 않고 거기에 볼펜으로 사인을 했다.

"사양할 것 없어. 어차피 경비니까"라고 그는 말했다. "이건 돈이라 할 수도 없다고. 경비니까."

고마워, 잘 먹었어, 라고 나는 말했다.

"잘 먹긴 뭘 잘 먹어. 경비란 말이야" 하고 그는 무표정한 목소리로 말했다.

19

고탄다와 나는 그의 메르세데스를 타고, 아자부의 뒷골목에 있는 바에 술을 마시러 갔다. 거기 카운터의 구석 쪽에서 우리는 칵테일을 몇 잔씩 마셨다. 고탄다는 술이 센 듯, 아무리 마셔도 전혀 취하지 않았다. 말투에나 표정에 변화는 거의 보이지 않았다. 그는 술을 마시면서 이 이야기 저 이야기를 했다. 텔레비전 방송국이 얼마나 시시한가에 대해서. 감독이 얼마나 머리가 나쁜가에 대해서. 구역질 나게 하는 저질 탤런트들에 대해서. 뉴스쇼에 나오는 엉터리 평론가에 대해서. 그의 이야기는 퍽 재미있었다. 표현이 생생하고 관찰은 신랄했다.

그러고 나서 그는 내 이야기가 듣고 싶다고 했다. 너는 어떤 인생을 밟아 왔지, 하고. 그래서 나는 내 인생을 대충대충 끄집어 내어 말했다. 대학을 나와서, 동료와 사무실을 열고 광고 일과 편집 일을 했다는 것. 결혼했다가 이혼했다는 것. 하는 일은 잘되어 갔지만, 사정이 조금 있어 그곳을 그만두고, 지금은 자유 기고가

가 됐다는 것. 대단한 금액은 되지 않지만, 어차피 돈을 쓸 겨를도 없다는 것…… 대충대충 이야기하고 보니, 그것은 평온한 인생 같이 느껴졌다. 어쩐지 내 인생 같지 않았다.

그러는 중에 바가 조금씩 붐벼, 이야기를 나누기가 힘들어졌다. 그의 얼굴을 힐끔힐끔 쳐다보는 사람들도 있었다. "우리 집으로 가자" 하고 고탄다는 일어섰다. "바로 근처고, 아무도 없어. 술도 있고."

그의 맨션은 바에서 두세 번 모퉁이를 돌아선 곳에 있었다. 그는 메르세데스 운전사에게 이젠 돌아가도 좋다고 말했다. 훌륭한 맨션이었다. 엘리베이터가 두 개 있고, 그중 한 개에는 전용키가 필요했다.

"이 맨션은 이혼하고 집에서 쫓겨났을 때 프로덕션에서 사준 거야"라고 그는 말했다. "유명한 영화배우가 부인한테 쫓겨나 빈털터리로 싸구려 아파트에 살고 있다면 꼴이 우스우니까. 이미지가 망가진단 말이야. 물론 집세는 내가 내고 있지. 형식적으로는 내가 프로덕션에게 여기를 임대하고 있는 셈이야. 하지만 집세는 경비에서 빠져. 그거 참 편리하지."

그의 집은 최상층에 있었다. 널찍한 거실과 방 두 개, 게다가 부엌이 딸려 있었다. 베란다가 있고, 거기서 도쿄타워가 몹시도 또렷하게 보였다. 가구의 취향은 나쁘지 않았다. 단순하고 청결하고 보기만 해도 비싸 보였다. 거실 바닥은 마루로 되어 있었는데, 그 위에 크기가 다른 페르시아 카펫이 여러 장 깔려 있었다. 어느 것이나 고상한 디자인이었다. 소파는 크고, 지나치게 딱딱하지도, 지나치게 부드럽지도 않았다. 커다란 관엽식물 화분 몇 개가 보기 좋게 배치되어 있었다. 천장에서 드리워진 펜던트 조명과 테이블 위의 스탠드는 현대적인 분위기를 풍겼다. 장식품은 적었다. 사이드 보드 위에 명나라 때 것으로 보이는 접시가 몇 개 진열되어 있을 뿐이었다. 집 안은 티끌 하나 없이 정돈되어 있었다. 아마 가정부가 날마다 청소를 하기 때문이리라. 테이블 위에는 「GQ」와 건설 잡지가 놓여 있었다.

"좋은 집이네" 하고 나는 말했다.

"촬영에 쓸 만하겠지?"라고 그가 말했다.

"그런 느낌도 드네" 하고 나는 다시 한번 집 안을 둘러보면서 말했다.

"인테리어 디자이너에게 부탁하면 다 이렇게 돼. 촬영 현장처럼 되거든. 사진이 아주 잘 받지. 가끔씩 벽을 두드려 봐. 종이로 발라 붙인 벽이 아닌가 하고 말이야. 어쩐지 생활의 냄새랄 것이 없거든. 겉모양뿐이란 말이지."

"그럼, 네가 생활의 냄새를 만들어 내면 되잖아."

"문제는 생활이 없다는 거야"라고 그는 무미건조한 소리로 말했다.

그는 B&O 플레이어에 레코드를 얹고, 바늘을 내렸다. 스피커는 오랜만에 대하는 JBL의 P88이었다. JBL이 신경질적인 스튜디오 모니터를 세계에 흩뿌리기 이전의 시대, 아직 스피커가 때

묻지 않은 소리로 울리고 있던 시대의 멋들어진 제품이었다. 그가 걸어 놓은 것은 밥 쿠퍼Bob Cooper의 오래된 LP였다.

"뭐가 좋지? 뭐 마실래?"라고 그가 물었다.

"아무거나. 네가 마시는 걸로 마실게"라고 나는 말했다.

그는 부엌으로 가서, 보드카와 토닉워터 병 몇 개와 얼음통에 얼음을 그득히 담고, 절반으로 자른 레몬 세 쪽을 쟁반에 담아 가지고 왔다. 그리고 우리는 시원하고 맑게 울려 퍼지는 웨스트 코스트재즈를 들으면서 레몬 향을 한껏 풍기는 보드카 토닉을 마셨다. 확실히 생활의 냄새랄 것이 희박하군, 하고 나는 느꼈다. 딱히 뭐가 어떻다는 건 아니지만, 어쩐지 희박했다. 하지만 그런 것이 희박하다고 해서, 특별히 부자유스럽지는 않은 것 같았다. 요는 사고방식의 문제인 것이다. 나로선 그것은 아주 안락한 집이었다. 나는 편안한 소파 위에서 느긋하게 술을 마셨다.

"여러 가지 가능성이 있었지" 하고 고탄다는 유리잔을 얼굴 위로 치켜들고 천장의 불빛에 비춰 보면서 말했다. "되려고 마음 먹었다면 의사도 될 수 있었지. 대학 때는 교직과정도 이수했어. 일류 회사에 취직할 수도 있었지만, 결국은 이렇게 됐어. 이런 생활, 묘한 거야. 눈앞에 카드가 나란히 줄지어 있었어. 아무 거나 집기만 하면 됐지. 어느 걸 집어도 잘될 것만 같았어. 자신은 있었어. 그래서 오히려 고를 수가 없었어."

"난 카드 같은 거 본 적도 없어"라고 나는 솔직하게 말했다. 그는 눈을 가늘게 하고 나를 보며 빙그레 웃었다. 아마 농담인 줄 알았던 모양이다.

　그는 두 번째 술을 유리잔에 따르고 레몬을 꾹 짠 다음, 껍질을 쓰레기통에 던졌다. "결혼만 해도, 하다 보니 그렇게 됐지. 나와 아내는 영화에 함께 출연하면서 어느 틈엔가 가까워졌어. 촬영지에서 함께 술도 마시고, 차를 빌려서 드라이브도 하고 말이야. 영화가 끝나고 나서도 몇 번인가 데이트를 했지. 주위에서도 우리는 잘 어울리는 커플이고, 결혼을 할 거라고들 생각했어. 결국 흐름에 밀리듯 결혼했던 거야. 넌 이해가 안 갈지 모르지만, 여긴 정말 좁은 세계야. 뒷골목의 연립주택에서 살고 있는 거나 다름없다고. 한번 흐름이 형성되기만 하면, 그건 완전히 현실적인 힘을 띠게 된단 말이야. 하지만 나는 그녀를 정말 좋아했어. 그녀는 내가 인생에서 손에 넣은 것 중 제일 값진 것 가운데 하나였지. 결혼하고 나서 난 그 사실을 깨달았어. 그리고 나는 어김없이 그녀를 내 것으로 만들려고 했지. 하지만 글렀어. 내가 진정으로 잡으려고 들면, 달아나고 만단 말이야. 여자도 그렇고, 배역도 그렇고, 상대방이 원하면 난 최고로 잘해 낼 수 있어. 하지만 나 자신이 요구하면 모두 손가락 사이에서 쑥 빠져 달아나고 말아."

　나는 잠자코 있었다. 아무 말도 할 수 없었다.

　"어둡게 생각하는 건 아니야"라고 그는 말했다. "난 아직도 그녀를 좋아하고 있어. 그저 그뿐이야. 가끔씩 이렇게 생각해. 내가 배우를 그만두고, 그녀도 배우를 그만두고, 둘이서 한가롭게 살 수만 있다면 얼마나 멋질까 하고 말이야. 패셔너블한 맨션도 필요 없어. 마세라티도 필요 없어. 아무것도 필요 없어. 정직한 직업과 작지만 건실한 가정이 있으면 그걸로 돼. 애도 갖고 싶고. 일을 끝내고 돌아오는 길에 친구하고 어느 술집에 들러서 술을 마시며 불평을 하지. 그리고 집으로 돌아오면 그녀가 있어. 할부로 시빅이나 스바루를 사지. 그런 생활, 잘 생각해 보면 내가 바라고 있는 건 그런 생활이란 말이야. 그녀가 있어 주기만 하면 그걸로 돼. 하지만 글렀어. 그녀는 그것과는 다른 걸 바라고 있어. 가족들이 다 그녀한테 기대고 있거든. 어머니는 그녀가 어릴 때부터 매니저처럼 붙어 있던 사람이고 아버지는 돈의 망자亡者야. 오빠가 프로덕션을 굴리고 있고, 남동생 놈은 늘 문제만 일으켜서 그 뒤치다꺼리에 돈이 들지. 그리고 여동생은 가수로 한창 인기가 오르는 중이고. 도저히 빠져나갈 수가 없지. 게다가 그녀도 서너 살 때부터 그런 가치관이 단단히 뿌리박혀 있어. 아역 때부터 줄곧 이 세계에서 살아왔겠다, 조작된 이미지 속에서 살아왔기 때문에 나나 너하곤 전혀 달라. 현실 세계라는 걸 이해하지 못한단 말이야. 하지만 마음이 아주 깨끗한 여자야. 굉장히 깨끗한 마음씨를 지니고 있지. 나는 그걸 알 수 있어. 하지만 글렀어. 어쩔 도리가 없어. 하지만 이봐, 알겠어? 난 지난달에 그녀하고 잤단 말이야."

"헤어진 부인하고?"

"그래. 이상하지 않아?"

"별로 이상할 것도 없지"라고 나는 말했다.

"이 집에 왔더라고. 왜 왔는지는 모르겠어. 전화가 걸려 왔는데, 놀러 가도 되냐고 하더라. 물론 된다고 했지. 그래서 둘이서 예전처럼 술을 마시고, 이야길 하고, 그리고 잤지. 굉장히 좋았어. 그녀는 아직도 나를 좋아한다고 하더라. 난, 당신하고 다시 살 수 있다면 얼마나 멋질까, 하고 말했어. 그녀는 다른 말은 아무것도 하지 않았어. 빙그레 웃으면서 이야기를 듣고 있을 뿐이었지. 나는 평범한 가정 이야기를 했어. 아까 네게 이야기한 그런 거 말이야. 그녀는 역시 빙그레 웃으면서 듣고 있을 뿐이었어. 하지만 사실은 그런 건 전혀 듣고 있지 않았던 거야. 처음부터 듣고 있지 않았다고. 이야기를 하고 있어도 반응이라는 게 전혀 없었어. 그녀는 그저 쓸쓸해서 누군가의 포옹을 받고 싶었던 거야. 공교롭게도 그 상대가 나였을 뿐이지. 심한 말인지 모르지만, 사실이 그래. 그녀는 나나 너하곤 전혀 달라. 그녀에게 쓸쓸함이란 건 누군가의 힘으로 해소되어야 하는 감정인 거야. 누군가가 해소해 주기만 하면 된다고. 그러면 끝나는 거지. 거기서부터 더는 나아가지 않지. 하지만 난 그렇지 않거든."

레코드판이 다 돌아 음악이 끝나고 침묵이 찾아들었다. 그는 바늘을 떼고, 잠시 동안 생각에 잠겨 있었다.

"이봐, 여자를 부를까?"라고 고탄다는 말했다.

"난 아무래도 괜찮아. 너 좋을 대로 해"라고 나는 말했다.

"돈을 주고 여자와 자본 적은 있어?"라고 그가 물었다.

없어, 라고 나는 말했다.

"어째서?"

"그러고 싶은 생각이 들지 않는걸"하고 나는 솔직하게 말했다.

고탄다는 어깨를 움츠리고, 거기에 대해 잠시 생각하고 있었다. "하지만 오늘 밤은 내가 하자는 대로 해"라고 그는 말했다. "키키하고 함께 왔던 여자를 부를게. 그녀에 대해 아는 게 있을지도 몰라."

"네가 하자는 대로 할게"라고 나는 말했다. "하지만 설마 이것도 경비로 빠지진 않겠지?"

그는 웃으면서 유리잔에 얼음을 넣었다. "믿기지 않을지 모르겠지만, 빠진다고, 그게. 그런 시스템이거든. 파티 서비스 회사라는 간판을 걸고 있고, 제법 정확하면서도 화려한 영수증을 끊어 줘. 조사를 한다 해도 간단하게는 알 수 없는 복잡한 구조로 되어 있어. 그리고 여자하고 자는 것이 바로 접대비가 되는 거야. 굉장한 세상이 됐지."

"고도자본주의 세계"라고 나는 말했다.

✦

여자가 오는 것을 기다리고 있을 때, 나는 문득 키키의 특히 멋있던 귀를 생각해 내고, 고탄다에게 키키의 귀를 본 적이 있느냐고 물어봤다.

"귀?" 잘 모르겠다는 얼굴을 하고 그는 나를 봤다. "아니, 본

적이 없는걸. 본 것 같기도 하지만, 기억이 나지 않아. 귀가 어떻단 말이야?"

별것 아냐, 라고 나는 말했다.

✦

여자 둘이 찾아온 시각은 열두 시가 조금 지나서였다. 그 하나는 고탄다가 '고저스'라고 표현한, 키키와 함께 왔던 여자였다. 그녀는 확실히 화려한 여자였다. 어딘가에서 문득 만나 그때는 서로 말도 하지 않았지만, 그러면서도 줄곧 만나고 있었다는 느낌을 갖게 하는 그런 타입의 여자였다. 남자의 영원한 꿈을 일깨워 주는 것 같은 그런 여자. 몸치장은 요란하지 않았다. 기품이 있었다. 트렌치코트 밑에 녹색 캐시미어 스웨터와 지극히 평범한 울 스커트를 입고 있었다. 장신구는 조그마하고 심플한 귀고리뿐이었다. 품격 있는 여대 4학년 같은 느낌이었다.

또 한 여자는 시원한 색깔의 원피스를 걸치고 안경을 끼고 있었다. 안경을 낀 매춘부가 있다는 사실은 미처 생각지 못했다. 하지만 존재했다. 그녀는 화려하다곤 할 수 없어도 역시 매력적인 여자였다. 손발이 날렵하고, 햇볕에 잘 그을린 피부를 하고 있었다. 지난주에 줄곧 괌에 있으면서 수영을 했다고 한다. 짧은 머리카락을 머리핀으로 단정하게 고정시킨 헤어스타일이었다. 그녀는 은팔찌를 끼고 있었다. 몸놀림이 활달하고 살갗이 매끄러운 육식동물처럼 우아하고 탄탄했다.

그녀들을 보고 있자니 나는 문득 고등학생 때 동급생들이 떠올랐다. 정도의 차이는 있을지언정, 어떤 타입의 여자건 하나씩은 어김없이 반에 있는 법이다. 예쁘장하고 품위가 있는 여자애와 활동적이면서도 빈틈이 없어 보이는 매력적인 여자애. 꼭 동창회에 나온 것 같구나, 하고 나는 생각했다. 동창회가 끝나고 긴장이 풀린 다음, 마음 맞는 사람들끼리 2차에서 술을 마시고 있는 것만 같은 분위기였다. 싱겁기 짝이 없는 생각이지만, 정말 그런 느낌이 들었다. 고탄다가 말한, 편안하다는 의미가 무엇인지 알 것만 같았다.

그는 이전에도 두 사람과 잔 적이 있는 듯, 여자애들도 그도 격의 없이 인사를 했다. '여어'라든가 '잘 있었어?'라든가, 그런 느낌. 고탄다는 나를 중학교 동창이며, 현재는 글 쓰는 일을 하는 사람이라고 소개했다. 잘 부탁해, 라고 두 여자가 함께 빙그레 웃으면서 말했다. 괜찮아요, 다들 친구인걸요, 하는 느낌의 미소였다. 현실 세계에선 흔히 볼 수 없는 종류의 미소다. 잘 부탁해요, 라고 나도 말했다.

우리는 방바닥에 앉거나 소파에 뒹굴면서 브랜디 소다를 마시고, 조 잭슨Joe Jackson과 식Chic과 알란 파슨스 프로젝트Alan Parson's Project의 LP를 들으면서 여러 가지 이야기를 했다. 제법 여유로운 분위기였다. 우리는 그 분위기를 즐기고 있었으며, 여자들도 즐기고 있었다. 고탄다는 안경을 낀 쪽 여자애를 상대로 치과의사 연기를 보여 줬다. 확실히 잘했다. 진짜 치과의사보다도 치과의사다웠다. 재능이다.

고탄다는 안경을 낀 여자 옆에 앉아 있었다. 그는 소곤거리며 무슨 이야기인지를 했으며, 여자가 가끔씩 킥킥거리고 웃었다. 그러는 중에 화려한 여자가 내 어깨에 살며시 기대어 와서는 내 손을 잡았다. 아주 멋진 냄새가 났다. 가슴이 꽉 차고 숨이 막힐 듯한 냄새였다. 정말 동창회 같구나, 하고 나는 생각했다. 그때는 제대로 말하지 못했지만, 사실은 당신을 좋아했어. 그때 왜 나에게 고백하지 않았지? 남자의, 소년의 꿈. 이미지. 나는 그녀의 어깨를 안았다. 그녀는 살며시 눈을 감고, 코끝으로 내 귀밑을 더듬었다. 그다음엔 내 목에다 입술을 대고 부드럽게 빨았다. 문득 보니, 고탄다와 또 한 명의 여자 모습은 이미 보이지 않았다. 분명 침실로 갔을 것이다. 조금만 더 불빛을 어둡게 해줄래? 하고 그녀가 말했다. 나는 벽의 조명 스위치를 찾아서 끄고, 조그만 테이블 스탠드의 불빛만 그냥 켜뒀다. 알고 보니 레코드 대신 밥 딜런의 테이프가 돌아가고 있었다. 곡은 「이츠 올 오버 나우, 베이비 블루It's All Over Now, Baby Blue」였다.

"천천히 벗겨 줘"라고 그녀가 귀밑에서 속삭였다. 나는 그녀가 말한 대로 스웨터와 스커트와 블라우스와 스타킹을 천천히 벗겨 내렸다. 나는 벗겨진 옷가지들을 반사적으로 개어 놓으려 했지만 그럴 필요는 없을 거라며 생각을 고쳐먹곤 그만뒀다. 그녀도 내 옷을 벗겼다. 아르마니 넥타이와 리바이스 블루진과 티셔츠를. 그리고 매끈하고 조그만 브래지어와 팬티 바람으로 내 앞에 섰다.

"어때?" 하고 그녀는 빙그레 웃으면서 나에게 물었다.

"멋지군" 하고 나는 말했다. 그녀는 아주 예쁜 몸매를 하고 있었다. 아름답고, 생명감이 넘치고, 청결하고, 섹시했다.

"어때, 멋지지?"라고 그녀는 물었다. "좀 더 자세히 표현해 줘. 잘 표현한다면 최고의 서비스를 해줄게."

"옛날 생각이 나게 해. 고등학교 때" 하고 나는 솔직하게 말했다.

그녀는 잠시 동안 이상하다는 듯이 눈을 가늘게 하고 방그레 웃으면서 나를 보고 있었다. "당신 좀 독특하네."

"대답이 별로였어?"

"전혀" 하고 그녀는 말했다. 그리고 내 옆으로 와서, 삼십사 년의 인생에서 아무도 내게 해주지 않았던 것 같은 행위를 해줬다. 섬세하고 대담하고 아무나 간단하게는 생각할 수 없는 그런 행위를. 하지만 누군가가 생각해 낸 것이었다. 나는 몸의 힘을 빼고 눈을 감고, 흐름에 몸을 내맡겼다. 그것은 내가 이제껏 경험한 그 어느 섹스와도 다른 것이었다.

"나쁘지 않지?"라고 그녀가 내 귀밑에서 속삭였다. "나쁘지 않아"라고 나는 대답했다.

그것은 멋들어진 음악처럼 마음을 위무하고, 육신을 부드럽게 풀어 줬으며, 시간의 감각을 마비시켰다. 거기에 있는 것은 세련된 친밀감이었으며, 공간과 시간과의 평온한 조화였고, 한정된 형태의 완벽한 커뮤니케이션이었다. 게다가 그것은 경비로 빠진단 말이다. "나쁘지 않아"라고 나는 말했다. 밥 딜런이 무슨 노래인가를 부르고 있다. 뭐였더라, 이건? 「하드 레인Hard Rain」이다. 나는 그녀를 살며시 껴안았다. 그녀는 힘을 빼고 내 품 안으로 들어왔다. 밥 딜런을 들으면서 경비로 화려한 여자를 껴안는 것은 어째 좀 이상한 느낌이 들었다. 그리운 1960년대에는 이런 것을 생각할 수 없었다.

이것은 단순한 이미지일 뿐이다, 하고 나는 생각했다. 스위치를 누르면 모든 것은 사라진다. 3D의 성적 이미지. 섹시한 오데코롱 냄새와 부드러운 살갗의 감촉과 뜨거운 숨결.

내가 정해진 코스를 어김없이 밟으며 사정하고 나자, 우리는 함께 욕실로 가서 몸을 씻었다. 그리고 커다란 목욕 타월을 몸에 두르고 거실로 돌아와 브랜디를 홀짝홀짝 마시면서 다이어 스트레이츠Dire Straits인지 뭔지 하는 그룹의 음악을 들었다.

어떤 글을 쓰고 있어? 하고 그녀는 물었다. 나는 내가 하는 일의 내용을 대충 설명했다. 재미있는 일인 것 같아, 라고 그녀는 말했다. 쓰는 것에 따라서 그렇지, 라고 나는 말했다. 내가 하는 일이란, 이를테면 문화적 눈 치우기야, 라고 나는 말했다. 내가 하고 있는 건 관능적 눈 치우기라고 그녀는 말했다. 그러곤 웃었다. 저기, 다시 한번 둘이서 눈 치우기를 하지 않을래, 라고 그녀는 말했다. 그다음에 우리는 카펫 위에서 몸을 섞었다. 이번엔 굉장히 간단하게, 그리고 천천히. 심플한 형태를 취했다 하더라도, 그녀는 어떻게 하면 나를 기쁘게 해줄 수 있는지를 제대로 알고 있었다. 어떻게 그런 걸 알 수 있을까, 하고 나는 신기하게 생각했다.

커다랗고 기다란 욕조 속에 둘이 나란히 드러누워서, 나는 그녀에게 키키에 대해 물어봤다.

"키키"라고 그녀는 말했다. "오랜만에 듣는 이름이네. 당신 키키를 알고 있어?"

나는 고개를 끄덕거렸다.

그녀는 어린애처럼 입술을 조그맣게 오므리고, 후욱 하고 숨을 쉬었다. "그 애는 이젠 없어. 그 앤 갑자기 사라져 버렸지. 우린 제법 사이가 좋았더랬어. 가끔씩 둘이서 함께 쇼핑을 가기도 하고, 술도 마셨지. 하지만 아무 말도 없이 갑자기 사라져 버렸어. 한 달 전이던가, 두 달 전이던가. 하지만 그런 거 늘 있는 일 아닌가? 이런 직업은 퇴직서를 낼 필요도 없으니까, 그만두고 싶으면 말없이 훌쩍 그만둬 버리거든. 그 애가 사라져 버린 건 유감이야. 나하고 그 애는 비교적 마음이 맞았거든. 하지만 하는 수 없지. 걸스카우트를 하고 있는 건 아니니까." 그녀는 길고 깨끗한 손가락으로 나의 아랫배를 만지고 살며시 페니스를 건드렸다. "키키하고 자본 적 있어?"

"예전에 얼마 동안 함께 살았었지. 한 사 년 전에."

"사 년 전이라" 하고 그녀는 미소를 지었다. "퍽도 옛날이야기 같네. 사 년 전에 난 아직 얌전한 여고생이었어."

"키키하고 만날 수 없을까?" 나는 그녀에게 물어봤다.

"어려워. 정말로 어디로 갔는지 모른단 말이야. 아까 말한 것처럼 그저 사라져 버렸는걸. 마치 벽 속으로 빨려 들어가 버린 것처럼. 단서랄 것도 하나 없고, 찾으려야 찾을 방도도 없을 거야. 당신 지금도 키키를 좋아해?"

나는 욕조 속에서 천천히 몸을 펴고, 천장을 쳐다봤다. 나는 지금도 키키를 좋아하는 걸까? "모르겠어. 하지만 그런 것과는 관계없이, 난 무슨 일이 있어도 그녀를 만나야 해. 키키가 날 만나고 싶어 하는 것 같다는 느낌이 들어 견딜 수가 없어. 줄곧 그녀의 꿈을 꾸고 있거든."

"별일이네" 하고 그녀는 내 눈을 보면서 말했다. "나도 가끔씩 키키의 꿈을 꿔."

"어떤 꿈?"

그녀는 대답하지 않았다. 잠시 생각하듯 미소를 머금었을 뿐이었다. 술을 마시고 싶어, 라고 그녀는 말했다.

우리는 거실로 돌아와 방바닥에 앉아서 음악을 듣고, 술을 마셨다. 그녀는 내 가슴에 기대고, 나는 알몸인 그녀의 어깨를 껴안고 있었다. 고탄다와 그의 상대 여자는 잠들어 버렸는지 전혀 방에서 나오지 않았다.

"저, 믿지 않을지도 모르겠지만, 당신하고 이렇게 있는 거 즐거워. 정말이야. '직업'이니 '연기'니 그런 것과 관계없이 즐거운 거야. 거짓말 아니야. 내 말 믿어 줄래?"라고 그녀는 말했다.

"믿어"라고 나는 말했다. "나도 이러고 있으니 아주 즐거워. 편안하고 여유로워. 어쩐지 동창회 같아."

"당신은 역시 독특해" 하고 그녀는 쿡쿡 웃으면서 말했다.

"키키 말인데"라고 나는 말했다. "아무도 알지 못하는 거야? 주소라든가, 본명이라든가, 그런 거?"

그녀는 천천히 고개를 저었다. "우리, 그런 거 거의 얘기하지 않는걸. 다들 아무렇게나 이름을 짓고 살아. 키키처럼 말이야. 나는 메이. 또 한 아이는 마미. 다들 한자도 쓰지 않는 두 글자짜리 이름이야. 사생활 같은 거 다들 알지 못하고, 그런 건 묻지도 않거든. 상대방이 저 스스로 말하지 않는 한 묻지 않아, 예의상. 사이는 제법 좋아. 함께 놀러 다니기도 하고. 하지만 현실은 아니지, 그런 것이. 상대방이 어떤 사람인지는 알지 못해. 나는 메이고, 그 애는 키키일 뿐. 우리에게 현실 생활은 없단 말이야. 우리는 뭐랄까, 단지 이미지야. 허공에 떠 있는 거지. 두둥실. 이름 같은 거 환상에 붙인 그저 그런 기호에 불과해. 그래서 우리도 되도록이면 서로의 이미지를 존중하려고 해. 그런 거 이해돼?"

"이해되지"라고 나는 말했다.

"손님 중엔 우리를 동정하는 사람도 있지만, 그런 건 아니야. 그저 돈 때문에 이런 일 하고 있는 건 아니야. 우리도 이러고 있을 때, 제법 즐기니까. 우리 클럽은 엄격한 회원제라서 손님의 질도 좋겠다, 다들 우리를 즐겁게 해주고, 우리도 그 이미지의 세계를 즐기지."

"즐거운 눈 치우기"라고 나는 말했다.

"그래, 즐거운 눈 치우기"라고 그녀는 말했다. 그러곤 내 가슴에 입술을 갖다 댔다. "가끔 눈싸움도 하고."

"메이"라고 나는 말했다. "예전에 진짜 메이라는 이름의 여자애가 있었어. 내 사무실 옆 치과에서 접수를 보고 있었지. 홋카이도 농가 출신의 여자애였어. 다들 산양 메이라고 불렀었지. 피부가 검고 야위었지만 좋은 아이였어."

"산양 메이" 하고 그녀는 되풀이했다. "당신 이름은?"

"곰돌이 푸"라고 나는 대답했다.

"동화 같네"라고 그녀는 말했다. "아주 멋져. 산양 메이와 곰돌이 푸."

"동화 같군" 하고 나도 말했다.

"키스해 줘"라고 메이가 말했다. 나는 그녀를 껴안고 키스했다. 멋진 키스였다. 잊지 못할 키스. 그러고 나서 우리는 몇 잔째인지 모르는 브랜디 소다를 마시고, 폴리스의 레코드를 들었다. 폴리스, 또 시시하기 짝이 없는 밴드 명칭. 어째서 폴리스 같은 이름을 붙이는 걸까? 내가 그에 대해 생각하고 있는 동안, 그녀는 내 팔 안에서 쌔근쌔근 잠이 들고 말았다. 내 팔 안에 잠들어 있는 메이는 이미 화려한 여자로는 보이지 않았다. 그녀는 어디에나 있는, 상처 받기 쉬운 극히 평범한 소녀처럼 보였다. 동창회 같군, 하고 나는 또 생각했다. 시계는 벌써 네 시를 지나고 있었다. 주위는 고즈넉하게 바뀌어 있었다. 산양 메이와 곰돌이 푸. 단순한 이

미지. 경비로 빠지는 동화. 폴리스. 다시 기묘한 하루. 연결될 듯
하면서도 연결되지 않는다. 줄을 더듬어 나가면 어느덧 툭 끊어
진다. 고탄다와 이야기를 나누었다. 그에게 어느 정도 호의를 품
게 됐다. 산양 메이와 서로 알게 됐다. 그녀와 잤다. 썩 좋았다. 나
는 곰돌이 푸가 됐다. 관능적 눈 치우기. 하지만 어디에도 당도하
지 못했다.

　　내가 부엌에서 커피를 내리고 있자니, 나머지 세 사람이 일
어났다. 아침 여섯 시 반이었다. 메이는 목욕 가운을 입었다. 마미
는 고탄다의 파자마 윗도리만 걸치고, 고탄다는 그 아랫도리만
걸치고 있었다. 나는 블루진에 티셔츠를 입었다. 우리는 넷이서
식탁을 둘러싸고 앉아 커피를 마셨다. 빵도 구워 버터와 마멀레
이드와 함께 먹었다. FM에서 「바로크 음악을 그대에게」가 흘러
나오고 있었다. 헨리 퍼셀Henry Purcell. 캠프의 아침 같았다.

　"캠프의 아침 같군" 하고 나는 말했다.

　"어쩜!" 하고 메이가 말했다.

일곱 시 반에 고탄다는 전화로 택시를 불러 여자들을 돌려보냈
다. 돌아갈 때, 메이는 나에게 키스했다. "만일 운이 좋아서 키키
를 만나거든 내가 안부를 묻더라고 전해 줘"라고 그녀는 말했다.
나는 그러겠다고 하면서 그녀에게 명함을 건네고, 만일 무엇이건
알게 된다면 전화를 걸어 달라고 당부했다. 그녀는 고개를 끄덕
이고는, 그러겠노라고 했다.

"또 기회가 닿으면 함께 눈 치우기 해" 하고 메이는 한쪽 눈을 찡긋하며 말했다.

"눈 치우기?" 하고 고탄다가 말했다.

둘만 남자, 우리는 다시 커피를 한 잔씩 마셨다. 내가 커피를 내렸다. 나는 커피를 내리는 데 소질이 있다. 조용히, 소리도 없이 태양이 솟아오르고, 도쿄타워가 눈부시게 반짝이고 있었다. 그것을 바라보고 있으려니까, 예전 네스카페의 광고 생각이 났다. 아마 거기에도 아침의 도쿄타워가 나왔을 것이다. 도쿄의 아침은 커피로 시작된다……. 아닐지도 모른다. 아무러면 어떠랴. 어찌 됐든 도쿄타워가 아침 해에 빛나고, 우리는 커피를 마시고 있었다. 그래서 나는 문득 네스카페의 광고를 떠올렸던 것이다.

건실한 사람들은 회사며 학교를 향해 서두르고 있을 시각이었다. 하지만 우리는 그렇지 않았다. 대단히 화려한 프로 여성들과 하룻밤을 즐기고, 멍하니 커피를 마시고 있었다. 그리고 아마 이제부터 푹 잠들겠지. 좋든 싫든 상관없이, 그리고 정도의 차이는 있을지언정, 우리는—나와 고탄다는— 지극히 보통 사람들의 생활양식에서 벗어나 있었다.

"이제 어떻게 할 거야?" 하고 고탄다가 내 쪽으로 머리를 돌리고 말했다.

"집에 돌아가서 자야지" 라고 나는 말했다. "특별한 스케줄도 없어."

"난 이제부터 한숨 자고, 낮에 누구를 만나야 돼. 의논할 게 있거든" 하고 그는 말했다.

그리고 얼마 동안 우리는 잠자코 다시 도쿄타워를 바라보고 있었다.

"어때, 재미있었어?"라고 고탄다가 물었다.

"재미있었어"라고 나는 말했다.

"그래서 어땠어? 키키에 대해선 뭘 좀 알아낸 거야?"

나는 고개를 저었다. "그저 훌쩍 사라져 버렸대. 네 말처럼. 단서가 될 만한 것도 없어. 제대로 된 이름조차 알지 못한대."

"나도 영화사 사람들에게 키키 소식을 좀 물어볼게"라고 그는 말했다. "잘하면 뭣 좀 알게 될지도 모르지."

그리고 그는 약간 입술을 일그러뜨리고, 스푼으로 관자놀이를 긁었다. 매력적이라고 여자들이라면 말할 것이다.

"저기, 그런데 넌 키키를 만나면 어떻게 할 작정이야?"라고 그가 물었다. "옛정을 회복하겠다든가, 그런 거야? 아니면 회포를 풀겠다든가, 그런 거?"

모르겠어, 라고 나는 말했다.

그건 나도 알 수 없다. 만나서 어떻게 할지는 만나고 나서 생각할 수밖에 없는 것이다.

커피를 마시고 나자 고탄다는 그의 티 한 점 없는 다갈색 마세라티로 나를 시부야의 아파트까지 바래다줬다. 나는 택시로 돌아가겠다고 했지만, 그가 가깝다면서 끝내 바래다줬다.

"조만간 또 전화해서 불러내도 괜찮을까?"라고 그는 말했다. "너와 이야기를 할 수 있어서 즐거웠어. 나에겐 제대로 이야기를 나눌 만한 상대가 없거든. 너만 괜찮다면, 조만간 또 만나고 싶은데. 그래도 괜찮을까?"

"물론이지"라고 나는 말했다. 그리고 스테이크와 여자에 대해 고맙다는 인사를 했다.

그는 아무 말도 하지 않은 채 그저 조용히 고개를 저었다. 말이 없어도 그가 무엇을 말하려는지 충분히 이해할 수 있었다.

20

그러고서 며칠 동안은 별일 없이 조용히 지나갔다. 매일 몇 건인가 일 관계의 전화가 걸려 왔는데, 나는 줄곧 자동 응답기를 켜놓고 받지 않았다. 나의 인기는 아직도 식지 않은 모양이었다.

나는 식사를 직접 해 먹고, 시부야 거리로 나가서 매일 한 번씩 「짝사랑」을 봤다. 봄방학이었으므로 영화관은 만원까지는 아니더라도 제법 붐비고 있었다. 관객은 거의 고교생 아니면 중학생이었다. 진짜 성인 관객이라곤 나 하나뿐이었다. 그들은 주연 여배우나 아이돌 가수의 모습을 보기 위해 영화관에 찾아온 것이지, 영화의 줄거리나 질이 어떤가 하는 것에는 아무 관심도 없었다. 그들은 자신들의 우상인 스타가 등장하면 와아 와아 목청을 돋우어 아우성을 쳤다. 들개 수용소 같은 소란이었다. 스타가 등장하지 않을 때엔, 다들 꿍적꿍적, 부스럭부스럭 소리를 내면서 무엇을 먹거나, 날카로운 목소리로 "됐다아" 또는 "안 돼애" 하고들 소리를 지르곤 했다. 영화관을 통째로 불태워 버리면 속 시원하겠다, 문득 그런 생각이 들기도 했다.

「짝사랑」이 시작되자, 나는 타이틀의 크레딧을 주의 깊게 바라봤다. 분명 키키라는 이름이 조그맣게 들어가 있었다.

키키가 나오는 장면이 끝나자마자, 나는 영화관에서 나와 어슬렁거리며 거리를 돌아다녔다. 언제나와 다를 바 없는 코스였다. 하라주쿠에서 진구 구장, 아오야마 묘지, 오모테산도, 진탄 빌딩, 시부야. 도중에서 커피를 마시며 쉬는 경우도 있었다. 지상엔 확실히 봄이 와 있었다. 정다운 봄의 냄새가 났다. 지구는 참을성 있게 태양의 주위를 계속 공전하고 있는 것이다. 우주의 신비, 나는 겨울이 끝나고 봄이 올 때마다 언제나 우주의 신비에 대해 생각한다. 어째서 언제나 이렇게 똑같은 봄 냄새가 나는 것일까 하고. 해마다 봄이 되면 어김없이 이 냄새가 난다. 아주 미묘하고 희미한 냄새긴 하지만, 언제나 똑같다.

거리에는 선거 포스터가 넘쳐 나고 있었다. 어느 것이고 다 추악한 포스터였다. 선거 연설 차량도 돌아다니고 있었다. 무슨 말들을 지껄이고 있는지는 잘 알 수 없다. 그저 시끌시끌할 뿐이다. 나는 키키 생각을 하면서, 그런 거리를 계속 걸었다. 그러는 중에 나는 조금씩 발이 스스로 움직임을 되찾고 있다는 것을 깨달았다. 발걸음이 가볍고 확실해졌으며, 그러면서 머리의 움직임에도 예전과 달리 예민함이 느껴졌다. 나는 아주 조금씩이긴 하지만, 한 걸음 한 걸음 앞으로 나아가고 있었던 것이다. 나는 목적을 가졌으며, 지극히 자연스럽게 걸음걸이를 터득해 왔다. 나쁘

지 않은 징후였다. 춤춘단 말이다, 하고 나는 느꼈다. 이것저것 생
각해도 소용없다. 어쨌든 제대로 스텝을 밟고, 자신의 체계를 유
지할 것. 그리고 이 흐름이 나를 어디로 이끌어 가는지 주의 깊게
계속 주시할 것. 이쪽 세계에 계속 머물러 있을 것.

3월 하순의 네댓새가 그런 식으로 아무 일 없이 흘렀다. 표면
적으로는 아무 진전도 없었다. 나는 쇼핑을 하고, 부엌에서 조촐한
식사를 준비하고, 영화관에 가서「짝사랑」을 보고, 긴 산책을 하곤
했다. 집에 돌아오면 자동 응답기를 틀어 봤으나, 녹음되어 있는 것
은 일에 대한 연락뿐이었다. 밤에는 혼자서 책을 읽고 술을 마셨다.
날마다 비슷비슷한 일의 되풀이였다. 그럭저럭하는 사이에 엘리
엇의 시와 카운트 베이시Count Basie의 연주로 유명한 4월이 찾아왔
다. 밤중에 혼자 술을 마시고 있노라면, 문득 산양 메이와의 섹스
가 떠올랐다. 눈 치우기. 그것은 기묘하게 독립된 기억이었다. 어
디에도 연결되어 있지 않다. 고탄다에게도, 키키에게도, 그 아무
것에도 연결되어 있지 않다. 그것은 굉장히 사실적인 꿈처럼 느
껴졌다. 자잘한 데까지 생생하게 떠올려지는데도, 어떤 의미에선
현실보다도 선명한데도, 결국은 아무것에도 연결되어 있지 않은
사실적인 꿈. 하지만 그것은 나에겐 아주 바람직한 사건인 것처
럼 여겨졌다. 아주 한정된 형태로서의 마음의 사귐. 둘이서 힘을
합쳐서 환상이건 이미지건 그것을 존중한다는 것. 괜찮아, 우리
는 모두 친구니까, 하는 그런 미소. 캠프의 아침. 어쩜!

키키는 고탄다와 어떤 모습으로 잤을까 하고 나는 상상해 봤

다. 그녀도 역시, 메이와 마찬가지로 고탄다에게 엄청나게 섹시한 서비스를 해줬을까? 그런 서비스는 그 클럽에 소속된 여자들 모두가 직업상의 기본 기술로 터득하고 있는 노하우일까, 아니면 그건 어디까지나 메이의 개인적인 것일까? 나로선 알 수 없다. 고탄다에게 물어볼 수도 없다. 나와 살고 있었을 때, 키키는 섹스에 대해선 어느 쪽인가 하면 수동적인 쪽에 가까웠다. 내가 껴안으면 그녀는 거기에 따뜻하게 응해 줬지만, 결코 자기가 먼저 요구하거나 적극적으로 무언가를 하거나 하지는 않았다. 나에게 안겨 있을 때, 키키는 몸의 힘을 빼고 긴장을 푼 채로 그것을 즐기는 것처럼 느껴졌다. 그리고 나는 그런 섹스에 대해 불만을 품은 적이 단 한 번도 없었다. 긴장이 사라진 그녀를 껴안고 있는 것은 멋진 일이었다. 부드러운 육체와 편안한 숨결과 따뜻한 성기. 나에겐 그것으로 충분했다. 그러므로 그녀가 누구에겐가—예컨대 고탄다에게— 적극적이고 프로다운 성적性的 서비스를 한다는 것은 나로선 상상할 수가 없었다. 하지만 어쩌면 그것은 단순히 내 상상력이 부족한 탓인 건 아닐까.

　　매춘부라는 부류는 사생활과 영업용의 섹스를 어떻게 분간하는 것일까? 그것은 나로선 짐작도 할 수 없는 문제였다. 고탄다에게도 말한 것처럼, 이제까지 매춘부와 잠자리를 함께한 적이 한 번도 없었기 때문이다. 키키와는 잤다. 키키는 매춘부였다. 하지만 나는 그때 말할 것도 없이 매춘부로서의 키키와 잔 것이 아니라, 개인으로서의 키키와 잤던 것이다. 그와는 반대로, 나는 매춘부로서의 메이와는 잤지만 개인으로서의 메이와는 잔 적이 없다. 그러므로 그 두 경우를 대조해 본다 하더라도, 아마 의미가 없을 것이다. 집착해서 생각하면 생각할수록 어려운 문제였다. 도대체 섹스라는 것은 어디까지가 정신적인 것이고, 어디부터가 기술적인 것일까? 어디까지가 실상이고 어디부터가 연기일까? 충분한 전희는 정신적인 것일까, 아니면 기술적인 것일까? 키키는 정말로 나와의 섹스를 즐기고 있었던 것일까? 그녀는 그 영화 속에서 정말로 연기를 하고 있었던 것일까? 아니면 고탄다의 손가락이 등을 애무하는 것에 정말로 도취해 있었던 것일까?

실상과 이미지가 혼란되어 있었다.

예컨대 고탄다. 그의 의사로서의 모습은 그저 이미지에 불과하다. 하지만 그는 진짜 의사보다 훨씬 의사다워 보인다. 신뢰감을 가지게 한다.

나의 이미지라는 건 대체 무엇일까? 아니, 그런 것이 나에게 있기나 할까?

춤을 추는 거야, 라고 양 사나이는 말했다. 그것도 남보다 멋지게 추는 거야. 모두가 감탄할 만큼 잘 추는 거지.

모두가 감탄할 만큼이라고 했으니 나에게도 역시 이미지랄 것이 있기는 한 모양이다. 있다고 한다면, 그들은 다 나의 그 이미지에 감탄하는 것일까? 아마 그렇겠지, 하고 나는 생각했다. 도대체 누가 나의 실상에 감탄한단 말인가?

졸음이 몰려오자 나는 개수대에서 컵을 씻고, 이를 닦고 잤다. 눈을 뜨니 다음 날이 와 있었다. 하루하루가 빨리 지나간다. 벌써 4월이다. 4월 초순. 트루먼 커포티Truman Capote의 글처럼 섬세하고 변하기 쉽고 다치기 쉬운 아름다운 4월 초순의 나날. 나는 오전 중에 기노쿠니야에 가서, 다시 잘 조련된 채소를 샀다. 그다음에 캔 맥주 한 묶음과 세일 중인 와인 세 병을 샀다. 커피콩도 샀다. 샌드위치를 만들기 위한 훈제 연어도 샀다. 된장과 두부도 샀다. 집에 돌아와서 자동응답기를 틀어 보니, 유키의 메시지가 있었다. 그녀는 재미도 흥미도 없다는 듯한 목소리로, 열두 시에 다시 한번 전화해 볼 테니 집에 있어, 라고 말하곤 찰칵 하고 전화를 끊었다. 찰칵 하고 전화를 끊는 건 그녀에게 있어선 일종의 보디랭귀지 같은 것일까. 시계는 열한 시 이십 분을 가리키고 있었다. 나는 부엌에서 뜨겁고 진한 커피를 끓였다. 그것을 마시면서 방바닥에 앉아 에드 맥베인Ed McBain의 87분서分署 시리즈의 신간을 읽었다. 벌써 십 년쯤 전부터 그런 건 그만 읽어야겠다고 생각했지만, 신간이 나오면 무심코 사고 만다. 타성이라고 하기에 십 년은 너무나 긴 세월이다. 열두 시 오 분에 전화가 걸려 왔다. 유키였다.

"잘 지내?"라고 그녀는 말했다.

"아주 잘 지내지"라고 나는 말했다.

"지금 뭘 하고 있어?"라고 그녀는 말했다.

"슬슬 점심을 만들까 하던 참이야. 싱싱한 상추와 훈제 연어,

면도칼처럼 얇게 썰어서 얼음물에 헹궈 낸 양파와 호스래디시 머스터드를 사용해서 샌드위치를 만들 거야. 기노쿠니야의 버터 프렌치가 훈제 연어 샌드위치엔 잘 맞거든. 잘만 하면 고베의 델리카트슨 샌드위치 스탠드의 훈제 연어 샌드위치 비슷한 맛이 나지. 잘 되지 않을 때도 있어. 하지만 목표가 있고, 시행착오가 있어야 일은 비로소 달성되는 법이니까."

"바보 같아."

"하지만 맛있어"라고 나는 말했다. "거짓말 같거든 꿀벌한테 물어봐도 좋아. 클로버꽃한테 물어봐도 좋고. 정말 맛있다니까."

"뭐야, 그거? 꿀벌이랑 클로버꽃이라는 건?"

"예를 들면 그렇단 말이야"라고 나는 말했다.

"맙소사" 하고 유키는 한숨 섞인 말로 말했다. "좀 더 어른스러워져 봐. 이제 서른네 살이지? 내가 보기에도 좀 바보 같아."

"사회화하라는 건가, 네가 말하는 건?"

"드라이브 가고 싶어"라고 그녀는 나의 질문을 무시하고 말했다. "오늘 저녁에는 시간이 나?"

"날 것 같아." 나는 생각한 다음에 말했다.

"다섯 시에 아카사카의 아파트로 데리러 와. 어딘지 기억나?"

"기억해"라고 나는 말했다. "그런데 그때부터 줄곧 거기에 있는 거야, 혼자서?"

"응. 하코네 같은 데 돌아가도 아무것도 없는걸. 산꼭대기에 있는 텅 빈 집일 뿐이니까. 그런 데로 혼자서 돌아가고 싶지 않아. 여기 있는 게 재미있어."

"어머니는 어때? 아직 돌아오시지 않았어?"

"모르겠어, 엄마가 뭘 하는지는. 연락 한번 없는걸 뭐. 아직도 카트만두가 아닐까? 그래서 말했잖아, 그 사람은 전혀 신뢰할 수가 없다고. 언제 돌아올지 그런 거 모른다고."

"돈은 어떻게 하고 있어?"

"돈은 걱정 없어. 카드를 마음대로 사용할 수 있거든. 엄마 것을 지갑에서 한 장 꺼내 뒀어. 그런 거 한 장쯤 없어져도 그 사람은 전혀 알아채지 못해. 나도 자기방어를 하지 않으면 죽고 마는 걸. 그 사람은 비정상이니까 그 정도는 당연하지, 뭐. 안 그래?"

나는 대답을 회피하고 애매한 질문을 했다. "밥은 제대로 먹고 있어?"라고.

"먹고 있어. 대체 뭘 생각하고 있는 거야? 안 먹음 죽어 버리잖아."

"제대로 된 걸 먹고 있냔 말이야."

유키는 짐짓 헛기침을 했다. "켄터키 프라이드치킨이랑 맥도날드랑 데일리 퀸이랑 그런 거. 그 밖엔 도시락 가게에서……."

정크푸드.

"다섯 시에 데리러 갈게"라고 나는 말했다. "뭐 좀 그럴싸한 걸 먹으러 가자. 그런 식생활은 너무 형편없어. 사춘기 소녀는 좀 더 제대로 된 걸 먹어야 해. 그런 생활을 오래 계속하다간 어른이 된 다음 생리 불순이 돼. 어떻게 되건 자기 마음 아니냐고 할 수도 있겠지. 하지만 네가 생리 불순이 되면 주위의 모든 사람들이 애 먹게 돼. 주위 사정도 생각해야지."

"바보 같아"라고 작은 소리로 유키가 말했다.

"저, 그런데 만약 싫지 않다면 너의 그 아카사카 맨션의 전화번호를 좀 알려 주지 않겠어?"

"왜?"

"이런 일방적인 통화는 정당하지 않아. 넌 내 전화번호를 알고 있어. 그런데 난 너의 전화번호를 알지 못해. 넌 마음 내키면 나한테 전화를 걸지만, 난 마음이 내켜도 너한테 전화를 걸 수가 없어— 불공평하잖아. 그리고 오늘처럼 만날 약속을 했다가, 여차해서 갑자기 예정이 바뀌는 바람에 연락이 닿지 못하게 되면 불편하지 않겠어?"

그녀는 잠시 곤혹스러운 듯이 콧소리를 좀 냈으나, 결국은 번호를 알려 줬다. 나는 수첩 주소록에 적힌 고탄다의 연락처 아래 칸에 그것을 메모했다.

"하지만 쉽게 예정을 바꾸거나 하지 마"라고 유키는 말했다. "그런 적당주의는 엄마 하나면 충분하니까."

"괜찮아. 난 쉽게 예정을 바꾸거나 하진 않아. 거짓말이 아니야. 배추흰나비한테 물어봐도 좋고, 클로버한테 물어봐도 좋아. 나만큼 꼬박꼬박 약속을 지키는 사람도 그리 흔치 않아. 다만 세상엔 돌발 사고라는 게 있어. 예상치도 못한 일이 갑작스레 일어나거든. 세계는 넓고 복잡하니까, 어떤 경우엔 힘에 부치는 일이 생겨날지도 몰라. 그럴 때에 너한테 연락이 닿지 않으면, 아주 곤란하지. 내가 하는 말 알아듣겠지?"

"돌발 사고"라고 그녀는 말했다.

"청천벽력" 하고 나는 말했다.

"일어나지 않으면 좋겠네"라고 유키는 말했다.

"그야 당연하지"라고 나는 말했다.

하지만 그것은 어김없이 일어났다.

21

그들은 오후 세 시가 지나서 찾아왔다. 두 사람이었다. 내가 샤워를 하고 있을 때에 초인종이 울렸다. 내가 목욕 가운을 걸친 채 문을 열 때까지 초인종은 여덟 번이나 울렸다. 초조함이 피부를 찌르는 것 같은 울림이었다. 문을 열고 보니, 남자 둘이 서 있었다. 한 사람은 사십 대 중반이고, 다른 한 사람은 나와 비슷한 나이로 보였다. 사십 대 중반으로 보이는 쪽은 키가 크고, 코에 상처 자국이 있었다. 아직 봄인데도 햇빛에 꽤나 탄 얼굴이었다. 어부처럼 삶의 애환이 담긴 그을림이었다. 꿈의 해변이라든가 스키장에서 탄 것과는 다르다. 머리카락은 보기에도 뻣뻣하고, 손은 몹시 컸으며, 회색 오버코트를 걸치고 있었다. 젊은 쪽은 키가 작고, 머리칼이 제법 긴 데다 눈이 가늘고 날카로웠다. 한 십 년 전의 문학청년같이 보였다. 동인지의 모임에서 이마를 덮은 머리카락을 쓸어올리면서 "역시 미시마 유키오야" 그런 소리라도 할 것 같은 분위기를 풍겼다. 예전에 대학의 몇몇 학과에도 이런 작자들이 여럿 있었다. 이런 작자들은 남색 스탠드칼라 코트를 걸치고, 그다지 패셔너블하다곤 할 수 없는 검은 가죽구두를 신고 있었다. 길에 떨어져 있다면 되도록 빙 둘러 피하고 싶은, 그런 물건이었다. 싸구려인 데다가 너무 오래 신어서 닳아 버렸다. 어느 신사도 내가 특별히 적극적으로 친구가 되고 싶어 할 만한 타입은 아니었다. '어부'와 '문학'이라고 나는 우선 급한 대로 이름을 붙였다.

문학이 코트의 주머니에서 경찰수첩을 꺼내 아무 말 없이 내게 보였다. 영화의 한 장면 같군, 하고 나는 느꼈다. 나는 그때까지 경찰수첩 같은 건 본 적도 없었지만, 얼핏 보아 그것은 진짜처럼 느껴졌다. 낡은 상태가 가죽구두와 아주 비슷했기 때문이다. 하지만 그가 코트 주머니에서 그것을 꺼내서 내밀자, 어쩐지 동인지를 강매당하는 기분이었다.

"아카사카 서署에서 나왔습니다"라고 문학이 말했다.

나는 고개를 끄덕였다.

어부는 오버코트의 주머니에 두 손을 쑤셔 넣은 채 한마디도 하지 않았다. 그저 아무렇지도 않은 듯이 문간에 한쪽 발을 올려놓고 있었다. 문이 닫히지 않도록. 맙소사, 정말로 영화 같군.

문학은 수첩을 주머니에 집어넣고, 그런 다음 한 차례 내 모습을 점검했다. 나는 머리카락이 축축이 젖은 채로, 목욕 가운밖에 걸치지 않고 있었다. 레노마의 초록색 목욕 가운. 물론 라이선스 생산이긴 하지만, 등을 돌려 보면 분명 '레노마'라고 쓰여 있다. 샴푸는 웰라. 창피해할 건 아무것도 없다. 그래서 나는 상대방이 뭐든 입을 열기만을 가만히 기다리고 있었다.

"실은 좀 여쭤보고 싶은 것이 있어서요"라고 문학이 말했다. "죄송합니다만, 가능하시다면 서까지 가주실까요?"

"물어보겠다니, 무엇에 대해서죠?"라고 나는 물어봤다.

"그건 그때 가서 나중에 말씀드리겠습니다"라고 문학은 말했다. "다만 말씀을 듣는 데에 여러 가지 형식이라든지 서류라든지 그런 것이 필요하므로, 되도록이면 서까지 함께 가주셨으면 하는 것입니다."

"옷을 갈아입어도 되겠습니까?" 하고 나는 물어봤다.

"물론이죠, 입으시죠" 하고 문학은 표정 하나 까딱하지 않고 말했다. 아주 단조로운 목소리에, 아주 단조로운 표정이었다. 고탄다가 형사를 한다면, 한층 더 사실적이고 한층 더 솜씨 좋게 할 수 있을 텐데, 하고 나는 문득 생각했다. 현실이라는 건 늘 그런 식이다.

내가 안방에서 옷을 갈아입는 동안, 그 둘은 문을 열어 놓은 채 문간 쪽에 서 있었다. 나는 늘 입는 블루진에 회색 스웨터를 입고, 트위드 재킷을 걸쳤다. 머리를 말려 빗고, 지갑과 수첩과 키홀더를 주머니에 넣고, 창문을 닫고, 가스 밸브를 잠그고, 전깃불을 끄고, 자동 응답기의 스위치를 켰다. 그리고 남색 톱사이더를 신었다. 그 둘은 내가 신발을 신는 것을 진기한 것이라도 보는 듯 물끄러미 쳐다보고 있었다. 어부는 아직도 문간에 한쪽 발을 올려 놓은 채였다.

아파트 입구에서 조금 떨어진 곳에 눈에 띄지 않게끔 경찰차가 세워져 있었다. 지극히 일반적인 경찰차로, 운전석에 제복을 입은 경찰관이 앉아 있었다. 어부가 먼저 타고, 그다음에 내가 타고, 마지막으로 문학이 탔다. 그런 것도 영화 장면 그대로였다. 문학이 문을 닫자, 차는 이윽고 출발했다.

도로는 붐비고 있었는데, 경찰차는 경적도 울리지 않고 서서히 달렸다. 승차감은 택시와 대충 비슷했다. 미터기가 없을 뿐이었다. 달리는 시간보다는 멈춰 있는 시간이 더 많았던 덕분에 주위의 운전사들은 내 얼굴을 모두 다 힐끔힐끔 엿봤다. 아무도 입을 열지 않았다. 어부 쪽은 팔짱을 끼고 물끄러미 앞쪽을 보고 있었다. 문학 쪽은 풍경 묘사의 연습이라도 하듯 까다로운 표정으로 창밖을 노려보고 있었다. 도대체 어떤 묘사를 하는 것일까, 하고 나는 생각했다. 아마 뭐가 뭔지 알 수 없는 어휘들을 사용한 어두운 묘사일 것이다. '개념으로서의 봄은 암흑의 조류와 더불어 치열하게 찾아왔다. 그 찾아듦은 도시의 간격에 메말라 붙은, 이름도 모를 사람들의 정념을 흔들어 깨우고, 그것을 불모의 유사流 砂를 향해 소리 없이 흘러가게 했다.'

나는 그런 문장을 닥치는 대로 모조리 퇴고해 나가고 싶었다. '개념으로서의 봄'이라는 게 뭐지? '불모의 유사'라니 무슨 소리야? 하지만 도중에 싱거워져서 그만뒀다. 시부야 거리는 여전히 껄렁거리는 어릿광대 꼴을 한 멍텅구리 같은 중학생으로 가득했다. 정념도 유사도 아무것도 없었다.

경찰서에 도착하자, 나는 이 층의 취조실로 끌려갔다. 조그마한 창문이 있는 두 평 남짓한 넓이의 방이었다. 창문으로는 거의 햇빛이 들지 않았다. 이웃 건물과 너무나 근접해 있는 탓일 것이다. 방 안에는 책상이 하나 있고, 사무용 의자가 둘, 그리고 비닐 시트가 깔린 보조 의자가 두 개 놓여 있었다. 벽에는 이 이상 심플하게 만들 수 없을 것 같은 시계가 걸려 있었다. 그뿐이었다. 그밖에는 아무것도 없다. 달력도 걸려 있지 않으며, 그림도 걸려 있지 않다. 서류장도 없다. 꽃병도 없다. 표어도 없다. 다기 세트도 없다. 책상과 의자와 시계가 있을 뿐이었다. 책상 위에는 재떨이와 펜 트레이가 놓여 있고, 가장자리 쪽에 서류철이 쌓여 있었다. 그들은 방 안에 들어서자 코트를 벗어 접어서 보조 의자 위에 놓고, 그러곤 나를 철제 사무용 의자에 앉혔다. 그리고 나의 맞은편에 어부가 앉았다. 문학은 좀 떨어진 곳에 서서, 수첩을 팔락팔락 넘기고 있었다. 얼마 동안 둘 다 아무 말도 하지 않았다. 나도 아무 말 하지 않았다.

"당신 어젯밤, 무얼 하고 있었죠?"라고 한껏 사이를 두었다가 어부가 입을 열었다. 생각해 보니 어부가 말을 한 것은 그것이 처음이었다.

어젯밤, 하고 나는 생각했다. 어젯밤은 어떤 밤이었지? 어젯밤과 그저께 밤이 분간되지 않는다. 그저께 밤과 그 전날 밤의 분간이 서지 않는다. 불행한 일이지만 사실이다. 나는 한참 동안 잠자코 생각하고 있었다. 떠올리기까지 시간이 걸린다.

"당신 말이야"라고 어부가 말했다. 그리고 헛기침을 했다. "법률적인 걸 이것저것 말하자면 시간이 제법 걸려요. 다만 간단한 걸 묻고 있는 것뿐이라고. 어제저녁부터 오늘 아침까지 어디에서 무얼 하고 있었나. 간단한 거 아니요? 대답한다고 해서 손해 볼 거 없잖아?"

"그러니까 지금 생각하고 있지 않습니까?"라고 나는 말했다.

"생각해 보지 않으면 생각나지 않는 거요? 바로 어제 일이란 말입니다. 작년 8월의 일을 물어보고 있는 게 아니잖아. 생각해 보고 자시고 할 것도 없을 텐데"라고 어부가 말했다.

그러니까 그게 생각나지 않는단 말이야, 라고 말할까 생각했지만 말하지 않았다. 분명 그런 기억의 일시적 결락 같은 건 그들에게 이해되지 않을 것이다. 머리가 돌았나 하고 생각하기가 십상이다.

"기다리지"라고 어부는 말했다. "기다릴 테니 천천히 생각해 내쇼." 그리고 그는 윗도리의 포켓에서 세븐 스타를 꺼내어 빅 라이터로 불을 댕겼다. "피겠어?"

"됐어"라고 나는 말했다. 첨단의 도시 생활자는 담배를 피우지 않는다고 「브루터스」에 쓰여 있었다. 하지만 그 둘은 그런 것엔 아랑곳없이 맛있다는 듯 담배를 피워 댔다. 어부는 세븐 스타를 피우고, 문학은 쇼트 호프를 피웠다. 둘 다 골초에 가까웠다. 그들은 「브루터스」 따위는 읽지 않는 것이다. 유행과는 담 쌓은 사람들인 것이다.

"오 분 기다리지"라고 문학이 여전히 무미건조하고 단조로운 소리로 말했다. "그러는 동안에 어떻게 좀 제대로 떠올려 주지 않겠나? 어젯밤, 어디서 무엇을 했는지."

"그러니까 말이야, 이 사람 인텔리라고" 하고 어부가 문학 쪽을 향해서 말했다. "알아보니 전에도 조사받은 적이 있어. 지문이 등록되어 있단 말이야. 학생운동, 공무집행방해, 서류 송치. 이런 것에 이골이 났다고. 골수파인 데다 경찰을 싫어해. 법률도 꿰고 있고, 헌법에서 보장된 국민의 권리라든지 그런 걸 제법 소상하게 알고 있어. 이제 곧 변호사를 부르라고 말할 테지."

"하지만 우리는 임의동행으로 지극히 간단한 질문을 하고 있을 뿐이야"라고 문학이 자못 놀랍다는 듯이 어부에게 말했다. "뭐 체포한다든가 그런 말을 하고 있는 게 아니잖아. 잘 모르겠는 걸. 변호사를 부를 이유 같은 건 아무래도 없지 않아? 어째서 그런 까다로운 생각을 하는 거지? 이해하기 힘들군."

"그래서 말이야, 내 생각이지만 이 사람은 다만 단순히 경찰이 싫은 게 아닐까. 경찰이라는 딱지가 붙은 건 어쨌든 무엇이건 생리적으로 싫은 거야. 경찰차부터 교통경찰에 이르기까지. 그래서 그런 것에 대해선 죽어도 협력하고 싶지 않다, 그렇게 생각하고 있는 모양이야"라고 어부가 말했다.

"하지만 걱정할 것 없다고. 빨리 대답하면 빨리 집으로 돌아갈 수 있으니까, 실리적인 사람이라면 필시 제대로 응해 주겠지. 그리고 말이지, 어젯밤에 무엇을 했느냐는 질문을 받은 것만 가지고선 변호사를 부른댔자 오지도 않거든. 변호사들도 바쁘니까. 인텔리라면 그 정도는 알고 있겠지.”

“그건 그래”라고 어부는 말했다. “그런 걸 제대로 알고 있다면, 서로 시간 절약을 할 수 있다, 그 말씀이거든. 우리도 바쁘겠다, 이 사람도 바쁠 테지. 오래 끌면 서로 시간 낭비일뿐더러 피곤해지지. 이게 제법 피곤해진단 말이야.”

만담 주고받기가 계속되는 사이에 오 분이 지나갔다.

“자” 하고 어부가 말했다. “어때, 뭐 좀 떠올리셨나?”

떠오르지 않았으며, 떠올리려는 기분도 일지 않았다. 이러다 문득 떠오르겠지, 했지만 어쨌든 지금은 떠오르지 않는다. 기억이 끊긴 채 돌아오지 않았다. “무슨 일인지, 우선 사정을 알고 싶은데”라고 나는 말했다. “사정을 알지 못하고선 아무 말도 할 수 없어. 사정을 알지 못하면서 불리한 말을 하고 싶지 않아. 그리고 우선 사정을 설명하고 나서 질문을 하는 것이 예의가 아닌가. 당신들의 행동은 전혀 예의에 맞지 않아.”

“불리한 말을 하고 싶지 않다”라고 문학이 문장을 검증이나 하듯 되풀이했다. “예의에 맞지 않다.”

“그래서 인텔리라고 말했잖아”라고 어부가 말했다. “세상을 보는 눈이 뒤틀려 있는 거야. 경찰을 싫어한다고.「아사히신문」을 구독하고「세카이世界」를 읽고 있는 거지.”

“신문 같은 거 구독도 안 하고「세카이」도 안 읽어”라고 나는 말했다. “어쨌든 무슨 이유로 내가 여기로 연행됐는지 알려 주지 않는 한 아무 말도 하고 싶지 않아. 괴롭히고 싶거든 맘대로 해봐. 이쪽은 어차피 한가하거든. 시간 따위는 얼마든지 있어."

두 형사는 힐끗 서로의 얼굴을 마주 봤다.

"사정을 알려 줘야 질문에 대답하겠다, 이건가?" 하고 어부가 말했다.

"아마"라고 나는 말했다.

"이 사람에겐 무의식적인 유머 감각이 있군" 하고 문학이 팔짱을 끼면서 벽 위쪽을 보고 말했다. "아마, 라니 말이야."

어부가 콧등 옆에 곧바로 난 생채기를 손가락 끝으로 문질렀다. 칼자국 흉터 같았다. 흠은 제법 깊어 둘레의 살이 몹시 옥죄어 있었다. "이것 봐요"라고 그는 말했다. "우리, 바쁘단 말입니다. 빨리 이걸 해결하고 싶다고. 우리도 좋아서 이런 일을 하고 있는 건 아니야. 되도록이면 저녁 여섯 시에 집에 돌아가서, 가족들과 함께 느긋하게 밥을 먹고 싶다고. 우리는 당신한테 별 원한도 없고 의도하는 바도 없어. 당신이 어젯밤에 어디에 있었고 무엇을 했는지 그것만 말해 준다면, 그 이상 아무것도 요구하지 않겠어. 꺼림칙한 데가 없다면 알려 줘서 나쁠 것도 없지 않아? 아니면 무슨 꺼림칙한 데가 있어서 말하지 못하는 거야?"

나는 책상 위에 놓인 유리 재떨이를 물끄러미 바라보고 있었다.

문학이 수첩을 탁 치고서 주머니에 밀어 넣었다. 한 삼십 초 동안 누구도 아무런 말을 하지 않았다. 어부가 또 세븐 스타를 입에 물고 화난 듯 불을 세게 댕겼다.

"대단한 배짱이야"라고 어부가 말했다.

"인권옹호위원회라도 불러?"라고 문학이 말했다.

"있잖아, 이런 거 인권도 뭣도 아니야"라고 어부가 말했다. "이런 건 시민의 의무란 말이야. 시민은 경찰의 수사에 가능한 한 협력하지 않으면 안 된다고 법률에도 쓰여 있어. 어째서 그렇게 도 경찰을 싫어하는 거지? 당신도 경관에게 길을 물어본 일쯤은 있겠지? 도둑이 들면 경찰에 신고도 하겠고? 상부상조가 아니겠 어? 어째서 이런 간단한 일도 협력해 주지 않는 거야. 정말 간단 한 형식적 질문 아닌가? 어젯밤, 당신은 어디서 뭘 하고 있었는 가, 까다롭게 굴 것 없이 빨리 끝내 버리자고. 그렇게 하면 우리도 편하고, 당신도 집으로 돌아가고, 만사 오케이 아니냐고. 그렇게 생각하지 않나?"

"우선 무슨 일인지 알고 싶은데"라고 나는 되풀이했다.

문학이 주머니에서 화장지를 꺼내서 요란한 소리를 내며 코 를 풀었다. 어부는 책상 서랍에서 플라스틱 자를 꺼내서, 손바닥 을 찰싹찰싹 두드렸다.

"당신, 알고 있기나 해?" 하고 문학이 화장지를 책상 옆의 휴 지통에 내버리면서 말했다. "당신은 자신의 입장을 자꾸자꾸 악 화시키고 있어."

"알겠나? 지금은 1970년대가 아니야. 당신하고 여기서 반反 권력 놀이를 하고 있을 겨를이 없다고" 하고 진저리가 난다는 듯이 어부가 말했다. "그런 시대는 끝났단 말이야. 그래서 나도 당신도 모두 이 사회에 꽉 끼여 있다고. 권력이고 반권력이고 없어, 이젠. 아무도 그런 생각은 하지 않거든. 커다란 사회란 말이야. 풍파를 일으킨들 좋을 건 아무것도 없어. 시스템이 꽉 들어맞도록 구축되어 버렸다고. 이 사회가 싫으면 가만히 대지진이라도 기다리는 거지. 구덩이라도 파고서. 하지만 지금 여기서 제아무리 버틴다 해도 서로에게 아무런 이득도 없어. 소모일 뿐이야. 인텔리라면 그런 것쯤 아실 텐데, 그래?"

"뭐, 우리도 좀 피곤해서 말투가 어지간히 거칠었는지도 몰라. 그랬다면 잘못했어. 사과하지" 하고 문학이 수첩을 또 팔락팔락 넘기면서 말했다. "하지만 우리도 피곤해. 계속 근무 중이야. 어젯밤부터 거의 잠을 못 잤어. 어린 자식들 얼굴을 벌써 닷새나 못 보고 있지. 제대로 밥도 못 먹었고. 당신 마음에 들지 않을지도 모르지만, 우리도 나름대로 사회를 위해 일하고 있어. 거기에 당신이 와가지고 버티기만 하면서 아무 대답도 해주지 않는 거야. 당연히 신경질도 나겠지. 알겠어? 당신이 자신의 입장을 악화시키고 있다는 거 말이지. 결국 우리도 피곤하면 자꾸자꾸 기분이 언짢아진다, 그 말이야. 그러면 간단히 끝낼 수 있을 것도 그럴 수 없게 되지. 일이 뒤틀려 버리거든. 물론 당신이 기댈 만한 법률은 있어. 국민의 권리도 있고. 하지만 그런 데 기대려면 시간이 걸리지. 시간이 걸리는 동안, 당신은 불쾌한 일을 당할지도 몰라. 법률이라는 건 굉장히 복잡해서 시간이 걸리니까. 아무래도 현장의 운용 여하에 달려 있다는 점은 무시할 수 없거든. 이해하겠어, 그런 거?"

"오해하면 곤란한데, 뭐 위협하는 건 아니야"라고 어부가 말했다. "충고하고 있는 거야, 우리는. 우리도 당신이 불쾌한 꼴을 당하게 하고 싶지는 않거든."

나는 잠자코 재떨이를 보고 있었다. 재떨이에는 아무런 표시도 붙어 있지 않았다. 그저 낡고 지저분한 유리 재떨이였다. 처음엔 투명했겠지만, 이제는 그렇지 않았다. 부옇게 흐려지고, 구석에는 담뱃진이 말라붙어 있었다. 이것이 몇 년쯤 이 책상 위에 놓여 있었을까, 하고 나는 생각해 봤다. 십 년은 놓여 있었겠군, 하고 나는 짐작했다.

어부는 잠시 동안 플라스틱 자를 만지작거리고 있었다.

"좋아" 하고 그는 체념한 듯이 말했다. "사정을 설명하지. 사실은 우리에게도 질문하는 절차라는 게 있지만, 당신도 할 말이 있는 것 같으니, 지금은 거기에 따르겠어. 지금 같은 경우엔."

그리고 자를 책상 위에 놓고는, 서류철을 집어 팔락팔락 넘기고 봉투에서 큰 사진을 꺼내 내 앞에다 밀어내듯 하며 내놓았다. 나는 그 세 장의 사진을 손으로 집어 들고 봤다. 흑백의 사실적인 사진이었다. 그것이 예술적인 목적으로 찍은 것이 아니라는 것은 한눈에 알 수 있었다. 사진엔 여자가 찍혀 있었다. 우선 처음 것은 벗은 등을 보이고 침대에 엎드려 있는 사진이었다. 팔다리가 길고, 엉덩이가 탄탄해 보였다. 머리카락이 부채처럼 펼쳐져서 목부터 그 위를 가리고 있었다. 다리는 약간 벌어져 음부가 보였다. 손은 옆으로 축 늘어져 있었다. 여자는 잠자는 것처럼 보였다. 침대에는 특징 같은 것은 없었다.

두 번째 것은 좀 더 사실적이었다. 여자는 위를 쳐다보는 자세였다. 유방과 음모와 얼굴이 보였다. 손과 다리는 똑바로 차렷 자세가 되어 있었다. 여자가 죽어 있다는 점은 굳이 설명이 필요없었다. 눈이 열려 있고, 입가가 묘하게 굳어 일그러져 있었다. 메이였다.

나는 세 번째의 사진을 봤다. 얼굴을 확대해서 찍은 사진이었다. 메이였다. 틀림없었다. 하지만 그녀는 이미 화려해 보이진 않았다. 그녀는 얼어붙은 무감동이라고 해야 할 것을 몸에 휘감고 있을 뿐이었다. 목둘레에 싹싹 문질러 댄 자국 같은 줄이 희미하게 나 있었다. 입 안이 바싹바싹 마르고, 침이 제대로 삼켜지지 않았다. 손바닥의 피부가 근질거리기 시작했다. 메이. 그녀의 멋지던 섹스. 우리는 아침까지 즐겁게 '눈 치우기'를 하고, 다이어 스트레이츠를 듣고, 그리고 커피를 마셨다. 그리고 죽어 버렸다. 지금은 이미 존재하지 않는다. 나는 고개를 젓고 싶었다. 하지만 젓지 않았다. 대신 나는 세 장의 사진을 포개어서, 아무 일도 없었다는 듯이 어부에게 돌려줬다. 그 두 사람은 내가 사진을 보고 있는 모양을 가만히 관찰하고 있었다. 그래서? 하는 얼굴로 나는 어부의 얼굴을 봤다.

"그 여자에 대해선 알고 있겠지?"라고 어부가 말했다.

나는 고개를 저었다. "모르겠는데"라고 나는 말했다. 만일 내가 알고 있다고 말한다면, 당연히 고탄다가 이 사건에 말려들게 된다. 그가 나와 메이의 연결 고리니 말이다. 하지만 지금 여기서 그를 말려들게 해선 안 된다. 어쩌면 고탄다도 이 사건에 이미 말려들었는지도 모른다. 그건 나로선 알 수 없다. 만일 그렇다면, 그래서 고탄다가 내 이름을 불고, 내가 메이하고 잤다는 사실을 이미 불었다고 한다면, 나는 어지간히 불리한 입장에 놓이게 된다. 내가 거짓 진술을 한 셈이 되기 때문이다. 그렇게 되면 이제 얼렁뚱땅해서 될 일이 아니다. 그것은 도박이었다. 하지만 어쨌든 간에 내 쪽에서 고탄다의 이름을 끄집어낼 수는 없었다. 그와 나는 입장이 다르다. 그런 짓을 했다간 큰일이 난다. 주간지가 뛰어 올 것이다.

"다시 한번 자알 봐" 하고 어부가 느릿느릿하고 함축성 있는 어투로 말했다. "굉장히 중요한 일이니까, 다시 한번 잘 보고 답변해 줘. 어때, 이 여자 본 적이 있지? 거짓말은 하지 말고. 우리는 프로라서, 거짓말을 하면 금방 잡아낸단 말이야. 경찰서에서 거짓말을 하면 일이 커져. 알겠어?"

나는 다시 한번 시간을 들여 세 장의 사진을 봤다. 외면하고 싶었으나, 외면할 수는 없었다.

"모르겠는데" 하고 나는 말했다. "하지만 죽었군."

"죽었군" 하고 문학이 문학적으로 되풀이했다. "참혹하게 죽었어. 확실히 죽었어. 진짜 죽었어. 우린 그걸 봤다고. 현장에서. 미녀였지. 알몸으로 죽어 있었어. 미녀라는 건 한눈에 알 수 있었지. 하지만 죽어 버리면 말이지, 미녀고 뭐고 별로 상관없어. 알몸이란 것도 상관없고 그저 그런 송장일 뿐이야. 내버려 두면 썩어 가지. 피부가 망가지고 뒤집혀서 썩은 살덩이가 튀어나와. 고약한 냄새가 나고, 벌레가 끓고. 당신 그런 거 본 적 있어?"

없어, 라고 나는 말했다.

"우린 몇 번이나 본 적이 있어. 그게 거기까지 가면, 미녀였는지 어땠는지도 알 수 없게 되지. 다만 살덩이가 썩어 있을 뿐. 썩은 스테이크나 다름없지. 그 냄새를 맡으면 얼마 동안은 좀처럼 밥을 먹을 수가 없어. 우린 프로지만, 그 냄새만은 무리야. 거기엔 익숙해질 수 없거든. 그리고 좀 더 시간이 지나면, 이번엔 뼈다귀만 남게 돼. 거기까지 가면 냄새는 없어지지. 죄다 온통 깡말라 버리는 거야. 새하얗고, 아주 깨끗하게. 뼈다귀는 깨끗해서 좋아. 어쨌든 이 여자는 거기까지 가지 않았어. 뼈다귀까지도 가지 않았고, 썩지도 않았어. 그저 죽었을 뿐. 그저 딱딱해졌어. 딱딱하달 뿐 미녀였다는 것도 분명해. 살아 있었을 때 그런 미녀하고 차분히 시간을 가질 수 있었다면 좋았을 거야. 하지만 이제 알몸을 보고 있어도 아무 느낌도 없어. 이미 죽었으니까. 우리와 송장은 전혀 달라. 송장이란 건 말이야, 석상과도 같은 거란 말이야. 이렇게 분수령이 있는데, 거길 한 걸음이라도 넘으면 제로가 되거든. 완전한 제로가 되는 거지. 그다음은 화장되기를 기다릴 뿐. 하지만 미녀였지. 가엾게도, 살았더라면 훨씬 나은 미녀로 있을 수 있었을 텐데. 누군가 죽었어. 안 될 노릇이지. 이 여자에게도 살 권리가 있었어. 아직 스무 살 남짓밖에 되지 않았다고. 누군가 스타킹으로 목을 졸랐지. 그게 여간해선 금방 죽지 않거든. 죽기까지는 시간이 걸려. 굉장히 고통스럽지. 자기가 죽어 간다는 걸 알 수 있거든. 어째서 내가 이런 데서 죽어야 하지, 하고 생각하지. 좀 더 살고 싶다고 생각하지. 산소가 줄어들고 질식해 간다는 걸 느끼게 되거든. 머리가 멍해지고, 오줌을 싸고 말지. 어떻게든 살아나려고 발버둥치지만 힘이 모자라. 서서히 죽어 가는 거야. 죽는 방법치고 그리 괜찮은 방법은 아니야. 우린 그녀를 그런 꼴로 죽게 만든 범인을 잡고 싶다 이거야. 잡지 않으면 안 돼. 이건 범죄거든. 그것도 대단히 악질적인 범죄. 힘이 있는 자가 폭력적으로 힘이 약한 자를 죽였어. 그건 용서할 수 없는 일이지. 그런 걸 허용하게 되면, 사회의 근저가 흔들리고 말아. 범인을 잡아서 처벌해야 해. 그것이 우리의 의무야. 그러지 않으면 범인은 또 다른 여자를 죽일지도 몰라."

"이 여자는 어제 낮 즈음에 아카사카의 고급 호텔의 더블룸을 예약해서, 다섯 시에 혼자서 룸에 들어갔어"라고 어부가 말했다. "나중에 남편이 온다고 말했어. 이름과 전화는 가짜였고 돈은 선불이었지. 여섯 시에 룸서비스로 저녁 식사 일 인분을 시켰어. 그때엔 혼자였어. 일곱 시엔 쟁반을 복도에 내놓았지. 그리고 '방해 금지' 표시를 문 앞에 붙여 두었어. 이튿날 열두 시가 체크아웃 시간이었거든. 열두 시 반에 프런트 담당이 전화를 했는데, 아무도 받지 않았어. 문에는 아직도 '방해 금지' 표시가 걸려 있었고. 노크했지만, 응답은 없었어. 호텔 종업원이 곁쇠로 문을 열었어. 여자가 알몸으로 죽어 있었지. 첫 번째 사진과 같은 모양으로 말이야. 남자가 온 것은 아무도 보지 못했어. 맨 위층에 레스토랑이 있는데, 그 때문에 쉴 새 없이 엘리베이터가 왔다 갔다 하거든. 오가는 사람이 많단 말이야. 그래서 이 호텔은 흔히 밀회 장소로 이용되고 있어. 꼬리가 잡히지 않으니까."

"핸드백 속엔 단서가 될 만한 것은 아무것도 없었어"라고 문학이 말했다. "면허증도, 수첩도, 신용카드도 없었어. 은행카드도 없고, 아무것도 없었어. 옷에는 이름의 약자도 붙어 있지 않고. 있는 건 오로지 화장 도구와 삼 만 엔 남짓 들어 있는 지갑과 피임약뿐. 그 밖엔 아무것도 없었어. 아니지. 꼭 하나가 있었어. 지갑의 제일 안쪽, 좀 찾기 힘든 구석에 명함 한 장이 들어 있지 뭔가? 바로 당신 명함이 말이야."

"진짜, 모르겠어?"라고, 어부가 다짐을 받으려는 듯 물었다.

나는 고개를 저었다. 나도 되도록이면 경찰에 협력해서, 그녀를 살해한 범인을 잡도록 해주고 싶었다. 하지만 나는 우선 살아 있는 인간에 대한 것을 생각지 않으면 안 되는 것이다.

"그럼 이제 당신이 어제 어디에서 무엇을 하고 있었는지를 말해 주겠어? 이거면 우리가 당신을 일부러 여기까지 오게 해서 사정 청취하고 있는 이유를 알겠지?"라고 문학이 말했다.

"여섯 시에 집에서 혼자 식사를 하고, 그리고 책을 읽고, 술을 몇 잔 마시고, 열두 시 전에 잠들었어"라고 나는 말했다. 나의 기억은 그제야 회복되고 있었다. 필시 메이의 시체 사진을 본 탓일 것이다.

"그러는 동안에 누군가 만났나?"라고 어부가 질문했다.

"아무도 만나지 않았어. 줄곧 혼자였으니까"라고 나는 말했다.

"전화는 어땠지? 누군가 전화는 걸지 않았나?"

아무한테서도 걸려 오지 않았다고 나는 말했다. "아홉 시 전후해서 한 번 걸려 왔지만, 자동 응답기를 켜두었기 때문에 받지 않았어. 나중에 봤더니 일 관계의 전화였고."

"어째서 집에 있으면서 자동 응답기를 켜둔 거지?"라고 어부가 다그치듯 물었다.

"지금 휴가 중이라서 일 관계자하곤 이야기하고 싶지 않았기 때문이야"라고 나는 말했다.

그들이 그 전화의 상대방 이름과 전화번호를 알고 싶어 하기에 나는 알려 줬다.

"그래서, 혼자 저녁을 먹고 나서 내내 책을 읽었단 말이야?"라고 어부가 질문했다.

"먼저 접시를 치우고 나서 책을 읽었지."

"어떤 책?"

"믿지 않을지도 모르겠지만 카프카의 『심판』."

어부는 종이에 카프카의 『심판』이라고 썼다. 그가 어떤 한자인지 몰라 주춤거리자 문학이 가르쳐 줬다. 내가 예상했던 대로 그는 확실히 카프카의 『심판』에 관해 알고 있었다.

"그걸 열두 시까지 읽고 있었다고 했겠다"라고 어부는 말했다. "술도 마시고 있었다고?"

"저녁에 우선 맥주, 그다음에 브랜디."

"얼마만큼 마셨지?"

나는 상기해 봤다. "캔 맥주가 두 개, 그다음에 브랜디를 병으로 4분의 1가량. 복숭아 통조림도 먹었고."

어부는 그것을 전부 종이에 메모를 했다. 복숭아 통조림도 먹었다. "그 밖에 생각나는 것이 있으면 떠올려 보겠나? 아무리 사소한 것이라도 좋으니까."

나는 한동안 생각해 봤지만, 그 이상은 아무것도 생각나지 않았다. 정말이지 특징이 없는 사소한 밤이었던 것이다. 나는 혼자서 조용히 책을 읽고 있었을 뿐이었다. 그리고 그 특징이 없는 조용한 밤에 메이는 누군가에게 스타킹으로 교살됐던 것이다. 생각이 나지 않는다고 나는 말했다.

"이봐, 심각하게 생각하는 편이 좋아"라고 문학이 헛기침을 하고 나서 말했다. "당신 지금 굉장히 불리한 입장에 있다니까."

"난 아무것도 한 짓이 없으니, 불리하고 어쩌고 할 것이 없어. 알겠어?"라고 나는 말했다. "난 프리랜서로 일을 하고 있는 사람이니, 명함쯤은 일 관계자들에게 얼마든지 뿌리고 다니지. 어째서 그 여자가 내 명함을 갖고 있었는지 짐작도 가지 않지만,

그렇다고 해서 내가 그 여자를 죽였다곤 할 수 없지 않아?"

"전혀 관계없는 명함이라면 일부러 지갑 한쪽 구석에 소중히 한 장만 따로 갖고 있거나 하진 않겠지"라고 어부가 말했다. "우리는 두 가지 가설을 세우고 있어. 우선 첫째로 이 여자는 당신들 업계의 관계자고, 호텔에서 남자와 밀회를 했고, 분명 그 상대방 남자가 백 속에 있던 꼬리가 잡힐 만한 것들을 깡그리 가져가 버린 거야. 다만 명함은 지갑의 제일 안쪽에 들어 있었기 때문에 실수로 놓치고 만 거지. 둘째로 이 여자는 프로였어. 매춘부. 고급 매춘. 일류 호텔을 이용하는. 이 부류는 꼬리가 잡힐 만한 건 갖고 다니지 않거든. 그런데 무슨 이유에선지 고객에게 살해됐다. 돈은 없어지지 않았으니, 범인은 성욕 이상자일지도 모른다. 이 두 가지 선을 생각할 수 있지. 어때?"

나는 잠자코 약간 고개를 갸웃했다.

"어느 쪽이든, 당신의 명함이 열쇠야. 어쨌든 지금으로선 우리에겐 그것밖에 단서랄 것이 없거든" 하고 어부가 볼펜 끝으로 톡톡 책상을 두드리면서 타이르듯이 말했다.

"명함이라는 건 이름을 인쇄한 종이 쪽지일 뿐이야"라고 나는 말했다. "증거고 뭐고 될 턱이 없지. 그것만 가지고선 아무 입증도 할 수 없어."

"지금 같아선 그렇지"라고 어부는 말했다. 그는 계속 볼펜 끝으로 책상을 두들겨 대고 있었다. "그것만 가지고선 아무 입증도 되지 않는다, 사실은 말 그대로야. 하지만 지금 감식반이 그 방과 유류품을 조사하고 있어. 사체 해부도 하고 있지. 내일이면 좀 더 여러 가지가 분명해질 거야. 어떻게 연결됐느냐가 밝혀질 거고. 그때까지 기다리는 수밖에. 기다리지. 기다리는 동안에 당신이 좀 더 여러 가지를 상기해 주기를 바라. 어쩌면 하룻밤 이상 걸릴지도 모르지만, 철저하게 하겠어. 차분히 시간이 지나면, 여러 가지로 생각이 되살아나게 될지도 모르니까. 다시 한번 차근차근 처음부터 해보자고. 분명하게 어제 하루 있었던 일을 상기해 줘. 아침부터 하나하나 차례대로."

나는 벽의 시계를 봤다. 시계는 자못 재미없다는 듯이 다섯 시 십 분을 가리키고 있었다. 나는 그때 불현듯 유키와의 약속을 상기했다.

"전화를 써도 될까?"라고 나는 어부에게 말했다. "다섯 시에 누구하고 만날 약속을 했어. 중요한 약속이야. 연락하지 않으면 곤란해."

"여자?"라고 어부가 물었다.

"그래"라고 나는 대답했다.

그는 고개를 끄덕이고는 전화기를 내 쪽으로 향해서 내밀었다. 나는 수첩을 꺼내어 유키의 전화번호를 찾아보고 다이얼을 돌렸다. 세 번째 신호음이 가자 그녀가 받았다.

"용건이 생겨서 가지 못한다 이거겠지?"라고 유키가 앞질러서 말했다.

"사고가 생겼어"라고 나는 설명했다. "내 탓은 아니야. 미안하지만 어쩔 수 없는걸. 경찰에 연행되어 가지고 조사를 받고 있어. 아카사카 서에 있어. 설명하자면 길어지는데, 아무튼 간단하게 풀려날 것 같지 않아."

"경찰? 뭘 한 거야. 도대체?"

"아무 짓도 안 했어. 살인 사건의 참고인으로 불려 나왔어. 말려든 거야."

"바보같이"라고 유키는 무감각하게 말했다.

"확실히 그래" 하고 나도 인정했다.

"그런데, 아저씨가 죽인 건 아니지?"

"물론 내가 죽인 건 아니야"라고 나는 말했다. "난 여러 가지로 실수도 하고 잘못도 저지르고 하지만, 사람을 죽이진 않는다고. 그날 있었던 일을 설명하고 있을 뿐이야. 여러 가지로 질문을 받고 있어. 아무튼 너한텐 미안하게 됐어. 머지않아 반드시 보상을 할게."

"정말 바보 같아"라고 유키는 말했다. 그러곤 탁 하고 때려 부수듯 전화를 끊었다.

나도 수화기를 내려놓고, 전화기를 어부에게 돌려줬다. 둘은 나하고 유키의 대화에 가만히 귀를 기울이고 있었으나, 특별히 얻은 것은 없는 듯했다. 하지만 만일 내가 열세 살짜리 여자아이와 데이트 약속을 하고 있었다는 걸 안다면, 분명 나에 대한 의혹이 한층 더 깊어질 것이 아닌가 하고 나는 상상했다. 필시 이상 성욕자나 무엇이 아닐까 생각할 것이다. 일반적인 서른네 살의 남자는 열세 살짜리 여자아이와 데이트를 하거나 하지는 않는 것이다.

그리고 나서 그들은 나의 어제 하루의 행동에 대해 미주알고주알 캐물었으며, 그것을 서류로 만들었다. 편지지 같은 종이에 두꺼운 종이를 받치고 볼펜으로 또박또박 글씨를 적어 넣었다. 아무런 의미도 없는 서류였다. 시간과 노력의 낭비였다. 거기엔 내가 무엇을 먹었으며, 어디에 갔느냐가 실로 극명하게 적혀 있었다. 나는 저녁 식사로 먹은 전골 만드는 법마저 소상히 설명했다. 농담을 섞어서 가다랭이포 만드는 법까지도 설명했다. 하지만 그들에게 그런 농담은 통하지 않았다. 그들은 한 가지 한 가지 꼼꼼히 그것을 적어 놓았다. 꽤나 두툼한 서류가 됐다. 참으로 무의미한 서류. 여섯 시 반에 그들은 근처 음식점에서 도시락을 주문해 줬다. 그다지 좋은 도시락이라곤 할 수 없었다. 굳이 설명하자면 정크푸드에 가까웠다. 고기경단이라든가 포테이토샐러드라든가, 어묵조림 등이 들어 있었다. 양념도 재료도 별로 탐탁한 것은 못 됐다. 기름은 텁텁하고, 양념은 너무 진했다. 채소절임은 인공색소가 들어 있었다. 하지만 어부나 문학이나 똑같은 것을 자못 맛있게 먹고 있었으므로, 나도 남기지 않고 전부 먹어 치웠다. 긴장해서 식사도 목구멍으로 넘기지 못한다고 생각하는 것이 싫었기 때문이다.

식사가 끝나자, 문학이 싱겁고 미지근한 차를 갖다 줬다. 차를 마시면서 그들 둘은 또 담배를 피웠다. 비좁은 방 안은 연기로 자욱해졌다. 눈이 따가워지고, 윗도리에까지 니코틴 냄새가 배어들었다. 차를 다 마시자, 질문이 다시 시작됐다. 끝없는 무의미한 행위의 축적이었다. 『심판』을 어느 부분부터 어느 부분까지 읽었느냐, 라든지, 몇 시경에 파자마로 갈아입었느냐, 라든지, 그런 시시한 것 말이다. 나는 카프카 소설의 줄거리를 어부에게 설명해 줬으나, 그 내용은 그다지 그의 흥미를 끌지 못한 것 같았다. 그 스토리는 그에게 너무나 일상적이었는지도 모른다. 프란츠 카프카의 소설이 과연 21세기까지 살아남을 수 있을 것인가, 하고 문득 나는 걱정스러워졌다. 어떻든 간에, 그는 『심판』의 줄거리까지 서류에 적어 넣었다. 어째서 그런 것을 일일이 서류로 만들지 않으면 안 되는 것인지, 나로선 전혀 이해할 수 없었다. 실로 프란츠 카프카적이었다. 나는 차츰 싱거운 느낌이 들면서 따분해지기 시작했다. 그리고 피곤해졌다. 머리가 잘 돌아가지 않았다. 그것은 너무나 불필요하고, 너무나 무의미했다. 하지만 그들은 참을성이 있었고, 온갖 사실의 틈새를 찾아내선 그것에 대해 질문하고, 그것에 대한 나의 답변을 용지에다가 자잘하게 써넣어 갔다. 가끔 무슨 한자인지 몰라서, 어부가 문학에게 묻곤 했다. 그들은 그런 작업이 전혀 따분하지 않은 것 같았다. 필시 피곤하기는 했겠지만, 결코 적당히 하려 들지는 않았다. 아무리 사소한 부분이라도 어딘가에 흠이 없을까 해서 귀를 기울이고, 눈빛을 반짝이곤 했다. 가끔 한 사람씩 밖에 나갔다가 오륙 분이 지나서 돌아오곤 했다. 그들은 그야말로 끈질긴 사람들이었다.

여덟 시가 되자 질문 담당자가 어부에서 문학으로 바뀌었다. 어부는 팔이 저린 듯 일어선 채 기지개를 켜기도 하고, 손을 흔들기도 하고 목을 돌려 보기도 했다. 그러곤 또 담배를 피웠다. 문학도 질문을 시작하기 전에 우선 담배를 한 개비 피웠다. 환기가 좋지 않은 방 안에는, 마치 일기예보 화면처럼 흰 연기가 자욱이 서려 있었다. 정크푸드와 담배 연기. 나는 밖으로 나가 한껏 심호흡을 하고 싶었다.

화장실에 가고 싶다고 나는 말했다. 문밖으로 나가서 오른쪽으로 가다 막다른 데서 왼쪽, 하고 문학이 말했다. 나는 천천히 소변을 보고 심호흡을 하고 나서 돌아왔다. 화장실에서 심호흡을 한다는 것도 야릇한 일이었고, 사실 그다지 기분 좋은 것은 못 됐다. 하지만 살해당한 메이 생각을 하면 군소리를 할 수도 없는 노릇이었다. 적어도 나는 살아 있었다. 적어도 나는 호흡을 할 수 있었다.

화장실에서 돌아오자 문학이 다시 질문을 시작했다. 그날 밤에 나에게 전화를 걸어 온 상대방에 대해 그는 자세히 질문했다. 어떤 관계인가? 어떤 일로 관련을 가졌는가? 어떤 용건이 있어서 걸어 왔는가? 어째서 바로 전화를 하지 않았는가? 어째서 그렇게 긴 휴가를 가졌는가? 그만한 경제적 여유는 있는가? 세금 신고는 마쳤는가? 그런 여러 가지 세세한 것을 물었다. 내가 답변을 하면, 그는 그것을 어부와 마찬가지로 시간을 들여서 깨끗하게 정자로 용지에 써넣었다. 그런 작업이 참으로 의미가 있다고 그들이 생각하고 있는 건지 어떤 건지, 나로선 판단할 수 없었다. 그런 건 생각할 것도 없이, 그들에게는 일상적인 작업일지도 모른다. 프란츠 카프카적으로. 혹은 그들은 나를 파김치가 되게 함으로써 진실을 끄집어내려고 일부러 이런 쓸데없는 사무 작업을 밑도 끝도 없이 계속하고 있는지도 몰랐다. 그리고 만일 그렇다고 한다면, 그들은 실로 확실히 그 목적을 이룬 것이다. 나는 파김치가 다 됐고, 질려서 질문 받은 건 전부 확실히 답변하게 됐다. 무엇이 어떻게 되든 상관없이 어서 끝내 버리고 싶었다.

하지만 열한 시가 되어서도 그 작업은 끝나지 않았다. 끝날 조짐조차 보이지 않았다. 열 시에 어부가 방에서 나갔다가 열한 시에 돌아왔다. 잠깐 잠을 자고 왔는지, 눈이 좀 발그레했다. 그는 자기가 없는 동안에 쓰인 서류를 체크했다. 그러곤 문학과 교대했다. 문학은 커피 세 잔을 가져왔다. 인스턴트커피였다. 게다가 설탕과 크림까지 들어 있었다. 정크푸드.

나는 이제 진절머리가 났다.

열한 시 반에 피곤하고 졸려서, 이제 더 이상은 아무것도 지껄일 수가 없다고 나는 선언했다.

"곤란한데" 하고 문학은 책상 위에서 손가락을 깍지 낀 뒤 우두둑우두둑 꺾는 메마른 소리를 내면서 자못 난처하다는 듯 말했다. "이건 굉장히 급한 일이고, 수사를 위해 중요한 일이니, 미안하지만 되도록이면 힘을 내서 끝까지 했으면 하는데."

"이런 질문들이 중요하리라곤 믿기지 않아. 솔직히 말해 사소한 것들로 보여"라고 나는 말했다.

"그러나 사소한 것이 나중에 가서 제법 도움이 돼. 사소한 것이 사건을 해결한 예는 얼마든지 있어. 반대로 사소한 것을 소홀히 했다가 후회한 예도 간혹 있지. 어쨌든 이건 살인 사건이니까. 사람 하나가 죽은 것 아닌가. 우리도 진지해. 미안하지만 참고 협력해 달라고. 솔직히 말해서 말이지, 하려고만 들면 중요 참고인으로서 당신의 구치 허가를 받을 수도 있어. 하지만 그렇게 되면 서로 귀찮은 일이 많아지거든. 안 그런가? 서류가 잔뜩 필요해지고, 융통성도 사라지고. 그러니까 여기서 좀 순탄하게 하가자고. 협력해 준다면 그런 거친 조치는 취하지 않겠어"라고 문학이 말했다.

"졸리거든 수면실에서 한숨 자는 게 어때?"라고 어부가 옆에서 참견했다. "누워서 한잠 푹 자고 나면 또 생각이 떠오를지도 모르지."

나는 고개를 끄덕였다. 어디라도 좋다. 이렇게 담배 연기로 자욱한 방에 있는 것보다는 어디든 나을 것 같았다.

어부가 수면실로 데려다줬다. 음산한 복도를 걸어서, 한층 더 음산한 계단을 내려가, 또 복도를 걸었다. 모든 것에 음산함이 배어든 것 같은 장소였다. 그가 말하는 수면실이란 건 유치장이었다.

"여기는 내가 보기엔 유치장 같기만 한데"라고 나는 아주 메마른 미소를 띠고 말했다. "만약에 내 착각이 아니라면 말이지."

"여기밖엔 없어. 미안하지만" 하고 어부는 말한다.

"농담 마. 난 집에 가겠어"라고 나는 말했다. "내일 아침에 다시 오지."

"안 돼. 문 안 잠글 테니까"라고 어부는 말했다. "이봐, 부탁해. 오늘 하루만 참아 줘. 유치장이라도 잠그지 않으면 보통의 방 아니겠어."

나는 이러쿵저러쿵 입씨름을 하는 게 차츰 귀찮아졌다. 이제는 아무러면 어떠냐 싶었다. 하긴 유치장이라도 잠그지 않으면 보통의 방이 아닌가. 어쨌든 나는 몹시 지쳐 있었고, 몹시 졸렸다. 아무와도 더 이상 이야기를 하고 싶지 않았다. 입을 열고 싶지 않았다. 나는 고개를 가로젓고는, 아무 말 없이 안으로 들어가 딱딱한 침대에 드러누웠다. 오랜만에 대하는 감촉이었다. 축축한 매트리스와 싸구려 모포, 화장실 냄새. 절망감.

"잠그지 않을 테니까"라고 말하고, 어부는 문을 닫았다. 덜커덩 하고 몹시 차가운 소리가 났다. 잠그건 안 잠그건, 제법 차가운 소리가 난다.

나는 한숨을 쉬고, 모포를 뒤집어썼다. 어디선가 누군가의 코 고는 소리가 커다랗게 들렸다. 그 소리는 굉장히 먼 곳에서 들려오는 것 같기도 하고, 가까이서 들려오는 것 같기도 했다. 내가 알지 못하는 사이 지구가 오갈 수 없는 여러 개의 자잘한 절망적인 층으로 갈라져서, 그 근접한 층의 어디선가부터 흘러나오는 것 같은 그런 소리였다. 서글픈 듯도 하고, 손이 닿지 않는, 그리고 현실적인 소리였다. 메이, 하고 나는 생각했다. 그러고 보니, 나는 어젯밤 너를 떠올리고 있었다. 그때 네가 아직 살아 있었는지, 또는 이미 죽어 있었는지, 어느 쪽인지는 모르겠다. 하지만 아무튼 그때 너를 떠올리고 있었지. 너하고 동침했던 때를, 네 옷을 천천히 벗겼던 때를. 그건 참으로, 뭐라고 하면 좋을까, 동창회 같았어. 온 세계의 태엽이 풀린 것처럼 나는 긴장을 풀고 있었어. 그런 일은 참으로 오래간만이었지. 하지만 말이야, 메이, 내가 너에게 해줄 수 있는 일은 지금 같아선 아무것도 없어. 미안하지만, 아무것도 없어. 너도 알고 있겠지만, 우리는 모두 아주 연약한 인생을 보내고 있어. 나는 고탄다를 스캔들로 밀어 넣고 싶진 않아. 그는 이미지의 세계에서 살고 있는 남자야. 그가 매춘부와 동침하고 살인 사건의 참고인으로 불려 왔다는 사실이 세상에 알려지면, 그 이미지의 세계는 손상을 입고 말아. 프로그램에서도 광고에서도 하차하게 될지도 몰라. 하잘것없다고 하면 하잘것없지. 하잘것없는 이미지고, 하잘것없는 세상이기도 해. 하지만 그는 나를 친구로서 신용하고 대접해 줬어. 그러니까 나도 그를 친구로서 대접하려는 거야. 그것은 신의의 문제야. 메이, 산양 메이. 나는 너와 둘이 있어서 아주 즐거웠어. 너하고 자는 게 아주 즐거웠어. 꼭 동화 같았어. 그것이 너에게 위안이 되는지 어떤지는 나로선 알 수 없지만, 하지만 너에 대해선 줄곧 잊지 않고 기억하고 있어. 우리는 둘이서 아침까지 눈 치우기를 하고 있었지. 관능적인 눈 치우기. 우리는 이미지의 세계에서, 경비를 써가면서 서로 껴안았던 거야. 곰돌이 푸와 산양 메이, 목 졸리는 건 굉장히 고통스러웠겠지. 아직 죽고 싶진 않았겠지, 분명. 하지만 나는 아무것도 해줄 수가 없어. 이렇게 하는 것이 정말 옳은 것인지 어떤지, 솔직히 말해서 나는 알 수가 없어. 하지만 나로선 이렇게 할 수밖엔 없어. 그것이 나의 생존방식이야. 나의 시스템이야. 그래서 나는 입을 다물고 아무 말도 하지 않아. 잘 자, 산양 메이, 적어도 너는 이젠 두 번 다시 눈을 뜨지 않아도 돼. 두 번 다시 죽지 않아도 돼.

잘 자, 라고 나는 말했다.

잘 자, 하고 사고가 메아리쳤다.

어쩜! 하고 메이가 말했다.

22

다음 날도 대개 비슷한 일의 되풀이였다. 아침에 우리 셋은 또 같은 방에 모여서 맛이라곤 조금도 없는 커피를 묵묵히 마시고 빵을 먹었다. 그다지 나쁘지 않은 크루아상이었다. 그러고 나서 문학이 나에게 전기면도기를 빌려줬다. 나는 전기면도기를 그다지 좋아하진 않았지만, 별수 없이 그걸로 수염을 깎았다. 칫솔이 없었기 때문에 하는 수 없이 물로 정성 들여 양치를 했다. 그리고 질문이 다시 시작됐다. 하잘것없는 사소한 질문. 합법적인 고문. 낮까지 그것이 태엽 장치를 단 달팽이처럼 지루하게 계속됐다. 낮까지 그들은 질문할 수 있는 만큼은 전부 질문하고 말았다. 질문거리도 그제야 다해 버린 것 같았다.

"이 정도면 됐겠지" 하고 어부가 볼펜을 내려놓고 말했다.

두 형사는 약속이나 한 것처럼 동시에 후유 하고 한숨을 쉬었다. 나도 한숨을 쉬었다. 아마 그들은 나를 여기에 붙들어 두기 위해 시간 벌기를 하고 있었을 것이라고 나는 넘겨짚었다. 아무러면 살해당한 여자의 지갑 속에 명함 한 장이 들어 있었다는 정도로 구치 허가를 받을 수 있을 리 없다. 설령 나에게 유효한 알리바이가 없었다 하더라도 말이다. 그래서 그들은 이런 싱겁기 짝이 없는 카프카적인 미로 속에 나를 붙들어 두고 있는 것이다. 지문이니 사체 해부니 하는 결과가 나와서 내가 범인인지 아닌지가 명백해지기까지. 하잘것없는 이야기다.

하지만 어쨌든 이제 질문은 끝난 것이다. 나는 집으로 돌아간다. 그리고 목욕을 하고, 이를 닦고, 제대로 수염을 깎는다. 제대로 커피를 마신다. 제대로 식사를 한다.

"자, 이제" 하고 어부가 등을 펴고 탁탁 허리를 두드리면서 말했다. "슬슬 점심이라도 먹을까."

"이젠 질문도 끝난 것 같으니, 이만 돌아가겠어"라고 나는 말했다.

"글쎄, 그렇게는 안 되겠는데"라고 어부가 거북하다는 듯이 말했다.

"왜지?"라고 나는 물었다.

"당신이 이렇게 진술했습니다 하는 서명이 필요하거든."

"그러지. 서명하겠어."

"그러기 전에 우선 내용이 틀림없는지 어떤지 읽고 확인해 줘. 한 줄 한 줄 확실히. 대단히 중요한 일이니까."

나는 서른 장 내지는 마흔 장정도 되는 빽빽이 쓰인 사무용지를 천천히 주의 깊게 읽었다. 한 이십 년이 지나면 이런 것도 풍속 자료로서의 가치는 있게 될지도 모르겠군. 나는 그런 생각을 하면서 읽었다. 병적이랄 만큼 세밀하고 실증적이다. 연구자에게 도움은 될 것이다. 도시에서 생활하는 서른네 살 독신 남성의 생활이 어느 정도 역력히 떠오른다. 평균적 남성이랄 순 없다 하더라도, 그런대로 시대의 눈이자 잣대긴 하다. 하지만 경찰서의 취조실에서 읽고 있노라니까 그저 따분해질 뿐이었다. 다 읽는 데에 십오 분이 걸렸다. 하지만 이걸로 끝이다. 이것만 다 읽고 서명하면 집에 돌아갈 수 있다. 읽고 나자 나는 책상 위에 대고 일부러 큰 소리로 종이 갈피를 맞추었다.

"좋아"라고 나는 말했다. "좋아. 내용에 이의는 없어. 서명하지. 어디다 서명하면 되는 거지?"

어부는 손가락 사이에서 볼펜을 빙글빙글 돌리면서 문학 쪽을 쳐다봤다. 문학은 라디에이터 위에 놓은 쇼트 호프 갑을 집어서 거기서 한 개비를 끄집어내어 입에 물고 불을 댕기고는 얼굴을 찡그리며 그 연기를 바라봤다. 나는 어쩐지 몹시 언짢은 예감이 들었다. 말馬이 죽어 가고 있고 멀리서 북소리가 들려온다.

"그렇게 간단하지가 않아" 하고 문학이 아주 느릿느릿하게 말했다. 프로가 아마추어에게 설명할 때의, 마치 어린애에게 타이르는 듯한 어투였다. "이런 서류는 말이야, 자필이 아니면 안 돼."

"자필?"

"즉 이걸 다시 한번 고쳐 써주지 않으면 안 된다 그 말이야. 당신이. 직접 손으로. 그러지 않으면 법률적으로 유효하지가 않거든."

　나는 그 사무용지 묶음에 눈길을 보냈다. 나에겐 화낼 기력도 남아 있지 않았다. 나는 화내고 싶었다. 그리고 이런 건 잘못된 일이다, 라고 소리 지르고 싶었다. 책상이라도 두드리고 싶었다. 당신들이 이렇게 할 권리는 없다. 나는 법률에 의해 보호받는 시민이란 말이다, 하고. 나는 일어나서 서슴없이 집으로 돌아가 버리고 싶었다. 정확하게는 그것을 말릴 권리가 그들에게 없는 것도 알고 있었다. 하지만 나는 너무나 지쳐 있었다. 지쳐 있어서, 이젠 아무것도 하고 싶지 않았다. 무슨 주장이라도 할 양이면, 차라리 하라는 대로 무엇이나 해줘 버리자 하는 기분이 됐다. 그러는 편이 마음 편할 듯싶었다. 약해졌어, 하고 나는 생각했다. 지쳐서 약해졌어. 예전엔 이렇지 않았다. 예전엔 좀 더 진지하게 화를 냈다. 정크푸드든 담배 연기든 전기면도기든 간에, 그런 것쯤은 신경도 쓰지 않았다. 나이를 먹은 탓이야. 마음이 약해졌어.

　"못 하겠어"라고 나는 말했다. "이젠 지쳤어. 집으로 돌아가겠어. 돌아갈 권리가 있다고. 아무도 막을 수 없어."

　문학이 으르렁거리는 듯한, 하품을 하는 듯한 애매한 소리를 냈다. 어부는 천장을 쳐다보면서 볼펜 끝으로 톡톡 책상을 두드렸다. 톡톡톡·톡, 톡톡·톡톡·톡, 그런 식으로 리듬에 변화를 주어 두드렸다.

　"그런 식으로 말한다면 이야기가 까다로워지겠군" 하고 메마른 소리로 어부가 말했다. "좋았어. 그렇게 나온다면 이쪽도 구치 허가를 받지. 강제적으로 구치해 조사하겠어. 그렇게 되면 이런 식으로 점잖게는 굴지 않을 거라고. 그래, 좋아. 그러는 편이 이쪽도 수월하지. 어때, 그렇지?"라고 그는 문학에게 물었다.

"그렇지, 그러는 편이 오히려 수월하지. 좋아. 그러자고"라고 문학은 말했다.

"좋으실 대로"라고 나는 말했다. "하지만 구치 허가가 나오기까지는 나는 자유야. 집에 있을 테니까, 나오거든 데리러 오든지 해. 어느 쪽이라도 좋으니 집으로 갈 거야. 여기 있으면 기분이 우울해져."

"구치 허가가 나올 때까지 잠정적으로 구속할 수 있어"라고 문학은 말했다. "그런 법률은 엄연히 존재해."

육법전서를 가져다 그런 법률이 있는 곳을 보여 달라고 말할까도 생각했으나, 거기서 내 에너지도 다해 버렸다. 저편이 거짓으로 저러는 줄은 알고 있었지만, 거기에 맞서기엔 나는 너무나 지쳐 있었다.

"알겠어" 하고 나는 체념하고 말했다. "하라는 대로 쓰지. 그 대신 전화를 걸게 해줘."

어부가 전화기를 내 쪽으로 밀었다. 나는 유키에게 다시 한번 전화를 걸었다.

"아직도 경찰서에 있어"라고 나는 말했다. "밤까지 걸릴 것 같아. 그러니까 오늘도 그쪽엔 갈 수 없을 것 같아. 미안하지만."

"아직도 거기 있어?"라고 그녀는 질렸다는 듯이 말했다.

"바보 같지"라고 나는 그 소리를 듣기 전에 먼저 말했다.

"제대로 된 게 없네"이라고 유키는 말했다. 세상일에 대해 말하는 방식엔 여러 가지 있다.

"뭐 하고 있어, 지금?" 하고 나는 물어봤다.

"별로 아무것도"라고 그녀는 말했다. "그저 빈둥거리고 있을 뿐. 뒹굴면서 음악 듣고, 잡지나 그런 거 읽고, 케이크를 먹고, 그런 거."

"흐응" 하고 나는 말했다. "아무튼 여기서 나가게 되면 바로 전화할게."

"나오게 되면 좋겠네"라고 유키는 무감각한 목소리로 말했다.

두 형사는 또 내 전화의 대화를 가만히 귀를 기울여서 듣고 있었다. 하지만 이번에도 특별히 얻을 건 없는 것 같았다.

"그럼, 어쨌든 점심을 먹기로 하자고"라고 어부는 말했다.

점심은 국수였다. 젓가락으로 집어 올리기만 해도 끊어져 버릴 정도로 불은 국수였다. 환자용 유동식 비슷했다. 불치병의 냄새가 났다. 하지만 둘은 제법 맛난 듯이 먹었으므로, 나도 그렇게 했다. 국수를 다 먹고 나자, 문학이 또 미적지근한 차를 가져 왔다.

오후는 흐리디흐린 깊은 강물처럼 고요히 흘러갔다. 시계 소리가 째깍째깍 방 안에 울리고 있을 뿐이었다. 가끔씩 옆방에서 전화벨 소리가 들려왔다. 나는 그저 사무용지에다 글자를 베껴 쓰고만 있었다. 그러는 동안에 두 형사는 교대로 휴식을 취했다.

가끔씩 둘이서 복도로 나가 작은 소리로 수군대곤 했다.

나는 책상에 앉아 묵묵히 펜을 놀리고 있었다. 쓸데없는 문장을 왼쪽에서 오른쪽으로 베껴 가고 있었다. '나는 여섯 시 십오 분경에 저녁 식사를 하기로 하고, 우선 냉장고에서 곤약을 꺼내서……' 순수한 소모. 약해졌어, 하고 나는 자신을 향해 말했다. 굉장히 약해졌어. 하라는 대로 하고 있어. 아무 대꾸도 안 하고.

하지만 그것뿐만은 아니다, 하고 나는 생각했다. 분명 조금은 약해지긴 했다. 그러나 제일 문제되는 것은 자신에 대해 확신을 가질 수 없다는 것이다. 그래서 버틸 수가 없다. 내가 하고 있는 건 참으로 옳은 것일까? 고탄다를 비호하는 대신, 모든 것을 털어놓고 수사에 협력해야 하는 것이 아닐까? 나는 거짓말을 하고 있다. 거짓말을 하는 것은, 그것이 어떤 종류의 거짓말이건, 별로 기분 좋은 것은 못 된다. 비록 친구를 위한 것이라 하더라도 말이다. 스스로를 타이를 수는 있다. 무슨 짓을 해도 메이가 살아날 수는 없는 노릇이라고. 그런 식으로 스스로를 납득시킬 수는 있다. 하지만 버틸 수는 없다. 그래서 나는 잠자코 서류를 베껴 쓰고만 있었다. 저녁때까지 걸려서 스무 장을 완성했다. 장시간 잔글씨를 계속 써대는 건 어지간히 힘든 작업이 아닐 수 없었다. 차츰차츰 손목의 맥이 풀려 온다. 팔꿈치가 무거워진다. 오른손 가운데손가락이 아파 오기 시작한다. 머리가 멍해지면서 이내 글씨를 잘못 쓴다. 잘못 쓰면 줄을 긋고, 거기에 손도장을 찍는다. 기분이 울적해진다.

저녁에 또 도시락을 먹었다. 식욕은 거의 없었다. 차를 마셨더니 속이 메스꺼웠다. 화장실에 가서 거울을 보니, 그야말로 형편없는 얼굴을 하고 있었다.

"아직도 결과는 안 나온 거야?"라고 나는 어부에게 물어봤다. "지문이라든가 유류품이라든가 사체 해부의 결과 같은 건?"

"아직 안 나왔어"라고 그는 말했다. "좀 더 시간이 걸리지."

열 시가 되자 이제 다섯 장만 남았다. 그러나 그것이 내 능력의 한계였다. 이 이상은 이제 한 글자도 더 쓰지 못하겠다, 하고 나는 느꼈다. 그래서 그렇게 말했다. 어부가 다시 나를 유치장으로 데려갔다. 나는 거기서 푹 잠이 들었다. 이를 닦을 수 없다는 것도, 옷을 갈아입을 수 없다는 것도, 이젠 아무러면 어떠냐 싶었다.

아침이 되어 또 전기면도기로 수염을 밀고, 커피를 마시고, 크루아상을 먹었다. 그리고 나머지 다섯 장을 썼다. 그러곤 한 장한 장 또박또박 서명을 하고 손도장을 찍었다. 그것을 문학이 체크했다.

"이걸로 이제 해방시켜 주겠지?"라고 나는 말했다.

"이제 질문에 조금만 더 답변해 준다면, 돌아가도 좋아"라고 문학이 말했다. "걱정 마, 간단한 질문이니까. 조금만 보충하고 싶은 게 생각나서."

나는 한숨을 쉬었다. "그리고 또 서류로 꾸민다 그거겠지, 물론?"

"물론이지"라고 문학은 대답했다. "유감이지만 관청이란 게 그런 곳 아니겠어. 서류가 전부지. 서류와 인감이 없으면 아무것도 아닌 곳이나 마찬가지지."

나는 손가락 끝으로 관자놀이를 눌렀다. 관자놀이 속에 꾸덕꾸덕한 이물질이 들어 있는 것처럼 느껴졌다. 그것은 어디에선가 들어와서, 머릿속에서 부풀어 올랐다. 이제 와선 어떻게 끄집어낼 수도 없다. 손쓰는 게 늦었네요. 조금만 일렀더라면 간단하게 끄집어낼 수 있었겠는데요. 참 안됐네요.

"걱정 마. 그렇게 시간은 걸리지 않아. 곧 끝날 거야."

내가 새로운 사소한 질문에 힘없이 답변하고 있노라니까, 어부가 방으로 돌아와서, 문학을 불러냈다. 그리고 오랫동안 둘이서 수군수군 선 채 이야기를 하고 있었다. 그러는 동안 나는 의자 등받이에 기대어 목을 치켜들고, 방 안의 천장 구석에 얼룩처럼 말라붙은 검은 곰팡이를 관찰하고 있었다. 곰팡이는 마치 시체 사진의 음모처럼 보였다. 그리고 거기서부터 벽의 금 간 데를 따라, 프레스코화처럼 스며든 점이 아래를 향해 이어져 있었다. 그 곰팡이에는 이 방에 드나든 숱한 인간들의 체취와 땀이 스며들어 있는 것처럼 느껴졌다. 그런 것들이 몇십 년이나 걸려서 이런 음산한 곰팡이를 만들어 낸 것이다. 그러고 보니 퍽도 오래도록 바깥 풍경을 보지 못했군, 하고 나는 생각했다. 음악도 듣지 못했다. 지독한 장소다. 여기서는 온갖 수단을 써서 인간의 자아며 감정이며 자부심이며 신념을 압살하려고 든다. 눈에 보이는 상처가 남지 않도록 심리적으로 짓이겨 대고, 개미굴 같은 관료적 미로 속을 이리저리 끌고 다니며, 사람이 품는 불안감을 최대한으로 이용한다. 그리고 태양의 광선을 멀리하고, 쓰레기 같은 음식을 먹게 한다. 불쾌한 땀을 흘리게 한다. 그런 식으로 해서 곰팡이가 생겨난다.

나는 책상 위에 두 손을 가지런히 놓고, 눈을 감고 눈 내리는 삿포로 거리를 생각했다. 거대한 돌핀 호텔과 거기 프런트 담당 여자를. 그녀는 지금 뭘 하고 있을까? 프런트에 서서 그 광채 나는 영업용 미소를 입가에 띠고 있을까? 나는 지금 전화를 걸어 그녀와 이야기하고 싶었다. 쓸데없는 농지거리를 하고 싶었다. 하지만 나는 그녀의 이름조차 알지 못한다. 이름도 알지 못한다. 전화를 걸 방도가 없다. 귀여운 여자였지, 하고 나는 생각했다. 특히 그녀가 일하고 있는 모습이 훌륭했다. 호텔의 요정. 그녀는 호텔에서 일하기를 좋아했다. 나와는 다르다. 나는 일하는 것을 좋아한 적이 한 번도 없다. 나는 아주 제대로 일을 한다. 하지만 그것을 사랑한 적은 한 번도 없다. 그녀는 하는 일 자체를 사랑하고 있다. 하지만 일터를 떠나게 되면 그녀는 어딘지 연약해 보인다. 불안정하고 상처받기 쉬워 보인다. 나는 그때, 그녀와 자려고만 생각했다면 잘 수 있었을 것이다. 하지만 자지 않았다.

나는 그녀하고 다시 한번 이야기를 하고 싶었다.

그녀가 누군가에게 살해되거나 하기 전에.

그녀가 어딘가로 사라져 버리거나 하기 전에.

23

이윽고 두 형사가 방으로 들어왔다. 이번에는 둘 다 앉지 않았다. 나는 아직도 멍하니 곰팡이를 바라보고 있었다.

"당신은 이제 돌아가도 좋아" 하고 어부가 무미건조한 목소리로 나에게 말했다. "수고했어."

"돌아가도 된다고?" 하고 나는 어리벙벙해서 되물었다.

"이젠 질문이 끝났어. 끝났다고"라고 문학이 말했다.

"여러 가지로 사정이 달라졌어"라고 어부가 말했다. "이 이상 당신을 여기에 붙잡아 둘 수가 없게 됐어. 그러니 돌아가도 좋아. 수고했어."

나는 담배 냄새에 완전히 절어 버린 재킷을 입고, 의자에서 일어섰다. 뭐가 뭔지 잘 모르겠지만, 어쨌든 상대방의 마음이 바뀌기 전에 얼른 돌아가 버리는 게 좋을 성싶었다. 문학이 현관까지 전송해 줬다.

"이봐. 당신이 무혐의라는 건, 어젯밤에 이미 알고 있었어"

라고 그는 말했다. "감식과 해부 결과가 나와서, 당신과의 관련성이 전혀 발견되지 않았거든. 남아 있던 정액의 혈액형도 달랐고, 당신 지문도 나오지 않았어. 하지만 당신은 무엇인가 숨기고 있었지. 그래서 두고 본 거야. 그걸 좀 더 들추어 보려고 말이야. 무엇인가 숨기고 있다는 걸 우리는 금방 알 수 있거든. 육감이지. 직업적인 육감. 그 여자가 누구인지, 힌트 정도는 갖고 있겠지? 하지만 무슨 이유에선가 그걸 숨기고 있어. 안 될 일이야. 우린 그렇게 만만치 않다고. 프로니까. 사람 하나가 살해당했단 말이야."

"미안하지만, 무슨 소리를 하는지 잘 모르겠군"하고 나는 말했다.

"또 와줘야 할지도 모르겠는걸." 그는 주머니에서 성냥을 꺼내어, 성냥개비로 손톱 거스러미를 누르면서 말했다. "일단 한다고 하면, 우리는 끈질기단 말이야. 다음번엔 바로 옆에서 변호사가 나오더라도 꼼짝 안 할 만큼 확실히 준비해 두겠어."

"변호사?"라고 나는 물었다.

하지만 그때 그는 벌써 안으로 모습을 감추고 없었다. 나는 택시를 잡아타고 집으로 돌아왔다. 그리고 욕조에 더운 물을 채우고, 천천히 거기에 몸을 담갔다. 이를 닦고, 수염을 밀고, 머리를 감았다. 온몸에서 담배 냄새가 났다. 지독한 장소였다, 하고 나는 생각했다. 꼭 뱀 굴 같았다.

욕실에서 나오자 나는 콜리플라워를 삶아, 그것을 먹으면서 맥주를 마시고, 아서 프라이삭Arthur Prysock이 카운트 베이시 오케스트라를 배경으로 연주하는 레코드를 들었다. 반성 없이 화려한 레코드. 십육 년 전에 샀었지. 1967년. 십육 년 동안 들어 왔다. 질리지가 않는다.

그러고 나서 나는 잠을 좀 잤다. 잠깐 어디론가 갔다가, '뒤로 돌아!'를 해서 뒤집히는 것 같은 잠이었다. 삼십 분 정도 잤을까. 눈을 뜨고 시계를 보니, 아직 한 시였다. 나는 수영복과 타월을 백에 넣고, 스바루를 타고 센다가야의 실내 수영장으로 가서, 한 시간 정도 맹렬하게 헤엄쳤다. 그러고 나니 그제야 인간다운 기분이 들었다. 식욕도 좀 당겼다. 나는 유키에게 전화를 걸어 봤다. 그녀는 있었다. 가까스로 경찰서에서 해방됐어, 라고 나는 말했다. 그거 잘됐네, 라고 그녀는 냉랭하게 말했다. 점심은 먹었느냐고 나는 물어봤다. 먹지 않았다고 그녀는 말했다. 아침부터 슈크림 두 개를 먹었을 뿐, 하고 그녀는 말했다. 여전히 형편없는 식생활이군, 하고 나는 생각했다. 지금 데리러 갈게, 뭐 좀 먹으러 가자, 라고 내가 말하자 그녀는, 응 하고 말했다.

나는 스바루를 타고 신궁 외원을 돌아, 미술관 앞 가로수 길을 지난 다음 아오야마 1가부터 노기 신사로 나섰다. 봄기운은 하루하루 짙어지고 있었다. 내가 아카사카 경찰서에서 이틀간 취조당하고 있는 동안에도 바람의 감촉은 온화해지고, 나무의 이파리들은 눈에 띄게 푸르름을 더했다. 햇빛은 둥글둥글해지고 부드러워져 있었다. 도시의 소음마저 아트 파머Art Farmer의 플루겔 호른처럼 우아하게 들렸다. 세계는 아름답고, 배도 고팠다. 관자놀이 안쪽의 일그러진 형상을 한 응어리도 어느 틈엔가 사라지고 있었다.

내가 현관 벨을 누르자, 유키는 이내 아래로 내려왔다. 오늘은 데이빗 보위의 맨투맨 티셔츠를 입고, 그 위에 갈색 가죽점퍼를 걸치고 있었다. 캔버스 천의 숄더백에는 스트레이 캣Stray Cat과 스틸리 댄Steely Dan과 컬처 클럽Culture Club의 배지가 붙어 있었다. 기묘한 조합이었으나, 글쎄 아무러면 또 어떠랴 싶었다.

"경찰서는 재미있었어?"라고 유키는 물어봤다.

"지독했어" 하고 나는 말했다. "보이 조지Boy George의 노래만큼 지독했어."

"흐응" 하고 그녀는 무감각하게 말했다.

"엘비스 프레슬리 배지 사줄 테니까, 바꿔 달면 어때?" 하고 나는 숄더백의 컬처 클럽 배지를 가리키며 말했다.

"이상한 사람" 하고 그녀는 말했다. 말하는 방식엔 여러 가지가 있다.

나는 우선 그녀를 제대로 된 가게로 데리고 가서, 통밀 빵으로 만든 로스트비프 샌드위치와 샐러드를 먹이고, 신선한 우유를 마시게 했다. 나도 같은 것을 먹고, 커피를 마셨다. 맛있는 샌드위치였다. 소스가 담백하고 고기는 부드럽고 진짜 호스래디시 머스터드를 사용했다. 맛에 힘이 있었다. 이런 것이 바로 식사라는 것이다.

"자, 이제부터 어디로 갈까?"라고 나는 유키에게 물었다.

"쓰지도"라고 그녀는 말했다.

"좋아"라고 나는 말했다. "쓰지도로 가자고. 그런데 어째서 쓰지도지?"

"아빠 집이 있어" 하고 유키가 말했다. "아저씨를 만나고 싶대."

"나를?"

"그 사람, 그렇게 나쁜 사람은 아니야."

나는 두 잔째 커피를 마시면서 고개를 저었다. "뭐 나쁜 사람 이라곤 말하지 않았어. 하지만 네 아버지가 어째서 일부러 나를 만나고 싶어 하지? 네가 내 이야기를 아버지한테 했어?"

"그래. 전화했어. 아저씨가 홋카이도에서 데려다준 이야기 를 했고, 아저씨가 경찰에 끌려간 뒤로 집에 돌아가질 못해 곤란 해하고 있다고 했어. 그래서 아빠가 잘 아는 변호사한테 아저씨 에 대해 경찰에 문의해 보도록 했지. 그 사람 그런 쪽으로 교제 범 위가 넓어. 상당히 현실적인 사람이니까."

"그렇구나"라고 나는 말했다. "그랬었구나."

"도움이 됐지?"

"도움이 됐어. 정말로."

"아빠 말로는 경찰에서 아저씨를 잡아 둘 만한 권리는 없었 대. 귀가하고 싶으면 아저씨는 언제라도 자유로이 귀가할 수 있 었지. 법률적으로는."

"알고 있었어, 그 점은" 하고 나는 말했다.

"그럼 어째서 돌아오지 않았지? 이제 갈게요, 하고."

"까다로운 문제야" 하고 나는 잠시 생각한 다음에 대답했다. "어쩌면 나 자신을 벌주고 있었는지도 몰라."

"정상이 아니네" 하고 그녀는 두 손으로 뺨을 괴고 말했다. 말하는 방식엔 여러 가지가 있다.

✦

우리는 스바루를 타고 쓰지도까지 갔다. 오후 늦은 시각이라서 도로는 비어 있었다. 그녀는 숄더백에서 갖가지 테이프를 꺼내서 틀었다. 밥 말리Bob Marley의 「엑소더스Exodus」부터 스틱스Styx의 「미스터 로봇Mr. Robot」까지, 실로 각양각색의 음악이 차 안에 흘렀다. 재미난 것이 있는가 하면, 시시한 것도 있었다. 하지만 그런 것은 경치 같은 것이다. 우측에서 좌측으로 차례차례 지나가 버린다. 유키는 거의 입을 열지 않은 채 의자에 느슨히 기대어서 음악을 듣고 있었다. 대시보드에 있던 나의 선글라스를 집어 들어 그것을 끼고는 도중에 버지니아 슬림을 한 개비 피웠다. 나도 잠자코 운전에 신경을 집중하고 있었다. 기어를 자주 바꾸면서 훨씬 앞쪽 노면을 내다보고 있었다. 교통 표지판 하나하나를 조심스레 체크했다.

이따금 그녀가 부러워졌다. 그녀가 지금 열세 살이라는 것이. 그녀의 눈에는 갖가지 일들이 모두 신선하게 비칠 것이다. 음악이며 풍경이며 사람들이. 그것은 내가 보고 있는 사물의 모습과 아주 다를 것이다. 나 역시 옛날에는 그랬다. 내가 열세 살이었을 무렵, 세계는 훨씬 단순했다. 노력은 당연히 보답을 받아야 하는 것이었고, 말은 당연히 보증될 것이었고, 아름다움은 그곳에 머물 수 있는 것이었다. 하지만 열세 살 때의 나는 그다지 행복한 소년은 아니었다. 나는 혼자 있는 것을 좋아했으며, 혼자 있을 때의 자신을 믿을 수 있었지만, 당연히 대개의 경우 혼자 있지는 못했다. 가정과 학교라는 두 종류의 완강한 테두리 속에 갇혀서 나는 초조해하고 있었다. 초조한 나이였다. 나는 한 여자아이를 사랑하고 있었는데, 그것은 물론 순조롭지 않았다. 왜냐하면 사랑이 어떤 것이라는 것조차도 알지 못했기 때문이다. 나는 그 여자아이와 거의 이야기도 나누지 못했다. 나는 내성적이고 재치가 없는 소년이었다. 선생이나 부모가 강압적으로 밀어붙이는 가치관에 이의를 제기하고 반항하려 했지만, 이의를 제기할 말이 제대로 잘 나오지 않았다. 무슨 일을 해도 솜씨 좋게 하지 못했다. 무슨 일을 해도 척척 해내는 고탄다와 완전히 반대 입장에 놓여 있었다. 하지만 나는 사물의 신선한 모습을 볼 줄은 알았다. 그것은 정말 멋진 일이었다. 냄새는 제대로 풍겼고, 눈물은 진실로 따뜻했으며, 여자아이는 꿈처럼 아름다웠고, 로큰롤은 영원히 로큰롤이었다. 영화관의 어둠은 우아하고 친밀했으며, 여름밤은 끝없이 깊고 관능적이었다. 그런 초조한 나날을 나는 음악과 영화와 책과 더불어 지냈다. 샘 쿡Sam Cooke과 리키 넬슨Ricky Nelson의 유행가 가사를 외우면서 지냈다. 나는 나 혼자만의 세계를 구축하고 그 속에서 살고 있었다. 그것이 나의 열세 살이었다. 그리고 고탄다와 같은 과학 실험반에 있었다. 그는 여자애들의 뜨거운 시선을 받으며 성냥을 그어 가스버너에 우아하게 쓱 불을 댕기곤 했다.

어째서 그가 나를 부러워한다는 말인가?

알 수 없는 일이다.

"그런데 말이야"라고 나는 유키에게 말을 걸었다. "양 모피를 걸치고 있던 사람의 이야기를 들려주지 않을래? 넌 어디서 그 사람을 만난 거야? 그리고 내가 그 사람을 만났다는 걸 어떻게 알고 있었지?"

그녀는 얼굴을 이쪽으로 돌리고, 선글라스를 벗어서 대시보드에 다시 올려놓았다. 그러곤 어깨를 약간 움츠렸다. "우선 먼저 내가 묻는 말에 대답해 줄래?"

"좋아"라고 나는 말했다.

유키는 얼마 동안 술 취한 다음 날 아침처럼 어둑어둑하고 구슬픈 필 콜린스Phil Collins의 유행가에 맞추어 허밍을 하고 나더니, 다시 한번 선글라스를 집어 들고 안경테를 만지작거렸다. "저어, 전에 아저씨가 홋카이도에서 내게 말했지? 지금까지 데이트한 여자 중에서 내가 제일 예쁘다고."

"분명 그렇게 말했지"라고 나는 말했다.

"그거 정말이야? 아니면 내 비위를 맞춰 주기 위한 것이었어? 솔직하게 말해 주면 좋겠어."

"정말이야. 거짓말이 아니야"라고 나는 말했다.

"지금까지 몇 사람쯤하고 데이트했어?"

"수없이."

"이백 명쯤?"

"설마" 하고 나는 웃으면서 대답했다. "내게 그만한 인기는 없어. 전혀 없는 것도 아니지만, 굳이 말하자면 아주 국지적이야. 폭이 좁고 범위가 넓지 않지. 고작 열댓 명쯤이 아닐까."

"그것밖에 안 돼?"

"한심한 인생이지"라고 나는 말했다. "어둡고, 축축하고, 좁고."

"국지적" 하고 유키는 말했다.

나는 고개를 끄덕였다.

그녀는 그 같은 인생에 대해서 잠시 생각하고 있었다. 그러나 얼른 이해가 안 되는 모양이었다. 하는 수 없지. 아직 너무 어리니까. "열댓 명" 하고 그녀는 말했다.

"대략" 하고 나는 말했다. 그리고 다시 한번 서른네 해의 보잘것없는 인생을 되돌아봤다. "대개 그 정도. 글쎄 많아야 고작 스무 명쯤 될까."

"스무 명이라"라고 유키는 단념한 듯이 말했다. "하지만 아무튼, 그중에서 내가 가장 예쁘다, 그 말이지?"

"그래"라고 나는 말했다.

"예쁜 사람하곤 별로 교제하지 않았어?"라고 그녀는 물었다. 그리고 두 개비째 담배에다 불을 댕겼다. 교차로에 순경의 모습이 보였으므로, 나는 그것을 빼앗아 창밖에다 버렸다.

"제법 예쁜 여자애하고도 데이트를 했지"라고 나는 말했다. "하지만 유키가 더 예뻐. 거짓말 아니라니까. 이런 말 이해할 수 있을지 어떨지 모르겠지만, 유키의 아름다움은 독립해서 기능하고 있는 아름다움이야. 다른 아이들하곤 전혀 다르지. 하지만 제발 부탁이니 차 안에서 담배 피우지 마. 바깥에서 보이기도 하고, 차에서도 냄새가 나. 전에도 말했지만, 여자가 어려서부터 지나치게 담배를 피우면, 이담에 커서 생리 불순이 된다고."

"바보 같아"라고 유키는 말했다.

"양 모피를 쓴 사람 이야기를 좀 해봐"라고 나는 다시 말했다.

"양 사나이 말이지?"

"어떻게 알았지, 그 이름을?"

"아저씨가 말했잖아. 저번에 통화했을 때 양 사나이라고."

"그랬던가?"

"그래"라고 유키는 말했다.

도로가 막혀서, 나는 두 번이나 신호 대기에 걸렸다.

"양 사나이 이야기 좀 해줘. 어디서 양 사나이를 만났지?"

유키는 어깨를 움츠렸다. "난 그 사람을 만나지 않았어. 단지 문득 그렇게 생각했을 뿐인걸. 아저씨를 보고 있다가." 그리고 가늘게 쭉 뻗은 머리카락을 손가락에다 돌돌 말았다. "그런 느낌이 들었어. 양 모피를 쓴 사람이 있을 것만 같은, 그런 기색을 말이지. 아저씨를 그 호텔에서 만날 때마다 그런 생각이 들었다고. 그래서 그렇게 입 밖에 내어 말해 본 거야. 거기에 대해 특별하게 뭔가 알고 있는 게 아니야."

나는 신호 대기를 하는 동안, 그 말에 대해서 잠시 생각해 봤다. 생각할 필요가 있다. 머리에 나사를 조일 필요가 있다. 조일 수 있을 만큼 꽈악 말이다.

"그렇게 생각했다는 것은" 하고 나는 유키에게 물었다. "말하자면 유키한테는 그 모습이 보였다 그 말이 아니야? 그 양 사나이의 모습이."

"표현이 잘 안 돼"라고 그녀는 말했다. "어떻게 말하면 될까? 그 양 사나이라는 사람의 모습이 눈에 분명하게 떠오른다는 게 아니고. 알겠어? 뭔가 이렇게, 그런 것을 본 사람의 감정이 공기처럼 이쪽으로 전달되는 거라고. 그건 눈에 보이는 것이 아니야. 눈에는 안 보이지만, 난 그것을 느끼고, 형태를 바꿔 놓을 수가 있어. 하지만 그건 정확한 형태는 아니고, 형태 비슷한 거야. 만약 누구한테 그것을 그대로 보여 줄 수 있다 하더라도, 다른 사람에겐 분간이 안 될 거라고 생각해. 그것은 즉 나밖엔 모르는 형태야. 어째, 제대로 설명을 못 하겠어. 우습지? 그렇지? 내가 하는 말 이해돼?"

"아주 막연하게" 하고 나는 솔직하게 말했다. 유키는 눈썹을 찌푸린 채 선글라스 다리를 깨물고 있었다.

"예컨대, 이런 게 아닐까?"라고 나는 물어봤다. "유키는 내 속에 있는, 혹은 내게 달라붙어서 존재하고 있는 감정이나 사념을 느끼고, 그것을 예컨대 상징적인 꿈처럼 영상화할 수 있다, 그 말인가?"

"사념?"

"강렬하게 생각하는 것 말이지."

"으음, 그럴지도 몰라. 강렬하게 생각하는 것— 하지만 그뿐이 아니야. 그 강렬하게 생각한 것을 만들어 낸 것, 그런 것이 있어. 아주 강렬한 무언가. 생각을 만들어 내는 힘이라고 하면 되려나. 그런 게 있으면 나는 느껴 버리거든. 감응하는 것이라고 생각해. 그리고 그걸 나 나름대로 보는 거지. 하지만 꿈같은 건 아니야. 텅 빈 꿈. 그래. 그런 거. 텅 빈 꿈이야. 거기엔 아무도 없어. 아무 모습도 보이지 않아. 왜 그 텔레비전의 밝기를 굉장히 어둡게 하거나 굉장히 밝게 했을 때 같은 거. 아무것도 안 보여. 하지만 거기에 누군가 있는 거야. 가만히 응시하고 있으면. 그걸 느껴. 거기에 있는 것은 양 모피를 뒤집어쓴 사람이다, 하고. 나쁜 사람은 아니야. 아니, 그건 사람이라고 할 수 없어. 그렇지만 나쁜 존재가 아니야. 그래도 보이진 않아. 불에 쬐면 나타나는 그림처럼 그건 거기에 존재해. 보이진 않지만 알 수 있어. 보이지 않는 존재로서 보이는 거야. 형태가 없는 형태인 거지." 그녀는 혀를 찼다. "형편 없는 설명이네."

"아니야, 유키는 잘 설명했어."

"정말?"

"아주"라고 나는 말했다. "유키가 말하려는 걸 알 수 있을 것 같아. 내가 완전히 받아들이는 데 시간이 걸릴 뿐이지."

거리를 빠져나와 쓰지도의 바다로 가서 나는 소나무 숲 옆 주차 공간의 하얀 선 안에 차를 세웠다. 다른 차는 거의 없었다. 좀 걷자고 나는 유키에게 말했다. 기분 좋은 4월의 오후였다. 거센 바람도 없고 파도도 잔잔했다. 마치 먼 바다 쪽에서 누군가 살며시 시트를 흔들고 있는 듯 작은 파도가 밀려 왔다간 다시 밀려가곤 했다. 조용하고 규칙적인 파도였다. 서퍼는 그만 단념하고 뭍에 올라, 젖은 슈트를 입은 채 백사장에 앉아서 담배를 피우고 있었다. 쓰레기를 태우는 모닥불의 하얀 연기가 거의 직선으로 하늘을 향해 솟아오르고, 왼편에는 에노시마가 신기루처럼 어슴푸레 보였다. 커다란 검정개가 깊이 생각하는 얼굴로 물가의 오른편에서 왼편을 향해, 종종걸음으로 일정한 간격을 유지하며 지나갔다. 먼 바다에는 몇 척인가 어선이 떠 있고, 그 상공을 하얀 소용돌이처럼 소리 없이 갈매기 떼가 날고 있었다. 바다에서도 봄기운이 느껴졌다.

우리는 해안의 보행자 도로를 산책했다. 조깅하는 사람들이며 자전거를 탄 여고생들과 엇갈리면서 후지사와 쪽을 향해 한가하게 걷다가, 적당한 곳에서 백사장에 앉아 둘이서 바다를 바라봤다.

"그런 걸 자주 느껴??"라고 나는 그녀에게 물어봤다.

"그렇진 않아"라고 유키는 말했다. "가끔씩. 아주 가끔씩만 느껴. 그런 걸 느끼는 상대란 그렇게 많진 않거든. 아주 적어. 하지만 되도록 그 일은 생각지 않으려고 해. 뭔가를 느낄 것 같으면 으레 곧 닫아 버려. 대개 그런 경우란 느낌으로 알게 되니까. 닫아 버리면, 더 이상 깊게 느끼지 않아도 돼. 눈을 감는 것과 마찬가지로. 감각을 닫아 버리는 거지. 그렇게 하면 아무것도 안 보여. 무언가 있다는 건 알아. 하지만 보이진 않아. 그냥 그대로 가만히 있으면, 아무것도 보지 않아도 돼. 맞다, 영화 같은 데서 무서운 게 나올 것만 같으면 눈을 감아 버리잖아, 그것과 마찬가지야. 그것이 지나가 버릴 때까지 감고 있지. 가만히."

"어째서 감아 버리지?"

"싫으니까"라고 그녀는 말했다. "예전엔—좀 더 어렸을 적엔— 감지 않았어. 학교에서도. 무언가 느껴지면 그걸 말해 버렸어. 하지만 그러면, 모두가 언짢아하지 뭐야. 예컨대, 누군가 다칠 것만 같다고 느끼잖아? 그래서 친구한테 '쟤가 다칠 거야'라고 말하면, 결국 그 애가 어김없이 다치고 말아. 그런 일이 몇 번인가 있고 나선, 다들 나를 귀신 보듯 했어. '귀신'이란 소릴 직접 들은 적도 있다고. 그런 소문이 떠돌았어. 그래서 난 굉장히 상처받았지. 그래서 그 후론 아무 말도 하지 않기로 했어. 아무한테도 아무 말도 안 하는 거지. 보일 듯하면 싸악 자기를 닫아 버리는 거야."

"하지만 나에겐 닫지 않았잖아?"

그녀는 어깨를 움츠렸다. "갑작스러워서 그런 것 같아. 경계할 틈도 없었는걸. 불현듯이 홀쩍, 그 이미지 같은 게 떠올랐어. 맨 처음 아저씨를 만났을 때 말이야. 호텔 바에서. 음악 듣고 있다가…… 아무 거면 어때. 듀란듀란이건 데이빗 보위건……. 음악을 가만히 듣고 있을 때는 그래. 별로 경계를 하지 않아. 긴장을 풀고서…… 그래서 음악이 좋은 거지."

"예지 능력이 있단 말이야?"라고 나는 물었다. "예컨대 다칠 것을 미리 안다든가 그런 것?"

"글쎄. 그런 것하곤 또 좀 다르지 않을까? 난 예지는 아니고, 거기에 있는 걸 다만 느끼는 것뿐이야. 뭐랄까, 무슨 일인가 일어나려면 일어나기 위한 분위기 같은 게 있겠지. 이해가 가? 예컨대 철봉을 하다가 다치는 행위에는 무엇인가 방심이랄까 과신이랄까 그런 것이 있겠지? 들떠 가지고 제멋에 겨워 있다든가. 그런 감정의 파도 같은 것이 나한텐 굉장히 민감하게 느껴진단 말이야. 그리고 이건 뭔가 위험해, 하는 생각이 드는 거야. 그렇게 되면 텅 빈 꿈 비슷한 게 홀쩍 튀어나와. 그것이 튀어나오면…… 일어나는 거야, 그게. 예지가 아니야. 더 어렴풋한 거야. 근데 그게 벌어져. 보인다고. 하지만 이젠 아무 말도 안 해. 무슨 말을 하면 모두 나를 귀신이라고 부르니까. 그저 보는 거야. 여기서 이 사람은 화상을 입지 않을까 하고. 그러면 화상을 입거든. 하지만 나는 아무 말도 할 수 없어. 그런 건 너무 지독하지 않아? 스스로가 싫어져. 그래서 닫아 버려. 닫아 버리면 스스로를 싫어하지 않아도 되니까."

그녀는 한참 동안 모래를 쥐고 놀고 있었다.

"양 사나이는 정말로 있어?"

"정말로 있어"라고 나는 말했다. "그 호텔 안에 그가 살고 있는 장소가 있어. 호텔 안에 또 다른 호텔이 있거든. 그건 평소엔 보이지 않는 장소야. 하지만 그건 어김없이 거기에 남겨져 있어. 나를 위해 남겨져 있는 거야. 그건 나를 위한 장소니까. 그는 거기에 살아 있으면서, 나와 여러 가지 것들을 연결하고 있어. 그건 나를 위한 장소고, 양 사나이는 나를 위해 일하고 있어. 그가 없으면, 나는 여러 가지 것들과 제대로 연결이 되지 않아. 그가 그런 것들을 관리하고 있거든. 전화교환원처럼."

"연결한다고?"

"그래. 내가 무엇인가를 요구하지. 무엇인가를 연결하라고 말이야. 그러면 그가 그것을 연결해."

"잘 모르겠는걸."

나도 유키와 마찬가지로 모래를 움켜쥐고선, 손가락 사이로 떨어뜨렸다.

"나도 아직 잘 모르겠어. 하지만 양 사나이가 나한테 그렇게 설명해 줬어."

"양 사나이는 아주 옛날부터 있었어?"

나는 고개를 끄덕였다. "응, 옛날부터 있었지. 내가 어렸을 적부터. 나는 그걸 줄곧 느껴 왔어. 거기엔 무엇인가가 있다고 말이야. 하지만 그것이 양 사나이라는 또렷한 형태를 가지게 된 건, 그다지 오래전의 일이 아니야. 양 사나이는 조금씩 조금씩 형태를 정하고, 그가 사는 이 세계의 형태를 정해 왔거든. 내가 나이를 먹는 데에 따라서 말이지. 왜 그럴까? 나도 알 수 없어. 아마 그럴 필요가 있어서겠지. 살아가기 위해, 그런 것들의 도움이 필요해진 거겠지. 그렇지만 나는 확실하게는 알 수 없어. 다른 이유가 있는지도 몰라. 줄곧 생각하고 있는데 모르겠어. 바보 같지.”

“그 이야기, 다른 누구한테 했어?”

“아니, 이야기한 적 없어. 그런 거 이야기해 봤자 아무도 믿지 않을 거고, 아무도 이해하려 들지 않아. 게다가 나는 제대로 잘 설명할 수가 없어. 너에게 이야기한 게 처음이야. 너에게는 이야기할 수 있을 것 같았어.”

“나도 이런 식으로 나에 관해 설명한 건 아저씨가 처음이야. 줄곧 잠자코 있었어. 아빠도 엄마도 어느 정도 알고는 있지만, 내가 먼저 이야기를 한 적은 없거든. 훨씬 어릴 적부터 그런 건 이야기하지 않는 게 좋겠다 싶었어. 본능적으로.”

“서로 이야기할 수 있어서 좋았어”라고 나는 말했다.

“아저씨도 귀신 조직의 한 사람인 거야” 하고 유키는 모래를 만지작거리면서 말했다.

차를 세운 데까지 걸어서 돌아오는 동안에, 유키는 학교 이야기를 했다. 중학교가 얼마나 지독한 곳이었나 하는 것을 그녀는 이야기했다.

"여름방학 때부터 줄곧 학교에 가지 않았어"라고 그녀는 말했다. "공부하기 싫어서가 아니야. 그저 그 곳이 싫어. 참을 수가 없는걸. 학교에 가면 속이 안 좋아져서 곧 토해 버려. 매일매일 토했어. 토하고 나면 그것 때문에 괴롭힘을 당해. 여럿이 달려들어 괴롭혀. 선생님까지 합세해서 괴롭힌다니까."

"내가 같은 반이었다면, 유키 같은 예쁜 아이는 절대로 구박하지 않을 텐데 말이야."

유키는 얼마 동안 바다를 바라보고 있었다. "하지만 반대로 예쁘니까 괴롭히는 경우도 있잖아? 게다가 난 유명인의 자식이기도 하고. 그런 아이는 굉장히 소중한 존재가 되거나 괴롭힘의 대상이 되거나 둘 중 하나야. 나는 후자였어. 모두와 제대로 잘 지낼 수가 없어. 난 언제나 긴장해야 해. 언제나 닫은 채로 지내야 한다고 했잖아. 하지만 그걸 아무도 모르지. 내가 늘 그런 식으로 겁내고 떠는 이유 말이야. 벌벌 떨면 호구처럼 보이나 봐. 그러면 괴롭히는 거지. 굉장히 혐오스러운 방식으로. 믿을 수 없을 정도로 혐오스러워. 굉장히 부끄러운 짓을 해. 대체 그런 짓을 어떻게 하는지 믿을 수 없을 정도로. 정말이지……."

나는 유키의 손을 잡았다. "괜찮아"라고 나는 말했다. "그런 쓸데없는 거 잊어버려. 학교 같은 데 억지로 갈 건 없어. 가고 싶지 않으면 안 가면 돼. 나도 잘 알고 있어. 거긴 형편없는 곳이야. 꼴 보기 싫은 놈이 잘난 척 뽐내고 있어. 형편없는 교사가 거들먹

거리고 있지. 명백히 말해서 교사의 팔십 퍼센트는 무능력자 아니면 사디스트야. 또는 무능력자인 데다 사디스트야. 스트레스가 잔뜩 쌓여서, 그걸 혐오스러운 방식으로 학생들한테 내던지지. 무의미하고 자질구레한 규칙이 너무나 많아. 사람의 개성을 압살하다시피 하는 시스템이 만들어지고, 상상력의 부스러기도 없는 바보 같은 놈이 좋은 성적을 받거든. 예전에도 그랬어. 지금도 분명 그럴 테지. 그런 건 변하지 않거든."

"진짜 그렇게 생각해?"

"물론이지. 학교라는 게 얼마나 시시한 곳이냐 하는 데 대해선 한 시간이라도 떠들 수 있어."

"하지만 의무교육이야, 중학교는."

"그런 건 다른 사람이 생각할 일이지, 네가 생각할 일이 아니야. 다들 너를 괴롭히는 그런 곳에 가야 할 의무는 전혀 없어. 전혀 없어. 그런 걸 싫다고 할 권리는 네게 있는 거야. 큰 소리로 싫어, 라고 말하면 그만이야."

"하지만 그러고 나서 그다음엔 어떻게 해? 계속 이런 일의 반복이야?"

"나도 열세 살 때엔 그런 식으로 생각한 적도 있었지"라고 나는 말했다. "이런 식의 인생이 계속되는 게 아닌가 하고 말이야. 하지만 그렇지 않아. 어떻게든 되지. 어떻게든 되지 않는다면, 또 그때 가서 생각하면 돼. 좀 더 크면 사랑도 하게 돼. 브래지어도 선물 받게 되고, 세상을 보는 눈도 달라지고."

"아저씨란 사람, 정말 바보구나" 하고 그녀는 어이없다는 듯이 말했다. "저기. 요즘 열세 살짜리 여자아이들은 다들 '브래지어'쯤은 갖고 있어. 아저씬 반세기쯤 늦은 거 아냐?"

"허" 하고 나는 말했다.

"응?" 하고 유키는 말했다. 그러곤 다시 한번 확인했다. "아저씬 바보야."

"그럴지도 몰라"라고 나는 말했다.

그녀는 그대로 아무 말도 하지 않고 앞장서서 차 있는 데까지 걸었다.

24

해변 가까이에 있는 유키 아버지의 집에 도착했을 때는, 이미 날이 저물어가고 있었다. 정원수가 많은 널찍하고 오래된 집이었다. 그 한쪽 모서리에는 쇼난湘南이 아직 해변의 별장 지대였던 시절의 자취가 남아 있었다. 쥐 죽은 듯이 고요한 풍경이 봄날 해 질녘의 분위기와 조화를 이루고 있었다. 정원의 여기저기에 심어진 벚나무들에는 몽글몽글하게 꽃봉오리가 맺혀 있었다. 벚꽃이 다 피고 나면, 뒤이어 목련이 꽃을 피울 것이다. 그런 식으로 색깔과 냄새가 나날이 미묘하게 변해 가는 것을 통해 계절의 변화를 느낄 수 있다. 아직 그런 장소가 남아 있는 것이다.

유키 아버지의 집은 판자로 만들어진 높은 울타리로 둘러싸여 있고, 대문은 지붕이 딸린 고풍스런 것이었다. 문패만이 아주 새로웠는데, 거기에는 또렷한 먹글씨로 '마키무라'라고 쓰여 있었다. 벨을 누르자, 잠시 후에 이십 대 중반의 키 큰 남자가 나타나, 나와 유키를 안으로 안내해 줬다. 머리카락을 짧게 깎은 붙임성 있는 남자였다. 나에게나 유키에게도 붙임성 있게 대했다. 유키와는 이전에 몇 번 만난 적이 있는 모양이었다. 그는 고탄다와 마찬가지로 깨끗하고 좋은 느낌을 주는 미소를 지었다. 하지만 물론 고탄다가 훨씬 더 세련됐다. 그는 나를 안마당으로 안내하면서, 자신은 마키무라 선생의 시중을 들고 있다고 말했다.

"운전기사 노릇을 하거나, 원고를 전달하고, 필요한 것을 조사하고, 골프 치는 데 따라가고, 마작 상대를 하고, 외국에도 따라가는 등 아무튼 무슨 일이든 다 합니다" 하고 그는 특별히 묻지 않았는데도 즐거운 듯이 내게 설명했다. "옛날식으로 말하면 남의 집에서 일을 거들어 주며 공부하는, 즉 서생 같은 거죠."

"그렇군요"라고 나는 말했다.

유키는 '바보 같아'라고 말하고 싶은 듯했지만, 아무 말도 하지 않았다. 그녀 역시 상대를 봐가며 말을 하는 듯 했다.

마키무라 선생은 뒷마당에서 골프 연습을 하고 있었다. 소나무 줄기와 줄기 사이에 녹색의 네트를 치고, 한가운데에 놓인 과녁을 겨냥해 마음껏 공을 치고 있었다. 골프채가 하늘을 가르자, 슛 소리가 들렸다. 내가 세상에서 제일 싫어하는 소리 중 하나다. 비참하고 서글프게 들린다. 왜 그럴까? 간단하다. 편견이 있기 때문이다. 나는 골프라는 스포츠를 이유도 없이 싫어한다.

우리가 들어가자, 그는 우리를 돌아다보며 골프채를 내려놓았다. 그리고 수건을 집어 들어 정성 들여 얼굴의 땀을 닦고는, 유키에게 "어서 와"라고 말했다. 그녀는 아무 말도 못 들은 체했다.

눈을 딴 데로 돌리고, 점퍼 주머니에서 껌을 꺼내 종이를 벗겨서 입에 넣고는 쩍쩍 소리를 내며 씹었다. 그러고는 포장지를 뭉쳐서 가까이에 있는 화분에 버렸다.

"안녕하세요, 하는 인사 정도도 하지 않고" 하고 마키무라 선생은 못마땅하다는 듯이 말했다.

"안녕하세요" 라고 유키가 마지못해 인사했다. 그리고 점퍼 주머니에 손을 집어넣은 채 어디론가 훌쩍 가버렸다.

"이봐, 맥주를 가져 오게" 하고 마키무라 선생이 무뚝뚝한 목소리로 서생에게 말했다. 서생은 "네" 하고 아주 맑고 커다란 목소리로 대답하고는 빠른 걸음으로 정원을 나갔다. 마키무라 선생은 크게 헛기침을 하고 땅에 침을 탁 뱉고는, 또 수건으로 얼굴의 땀을 닦았다. 그리고 나의 존재는 무시하고, 한참 동안 가만히 녹색의 네트와 하얀 과녁을 응시하고 있었다. 무엇을 종합적으로 성찰하고 있는 것처럼. 나는 그동안 이끼가 끼어 있는 정원의 돌들을 멍하니 바라보고 있었다.

그 장소의 분위기가 내게는 어쩐지 부자연스럽고 인공적이며 다소 우스꽝스럽게 느껴졌다. 어디가 나쁘다는 게 아니다. 누가 잘못하고 있다는 게 아니다. 하지만 아무래도 어떤 패러디 같은 느낌이 들었다. 모두들 정확하게 자신에게 주어진 역할을 다 하고 있는 것처럼 보인다. 작가와 서생. 하지만 고탄다 같으면 더 매력적이고 능숙하게 할 수 있으리라고 나는 생각했다. 고탄다는 무슨 일이든 능숙하게 할 수 있다. 설사 각본이 졸렬하다고 해도.

"자네가 유키를 돌봐 줬다지?"라고 선생은 말했다.

"대수로운 일은 아닙니다"라고 나는 말했다. "그저 함께 비행기를 타고 왔을 뿐입니다. 아무것도 한 게 없죠. 그보다는 경찰쪽 일 감사드립니다. 큰 도움이 됐습니다."

"음, 아아, 아니, 그건 좋아. 아무튼 이로써 모든 게 청산됐군. 신경 쓰지 않아도 돼. 게다가 딸이 내게 무슨 일을 부탁한다는 건 드문 일이니까. 뭐, 그건 괜찮아. 나도 경찰은 옛날부터 싫어해. 60년대에 나도 곤욕을 치렀지. 간바 미치코가 죽었을 때, 나는 국회 주변에 있었어. 옛날얘기야. 옛날에는—."

그리고 그는 허리를 구부려 골프채를 주워 들고는 나를 바라보고, 골프채로 자신의 발을 툭툭 가볍게 치면서 내 얼굴을 쳐다보고, 내 발을 내려다보고는 또 내 얼굴을 쳐다봤다. 마치 발과 얼굴의 상관관계를 탐색하고 있는 것처럼.

"—옛날에는 무엇이 정의고, 무엇이 정의가 아닌지를 확실히 알고 있었지"라고 마키무라 히라쿠는 말했다.

나는 별로 열의 없는 태도로 고개를 끄덕였다.

"자네 골프 치나?"

"치지 않습니다"라고 나는 대답했다.

"골프를 싫어하는가?"

"좋고 싫고를 떠나 해본 적이 없습니다."

그는 웃었다. "좋고 싫고가 없을 턱이 없겠지. 대체로 골프를 쳐본 적이 없는 사람은 다들 골프를 싫어해. 그런 법이야. 솔직히 말해도 돼. 솔직한 의견을 듣고 싶으니까."

"좋아하지는 않습니다. 솔직히 말해"라고 나는 정직하게 대답했다.

"왜지?"

"모든 게 우습게 느껴져서요"라고 나는 말했다. "거창한 도구라든지 대단한 컷이나 깃발, 입는 옷이나 신는 신발, 웅크리고 앉아 잔디를 살펴볼 때의 눈매나 귀를 기울이는 모양 따위 하나하나가 마음에 들지 않아요."

"귀를 기울이는 모양?" 하고 그는 이상하다는 듯한 표정을 지으며 되물었다.

"그냥 한 말입니다, 의미는 없어요. 다만 골프에 수반되는 모든 게 마음에 거슬린다는 것뿐입니다. 귀를 기울이는 모양이라는 건 농담입니다"라고 나는 말했다.

마키무라 히라쿠는 또 잠시 공허한 눈으로 내 얼굴을 물끄러미 바라보고 있었다.

"자네는 약간 특이한 편인가?"라고 그는 물었다.

"특이하지 않습니다"라고 나는 말했다. "지극히 보통 인간이에요. 단지 농담이 재미없을 뿐입니다."

이윽고 서생이 맥주 두 병과 컵 두 개를 쟁반에 담아서 왔다. 그리고 쟁반을 복도에 내려놓고, 뚜껑을 따고는 컵에 맥주를 따랐다. 그리고 또 빠른 걸음으로 이내 어디론가 가버렸다.

"자, 마시게" 하고 그는 복도에 걸터앉으면서 말했다.

고맙습니다, 라고 말하고 나는 맥주를 마셨다. 갈증이 나서 맥주가 아주 맛있었다. 하지만 자동차를 운전해야 했기 때문에 더 이상은 마실 수 없었다. 한 잔만이다.

마키무라 히라쿠의 나이가 몇인지 나는 분명히 알지 못하지만, 아마 이미 사십 대 중반에 접어들고 있는 듯했다. 키는 그다지 크지 않지만, 체격이 다부져서 실제보다 더 몸집이 큰 남자로 보였다. 가슴이 두툼하고 팔이나 목도 굵었다. 목은 너무 굵어 보였다. 좀 더 목이 가늘었으면 스포츠맨 타입으로 보이기도 했겠지만, 턱으로 곧바로 이어지는 그 뭉툭함과 귀밑의 어찌할 수 없는 근육의 느슨함이 오랜 세월 건강관리를 제대로 해오지 않았음을 나타내고 있었다. 그런 것은 아무리 골프를 한다고 해도 제거되지 않는다. 그리고 사람은 나이를 먹어 간다. 시간이 제 몫을 뽑아 간다. 내가 예전에 사진으로 본 마키무라 히라쿠는 몸이 날렵하고 날카로운 눈을 하고 있는 청년이었다. 특별히 잘생긴 것은 아니었지만, 어딘지 모르게 남의 눈을 끄는 데가 있었다. 누가 보더라도 전도유망한 신인 작가다운 풍모였다. 그게 몇 년 전의 일이었을까? 십오 년이나 십육 년 전의 일이었을까? 눈매에는 아직 날카로움이 남아 있었다. 이따금 햇빛이나 각도에 따라 그 눈이 맑아 보일 때가 있었다. 머리카락은 짧게 깎았는데, 군데군데 백발이 섞여 있었다. 아마 골프를 치기 때문일 것이다. 햇볕에 잘 그을린 피부색과 셔츠의 불그스레한 색깔이 잘 어울렸다. 물론 셔츠의 단추는 채우지 않았다. 목이 너무 굵기 때문이다. 와인레드

빛깔의 라코스테 폴로셔츠를 몸에 잘 어울리게 입기는 어려운 일이다. 목이 너무 가늘면 초라하고 궁상맞아 보인다. 또 너무 굵으면 답답해 보인다. 균형을 맞추기가 어렵다. 고탄다 같으면 틀림없이 잘 어울리게 입으리라고 나는 생각했다. 아, 그만두자, 이제 고탄다에 관한 생각은 하지 말자.

"자네는 뭔가 글 쓰는 일을 하고 있다고?"라고 마키무라 히라쿠는 말했다.

"글을 쓴다고 할 만한 게 못 됩니다"라고 나는 말했다. "구멍을 메우기 위한 문장을 제공하고 있을 뿐입니다. 뭐든 상관없죠. 글자가 쓰여 있기만 하면 되지만, 그건 누군가 반드시 써야 한다는 뜻이죠. 그래서 제가 쓰고 있는 겁니다. 눈 치우는 일 같은 겁니다. 문화적인 눈 치우기."

"눈 치우기" 하고 마키무라 히라쿠는 말했다. 그리고 옆에 놓여 있는 골프채를 힐끗 쳐다봤다. "재미있는 표현이야."

"고맙습니다"라고 나는 말했다.

"글 쓰는 걸 좋아하나?"

"지금 하고 있는 일에 관해서는 좋아한다거나 좋아하지 않는다고도 할 수 없습니다. 그런 수준의 일이 아니니까. 하지만 유효한 눈 치우기의 방법 같은 것은 확실히 알고 있습니다. 요령이라든지 노하우라든지, 자세라든지, 힘을 기울이는 방식 따위 같은 것들 말입니다. 그런 것을 생각하는 건 싫어하지 않습니다."

"명쾌한 대답이군" 하고 그는 감탄한 듯이 말했다.

"수준이 낮으면, 모든 것은 아주 단순해지죠."

"음" 하고 그는 말했다. 그리고 십오 초쯤 잠자코 있었다. "그 눈 치우기라는 표현은 자네가 생각했나?"

"아, 그거요. 아마 그럴 겁니다"라고 나는 말했다.

"내가 어디서든 사용해도 괜찮을까? 그 '눈 치우기'라는 말. 재미있는 표현이야. 문화적인 눈 치우기."

"네, 상관없습니다. 특별히 특허를 받아 사용하고 있는 건 아니니까요."

"자네가 말하고자 하는 것은 나도 알 수 있어" 하고 마키무라 히라쿠는 귓불을 만지면서 말했다. "이따금 나도 그렇게 느껴. 이런 문장을 쓰는 게 무슨 의미가 있을까 하고 말이야, 이따금. 옛날에는 이렇지 않았어. 세계가 훨씬 작았지. 반응 같은 것이 있었어. 스스로가 지금 무슨 일을 하고 있는지를 분명히 알고 있었다고. 사람들이 모두 무엇을 원하고 있는지를 분명히 알고 있었어. 미디어 자체가 작았다네. 작은 마을 같았고. 모두 서로의 얼굴을 알고 있었지."

그리고 컵의 맥주를 다 마시고, 병을 집어 들어 두 컵 모두 따랐다. 나는 사양했지만, 무시됐다.

"하지만 지금은 그렇지 않아. 무엇이 정의인지 아무도 알지 못해. 다들 알지 못하지. 눈앞의 일로 다투고 있을 뿐이야. 눈 치우기야. 자네 말이 맞아." 그는 이렇게 말하고, 다시 나무의 줄기와 줄기 사이에 처진 녹색 네트를 바라봤다. 잔디밭 위에는 하얀 골프공이 삼사십 개쯤 떨어져 있었다.

나는 맥주를 한 모금 마셨다.

마키무라 히라쿠는 다음에 무슨 말을 할까 하고 생각하고 있었다. 생각하는 데 약간 시간이 걸린다. 하지만 본인은 그런 일에 별로 신경을 쓰지 않는다. 다들 그가 이야기하기를 가만히 기다리는 일에 익숙해져 있기 때문이다. 할 수 없이 나도 그의 이야기가 시작되기를 기다리고 있었다. 그는 죽 귓불을 손가락으로 만지작거리고 있었다. 마치 새 지폐 다발을 세고 있는 것처럼 보였다.

"딸아이가 자네를 따르고 있어"라고 마키무라 히라쿠는 말했다. "그 애는 아무나 따르는 애가 아냐. 아니, 거의 아무도 따르지 않지. 나하고는 별로 말도 하지 않아. 엄마하고도 별로 말을 하지 않지만, 적어도 엄마에 대한 존경심은 있어. 나는 존경하고 있지 않아, 전혀. 오히려 무시하고 있어. 친구도 전혀 없어. 몇 개월 전부터 학교에도 나가지 않아. 집에 틀어박혀 혼자서 시끄러운 음악만 듣고 있지. 문제라고 해도 좋을 정도고, 실제로 담임 선생도 그렇게 말했어. 타인과 잘 어울리지를 못해. 하지만 자네는 따르고 있거든. 왜 그럴까?"

"왜 그럴까요?"라고 나는 말했다.

"마음이 맞는가?"

"그럴지도 모릅니다."

"딸아이에 대해 어떻게 생각하나?"

나는 대답을 하기 전에 약간 생각해 봤다. 마치 면접시험을 치르고 있는 듯한 느낌이 들었다. 정직하게 말해야 한다고 나는 생각했다. "어려운 나이입니다. 어느 경우라도 어려운데, 가정환경이 너무 안 좋아서 회복되기 어려울 정도로 어려워지고 있습니다. 아무도 그 뒷바라지를 하지 않습니다. 아무도 책임을 지려고 하지 않아요. 이야기할 상대가 없어요. 그 애의 마음을 열어 줄 수 있는 사람이 없습니다. 심하게 상처 입었지만 그 상처를 치유해 줄 수 있는 사람이 없어요. 부모가 너무 유명해요. 얼굴이 너무 예쁘죠. 너무 무거운 짐을 지고 있습니다. 그리고 약간 평범하지 않은 점이 있거든요. 감수성이 너무 예민하다고 할까……. 약간 남다른 데가 있어요. 하지만 원래는 순진한 아이입니다. 제대로 돌봐 주면 온전하게 자랄 겁니다."

"그런데 아무도 돌봐 주고 있지 않다."

"그렇습니다."

그는 깊고 긴 한숨을 쉬었다. 그리고 귀에서 손을 떼고, 한참 동안 그 손가락 끝을 가만히 바라보고 있었다. "자네 말대로야. 맞는 말이야. 하지만 나로선 어쩔 도리가 없어. 우선 첫째로, 이혼했을 때에 분명히 서류로 남겼거든. 나는 유키의 일에 일절 관여하지 않기로. 할 수 없었어. 나도 그 무렵에는 꽤 여자를 밝혔으니까. 뭐라고 말할 수 있는 입장이 못 됐지. 정확히 말하면, 지금 이렇게 유키를 만나는 데도 사실은 아메의 허가를 받아야 해. 어쨌든 그렇게 되어 버렸어. 그리고 둘째로, 아까도 말한 것처럼 유키는 나를 전혀 따르지 않아. 무슨 말을 하든, 내 말 같은 건 들으려고 하지 않지. 나로선 그러니까 어쩔 도리가 없어. 딸은 귀엽지, 물론. 하나뿐인 자식인걸. 하지만 글렀어. 손을 쓸 길이 없어."

그리고 또 녹색 네트를 바라봤다. 해 질 녘의 어둠이 이미 상당히 깊어 가고 있었다. 잔디밭 위에 흐트러져 있는 하얀 골프공들은, 바구니에 가득 뼈의 관절들을 흩트려 놓은 것처럼 보였다.

"하지만 그렇다고 해서 수수방관하고 있을 수도 없지 않습니까?"라고 나는 말했다. "어머니는 자기 일을 해내기에도 벅차 아이의 일을 생각할 틈이 없죠. 아이가 있는 것조차 늘 잊어버려요. 돈도 치르지 않은 채 홋카이도의 호텔방에 남겨 두고는, 이를 생각해 내는 데 사흘이나 걸렸습니다. 사흘이에요. 도쿄로 데리고 돌아오니, 선생의 딸은 아무 데도 가지 않고 혼자서 아파트 방에 틀어박힌 채 로큰롤 음악을 듣고, 프라이드치킨이나 케이크 따위만 먹으며 지내고 있습니다. 학교에도 가지 않아요. 친구도 없어요. 이런 건 아무리 생각해 봐도 역시 정상이 아닙니다. 뭐, 남의 가정 일이니까. 이런 말을 하는 건 쓸데없는 참견일지도 모릅니다. 하지만 이건 너무 심해요. 혹은 제 생각이 너무 현실적이고, 상식적이고, 지나치게 중산층 같은 것일까요?"

"아냐, 백 퍼센트 자네 말이 맞아"라고 마키무라 히라쿠는 말했다. 그리고 천천히 고개를 끄덕였다. "정말 그래. 나로서도 더 할 말이 없어. 이백 퍼센트 자네 말대로야. 그래서 자네와 상의할 게 있어. 그래서 일부러 여기까지 와달라고 한 거야."

불길한 예감이 들었다. 말馬이 죽었다. 인디언의 북 치는 소리도 멎었다. 너무 조용하다. 나는 새끼손가락으로 관자놀이를 긁었다.

"요컨대, 자네가 유키를 돌봐 줄 수 없을까?"라고 그는 말했다. "돌봐 준다고 해도 대수로운 게 아냐. 이따금 그 애와 만나 주기만 하면 돼. 하루에 두 시간이나 세 시간. 그리고 둘이서 이야기를 하고, 함께 제대로 된 식사를 해주면 돼. 그렇게만 해주면 돼. 일을 맡기는 거니까 제대로 돈은 치르겠네. 말하자면, 공부를 가르치지 않는 가정교사 같은 거라고 생각해 주면 돼. 자네의 수입이 지금 얼마쯤 되는지 알 수 없지만, 그 수입에 가까운 액수는 보증할 수 있다고 생각해. 그리고 그 밖의 시간은, 자네가 좋을 대로 사용해. 다만 하루에 몇 시간 정도만 유키를 만나 줬으면 좋겠어. 나쁜 이야기는 아니지? 이것에 대해서는 아메에게도 전화를 걸어 이야기를 했어. 그 사람은 지금 하와이에 있어. 하와이에서 사진을 찍고 있지. 대충 상황을 설명했더니, 아메도 자네에게 부탁하는 데는 찬성했어. 그녀도 나름대로 유키에 대해서는 진지하게 생각하고 있어. 단지 사람이 약간 색다를 뿐이야. 신경이 정상이 아니라고. 재능은 있지만 말이야, 굉장히. 머리가 이따금 돌아 버려. 퓨즈가 끊어지는 것처럼. 그러면 모든 걸 잊어버리지. 현실적인 일은 통 다루질 못해. 덧셈 뺄셈도 변변히 못 하는걸."

"잘 알 수가 없군요"라고 나는 힘없이 미소 지으면서 말했다. "아시겠습니까, 그 애에게 필요한 것은 부모의 애정입니다. 누가 무상으로 마음에서 우러나오는 대로 자신을 사랑해 준다는 확신 말입니다. 그런 것을 내가 유키에게 부여할 수는 없습니다. 그런 일을 할 수 있는 것은 부모뿐이에요. 그것을 선생이나 선생의 부인도 정확히 인식해야 합니다. 그것이 첫째고, 둘째로 그 나이의 여자아이에게는 아무래도 같은 또래의 동성 친구가 필요합니다. 연민을 느낄 수 있기 때문에 여러 가지를 솔직하게 서로 이야기할 수 있는 동성 친구, 그런 친구가 있기만 해도 꽤 편안해져요. 저는 남자고, 나이 차이도 너무 많이 나요. 그뿐만 아니라, 도대체 선생이나 선생 부인도 저에 관해 아무것도 모르고 있잖습니까? 열세 살짜리 여자아이라면, 어떤 의미에선 이미 어른이나 다름없어요. 무척 예쁘고, 게다가 정신적으로 불안정한 여자아이예요. 그런 아이를 어디 사는 누구인지도 모르는 남자에게 맡겨도 되는 겁니까? 저에 관해 무엇을 알고 있습니까, 도대체? 저는 조금 전까지 살인 사건과 관련되어 경찰에 끌려 다닌 몸이에요. 만일 제가 범인이었다면 어쩌시겠어요?"

"자네가 죽였나?"

"설마요" 하고 나는 한숨을 쉬면서 말했다. 부녀가 똑같은 질문을 한다. "죽이지 않았어요."

"그럼 됐잖은가. 나는 자네를 신뢰하고 있네. 자네가 죽이지 않았다고 한다면, 죽이지 않았겠지."

"어떻게 신뢰할 수 있죠?"

"자네는 사람을 죽일 타입이 아니야. 그리고 소녀를 강간할 타입도 아니야. 그 정도는 보면 알 수 있어"라고 마키무라 히라쿠는 말했다. "그리고 나는 유키의 육감을 믿고 있네. 그 애는 이전부터 육감이 굉장히 예리했지. 보통 예리함과는 좀 달라. 뭐라고 할까, 이따금 기분이 나빠질 정도로 예리하다고. 영매 같은 데가 있어. 함께 있으면, 내가 볼 수 없는 것을 그 애가 보고 있는 것처럼 느껴지는 때가 이따금 있거든. 그런 느낌을 알 수 있겠나?"

"어느 정도는" 하고 나는 말했다.

"그런 점은 어머니로부터 물려받은 것 같아. 그런 괴상한 점. 다만 어머니는 그것을 예술에 집중시키고 있어. 사람들은 그것을 재능이라고 부르지. 하지만 유키에게는 그런 집중할 만한 대상이 아직 없어. 그냥 목적 없이 넘쳐흐르고 있는 거야. 물통에서 물이 넘쳐흐르고 있는 것처럼. 영매 같은 거지. 어미 혈통의 피야, 그건. 내게는 그런 부분은 별로 없어. 전혀 없어. 상식을 벗어나지 않아. 그러니까 어미나 딸이나 나 같은 사람은 변변히 상대해 주지도 않아. 나도 그 두 사람과 함께 지내기에는 약간 피곤해졌어. 당분간 여자의 얼굴은 보고 싶지 않아. 자네는 내 심정을 절대 알 수 없을 거야. 아메와 유키와 함께 지내는 일이 어떤 것인지를. 아메雨와 유키雪라니, 제기랄. 마치 일기예보를 하는 것 같군. 하지만 나는 물론 두 사람을 좋아해. 지금도 이따금 아메에게 전화를 걸어 이야기를 하지. 하지만 두 번 다시 함께 지내고 싶지는 않아. 그건 지옥이야. 내게 작가로서의 재능이 있었다 하더라도—있었지— 그 생활 때문에 아주 깨끗이 사라져 버렸어, 솔직히 말해서. 하지만 재능이 없어진 것치고 나는 비교적 잘해 왔다고 스스로 생각하네. 눈 치우기야. 자네가 말하는 유효한 눈 치우기야. 괜찮은 표현이군. 무슨 얘기를 하고 있었더라?"

"저를 신뢰할 수 있느냐, 없느냐는 것이었죠."

"그래, 나는 유키의 육감을 신뢰하네. 유키는 자네를 신뢰하고 있어. 그러니까 나는 자네를 신뢰해. 자네도 나를 신뢰해도 돼. 나는 그렇게 나쁜 인간이 아니야. 이따금 변변치 못한 문장을 쓰지만, 나쁜 인간은 아니야." 그는 또 헛기침을 하고는 땅에 침을 뱉었다. "어때, 해주지 않겠나? 유키를 돌봐 주는 일을? 자네 말은 나도 잘 알 수 있어. 그런 일은 확실히 부모가 맡아야 할 역할이야. 하지만 유키는 여느 경우와는 좀 다르다고. 아까도 말한 것처럼 손을 쓸 길이 없거든. 자네밖에는 의뢰할 수 있는 상대가 없어."

나는 내 잔 속의 맥주 거품을 잠시 바라보고 있었다. 어떻게 하면 좋을지, 나로서도 갈피를 잡을 수 없었다. 기묘한 집안이다. 세 명의 별난 사람과 서생인 프라이데이. 우주의 로빈슨 가족 같다.

"그 애와 이따금 만나는 건 상관없습니다"라고 나는 말했다. "다만 매일은 만날 수 없어요. 제게도 해야 할 일이 있고, 또 사람을 의무적으로 만나는 건 좋아하지 않습니다. 만나고 싶을 때 만나겠습니다. 돈은 필요 없습니다. 현재 금전상의 어려움은 없고, 그 애와 친구로서 어울리는 만큼, 그 정도의 돈은 제가 치를 겁니다. 그런 조건으로밖에는 받아들일 수가 없군요. 저도 그 애를 좋아하고, 만날 수 있으면 저도 즐거울 겁니다. 하지만 아무런 책임도 질 수 없습니다. 그 애가 어떻게 된다 하더라도, 최종적인 책임은 말할 것도 없이 당신들에게 있기 때문입니다. 이를 분명히 해두기 위해서라도 돈은 받을 수 없습니다."

마키무라 히라쿠는 몇 번 고개를 끄덕였다. 귀 밑의 근육이 흔들렸다. 골프로는 그 근육의 느슨함을 제거할 수 없다. 더 근본적인 생활의 전환이 필요하다. 하지만 이는 그에게는 불가능할 것이다. 가능하다면 훨씬 전에 해냈을 것이다.

"자네가 말하고자 하는 것은 잘 알 수 있고, 조리가 있는 이야기야"라고 그는 말했다. "자네에게 책임을 떠맡기려 하고 있는 건 아니야. 책임 따위는 느낄 필요 없네. 우리는 자네 외에는 선택의 여지가 없기 때문에 이렇게 고개 숙여 부탁하고 있는 거야. 책임 운운 따위에 대해선 아무 말도 하지 않았네. 돈에 관한 건 또 언제든 그때 가서 생각하지. 나는 빚을 지면 잊지 않고 분명히 갚는 인간이니까. 그것만은 기억해 달라고. 하지만 지금은 자네 말대로가 좋을지도 몰라. 자네에게 맡기네. 자네가 좋을 대로 하면 돼. 돈이 필요하거든 나한테나 아메에게나 어디든 좋으니까 연락해 줘. 양쪽 다 금전상의 어려움은 없으니까. 사양할 거 없어."

나는 아무 말도 하지 않았다.

"얼핏 보기에 자네도 꽤 완고한 남자군" 하고 그는 말했다.

"완고하지는 않습니다. 제게는 저 나름의 생각 시스템이라는 게 있을 뿐입니다."

"시스템"하고 그는 말했다. 그리고 또 귓불을 손가락으로 만지작거렸다. "이제 그런 것은 별로 의미가 없어. 손으로 만든 진공관 앰프와 마찬가지야. 노력과 시간을 들여 그런 것을 만들기보다는, 오디오 숍에 가서 신품인 트랜지스터 앰프를 사는 편이 싸게 먹히고, 소리도 좋아. 망가지면 곧 수리하러 오지. 신품을 살 때에는, 신품 대금의 일부로 중고품을 팔 수도 있지. 생각의 시스템 운운할 시대가 아냐. 그런 것이 가치 있던 시대가 확실히 있었어. 하지만 지금은 달라. 무엇이든 돈으로 살 수 있지. 사고방식도 그래. 적당한 것을 사갖고 와서 연결하면 돼. 간단하다고. 그날부터 곧바로 사용할 수 있어. A를 B에 삽입하면 되는 거야. 눈 깜짝할 사이에 해낼 수 있지. 낡아 버리면 교환하면 돼. 그러는 편이 편리해. 시스템 따위에 구애 받으면 시대에 뒤떨어지게 돼. 눈치 빠르게 행동할 수가 없어. 남들이 귀찮게 여긴다고."

　"고도자본주의 사회"하고 나는 요약했다.

　"그래"하고 마키무라 히라쿠는 말했다. 그리고 또 잠시 동안 침묵에 잠겼다.

　주위가 꽤 어두워져 있었다. 가까이에서 개가 신경질적으로 짖고 있었다. 누군가가 서투르게 모차르트의 「피아노 소나타」를 치고 있었다. 마키무라 히라쿠는 복도에 다리를 꼬고 앉아, 무언가를 가만히 생각하면서 맥주를 마시고 있었다. 도쿄에 돌아온 이후로 아무래도 기묘한 사람들만 만나고 있구나 하고 나는 생각했다. 고탄다, 두 명의 고급 매춘부(한 명은 죽었다), 터프한 이인

조 형사, 마키무라 히라쿠와 서생인 프라이데이. 어두운 마당을 바라보면서 멍하니 개 짖는 소리와 피아노 소리에 귀를 기울이고 있으려니까, 현실이 점점 용해되어 어둠 속으로 녹아 흡수되어 가는 듯한 기분이 들었다. 모든 것들이 그 본래의 형태를 잃고 뒤섞여 버리고, 의미를 상실하면서 하나의 카오스가 된다. 키키의 등을 어루만지는 고탄다의 우아한 손가락이나, 눈이 계속 내리고 있는 삿포로의 거리, "어쩜" 하고 말하는 산양 메이, 형사가 툭툭 손바닥을 두드리고 있던 플라스틱 자, 어두운 복도 안쪽에서 가만히 나를 기다리고 있는 양 사나이의 모습 따위도 모두 용해되어 하나로 뒤섞여 갔다. 피곤해진 것일까? 하고 나는 생각했다. 하지만 피곤해지지는 않았다. 다만 현실이 용해되어 가고 있을 뿐이다. 용해되어 하나의 둥근 카오스의 공 모양을 이루고 있다. 마치 일종의 천체 같은 형태를. 그리고 피아노 소리가 울리고, 개가 짖고 있다. 누군가 무슨 말을 하고 있다. 누군가 내게 무슨 말을 하고 있다.

"이봐" 하고 마키무라 히라쿠가 내게 말을 걸고 있었다.

나는 고개를 들어 그를 바라봤다.

"자네는 그 여자를 알고 있었던 게 아닌가?"라고 그는 말했다. "그 살해된 여자를. 신문에서 봤네. 호텔에서 살해됐잖아. 신원 불명이라고 쓰여 있더군. 명함 한 장만이 지갑에 들어 있어서 그 인물을 조사하고 있다고 나와 있었어. 자네 이름은 나와 있지 않았네. 변호사의 말에 의하면, 자네는 경찰에서 아무것도 모른다고 버티고 있었던 모양인데, 사실은 뭔가 알고 있지 않은가?

"왜 그렇게 생각합니까?"

"그저 문득." 그는 골프채를 집어 들어 칼처럼 앞으로 반듯이 내밀고는, 그것을 가만히 바라봤다. "그런 느낌이 들었어. 뭔가를 감싸고 있는 것처럼 내게는 느껴져, 문득. 자네와 이야기를 하고 있으니까, 점점 그런 느낌이 드는군. 사소한 일에 일일이 구애되면서도, 큰일에 대해서는 묘하게 관대해져. 그런 패턴이 드러나 보이는군. 재미있는 성격이야. 그런 의미에서 유키와 닮은 데가 있어. 살아가기가 힘겨워져. 남이 이해하기 어렵고, 쓰러지면 치명상을 입는다고. 그런 의미에서 자네와 유키는 동류야. 이번 일만 해도 그렇지. 경찰은 쉽게 넘어가지 않으니까. 이번은 잘 처리됐지만, 다음에도 잘 되리라는 보장은 없네. 시스템도 좋지만, 버티면 상처를 입는 경우가 많아. 이미 그런 시대가 아니거든."

"버티고 있는 것도 아닙니다"라고 나는 말했다. "댄스 스텝 같은 거예요. 습관적인 겁니다. 몸이 기억하고 있어요. 음악이 들리면 몸이 자연스럽게 움직이죠. 주변이 바뀌어도 상관하지 않습니다. 굉장히 까다로운 스텝이어서, 주변을 생각하고 있을 수 없는 겁니다. 너무 여러 가지를 생각하면, 스텝이 틀어져 버리니까요. 단지 서투를 뿐이에요. 유행을 따라가지 못해요."

마키무라 히라쿠는 또 잠자코 골프채를 응시하고 있었다.

"별나군" 하고 그는 말했다. "자네는 내게 뭔가를 연상시켜. 무엇일까?"

"무엇일까요?" 하고 나는 말했다. 무엇일까? 피카소의 「네 덜란드풍의 꽃병과 수염을 기른 세 명의 기사」일까?

"하지만 나는 자네가 썩 마음에 들고, 자네라는 사람을 신뢰하네. 미안하지만 유키를 돌봐 주게. 언제든 분명히 사례를 하겠어. 나는 빚을 지면 반드시 갚는 사람이야. 이 말은 아까도 했지?"

"들었습니다."

"그럼 됐어" 하고 마키무라 히라쿠는 말했다. 그리고 골프채를 살며시 툇마루에 걸쳐 놓았다. "좋아."

"신문에는 그 밖에 무슨 기사가 실려 있었습니까?"라고 나는 물었다.

"그 밖에는 거의 아무것도 실려 있지 않더군. 스타킹으로 교살됐다. 일류 호텔이라는 건 도시의 맹점이다, 라고 쓰여 있었어. 이름이나 그 밖의 사항은 모두 알 수 없고, 신원을 조사하고 있다고만 나와 있더군. 그뿐이야. 흔히 있는 사건이야. 금방 모두들 잊어버리겠지."

"그렇겠죠"라고 나는 말했다.

"하지만 잊어버리지 않는 사람도 있지"라고 그는 말했다.

"아마 그렇겠죠"라고 나는 말했다.

(하권에 계속)

옮긴이 **유유정**

함경북도 경성 출생으로, 경성중학을 거쳐 일본 상지대학 문학부 철학과를 졸업했다. 『자유신문』『중앙일보』문화부장을 역임했다. 시집으로 『사랑과 미움의 시』『춘신春信』(일문) 등이 있다. 옮긴 책으로는 『상실의 시대』『무라카미 하루키 단편 걸작선』『지금은 없는 공주를 위하여』『댄스 댄스 댄스』등 다수가 있다.

댄스 댄스 댄스 · 상

1판 1쇄   1989년 12월 20일
5판 1쇄   2023년 1월 26일
5판 4쇄   2024년 7월 22일

지은이   무라카미 하루키
옮긴이   유유정

펴낸이   임지현
펴낸곳   (주)문학사상
주소   경기도 파주시 회동길 363-8, 201호(10881)
등록   1973년 3월 21일 제1-137호

전화   031) 946-8503
팩스   031) 955-9912
홈페이지   www.munsa.co.kr
이메일   munsa@munsa.co.kr

ISBN   978-89-7012-542-8 (04830)
       978-89-7012-541-1 (세트)

* 잘못 만들어진 책은 구입처에서 교환해 드립니다.
* 책값은 표지 뒷면에 표시되어 있습니다.